# L'HÉROÏNE DÉCHUE

MAFIA ET DARK ROMANCE

THE FALLEN

GABRIELLE SANDS

D1731850

## AVERTISSEMENT SUR LE CONTENU

Ce livre est réservé à un public adulte et contient des scènes qui peuvent heurter la sensibilité du lecteur : consentement « flou », enlèvement, descriptions de scènes de violence, tentative de noyade, agression sexuelle (références au passé).

# CHAPITRE 1

## VALENTINA

Mᴀᴍᴍᴀ ᴀ éᴘᴏᴜsé l'un des plus illustres bienfaiteurs de la ville de New York alors qu'elle n'avait que dix-huit ans. Si les mariages de ce type ne sont jamais simples, tout le monde s'accordait à dire qu'elle était née pour tenir ce rôle. Son stoïcisme face à toutes les difficultés rencontrées par Papà lui a valu la réputation d'une femme fiable, inébranlable et totalement imperturbable. Même son nom, Pietra, signifie *pierre* en italien.

J'ai été élevée pour devenir comme elle, la parfaite épouse de la mafia, pourtant avec Lazaro, je m'effrite. Si ma mère est faite de granit, je dois être en stéatite. Chaque nuit passée au sous-sol avec mon mari m'écorne.

Bientôt, il ne restera plus rien.

Je détache le regard de mon alliance et observe ce qui m'entoure. J'ai toujours trouvé la salle privée de La Trattoria tape-à-l'œil. Le luxe y est si tapageur qu'il ferait rougir la plupart des honnêtes gens, mais il se trouve que peu d'entre eux franchissent les lourdes portes en bois. Des murs recouverts de soie bleue, un plafond en stuc, un lustre à trois étages et ce sol ridicule, un motif floral complexe fait de granit, de marbre et de travertin. À lui seul, il vaut plus que la plupart des maisons. Il aurait sa place dans le salon d'un palais. Au lieu de cela, il décore ce qui est, en réalité, la salle de réunion préférée de Papà.

Compte tenu du déroulement de ces dernières, je ne serais guère surprise que ce sol ait vu plus de cadavres qu'une morgue, mais aujourd'hui, aucun signe d'effusion de sang imminente.

Après tout, les femmes du clan Garzolo sont ici pour une fête prénuptiale, une occasion joyeuse – ou ce qui devrait l'être, si Belinda, ma cousine, la future mariée, arrêtait de sangloter dans son assiette.

— On va continuer à prétendre qu'elle ne pleure pas à chaudes larmes ? demande Gemma en prenant un morceau de pain sans gluten dans une corbeille.

Je jette un coup d'œil aux femmes assises autour de la table, un éventail de tantes, de cousines, de sœurs et d'aïeules. Seules Nonna et la mère de Belinda semblent remarquer sa détresse. Elles échangent un regard inquiet avant d'arborer des sourires affectés.

— On ne prétend rien. On fait comme si c'étaient des larmes de bonheur, j'explique à ma sœur.

La table peut accueillir confortablement vingt personnes. Or, nous avons une grande famille et quelques cousines éloignées qui ont catégoriquement refusé d'être mises à l'écart, de sorte que nous nous retrouvons à vingt-six, serrées comme des sardines.

Je suis coincée entre Gemma à ma droite et Mamma à ma gauche, qui regarde Belinda d'un œil torve. Si cela ne suffisait pas à lui communiquer sa désapprobation, la contraction de sa mâchoire devrait faire l'affaire. Je sais exactement ce qu'elle pense : les femmes Garzolo ne s'abaissent pas à autant d'émotivité.

Mamma déteste les pleurs, les gémissements et les plaintes et, en qualité de fille aînée, j'ai été abreuvée de préceptes sur l'art d'éviter à tout prix toutes ces choses... une compétence qui a fréquemment été mise à l'épreuve depuis que je me suis mariée, il y a de cela deux mois.

La pauvre Belinda, dix-huit ans, n'a pas eu la même formation, et sa réaction face à sa situation est compréhensible. Le mois prochain, elle doit épouser l'un des plus anciens capos de Papà, qui a *trois fois* son âge. Papà a arrangé le mariage et, si j'en crois mon expérience, il n'est pas du genre à sceller des unions heureuses.

— Le malaise, commente Gemma. Je préférerais être à un enterrement.

Mamma a entendu. Comment pourrait-il en être autrement ? Elle est assise si près de moi que son coude frôle le mien chaque fois qu'elle avance le bras pour prendre son verre d'eau. Elle tend le cou pour regarder Gemma. Son visage n'est pas renfrogné au sens propre du terme, mais tous ceux qui la connaissent savent que la petite ligne entre ses sourcils botoxés signifie qu'elle est *en rogne*.

— Emmène Belinda aux toilettes, et ne ressortez pas tant qu'elle ne se sera pas calmée.

Ma sœur pâlit.

— *Moi* ? Comment veux-tu que je la calme ?

Elle me lance un regard suppliant.

— Envoie plutôt Val.

Mamma pose brièvement le regard sur moi, avant de secouer la tête.

— Vas-y, Gemma. Ne tarde pas.

Son ton est subtilement tranchant et laisse entendre qu'il ne sert à rien de discuter.

Gemma pousse un long soupir, se lève de son siège et passe les mains sur sa jupe en lin qui lui arrive au genou.

— Si je ne reviens pas d'ici dix minutes, c'est que j'ai besoin de renforts.

Son départ est comme un déclic. La tension qui est apparue entre Mamma et moi peu après le jour de mon mariage s'enclenche. Ma colonne vertébrale se tend. Sa mâchoire se crispe.

— Tu ne me crois pas capable de prodiguer des conseils à Belinda sur son futur mariage ?

Je devrais me taire, mais c'est plus fort que moi. Le déchirement que j'ai ressenti face à la trahison de mes parents est trop frais. Comment ont-ils pu me donner, moi, leur fille aînée, à un homme comme Lazaro ?

Mamma fait tourner ses spaghettis *al limone* sur sa fourchette et les soulève.

— Tu es encore en phase d'adaptation.

Un sourire amer se dessine sur mes lèvres.

— Tu crois ça ?

— Je l'espère. Je t'ai préparée à cela.

Elle doit savoir que cette affirmation est ridicule.

— Rien de ce que tu m'as appris ne m'a préparée à faire face à ma vie actuelle.

Son mâchement ralentit. Elle avale sa nourriture et tourne le visage vers moi.

— As-tu oublié nos leçons ?

Je resserre la main autour de ma fourchette.

— Lesquelles ? Je ne crois pas qu'aucune d'elles ait porté sur la façon de supporter qu'on te force à...

— Je vais t'en rappeler une, m'interrompt-elle. Les femmes Garzolo ne se plaignent jamais des conditions sur lesquelles elles n'ont aucun pouvoir.

Ma poitrine se contracte.

— Ah, bien sûr. C'est un classique.

— Tu es mariée, et tu dois soutenir ton époux de toutes les manières possibles. Nous avons déjà une enfant insolente à cette table, Valentina. C'est suffisant comme ça.

Après tout ce qui s'est passé récemment, il est ridicule de ma part de me sentir encore piquée au vif lorsque je reçois des critiques venant d'elle.

— Tu peux relever tous les défis que la vie te réserve, poursuit-elle. C'est ainsi que je t'ai élevée. Ne me fais pas l'injure d'être faible.

Je rentre les coudes. Je ne supporte tout à coup plus l'idée d'être à son contact. J'ai l'appétit coupé. Je déplace la nourriture dans mon assiette, jusqu'à ce que Mamma pousse un soupir de frustration.

— Va voir ta sœur, lâche-t-elle.

Je n'ai pas besoin qu'on me le dise deux fois.

Les toilettes se trouvent au bout du couloir, et lorsque je tourne pour y entrer, une Belinda à l'air légèrement rasséréné me croise sur le pas de la porte. Elle m'adresse un sourire larmoyant.

— Où est Gemma ? je demande.

— Elle se maquille.

Dans les toilettes, Gemma se penche au-dessus d'une vasque pour s'approcher du miroir et remettre du rouge à lèvres.

— Beau travail, je la flatte tandis que je viens me planter à côté d'elle et pose sèchement mon sac à main sur la surface en marbre. Belinda a l'air de se sentir bien mieux.

— Je lui ai dit qu'à son âge, il n'arrivera plus à bander.

Je lâche un rire surpris.

— Qu'est-ce que tu en sais ?

— Je n'en sais rien. Que pouvais-je lui dire d'autre ? Tout le monde n'a pas la chance d'avoir un homme de main beau et jeune pour mari. Je suis sûre que Lazaro n'a aucun problème dans ce domaine.

Un goût amer se diffuse dans ma bouche. Si elle savait ! Lazaro n'a aucune envie de me sauter. À part faire son devoir la nuit de notre mariage, il ne m'a pas touchée au lit.

Il prend son pied tout autrement.

Je masque mon expression, mais c'est plus difficile avec Gemma. Nous n'avons que deux ans d'écart et avons toujours été proches. Elle a été la première personne à qui j'ai parlé de mes fiançailles lorsque Papà m'a annoncé que j'allais épouser le meilleur de ses hommes de main. Plus tard, Mamma m'a appris que j'étais la récompense de Lazaro pour avoir mis au jour un grand complot visant à renverser Papà, un complot qui s'est soldé par la mort d'un capo et de dix de ses soldats. Si Papà a toujours mis un point d'honneur à récompenser la loyauté de ses hommes, cette approche ne semble pas s'étendre à ses filles.

Gemma referme son tube de rouge à lèvres et croise mon regard dans le miroir.

— En parlant de ça, comment ça va ? On s'est à peine parlé depuis que vous êtes venus bruncher tous les deux, il y a quelques semaines.

Je fais mine d'être soudainement très intéressée par mon propre reflet.

— Je vais bien.

Ma sœur ne connaîtra jamais les détails de mon mariage, ces choses que Lazaro fait et me fait faire. Cela briserait toutes les illusions qu'elle nourrit à l'égard de nos parents et de moi-même.

— Pourquoi Mamma n'a-t-elle pas amené Cleo ?

— Cleo n'a pas le droit de sortir, alors tu devras passer à la maison si tu veux la voir, m'explique Gemma tout en rajustant une mèche de ses cheveux.

Elle est parfaite, comme toujours. Sa chevelure, un carré noisette et lisse, encadre son visage ovale et, aujourd'hui, elle porte les boucles d'oreilles en diamant que je lui ai offertes pour son dix-neuvième anniversaire, il y a quelques mois. Elle a des cils fournis, des yeux gris incroyables et un corps tonifié à la perfection grâce à ses cinq cours de pilates à domicile par semaine. Contrairement à elle, je n'ai jamais fait de sport, et les quelques kilos en trop que j'ai dans les fesses et les hanches sont faits pour rester.

— Qu'a encore fait notre petite sœur ?

— Elle a faussé compagnie à son garde du corps alors qu'ils étaient au centre commercial, et il l'a retrouvée un quart d'heure plus tard dans un salon de tatouage. Le tatoueur venait tout juste de finir d'inscrire au pochoir les mots « On a réussi » sur son dos.

Réussi quoi ? Elle ne faisait quand même pas référence à...

— À libérer Britney ?

Gemma leva les yeux au ciel.

— Son idole. Papà a dit à Mamma qu'ils n'auraient jamais dû autoriser Cleo à participer à tous ces rassemblements. Il pense qu'elle a subi un lavage de cerveau, alors Mamma est décidée à la rééduquer, va savoir ce que ça signifie. Le matin, elles passent des heures dans la cuisine. Mamma lui apprend à cuisiner des plats italiens. Et l'après-midi, il y a un va-et-vient incessant de tuteurs. Je crois qu'elle lui fait suivre des cours d'étiquette. Cleo n'arrête pas de se plaindre.

C'est tellement ridicule que je ne peux m'empêcher de rire. Ma plus jeune sœur a toujours été la plus rebelle de nous trois. Avant, cela m'inquiétait. Aujourd'hui, j'espère qu'elle ne laissera pas Mamma éteindre cette étincelle.

— Je lui donne une semaine, tout au plus, avant que la punition ne prenne fin. Mamma a toujours eu un faible pour Cleo.

— Je ne sais pas, commente Gemma tout en se tournant vers moi.

Ses sourcils se froncent.

— Il se passe quelque chose avec Papà. Il a renforcé la sécurité autour de nous tous. Au début, j'ai pensé que c'était à cause de ce que Cleo avait fait, mais ça n'explique pas pourquoi il a rajouté des hommes à sa garde. Il a l'air… bizarre.

— Tu as interrogé Mamma ?

— Elle ne veut rien me dire. Elle dit que je dois me concentrer sur la soirée qui aura lieu le mois prochain.

Ses épaules s'affaissent.

— Ils veulent me marier à l'un des Messero, Val. Ils ont invité le clan tout entier pour pouvoir me faire parader comme si j'étais un morceau de viande, je suis certaine.

Les Messero régentent le nord de l'État de New York. Pour autant que je sache, nous avons toujours réussi à coexister sans trop de problèmes. Ils rackettent et bâtissent, alors que Papà fait dans la cocaïne, des domaines qui ne se chevauchent guère. Si Papà cherche à donner la main de Gemma à l'un d'eux, cela signifie qu'il veut forger une alliance. Pour quoi faire ?

— Tu connais leur réputation, poursuit ma sœur. Les hommes de cette famille agissent comme si on était encore à l'âge de pierre. Je ne pourrais pas quitter la maison sans escorte, même mariée. Je suis sûre que Papà veut me donner au fils du *don*, Rafaele. Il est beau, mais il a une sinistre réputation. Apparemment, il est devenu un homme à treize ans. *Treize ans.*

Les Messero sont célèbres pour leurs cérémonies d'initiation brutales. Ils exigent de leurs aspirants qu'ils tuent pour leur capo. C'est ainsi qu'ils s'assurent que leurs membres n'hésiteront pas à faire ce qui doit être fait lorsqu'un commerçant ne leur verse pas l'impôt pour sa protection.

La colère me monte. Papà veut faire à Gemma exactement ce qu'il m'a fait : la marier à un assassin. J'ignore comment je vais réussir à me taire et regarder.

La voix de Mamma résonne dans ma tête. *Tu ne comprends peut-être pas les méthodes de ton père, mais tout ce qu'il fait, c'est pour protéger notre famille.*

Chaque jour, je répète cette phrase comme une prière, et chaque jour sa force diminue.

Que se passera-t-il si je n'y crois plus du tout ? Je rêve sans cesse de fuir Lazaro, cela va à l'encontre de tout ce que l'on m'a appris. Ce serait un véritable scandale, la fin de ma vie telle que je la connais. On me rattraperait et on me livrerait à mon mari pour qu'il me punisse, et il prendrait plaisir à me faire crier.

J'ai le cœur qui se serre à l'idée de ce qu'il me ferait en représailles. Si je ne risquais que ma vie, ce serait une chose. Or, il m'a clairement fait comprendre que d'autres paieraient pour la moindre désobéissance de ma part.

— Je parlerai à Mamma des Messero, lui promets-je.

Gemma chasse ma remarque d'un geste de la main.

— Ce n'est pas la peine. Tu sais qu'elle n'écoutera pas. Viens simplement à la soirée, s'il te plaît. J'ai vraiment besoin de toi.

J'acquiesce d'un hochement de tête.

— On devrait y retourner. Elles vont se demander où on est.

Lorsque nous réapparaissons dans la salle du restaurant, notre cousin Tito est là. Il est impossible qu'il ait été invité à cette fête prénatale. Elle est réservée aux filles. Il se tient derrière la table où est assise Nonna et lorgne la gigantesque enfilade de mortadelles, mais en me voyant il semble l'oublier.

— Je suis venu te chercher, déclare-t-il.

— Tout va bien ?

— Lazaro m'a appelé. Il m'a demandé de te ramener chez toi.

Tito fait tinter ses clés de voiture dans sa poche.

Des signaux d'alarme retentissent dans ma tête.

— Qu'est-ce qui s'est passé ?

— Il a juste dit qu'il avait besoin que tu rentres.

Le cadran de la grande horloge accrochée au mur indique dix-sept heures. Il est tôt. Trop tôt pour les jeux de Lazaro. Les choses qu'il fait, qu'il me fait faire, elles appartiennent à la nuit. Que peut-il me vouloir ?

Je traverse la pièce, tapotant les bras de mes tantes, les embrassant sur la joue. Après avoir dit rapidement au revoir à Belinda et serré Gemma dans mes bras, je me dirige vers la sortie. Je sens le regard de ma mère dans mon dos. Elle est contrariée de ne pas avoir été saluée, mais, pour l'heure, elle m'horripile.

L'air humide du mois de mai enveloppe mes épaules à la façon d'une couverture dès que Tito et moi franchissons la porte de service. Les flaques d'eau sur le sol m'indiquent qu'il vient tout juste de s'arrêter de pleuvoir. Sa voiture, une Mercedes Classe G blindée, est garée à quelques pas de là. Il m'aide à m'asseoir à l'arrière, avant de claquer la portière et de se glisser à l'avant.

— Ça fait un moment qu'on ne t'a pas vue.

J'aime bien Tito. Nous nous sommes toujours bien entendus. Contrairement à la plupart des hommes de ma famille, il ne me parle pas comme si j'étais une Barbie sans cervelle.

— Je m'adapte à la vie de couple, dis-je.

Tito souffle.

— Dis à Lazaro de te laisser sortir plus souvent. Ce n'est pas parce qu'il ne sait pas s'amuser que tu dois être pareille.

Malgré les suppositions de Tito, ce n'est pas Lazaro qui m'empêche de participer aux réunions de famille. C'est moi qui décline les invitations chaque fois que je le peux. Je n'ai tout simplement pas l'énergie de faire mine que tout va bien. La plupart du temps, je sors à peine du lit. Aujourd'-hui, je suis venue parce que Mamma m'a dit que ce n'était pas facultatif.

Lazaro n'aurait que faire de me voir m'absenter de la maison durant la majeure partie de la journée. Il est froid et dépourvu d'émotions. La seule fois où je l'ai vu touché de quelque manière que ce soit, c'est quand...

*Non, n'y pense pas.*

Je change de sujet :

— Comment vas-tu, Tito ?

Ses longs doigts tapotent le volant.

— Je suis épuisé. Il y a beaucoup de boulot.

— Je pensais que vous étiez des bourreaux de travail, je le taquine, lui adressant un sourire fatigué dans le miroir du rétroviseur.

Il me regarde un instant, puis ses épaules se détendent légèrement.

— Bien sûr. Tu connais ma devise, Val. Je dormirai quand je serai mort. Sauf que c'est une chose de se tuer à la tâche pour la famille, et c'en est une tout autre que d'obéir aux ordres de quelques trous du cul.

Il fourre une cigarette dans sa bouche et attrape son briquet sur le tableau de bord.

— Je ne suis le toutou de personne.

Les mots sont étouffés par la cigarette qu'il vient d'allumer.

— Et je n'ai pas l'intention de mettre mon nez dans la merde de qui que ce soit.

J'essaie de décortiquer cette déclaration.

— Papà te fait travailler pour quelqu'un d'autre ?

Tito baisse la vitre et souffle un nuage de fumée.

— Moi, mon père, Lazaro... même Vince. On est en train de courir après des trucs qui n'ont aucun sens. Je pense que tout ça, ce n'est qu'une foutue diversion, mais personne ne m'écoute.

À l'évocation de mon frère aîné, je dresse l'oreille. Vince est en Suisse, il travaille dans une banque et gère une grande partie du capital du clan. S'il est impliqué dans cette affaire, c'est que quelque chose d'important se prépare. Une sorte de trafic ?

— Qui sont ceux en face ? je demande.

Tito tire une bouffée de sa cigarette et secoue la tête.

— Ne t'en fais pas pour ça. Tu as vu le nouveau film sur Netflix qui parle d'extraterrestres ? Un vrai délire.

Nous parlons petit écran pendant le reste du trajet, et j'essaie de masquer la peur écrasante que je ressens à mesure que nous nous rapprochons de la maison de Lazaro. Je refuse de dire que c'est la mienne. Je ne m'y suis jamais sentie chez moi. Pour moi, c'est une prison.

Nous passons le portail et nous arrêtons dans la longue allée. Tito m'embrasse sur la joue pour me dire au revoir.

— Prends soin de toi, Val. Et fais-moi savoir si tu trouves quelque chose de bien à regarder.

Je lui en fais la promesse et passe la porte d'entrée.

Mon mari se tient dans la cuisine, le nez plongé dans son iPad, le dos tourné. Il porte une chemise bleu acier, un pantalon noir et une ceinture en cuir, sa tenue de travail habituelle. Mes muscles se décontractent de soulagement. Lazaro enfile toujours quelque chose de plus confortable avant de commencer. Peut-être ne se passera-t-il rien ce soir.

— Bonjour, lance-t-il, le regard toujours rivé à l'écran. Comment s'est passée la fête prénuptiale ?

Il n'en a rien à cirer, mais il aime bien jouer le jeu. J'ignore pourquoi. Ce n'est pas comme s'il y avait quelqu'un ici qu'il devait convaincre de la normalité de notre ménage.

— Bien.

Je me dirige vers l'évier et prends un verre vide pour le remplir d'eau.

— Tito a dit que tu avais besoin que je rentre.

Il y a un petit sac à dos en cuir sur le meuble de cuisine près de l'évier. Ce n'est pas le mien. Lorna, notre femme de ménage, l'aurait-elle laissé là ?

Lazaro lève les yeux vers moi et me regarde boire. Lorsque j'ai terminé, il sourit avec gentillesse et me tend l'iPad. La peur me prend aux tripes. Je connais ce regard. Il ne peut signifier qu'une chose.

— J'ai un cadeau pour toi, m'annonce-t-il d'une voix grave tandis qu'il porte une main à mon visage.

Ses doigts m'effleurent la joue.

— Jette un coup d'œil.

Je déglutis et baisse le regard.

Sur l'écran s'affiche l'image de la caméra de notre sous-sol... et une femme est recroquevillée en position fœtale sur le sol en béton.

# CHAPITRE 2

**VALENTINA**

L<small>E DÉCOR</small> autour de moi s'assombrit. Une pellicule de sueur froide recouvre mes paumes. Sous ma peau, un million de petits vers commencent à ruer et à ramper.

Chaque fois que Lazaro amène une nouvelle victime, cela commence toujours ainsi. J'ai une montée d'adrénaline qui me donne envie de vomir. Parfois, j'aimerais que mon cerveau et mon corps s'éteignent tout bêtement.

Je les qualifie de victimes, même si la plupart sont des hommes mauvais. Ce sont des voleurs, des criminels et des tueurs dont le curriculum vitae est aussi varié qu'une boîte de crayons de couleur. En revanche, ils meurent tous de la même façon.

Entre mes mains.

— Qui est-elle ? je demande.

Les commissures de ses lèvres se retroussent tandis qu'il fixe du regard la femme à l'écran.

— Une vermine *casalese*. Nous pourrions la garder un certain temps.

Je fronce les sourcils. Qu'est-ce que ça signifie ? Et cet étrange appellatif... Jamais il ne donne de petit nom aux personnes qu'il amène ici.

Il tend la main.

— Allons la rencontrer.

Il doit sentir que ma paume est moite au creux de la sienne qui, elle, est fraîche et sèche, toutefois il ne dit rien. Je n'ai jamais compris s'il faisait semblant de ne pas remarquer mon inconfort ou s'il ne s'en rendait réellement pas compte. J'ai pleuré, j'ai crié, j'ai supplié, rien. Son doux sourire ne quitte jamais son visage pendant qu'il me donne mes ordres. Il ne cille pas, même lorsqu'il m'énonce ce qu'il nous fera, à Lorna et à moi, si je n'obéis pas.

Ma longue jupe à fleurs bruit tandis que Lazaro et moi descendons au sous-sol. Les semelles de mes sandales plates hors de prix sont fines, je peux sentir le froid mordant du béton à travers elles. La femme au sous-sol doit être gelée.

Elle apparaît dans mon champ de vision, et mon cœur bat la chamade. Son visage est dissimulé sous un voile de longs cheveux blonds. Elle porte un jean et un chemisier boutonné, déchiré à plusieurs endroits.

Où l'ont-ils capturée, et comment ? Est-ce Lazaro qui s'en est chargé ?

Tantôt, ses victimes nous sont amenées, tantôt il joue le rôle de chasseur et de bourreau. C'est pour ce dernier qu'il est célèbre dans les milieux criminels. Les hommes de la pègre new-yorkaise savent que, s'ils se mettent à dos Stefano Garzolo, il suffit d'un mot pour que mon mari vienne les trouver, et c'est assez pour que la plupart d'entre eux restent dans le droit chemin.

La femme s'agite. Il y a un petit mouvement, suivi d'un gémissement de douleur. À ce que je vois, elle ne saigne pas, mais elle a dû être sédatée.

Les gestes de Lazaro sont déterminés. Il lui saisit les poignets et lui tire les mains au-dessus de la tête. Elle commence à se débattre mollement, en vain. Lazaro est fort. Il ne lui faut pas plus de trente secondes pour lui attacher les poignets avec une corde épaisse. Lorsqu'il a terminé, il la soulève par la taille et attache la corde à un crochet métallique suspendu au plafond. La femme se balance dans le vide, suspendue par les bras. Enfin, ses cheveux glissent sur le côté, et je découvre des yeux noisette plissés.

Je presse la paume sur ma bouche. Mon Dieu, ce n'est qu'une adolescente. Elle n'a pas plus de dix-huit ans. À peu près l'âge de Cleo. Un flot de nausées me prend aux boyaux et les ballotte d'un côté à l'autre.

Elle commence à haleter, mais elle est encore dans les vapes. Sa tête penche.

— Pourquoi est-elle ici ? je demande à voix basse.

Il doit y avoir une explication. Tout ce que Papà fait, c'est pour assurer la sécurité de notre famille, alors elle est forcément une menace.

Lazaro hausse les épaules.

— C'est juste une besogne.

— Une besogne ?

— Quelqu'un en a après elle. Elle se trouvait sur notre territoire. On avait un service à rendre, alors on l'a attrapée, et maintenant toi et moi allons pouvoir jouer un peu avec elle. Quelqu'un vient la récupérer demain soir.

Ma respiration devient irrégulière. On vient la récupérer morte ou vivante ? Dans tous les cas, *jeu* est le nom de code de Lazaro pour *torture*. Est-ce lié à ce que Tito m'a dit tout à l'heure ?

— Mais qu'a-t-elle fait ?

— Rien. Elle est née avec le mauvais patronyme.

Il n'y a aucune gravité dans son ton. Rien n'indique qu'il a conscience de l'horreur de ce qu'il vient de dire. Mon mari ne se préoccupe pas de savoir pourquoi une personne se retrouve dans sa cave. Moi, si. J'ai besoin de raisons, d'excuses, pour légitimer ce que nous faisons à ces gens. Je me sers des miettes qu'il me jette pour justifier mes actes.

*C'était un violeur, et il n'a que ce qu'il mérite.*

*Il a volé de l'argent au clan, et il aurait pu tuer Tito si la balle avait atterri là où il avait prévu qu'elle atterrisse.*

*Il a coupé la cocaïne avec suffisamment de lévamisole pour provoquer des crises d'épilepsie chez les acheteurs.*

Or, cette raison est si peu convaincante qu'elle ne peut même pas être avancée par une personne aussi rompue à la gymnastique mentale que moi.

Soudain, un cri retentit. Le sédatif a dû perdre de son effet. La fille se met à ruer, si bien que j'ai peur qu'elle se déboîte les épaules. Une veine palpite sur le cou de Lazaro. Il ne craint pas que quelqu'un l'entende. Le sous-sol est insonorisé, et les voisins savent qu'ils doivent se mêler de leurs affaires. Seulement, Lazaro déteste qu'ils crient sans raison.

— Silence, maintenant, dit-il en sortant une seringue.

Les cris de la jeune fille se transforment en plaintes.

— Non, je vous en prie, supplie-t-elle avec un léger accent italien. S'il vous plaît, ne m'injectez pas ça.

Mon mari lui sourit comme il le ferait à un livreur. Amical et de bonne humeur.

— Tu as fini ? Si tu promets de ne pas faire de bruit, je range l'aiguille.

Les yeux de la fille passent de la seringue à mon mari, puis à moi. Elle soutient mon regard pendant un bref instant, l'expression confuse. Je n'ai pas l'air d'une tueuse, surtout quand je suis habillée pour un enterrement de vie de jeune fille. Elle doit se demander ce que je fais ici.

— Je ne crierai pas, assure-t-elle d'une voix tremblante et suppliante.

Sa poitrine se soulève et s'abaisse au rythme de sa respiration courte et, une fois de plus, je suis frappée par sa jeunesse. Pas une seule ride sur son visage, pas un soupçon de cheveux blancs.

Cette fille ne semble pas être du genre à faire du mal à qui que ce soit.

Je ferme les yeux tandis que l'horreur enfle dans mon ventre.

— Je vous en prie, c'est une erreur, poursuit-elle, d'une voix qu'elle veut calme. Je ne sais pas qui vous pensez que je suis, mais je ne suis qu'une touriste. Je suis à New York pour deux semaines avec mon amie.

Ses lèvres tremblent.

— Est-ce qu'Imogen…

Lazaro enfonce les mains dans les poches de son pantalon et s'adosse au mur.

— Ta copine est morte.

Les traits de la fille se décomposent.

Le sourire de Lazaro s'étire et il secoue la tête, comme s'il était au courant de je ne sais quelle plaisanterie.

— Crois-moi, de vous deux, c'est ta copine qui a de la chance.

Il faut une seconde à la fille pour comprendre ce qu'il veut dire, avant que des larmes se mettent à couler silencieusement sur ses joues.

— Je ne comprends pas, bafouille-t-elle. Qu'est-ce qui se passe ?

— Ce n'est pas ta faute, répond-il calmement. Ne culpabilise pas. Tu n'aurais vraiment rien pu faire.

On dirait qu'il cherche à la titiller. Je comprends alors que cela fait partie du châtiment. Celui qui a demandé à Papà de capturer cette fille voulait qu'elle souffre.

Mon mari se tourne vers moi.

— Je vais me changer. Profitez-en pour apprendre à vous connaître.

La fille et moi le regardons partir dans l'escalier, puis nous nous retrouvons seules. Je commence à avoir mal au fond de la gorge. Je sais ce qui va se passer. Elle va me supplier. Ils le font tous.

— S'il vous plaît, vous devez m'aider, croasse-t-elle. Il s'est trompé. Il s'est trompé de fille.

Je fais un pas vers elle, et elle a un mouvement de recul, ne sachant manifestement pas à quoi s'attendre de ma part. Son nez retroussé et ses joues replètes sont parsemés de taches de rousseur.

— Il ne se trompe jamais, dis-je.

J'ai la bouche si sèche que ma langue ressemble à du papier de verre.

Elle aussi doit avoir soif.

— Tu veux de l'eau ? je demande.

Elle hoche la tête.

Je prends une bouteille dans le mini-frigo et la lui apporte. Elle avale l'eau à grandes gorgées pendant que je fais de mon mieux pour la lui verser dans la bouche. De près, je peux sentir son odeur. Verveine citronnée, menthe et poussière. Elle sent même l'innocence. Cette fille n'est pas une menace. Elle ne mérite pas qu'on lui inflige une douleur atroce.

Je détourne le regard, parcourue d'un frisson. Des images défilent dans ma tête comme un vieux diaporama. Les yeux remplis de béatitude de Lazaro lorsqu'ils rendent leur dernier souffle. La façon dont son pantalon se tend à l'entrejambe. Le regard fier qu'il me lance alors que je tremble au sol, les mains pleines de sang.

— Pitié, aidez-moi, supplie-t-elle.

J'ai une douleur sourde dans la gorge.

— Je n'ai pas le choix.

J'aimerais qu'il en soit autrement. J'aimerais pouvoir arrêter d'avoir si peur.

— On a toujours le choix. Vous pouvez choisir de m'aider.

Une autre larme coule sur sa joue droite et tombe de son menton sur sa chemise.

— Je vois que vous êtes quelqu'un de bien.

Je me mords l'intérieur de la lèvre. Quelqu'un de bien ? Si c'était le cas, je trouverais le moyen d'être courageuse.

Lazaro m'a dit ce qu'il ferait si je m'arrêtais.

Il tuera Lorna, et il me torturera.

Il me connaît suffisamment pour savoir que l'envie de protéger notre innocente domestique me gardera dans le droit chemin.

Or, cette fille aussi est innocente.

Elle soutient mon regard, ses jeunes yeux brillent d'une détermination désespérée qui ne m'est que trop familière... Cleo. Elle me rappelle ma petite sœur.

Elle aussi est peut-être la sœur de quelqu'un. Une fille. Peut-être une future mère.

Comment puis-je lui enlever cela ?

C'est à ce moment-là que je prends conscience de la situation.

Je ne peux pas.

S'il existe ne serait-ce qu'une infime chance que je puisse la sortir de là, je dois la saisir.

Mes poumons se gonflent sous l'effet d'une grande respiration. C'est la première que je prends depuis des semaines.

— Vous ne voulez pas me faire de mal, poursuit la fille à voix basse.

Non, en effet. Je crois que j'ai toujours su que j'en arriverais à ce stade un jour. J'ai tenu bon aussi longtemps que j'ai pu, mais je n'en suis plus capable.

Je vais la faire sortir d'ici.

J'ai donc besoin d'un plan, et *vite*.

Le décor se précise, et je me rends compte de ce que je vais devoir faire.

Lazaro doit être neutralisé.

Je me dirige vers les tiroirs qui flanquent le mur et commence à les ouvrir un par un.

— Qu'est-ce que vous faites ? demande la fille.

— Je t'aide. Tais-toi.

Je trouve un couteau et le glisse dans mon dos, sous la ceinture de ma jupe. S'il n'est pas difficile de trouver des armes ici, ce serait bien qu'il y ait un...

Pistolet. Je le prends au fond d'un tiroir et vérifie qu'il est chargé. Je suis allée trois fois au stand de tir. Papa pense que c'est une compétence de base que tous les membres de la famille devraient avoir, même les filles. Je trouvais cela progressiste de sa part, mais c'était avant qu'il ne me marie à un tueur sadique.

— Qu'allez-vous faire avec ça ? demande la jeune fille.

— L'abattre.

Elle déglutit.

— Et après ? Comment on sort d'ici ?

C'est une bonne question. Si on arrive à échapper à Lazaro, elle pourra s'enfuir par la porte de derrière. Elle n'est jamais gardée quand il est là. Personne n'est assez fou pour essayer d'attaquer le bourreau en chef de Garzolo dans le confort de sa maison. Si elle traverse le jardin en courant, elle peut couper à travers l'étroite zone boisée et déboucher hors du quartier, sur le bord de la route.

Et ensuite, alors ? Non, elle a besoin d'une voiture, sauf que Michael, le garde à l'entrée du quartier, est à la solde de Lazaro, et il donnera l'alerte s'il voit une inconnue au volant d'un de nos véhicules.

Il ne le fera pas si c'est moi qui conduis. Je peux prétexter que je vais à l'épicerie pour acheter quelque chose pour le dîner. Nous gagnerons au moins une heure. Cela suffira-t-il pour que je puisse la mettre à l'abri ?

J'échange le couteau glissé dans ma jupe contre le pistolet et me précipite jusqu'à elle pour commencer à couper la corde qui lui lie les mains. Elle respire difficilement, mais il y a une étincelle dans ses yeux.

— As-tu quelqu'un à New York qui puisse t'aider ? je demande.

— Mon amie est la seule personne qui m'accompagnait, mais si je récupère mon téléphone, je pourrai appeler quelqu'un.

— Ils vont vite être à nos trousses, je lui explique. Tu dois avoir pris la poudre d'escampette avant qu'ils réalisent que tu es partie.

Mes pensées se bousculent. Je vais la mettre dans le coffre et conduire le plus loin possible, mais elle doit s'enfuir bien plus loin encore, là où une voiture ne peut l'emmener.

— Je dois aller à l'aéroport, dit-elle, comme si elle devinait mes pensées. Je dois rentrer chez moi...

— Ne me dis rien, je l'interromps.

Si je me fais prendre, il vaut mieux que je ne sache pas où elle est allée.

— Tu as ton passeport ?

— Il était dans mon sac à dos, me répond-elle. Mais je ne l'ai plus.

Le sac à dos posé sur le meuble de cuisine doit être le sien.

— Je sais où il est.

Je finis de couper la corde et la fille tombe sur moi en chancelant.

— Tu vas t'en sortir, je murmure, même si je n'en sais rien. Je vais le mettre hors d'état de nuire quand il reviendra, et tu devras me suivre à l'étage. On prendra tes affaires et on sortira la voiture. Tu monteras dans le coffre. J'irai directement à l'aéroport. À partir du moment où je t'aurai déposée, tu seras seule.

Un mélange de soulagement et d'anxiété se lit sur son visage.

— D'accord.

Bien que l'arme soit froide, elle me brûle à travers le tissu de mon haut. Je prends le pistolet dans ma main et lui fais signe de se mettre derrière moi.

Les minutes à attendre le retour de Lazaro sont atroces. J'ai les boyaux qui remuent si fort que j'ai peur qu'il les entende dès qu'il ouvrira la porte de la cave. En revanche, je sais aussi que mon mari ne s'attendra jamais à cela de ma part. À ses yeux, je suis impuissante, je ne suis pas une menace. Je peux utiliser cela à mon avantage.

Enfin, la porte s'ouvre dans un grincement sourd. Nous ne nous trouvons pas dans son champ de vision. Aussi, lorsqu'il arrive en bas de l'escalier, c'est son dos que je regarde. L'hésitation n'a pas sa place. Je ne dois pas lui permettre de comprendre que la fille n'est plus attachée. Mon doigt se positionne sur la gâchette et, au moment où il se retourne, je tire.

# CHAPITRE 3

## VALENTINA

LE PISTOLET RECULE. Lazaro tombe. Le coup de feu fait vibrer mes tympans. Le temps se dilate, absorbe de plus en plus d'images jusqu'à ce qu'il éclate enfin, et je me mets en mouvement.

— On y va, dis-je en saisissant la fille par le poignet.

— Il est mort ? demande-t-elle alors que je l'entraîne dans l'escalier.

— Je ne sais pas.

Je n'ai pas le temps de vérifier où je l'ai touché, tout ce que je sais c'est qu'il est à terre et qu'il ne bouge plus. L'idée que je l'aie peut-être tué m'effleure à peine. J'en doute. Je ne suis pas si chanceuse.

Je cours si vite dans les escaliers que je manque de trébucher. Curieusement, il me reste assez de bon sens pour verrouiller la porte du sous-sol une fois que nous sommes sorties. Nous tournons et entrons dans la cuisine.

— Tiens !

Je lance le sac à dos à la fille.

Elle le fouille et pousse un cri de frustration.

— Mon passeport est là, mais mon téléphone et mon porte-feuille ont disparu.

Comment va-t-elle payer son vol de retour ? Il nous faut du liquide. Si je lui donne ma carte de crédit, Papà pourra facilement la retrouver.

— Suis-moi, lui dis-je en me dirigeant vers le bureau de Lazaro, au deuxième étage.

Il a un coffre-fort rempli d'espèces, d'armes et d'autres objets de valeur. Mes sandales s'arrêtent en glissant sur le parquet poli lorsque nous arrivons devant. C'est un meuble imposant, presque aussi grand qu'un réfrigérateur.

— Vous connaissez le code ? demande la fille.

Je ne prends pas la peine de lui répondre tandis que je tape le code d'accès. Comme le temps, les paroles sont précieuses. Chaque son que nous émettons est risqué, une possibilité qu'on nous entende. La maison est vide à cette heure-ci, Lorna est partie en début d'après-midi, mais je suis paranoïaque. J'ouvre la lourde porte du coffre-fort tout en regardant par-dessus mon épaule. Une part de moi s'attend à voir un Lazaro ensanglanté juste derrière nous, un couteau à la main ; il n'est pas là.

J'attrape une liasse de billets et, après un temps de réflexion, prends aussi mon passeport. Je n'ai aucune idée de ce que je vais faire une fois que je l'aurai déposée, seulement je ne peux pas revenir ici et je n'irai pas loin sans mes papiers.

Tout est calme lorsque nous nous dirigeons vers le garage, pourtant c'est d'un doigt tremblant que j'appuie sur le bouton pour ouvrir le coffre.

— Monte, j'intime à la fille.

Je me retiens de traverser le quartier à tombeau ouvert. Michael pourrait se douter que quelque chose ne va pas. Lorsque je m'arrête devant sa cabine, j'affiche un sourire des plus décontractés, même si j'ai conscience des gouttes de sueur qui s'accumulent à la racine de mes cheveux. Michael sort et me fait signe de baisser la vitre. Lui et moi avons toujours été cordiaux l'un envers l'autre, sans plus. J'espère qu'il n'est pas d'humeur à discuter.

— Vous sortez ? s'enquiert-il tout en promenant le regard à l'intérieur du véhicule.

Il ne fait que son travail. Il n'y a rien ici qui puisse éveiller ses soupçons.

— Oui. J'ai besoin de quelques trucs pour le dîner, je dois passer au magasin, dis-je.

Ses yeux se rétrécissent.

— Qu'y a-t-il dans votre sac ? m'interroge-t-il en montrant le sac à main posé sur le siège à côté de moi.

Mon cœur fait un bond. Pendant une fraction de seconde, je pense que le passeport a glissé et qu'il se demande pourquoi j'en ai besoin pour aller à la supérette. Quand je baisse le regard, je m'aperçois que c'est le couteau que j'avais mis à l'intérieur qui est tombé.

Je laisse échapper un rire gêné.

— Oh, ça doit être à Lazaro. Il oublie toujours ses affaires dans la voiture.

Michael renifle.

— Vous feriez peut-être mieux de ranger ça dans la boîte à gants quand vous êtes hors du quartier.

— Vous avez tout à fait raison.

Il me regarde fixement et attend que je le fasse. Flûte ! C'est là que j'ai caché l'arme. J'ouvre le compartiment de quelques centimètres et y glisse le couteau aussi vite que possible.

Il renifle à nouveau et s'éloigne de la voiture.

— Je vais ouvrir le portail.

Je retiens mon souffle jusqu'à ce que je tourne au coin de la rue et qu'il disparaisse de ma vue. On est sorties. On a vraiment réussi à sortir.

J'éprouve un très court moment de soulagement avant de comprendre que j'ai un autre dilemme. Je ne sais pas comment me rendre à l'aéroport le plus proche, Newark, sans GPS, ce qui signifie que je dois garder mon téléphone allumé, mais alors les hommes de Papà pourront me suivre à la trace une fois qu'ils sauront que j'ai pris le large. Merde.

J'ouvre l'application Maps, je tape rapidement notre destination et consulte l'itinéraire. Ce n'est pas très compliqué. Quand nous serons proches de l'aéroport, il y aura des panneaux partout. Je jette un dernier coup d'œil au trajet, j'ouvre le compartiment de la carte SIM et jette la puce par la fenêtre... puis j'éteins mon téléphone.

Je m'engage sur l'autoroute, la tête pleine de pensées. J'ai peu de temps pour décider de ce que je devrais faire. Michael donnera l'alarme dès qu'il s'apercevra que je suis partie trop longtemps. Ce ne sera qu'une question de temps avant que les hommes de Papà ne me coincent.

Si Lazaro est vivant, ils me remettront à lui. S'il est mort, c'est Papà qui sera chargé de me punir. Je resserre les mains autour du volant. Il ne me traitera pas gentiment après que je me suis mêlée de ses affaires et que j'ai libéré un de ses prisonniers et tué le meilleur de ses hommes de main. Papà déteste les traîtres. Il n'aura aucune pitié pour moi.

Trois bruits sourds proviennent de l'arrière de la voiture.

Je prends la sortie suivante et m'arrête sur le parking d'un supermarché abandonné. Nous n'avons pas de temps à perdre, mais je crains qu'elle n'étouffe là-dedans. J'ouvre le coffre et l'aide à sortir.

— Encore une minute de plus, et j'allais vomir, explique-t-elle en passant les jambes par-dessus bord.

— On doit continuer à rouler, dis-je. On est encore à dix minutes de l'aéroport.

Je sors mon téléphone et cours jusqu'à une poubelle proche. Il est hors de question que je garde cet appareil. Même sans la carte SIM, ils pourront me suivre à la trace dès que je l'aurai rallumé, j'en suis certaine. Je m'apprête à repartir en courant vers la voiture, quand mon regard s'arrête sur mon alliance. Après un temps d'arrêt, je l'enlève de mon doigt et la jette aussi.

La fille prend place à côté de moi, et nous reprenons la route.

— Qu'est-ce qu'on va faire quand on y sera ? demande-t-elle.

— Tu vas prendre le premier vol, dis-je. Tu dois monter dans l'avion le plus tôt possible.

Dans ma vision périphérique, je la vois hocher la tête. Je ne peux imaginer ce qu'elle ressent et tout ce qui doit lui passer par la tête. De quoi se souviendra-t-elle quand l'effet de l'adrénaline sera retombé ? Elle tient à peine le coup.

On ne peut pas dire que je sois dans un meilleur état, pour être honnête.

Nous roulons en silence pendant quelques minutes, mais je sens son regard pensif sur moi.

— Pourquoi avez-vous décidé de m'aider ? demande-t-elle.

Malgré les nombreuses raisons qui me viennent immédiatement à l'esprit, j'ai du mal à lui donner une réponse.

*Parce que tu es innocente.*

*Parce que tu me rappelles ma petite sœur.*

*Parce que si je touche encore à un cheveu de quiconque, je risque de me tuer juste après.*

Et j'ai envie de vivre, même si je ne le mérite pas. Pour une raison que j'ignore, je ne suis pas prête à dire adieu à ce monde hideux.

— Parce que je le pouvais, dis-je enfin.

On voit maintenant des panneaux indiquant l'aéroport de Newark.

— Déposez-moi au terminal international, dit la fille.

C'est une bonne idée de quitter le pays. Si l'influence de Papà est vaste, il n'est pas omnipotent.

— L'argent est dans mon sac, dis-je. Prends ce dont tu as besoin.

Elle prend le sac calé entre ses pieds et en sort la liasse de billets. Puis elle compte.

— Je prends quatre mille dollars. Ça me suffira pour rentrer chez moi.

Elle continue de compter.

— Il vous en reste donc six.

Six mille dollars, un couteau, un pistolet et les habits que j'ai sur le dos. C'est tout ce qu'il me reste.

— Qu'est-ce que vous allez faire ? demande la fille.

Fuir.

Fuir en espérant qu'ils ne me trouveront pas.

Mes sœurs ne comprendront pas pourquoi je suis partie, parce qu'elles ne savent rien des petits jeux sadiques de Lazaro. Si mes parents ne leur diront jamais rien, cela les poussera peut-être à se réveiller et à ne pas faire à Gemma et à Cleo ce qu'ils m'ont fait. Je me demande comment ils vont expliquer ma disparition. Cleo sera sceptique quoiqu'ils disent, mais Gemma pourrait les croire. Elle est loyale, dévouée, tout comme je l'étais. Avant mon mariage, Mamma m'a dit qu'elle était satisfaite de voir que j'avais bien assimilé toutes ses leçons.

*Désolée, Mamma. Je suis sur le point de devenir ta plus grande déception. Je ne supportais pas la vie que tu voulais pour moi.* Personne ne me qualifiera d'épouse parfaite après ça.

— Vous m'avez entendue ?

Je jette un coup d'œil à ma compagne de route. Elle se ronge les ongles. Elle a l'air si effrayée qu'une douleur naît dans ma poitrine.

Va-t-elle s'en sortir seule ? Et si j'avais abattu mon mari pour qu'elle soit finalement enlevée par quelqu'un d'autre ? Je ne connais rien de son histoire ni la raison pour laquelle Lazaro a reçu l'ordre de la capturer. Et s'il n'était pas le seul à la chercher ?

— Je ne sais pas ce que je vais faire, dis-je.

Une mèche de cheveux emmêlés lui tombe sur le visage.

— Vous voulez bien m'accompagner pour acheter mon billet ?

Sa voix tremble.

— Je ne veux pas paraître suspecte aux yeux des employés de la compagnie aérienne. Vous n'avez qu'à dire que vous êtes ma sœur et que vous me payez un voyage de dernière minute.

Je ne veux pas savoir où elle va, mais elle n'a pas tort. Elle fait jeune et elle voyage sans bagages. Et s'ils pensaient qu'elle avait des ennuis et ne l'autorisaient pas à embarquer ?

— D'accord, je t'accompagne. Dès que tu auras passé les contrôles de sécurité, achète-toi des vêtements de rechange et mets un chapeau. Ne parle à personne à moins d'y être obligée.

— Vous croyez qu'ils nous ont suivies ?

— Si ce n'est pas déjà le cas, ça ne saurait tarder.

Le terminal international est juste devant nous. Je m'arrête dans une zone de stationnement interdit et nous sortons.

— Votre voiture ne va pas se faire embarquer à la fourrière ? demande-t-elle.

— On sera rapides.

Qu'on l'enlève. Je n'y retournerai pas. Une fois que nous aurons le billet de la fille, j'achèterai le mien pour une destination lointaine.

Nous nous arrêtons devant le panneau qui affiche les départs, et elle nous indique un vol pour Barcelone.

— Celui-là. On pourra venir me chercher là-bas.

L'avion décolle dans une heure.

— Allons-y, dis-je tout en l'entraînant vers le guichet.

Malgré notre inquiétude, l'agent ne sourcille pas et délivre à la fille son billet.

Le passeport serré dans la main, elle se tourne vers moi. Ses yeux noisette croisent les miens.

Il ne me reste plus qu'une chose à lui dire.

— Ne reviens jamais à New York. Jamais.

Elle prend une respiration tremblante.

— Cette ville peut aller se faire voir.

Elle va rejoindre au petit trot, ses Converse à semelle rose claquant contre le sol, la file d'attente pour les contrôles de sécurité.

J'attends qu'elle soit hors de vue et me dirige vers un autre agent.

Lorsque je lui dis que je prendrai n'importe quel vol partant dans l'heure, en plus de celui à destination de Barcelone, il secoue la tête.

— Tous les autres vols que nous avons dans l'heure sont complets, m'annonce-t-il. Vous pouvez essayer d'aller voir les vols en partance du terminal 2.

Je serre les dents. Je n'ai pas le luxe de sillonner l'aéroport. Papà est peut-être déjà en train de comprendre ce qui s'est passé.

— Mais il y a de la place sur le vol pour Barcelone ?

— Il nous reste une place en classe affaires, confirme-t-il.

La fille aux Converse a obtenu le dernier siège en classe économique. J'ai commencé à l'appeler ainsi, parce que c'est étrange de partager l'heure la plus intense de sa vie avec une personne dont on ne connaît même pas le nom. Désormais, elle s'appellera la fille aux Converse.

— Combien ça coûte ?

— C'est trois mille cinq cent deux dollars.

J'écarquille les yeux. Bon sang, c'est cher ! Voilà ce qu'on obtient en achetant un billet quelques minutes avant l'embarquement. Je ne veux pas aller là où elle va, mais je n'ai pas vraiment de meilleur choix. Je donne l'argent à l'employé.

Les deux mille cinq cents dollars qui me restent dans mon sac à main me paraissent bien maigres, d'autant plus que j'ignore ce que je ferai une fois en Europe. Combien de temps vais-je tenir avec cela ? Je ne sais absolument pas comment trouver un emploi. Le seul « travail » que j'aie eu, c'était d'aider Mamma à organiser des événements caritatifs, et je n'ai pas eu à passer d'entretien pour cela. Quelles sont mes compétences ? Je ne pense pas que le fait de savoir garder des secrets, de cuisiner des lasagnes et d'être jolie soit une qualité d'embauche.

La voix de l'agent m'évite de m'écrouler.

— Voici votre carte d'embarquement.

Il me tend un bout de papier.

— Vous devriez vous dépêcher de rejoindre la porte d'embarquement.

Je fonce dans l'aéroport à travers les voyageurs, passe les contrôles de sécurité et entre dans un magasin pour m'acheter un sweat à capuche et un chapeau. Ma robe est trop reconnaissable, et je ne veux pas que la fille aux Converse me voie et pense que je la suis.

À la porte d'embarquement, je l'aperçois, elle est assise sur l'un des sièges, alors je veille à ne pas être dans son champ de vision. Il n'y a là que des familles et des touristes bruyants, mais chaque fois que je vois un homme seul, mon cœur s'arrête. Est-il en train de prendre son téléphone dans sa veste ? Qui appelle-t-il ? Vient-il de me regarder une seconde de trop ?

La paranoïa est forte. Je m'oblige à respirer calmement. Papà n'aurait jamais pu me retrouver aussi vite. Même si je n'avais que blessé Lazaro et qu'il s'était relevé dès que nous avons quitté la maison, il lui aurait fallu du temps pour me retrouver. Il ne peut pas savoir où je me suis rendue.

À moins qu'ils aient suivi la voiture à la trace.

Oh, mon Dieu. Je suis tellement bête. Bien sûr qu'ils ont suivi le signal GPS de la voiture. Si Lazaro voit que j'ai laissé le véhicule à l'aéroport, il sait que je suis ici. Il est probablement en route. Il est peut-être déjà au terminal.

Les voyageurs commencent à embarquer, et j'ai du mal à tenir en place.

Je reste en arrière, jusqu'au tout dernier groupe, et passe l'embarquement dans un état second. Mon corps est bloqué en mode lutte ou fuite, mais je suis obligée d'attendre dans une première file, puis dans la suivante. Je suis nerveuse et en sueur. Si on m'interroge, je répondrai que j'ai peur en avion.

En montant à bord, je vois la fille aux Converse dans l'une des rangées les plus éloignées de la classe économique. Elle a rabattu le chapeau sur son visage et ne tente même pas de regarder qui que ce soit. C'est bien. Je me glisse sur mon siège côté fenêtre, dans la cinquième rangée, et tourne la tête vers l'extérieur. Je serai descendue de l'avion avant elle. Aussi, tant que je resterai dans mon compartiment, elle ne risquera pas de me voir.

Lorsque la porte de l'avion se referme et que nous commençons à bouger, un soupir de soulagement s'échappe de mes lèvres. Avec lui s'envole le peu d'énergie qu'il me reste. Je pensais être sur les nerfs durant tout le vol, mais mon corps s'éteint et je plonge dans le sommeil.

# CHAPITRE 4

## VALENTINA

JE SUIS RÉVEILLÉE par des turbulences quelque temps plus tard. Au hublot, le ciel est strié de magenta et d'orange, et des nuages blancs et cotonneux s'étendent à perte de vue sous l'avion. L'écran au dos du siège devant moi indique que nous atterrirons dans quarante minutes à Barcelone.

Je n'ai rêvé de rien, mais maintenant que je suis de retour au royaume des vivants, les images me sautent à l'esprit. La fille aux Converse recroquevillée, en position fœtale, sur le sol de la cave. Ma paume resserrée autour de l'arme froide. Lazaro étendu par terre, un sang épais suintant sous lui.

J'ai peut-être réussi à le tuer.

Cette pensée m'apaise. Le calme m'envahit et s'installe dans mon corps pour la première fois depuis des mois.

Chaque matin où je me réveillais aux côtés de Lazaro marquait le début d'une nouvelle journée interminable. Je prenais mon petit-déjeuner, m'étouffais avec mon déjeuner et avais une ou deux crises de panique dans les heures qui précédaient le retour de Lazaro.

Je ne savais jamais s'il allait nous ramener quelqu'un ou non. Ses horaires n'étaient pas réguliers, puisque les affaires du clan n'en avaient pas. Tout n'est que chaos, un chaos régi par le sang et la poudre blanche, et au moment même où l'on pense en avoir appris les règles, elles changent.

Il y en a eu dix, un par semaine en moyenne depuis le lendemain de notre mariage. Pour la plupart, je ne connais pas leurs noms, mais je me souviendrai toujours de leurs visages.

J'étire mes pieds froids et endoloris et frotte mes paumes le long des bras pour faire circuler le sang dans mes extrémités. Je résiste à l'envie de me lever pour aller aux toilettes et je jette un coup d'œil à la fille aux Converse. Elle va bien. Elle a dit qu'on pouvait venir la chercher à l'aéroport, ce qui signifie qu'elle doit avoir des amis ou de la famille en Espagne. Son accent était-il espagnol ou italien ? Maintenant que j'y pense, ça aurait pu être l'un ou l'autre. Si elle apprend que je suis dans l'avion, elle va prendre peur.

La lumière s'allume et le commandant de bord annonce que nous sommes sur le point d'entamer notre descente. Alors que l'avion se remplit des cliquètements de ceintures que l'on attache et de conversations endormies, les nuages se dissipent pour révéler la terre et le scintillement caractéristique de la mer.

Lorsque je descends de l'avion sur la passerelle, je suis frappée par une vague de chaleur oppressante. Les panneaux sont écrits en anglais et en espagnol, et je les suis jusqu'à la douane. Je veux quitter la zone restreinte pour réfléchir à ce que je vais faire.

Je suis allée une fois en Espagne, à Séville, pour un mariage, celui de Carolyn, une fille que je connaissais depuis le lycée. La seule raison pour laquelle Papà m'a autorisée à y aller, c'est parce que le père de mon amie était sénateur. J'ai passé quatre jours à boire, à manger des tapas et à me prélasser dans de magnifiques palais construits pour d'anciens rois.

Mon frère, Vince, était mon chaperon, toutefois il m'a vite abandonnée. Une invitée lui avait tapé dans l'œil. De toute façon, je n'allais pas faire de bêtises, j'étais déjà fiancée à Lazaro. J'étais nerveuse à l'idée de l'épouser, mais je n'avais pas eu mon mot à dire quand Papà m'avait annoncé que Lazaro serait mon mari. Dès lors que les mots franchissent ses lèvres, on part du principe que l'affaire est réglée. Toute velléité de désaccord est sanctionnée par une discipline sévère.

Le douanier tamponne mon passeport et me le rend.

— Bienvenue en Espagne, me dit-il, avant de me faire signe de passer.

L'aéroport de Barcelone est immense et tentaculaire. Je change mes dollars en euros, m'achète une pâtisserie et un expresso, et m'installe à une petite table dans le café.

Je dois continuer à me déplacer pour être plus difficile à retrouver, mais où aller ? Je n'ai plus de téléphone, je ne peux même pas faire de recherches en ligne.

Au-dessus de moi, deux écrans géants font défiler une liste interminable de vols. Je les parcours tout en mastiquant, et alors que je parviens à la lire entièrement, un groupe de jeunes Britanniques s'assied à la table à côté de moi.

— J'ai hâte de voir Solomun, s'enthousiasme l'un d'eux. Il jouera demain soir au Revolvr, et tout le monde dit que c'est l'éclate là-bas.

Son ami lui donne un coup d'épaule.

— T'as oublié ? On a promis à Addie qu'on irait la voir à l'Amnesia. Elle y bosse tout l'été comme serveuse.

Cette phrase déclenche un concert de huées de ses compagnons.

— T'essaies encore de te faire cette nana, hein ? s'exclame l'un d'eux. Oublie-la, mon pote. Elle est à Ibiza, elle pense pas à toi.

Je bois une gorgée de mon expresso et jette un coup d'œil au panneau d'affichage.

Il y a un vol pour Ibiza dans une heure et demie.

La seule chose que je sais de cet endroit, c'est ce que tout le monde en sait. C'est une île connue pour ses fêtes à outrance, la version européenne de Las Vegas, je suppose. Un lieu de passage. Un lieu où il serait facile pour une fille de se fondre dans...

Je tambourine des doigts contre le rebord de la table. Qu'est-ce que j'ai à perdre ? Je n'ai pas de meilleure idée, de toute façon.

Vingt minutes plus tard, je suis à la porte d'embarquement.

Le reste du voyage est flou. Après avoir débarqué de l'avion à Ibiza, mon cerveau enregistre une série d'images : la rangée de taxis au terminal, les panneaux publicitaires annonçant des DJ le long de la route, les palmiers qui bordent les trottoirs.

Le chauffeur m'emmène à Sant Antoni de Portmani, une ville où la vie est bien moins chère que dans le centre-ville d'Ibiza, selon l'homme. Je suis tellement fatiguée que lorsque je sors enfin de la voiture, je n'hésite pas à entrer dans la première auberge que je trouve.

Le minuscule hall d'entrée sent l'encens et le bois. Des photos de l'île couvrent la plupart des murs, et la pièce est remplie d'étagères sur lesquelles sont posés des bougies et des livres de voyage disponibles à la vente. Une carafe d'eau trône sur une table minuscule aux côtés de quelques tasses empilées.

Lorsque je voyageais avec mes parents, nous logions toujours dans des hôtels cinq étoiles. Des sols en marbre poli, de hauts plafonds, des concierges en uniforme impeccablement repassé et des boîtes de chocolats sur nos oreillers. Je me souviens d'avoir fait la difficile pour des futilités : la qualité de tissage des draps et la fermeté du matelas.

Aujourd'hui, je suis tellement épuisée que je pourrais dormir sur une palette en bois.

Je demande une chambre pour deux nuits. Cela devrait me suffire pour réfléchir à la suite.

La réceptionniste me regarde avec curiosité pendant qu'elle tape sur son ordinateur. J'ai peur qu'elle me pose des questions auxquelles je ne peux pas répondre. Or, à part demander à voir mon passeport, elle ne dit rien. Quelles sont les chances pour que les petits génies de la technologie employés par Papà puissent me retrouver dans le système informatique de l'auberge ? Ce n'est pas gagné, même pour eux.

— Tenez.

Elle me tend mon reçu et une clé attachée à un simple porte-clés en métal. Le chiffre cinq y est gravé.

— C'est au bout du couloir. Dernière porte à droite.

— Merci.

Ma chambre est sobre, mais propre. Je m'effondre sur le lit et tente de faire une sieste, seulement le sommeil ne vient pas, bien que je sois exténuée. L'angoisse de ne pas savoir ce que je vais faire ici me ronge. Mon portefeuille est allégé de cent euros après avoir réglé la chambre, et je n'ai aucun moyen de me réapprovisionner en liquide.

Je me redresse et me renifle. Bon sang, je pue. Je ne risque pas de trouver un travail si j'ai l'air de ne pas m'être douchée depuis deux jours. Je me traîne jusqu'à la salle de bain, me rafraîchis du mieux que je peux et sors m'acheter des produits de toilette et quelques vêtements de rechange.

La ville se déploie autour de moi comme une tapisserie colorée. Si elle est un peu délabrée, le rivage et l'eau bleu azur rattrapent le tout.

Je me promène un peu, mais à mesure que l'après-midi avance, la température monte en flèche. Il fait incroyablement chaud. L'humidité rend ma peau collante, et l'argent que j'ai glissé dans mon soutien-gorge, parce que je ne voulais rien laisser à l'auberge, me gratte. J'en retire la plus grande partie et la range dans mon sac à main.

Il y a une petite zone commerciale que la réceptionniste m'a recommandée et qu'elle a marquée d'un X sur ma carte touristique. Elle m'a dit que j'y trouverais tout ce dont j'avais besoin, alors je m'y rends.

Je choisis trois hauts, un short, une robe légère, une paire de baskets, des sous-vêtements et un sac à dos pour tout ranger.

Après avoir payé, je m'arrête à l'entrée du magasin et compte rapidement l'argent qu'il me reste dans mon sac. Mille huit cent trente-quatre euros, plus le peu encore niché dans mon soutien-gorge. Ce n'est rien. Je me débrouillerai.

À l'heure qu'il est, ma famille doit savoir que je suis partie. Cela fait presque vingt-quatre heures. Si Lazaro est mort, la domestique a dû le retrouver. S'il est vivant, il aura rapporté à Papà ce qui s'est passé.

Alors que je repars en direction de l'auberge, le souvenir de Lazaro étalé sur le sol me revient en tête. Je n'éprouve pas une once de pitié pour lui. Je ne ressens rien du tout.

Un frisson me parcourt. Ce n'est pas bien, n'est-ce pas ? Je devrais ressentir quelque chose, n'importe quoi, à l'idée d'avoir peut-être assassiné mon mari. Et si un truc en moi était à jamais endommagé ? Est-ce là ma punition ? Être condamnée à être insensible pour le restant de mes jours ? Incapable de ressentir des émotions normales et incapable d'empathie ou d'amour ?

J'ai aidé la fille aux Converse à s'enfuir, cela compte forcément. Quand je l'ai vue, là, si jeune et si terrifiée, je n'ai pas pu. Malgré tout, ce seul acte ne rattrape pas le mal que j'ai pu faire aux autres, loin de là. J'aurais pu choisir d'aider n'importe lequel d'entre eux, et je ne l'ai pas fait.

Un corps me percute suffisamment fort pour me couper le souffle.

— Ça va pas, la tête ?

Je ne vois qu'un tourbillon d'habits noirs et l'éclair d'un visage masculin.

— *Disculpe* ! me lance l'homme, avant de s'éloigner de moi en courant.

Il me faut trois secondes pour comprendre ce qui vient de se passer.

Mon sac à main a disparu.

Je me lance dans un sprint en petites sandales plates, mon nouveau sac à dos qui rebondit douloureusement contre mes reins, et crie après le voleur, mais la distance qui nous sépare ne fait que croître.

Il est plus rapide que moi.

Les passants s'arrêtent et regardent la scène, certains tentent même d'attraper l'homme. Aucun n'y parvient. Je finis par m'arrêter, mon souffle réduit à des halètements rageurs. Je presse mes mains contre mes cuisses, et la bulle d'espoir qui me restait éclate.

Mon argent a disparu.

J'ai la nausée.

Lorsque je rentre à l'auberge et que je raconte ce qui s'est passé à la réceptionniste, elle se montre compréhensive.

— Voulez-vous porter plainte auprès de la police ?

— Vous pensez que ça peut m'aider à retrouver mon argent ?

Elle grimace d'un air désolé.

— Honnêtement ? Non. En cinq ans de travail ici, j'ai vu une dizaine de clients se faire détrousser, et un seul a réussi à récupérer son sac. Vide.

Je soupire et m'appuie sur le comptoir. Je ne peux évidemment pas m'adresser à la police. Je ne peux pas présenter aux officiers mon passeport, que j'ai toujours parce que je l'avais transféré dans mon sac à dos. Mais pourquoi n'ai-je pas fait la même chose avec l'argent ?

Il ne me reste plus que quelques billets froissés dans mon soutien-gorge. Que vais-je faire quand tout aura été dépensé ?

Tout va mal.

Je suis à deux doigts de fondre en larmes, lorsque la porte qui mène au dortoir des femmes s'ouvre et que deux jeunes femmes en sortent. Elles portent toutes deux un short court et un T-shirt imprimé. L'une d'elles, une jolie blonde élancée aux grands yeux bleus, me jette un regard de pitié.

— On a entendu ce qui s'est passé, me dit-elle. Ça craint.

Son amie hoche la tête.

— J'ai connu ça l'année dernière à Barcelone. Ils ont pris ma carte d'identité, mon téléphone, tout. La haine.

Elle rabat une mèche de cheveux bruns et bouclés derrière l'oreille. Elle est plus petite que la blonde et son T-shirt vert porte l'inscription « Tu peux être qui tu veux ».

— J'aurais dû être plus prudente, fais-je. J'ai baissé ma garde.

— Ça vous dit qu'on vous offre un verre ? demande la blonde. On était sur le point d'aller dans un bar au coin de la rue.

Boire de l'alcool. Cela m'a l'air bien mieux que l'autre option que j'envisage : me jeter sous un bus.

Je leur adresse un sourire fatigué.

— Oui, ça me ferait du bien.

Elles se présentent pendant que nous marchons. La blonde s'appelle Astrid, et la brune, Vilde.

— Comment vous appelez-vous ? demande Vilde.

Zut. La réceptionniste connaît mon vrai nom, alors je ne peux pas inventer quelque chose, au cas où elles l'utiliseraient devant elle. Seulement, moins on connaîtra mon vrai nom, mieux je me porterai.

— Je m'appelle Tina.

Cela fera l'affaire. En théorie, cela pourrait être un diminutif peu courant de Valentina.

— D'où venez-vous ?

— De Suède.

Astrid ouvre la porte de ce qui semble être un bar. Au-dessus du linteau, on peut lire *El Caballo Blanco*.

— Et vous ? Vous êtes ici pour les vacances ?

J'aurais vraiment dû préparer mes réponses au lieu de devoir les improviser.

— Je viens du Canada. Je voyage un peu partout pendant quelques mois. Et vous ?

— On est saisonnières, m'explique Vilde tandis que nous prenons place à une table libre. On a été embauchées la semaine dernière.

— Dans quoi travaillez-vous ? je demande, après qu'un serveur a pris notre commande, un pichet de sangria.

— Je suis danseuse, m'apprend Astrid. Et Vilde est barmaid.

Un large sourire se dessine sur son visage.

— On rêvait depuis longtemps de faire une saison à Ibiza.

— C'est du boulot, mais on fait beaucoup la fête aussi, ajoute Vilde.

Je retrouve un peu le moral lorsque la sangria arrive. Je ne buvais pas beaucoup avant de me marier avec Lazaro, mais après l'avoir épousé, je me suis mise à boire jusqu'à une bouteille de vin par jour. J'avale le verre en deux gorgées et prie pour que l'alcool agisse rapidement. J'ai besoin de quelque chose qui me calme.

— Vous croyez que je pourrais trouver un emploi ici ?

Je demande à Astrid de me resservir.

— Je ne suis pas difficile. Ce type m'a pris presque tout mon argent, et si je ne trouve pas le moyen d'en gagner, je ne sais pas ce que je vais faire. J'ai besoin d'économiser un peu avant de pouvoir partir ailleurs.

Astrid marmonne et secoue la tête.

— Quel merdier ! Je n'arrive pas à croire que ce connard ait gâché votre voyage. Mais bon, il y a toujours du boulot pour les jolies filles à Ibiza.

Je redresse le dos.

— Vous pensez ?

— Les clubs embauchent à la pelle pour la haute saison, et on n'est qu'au début de l'été.

— Je ne sais pas danser, et le seul cocktail que je sais préparer, c'est le martini, dis-je d'un air désolé.

— Allons, vous allez en trouver, du travail ! me réconforte Astrid tout en me tapotant l'épaule. Il n'y a qu'à vous regarder ! Les directeurs de club vont vous manger dans la main.

— Elle a raison, renchérit Vilde. Il y a un gros turn-over, parce que beaucoup de travailleurs font trop la fête et ne viennent plus bosser. Ils recrutent sans arrêt. Venez à notre club ce soir. On travaille au Revolvr. On aimerait bien vous recommander au patron, mais comme on est nouvelles, notre voix n'aura pas vraiment de poids. Vous devriez essayer de parler à l'un des directeurs.

Qu'ai-je à perdre ? Je n'ai pas grand-chose à offrir, mais je suis prête à apprendre.

Seulement, il y a un autre problème.

— Je ne sais pas si je suis légalement autorisée à travailler ici.

— Vous trouverez un moyen de contourner le problème, assure Astrid d'un air convaincu.

— J'ai un ami argentin qui a travaillé ici au black trois étés de suite, raconte Vilde. C'est pas rare ici.

Travailler illégalement à Ibiza... La vie prend parfois de sacrés tournants. En revanche, si je parviens à trouver un emploi sans papiers, il sera pratiquement impossible de remonter ma piste.

— Ça vaut la peine d'essayer, conviens-je.

Astrid m'adresse un sourire encourageant.

— Venez vers une heure du matin.

Puis elle se met à rire devant mon air perplexe.

— Ici, la fête dure jusqu'au petit matin.

Manifestement, je suis sur le point de me transformer en oiseau de nuit. Cela pourrait être une aubaine.

Après tout, dans le noir, les cachettes sont légion.

# CHAPITRE 5

**VALENTINA**

Il y a des moments dans la vie où l'on perd ses attaches. Les choses que nous tenons pour acquises nous sont arrachées. Les conditions que nous supposons permanentes se révèlent aussi temporaires qu'un beau coucher de soleil. Ce qui nous est familier disparaît, et nous sommes forcés d'affronter l'inconnu.

Lorsque j'ouvre les paupières, je ne reconnais rien autour de moi. Les murs sont jaunes, alors que j'ai l'habitude qu'ils soient bleus. Le lit à ressorts est bosselé et grince chaque fois que je bouge. La salle de bain sent le citron.

— Tu es en Espagne, je marmonne. Tu t'es échappée.

Cela me paraît irréel. Si je continue à me parler à moi-même, cela finira peut-être par rentrer.

Il fait nuit dehors. L'horloge bon marché accrochée au mur indique qu'il est minuit, ce qui signifie que je dois commencer à me préparer pour me rendre au Revolvr.

Je me douche et enfile la robe microscopique que j'ai achetée après avoir dit au revoir à Vilde et à Astrid. Elles m'ont recommandé de porter quelque chose de voyant pour être dans le ton. Elle a une coupe en V prononcée sur le devant, la même un peu plus profonde dans le dos, et l'ourlet couvre à peine mes fesses.

Je n'ai jamais rien porté de tel de toute ma vie. Je suis tellement mal à l'aise dans cette robe que je tire constamment dessus pour la remettre en place pendant que j'attends le taxi. Lorsqu'il arrive, je me contorsionne pour entrer dans la voiture et parviens à éviter qu'un sein ne s'échappe du décolleté.

Tout à l'heure, les filles m'ont conseillé de demander dès mon arrivée à l'un des serveurs à parler à un responsable. Ce n'est pas vraiment un plan, d'autant plus que j'ignore ce que je vais dire, même si j'arrive à trouver quelqu'un avec qui m'entretenir. Tout ce que je sais, c'est que je suis prête à mendier un emploi s'il le faut.

— Nous sommes arrivés, annonce le chauffeur lorsque nous nous arrêtons.

Quand il me donne le montant, je gémis intérieurement. J'avais peur de ne pas réussir à m'y retrouver dans les horaires de bus au beau milieu de la nuit, mais il semblerait que j'y sois obligée pour le chemin du retour.

Je donne les sous au chauffeur et sors pour regarder autour de moi. La plage est toute proche. Je ne la vois pas, or je sens le sel dans l'air. Il y a quelques immeubles, rien qui attire l'attention, à l'exception d'une gigantesque enseigne à néons sur le toit d'une structure en forme de boîte qui porte l'inscription *Revolvr*.

Lorsque je pénètre dans le bâtiment, je suis bouche bée.

C'est bien plus grand que cela ne le paraissait de l'extérieur. Je me perds aussitôt. Je passe devant au moins trois bars avant d'entrer dans la zone principale où un DJ passe de la *dance* aux basses vrombissantes. La salle est un ensemble d'alvéoles, avec ses balcons, plusieurs niveaux et une immense piste de danse. Des milliers de personnes pourraient s'y entasser sans problème.

La tête me tourne, et pas seulement à cause des lumières stroboscopiques ou du dessin animé japonais survolté qui passe sur un grand écran. Ils ne me trouveront jamais ici, me dis-je avec soulagement. Si j'obtiens un emploi dans ce club, personne ne me remarquera au beau milieu de ce tas de corps en mouvement et de lumières clignotantes.

Je m'approche d'un petit bar qui flanque l'un des murs et tente d'attirer l'attention d'un serveur.

— Excusez-moi !

Il ne m'entend pas. La musique diffusée par la sono est trop forte.

J'essaie à nouveau et me sens mal à l'aise. On m'a toujours intimé de parler doucement et de me montrer discrète, sauf que je ne peux plus me permettre d'être comme ça. *Littéralement.* Si je veux survivre seule, je dois sortir de ma zone de confort.

Le serveur me remarque enfin.

— *Hola*, lance-t-il en me regardant de haut en bas. *Dime.*

— Pardon, je cherche à voir un responsable. Y en a-t-il un ici ce soir ?

Ses sourcils se froncent.

— Un responsable ? Je sais pas, je viens de commencer mon service. Écoutez, on est débordés.

Je me racle la gorge.

— Qui est aux commandes ce soir ?

Le serveur pince les lèvres.

— Le patron est là, donc c'est lui qui est aux commandes. Vous voyez ce petit balcon là-haut ?

Je me tourne pour regarder dans la direction qu'il indique, et c'est là que je *le* vois.

Un homme seul se tient sur un balcon au-dessus de la piste de danse, des lumières tremblantes dansant sur sa silhouette.

J'ai les poils de la nuque qui se hérissent.

La voix du serveur est étouffée, comme si on avait placé un récipient en verre sur ma tête.

— C'est *señor* De Rossi.

Même de loin, il est intimidant. Grand, le dos droit, il est impeccablement vêtu. Il porte un costume trois-pièces soigné qui épouse son corps comme du mastic. J'ai passé ma vie à côtoyer des hommes habillés de la sorte, et je sais ce que ça signifie.

Puissance. Prestige. Brutalité.

J'écarquille les yeux lorsque son regard ténébreux se pose sur moi.

*Arrête. Tu te fais des idées.*

Ma paranoïa me pousse à voir le danger partout. C'est un propriétaire de club, pas un mafieux.

Seulement, il m'observe comme si je n'existais que pour sa consommation personnelle. Comme s'il m'avait achetée et prenait possession de moi aujourd'hui.

Je me débarrasse de ce sentiment.

Je ne suis pas ici pour être asservie.

— Il vous regarde, s'étonne le serveur, un peu perplexe, comme si c'était un fait inhabituel. Vous vous connaissez ?

— Non, dis-je. Mais je dois lui parler.

Un rire ironique résonne derrière moi.

— Bonne chance.

Je me retourne pour demander au serveur ce qu'il entend par là, mais il est déjà parti et sert un verre à quelqu'un d'autre. J'aurais bien besoin d'un peu de courage sous forme liquide, hélas je ne suis pas en mesure de m'offrir un cocktail à quinze euros.

Quand je me retourne vers le balcon, l'attention de De Rossi est ailleurs. Un homme barbu aux cheveux noirs gominés se tient à ses côtés.

Le nouveau venu a un physique impressionnant. Il est costaud et musclé. Il a un talkie-walkie accroché à sa ceinture, comme les videurs, sauf qu'il ne porte pas de T-shirt Revolvr au contraire des autres employés que j'ai croisés. Il donne une tape dans le dos de De Rossi en guise de salut et lui dit quelque chose. J'ai l'impression qu'ils sont amis, tous les deux.

Et s'ils s'apprêtaient à partir quelque part ? Je n'ai pas de temps à perdre.

Sans grande surprise, je me fais arrêter par un videur en bas de l'escalier qui mène au balcon.

— Réservé au personnel, ânonne-t-il d'une voix monocorde.

— Je dois parler à M. De Rossi.

Il me jette un bref regard, renifle avec ennui et secoue la tête.

— Et moi, je dois rentrer chez moi et baiser ma femme. On a tous des rêves.

Je rougis, non sans carrer les épaules.

— S'il vous plaît, c'est très important.

— J'en doute.

— Ça ne prendra que quelques minutes.

Ses yeux se rétrécissent.

— J'ai dit « réservé au personnel ». Vous voulez que je vous raccompagne à la sortie ?

Je serre les poings. Merde. Qu'est-ce que je dois faire ?

— Laisse-la passer.

Je regarde en direction de la voix. C'est le costaud qui parlait à De Rossi. Il vient de descendre l'escalier et m'observe avec des yeux curieux. Sur le lobe de son oreille gauche brille une petite boucle d'oreille en argent.

— Ras, t'es sûr ? demande le videur.

— *Ella llamó su atención.*

Le videur me regarde de travers, soupire bruyamment et lève la corde de velours.

— Allez-y.

Je n'en crois pas mes yeux. Ce que ce Ras a dit au videur a beau m'échapper totalement, je lui adresse un sourire éclatant.

— Merci.

Il secoue la tête comme si ma gratitude était mal à propos.

Une peur naît brusquement en moi, mais je l'ignore. Je suis arrivée jusqu'ici, je ne ferai pas demi-tour.

Plus je m'approche de De Rossi, plus mon cœur bat fort. Je le sens dans ma gorge, mes doigts et même mes pieds. Si je me plante sur ce coup-là, je suis fichue.

Il y a une banquette sur ce balcon que l'on ne peut voir d'en bas. De Rossi y est assis, les bras écartés sur le dossier du siège. Il a les épaules larges, la taille fine, et quelques centimètres de cheveux ondulés repoussés en arrière laissent place à son visage d'une beauté brutale. Il observe la foule, les sourcils froncés. Une pince brille sur sa cravate.

J'hésite. De Rossi ressemble à un roi qui tiendrait sa cour dans son château.

J'imagine que c'est précisément le cas.

Lorsque je me glisse et m'assieds sur le rebord de la banquette, son regard revient vers moi. Une force meurtrière se dégage de lui. Il essaie de le cacher sous les plis nets de son costume et son air imperturbable, mais ses yeux le trahissent. Ils semblent plus vieux que le reste de son corps, leurs pattes d'oie visibles sur un visage par ailleurs dépourvu de rides. Qu'ont-ils vu ?

Je prends une grande respiration et le regrette immédiatement. Cette eau de Cologne pour homme est conçue pour vous donner envie de vous draper autour de lui.

— Que puis-je pour toi ?

Sa voix puissante glisse sur ma peau, tel un déshabillé de soie. Je perçois un très léger accent.

— Bonjour, je m'appelle Tina.

— Tina... ?

— Romero.

— Que fais-tu ici, Romero ?

Il prend un verre propre sur le plateau posé devant lui, y verse ce qui ressemble à du whisky et le glisse vers moi.

Je prends le verre et le serre contre ma poitrine.

— Je devais vous parler.

Il boit une gorgée de son breuvage couleur caramel. Ses yeux descendent jusqu'à mon verre, puis le dépassent pour se poser sur le décolleté révélateur de ma robe. Son regard s'attarde sans complexe.

— Alors parle.

Je meurs d'envie de rajuster ma robe, mais me force à ne pas le faire et cherche quoi dire.

— De Rossi, c'est italien, non ?

Il acquiesce.

— Moi aussi, je suis italienne, dis-je avant de préciser, italo-canadienne. Ma famille a immigré au Canada il y a longtemps. Ça fait des années que je n'y suis pas retournée.

Il fronce les sourcils devant mes élucubrations.

Bon, il est temps de jouer cartes sur table. Je me racle la gorge.

— Je cherche du travail. J'espérais vous convaincre de m'embaucher.

Des rides apparaissent sur son front. Je crois que j'ai réussi à le surprendre.

— Tu cherches du travail ?

— C'est exact. Je suis prête à faire n'importe quoi.

J'ai le feu aux joues lorsque je me rends compte de ce que j'ai dit.

— Enfin, j'accepterai n'importe quel poste.

Ses lèvres s'étirent, mais il reprend presque aussitôt son sérieux.

— Nous avons embauché tous nos employés il y a plusieurs semaines.

— Ah... Je viens d'arriver.

La perspective de me retrouver à la rue consolide l'effroi au fond de mon ventre. *Réfléchis, bon sang. Convaincs cet homme !*

— Cet endroit est gigantesque. Je suis certaine qu'un peu d'aide est toujours la bienvenue. Il doit y avoir un gros turn-over ici.

Je ferre le poisson... en eau trouble.

— Que veux-tu faire ici exactement ?

Je passe les paumes sur mes genoux.

— Pour être honnête, je n'ai pas de compétences particulières en soi.

— Tu m'en diras tant, m'interrompt-il, avant de boire une nouvelle gorgée de son whisky.

Je fais semblant de ne pas l'avoir entendu.

— Mais je suis une bosseuse, la plus acharnée que vous croiserez dans votre vie.

À ce moment-là, son masque se fissure, et il éclate de rire.

S'il ne se moquait pas de moi, je prendrais peut-être le temps d'apprécier le grondement mélodieux, mais je suis trop occupée à ne pas me décomposer.

— Qu'y a-t-il de drôle ? je demande.

Il se passe la main sur la bouche et me fixe d'un regard sans complaisance.

— *Principessa*, tu m'as tout l'air de ne pas avoir charbonné un seul jour de ta vie. Que sais-tu du travail ?

Ses paroles me font l'effet d'un coup de poing à l'estomac.

Je ravale la bile qu'a fait remonter son insulte dans ma gorge et force les mots suivants à sortir de ma bouche :

— Voilà une remarque bien présomptueuse. Vous ne savez rien de moi.

— Non, mais j'ai des yeux et un cerveau. Ce que je vois, c'est que tu aimes mettre en avant tes principaux atouts.

Il lèche ma poitrine du regard.

— Tu sembles croire qu'il te suffit de ça pour que les hommes t'obéissent au doigt et à l'œil. Peut-être que ça marchait chez toi, mais malheureusement pour toi, à Ibiza, les belles femmes, il y en a treize à la douzaine. Si je les engageais toutes, je n'aurais pas de boîte de nuit. J'aurais un harem.

La gêne me donne chaud.

— C'est injuste.

— La vie est injuste. Si je m'étais trompé à ton sujet, tu saurais déjà qu'il en est ainsi.

Il détourne le regard, me signifiant de la sorte que je dois disposer.

Un sentiment étrange naît dans ma poitrine.

Non. Pas question. Il n'a pas le droit de me renvoyer comme ça. Je ne vais pas le laisser faire. Je me suis laissé marcher dessus toute ma vie. Aujourd'hui, c'est terminé.

Sans même réfléchir, je claque mon verre sur la table avec un grand bruit pour attirer son attention sur moi. Je n'ai jamais tenu tête à un homme auparavant, je n'ai jamais osé, mais c'est sans doute mon désespoir qui me remet la colonne vertébrale en place.

— Je sais que la vie est injuste, j'affirme avec colère. C'est injuste que des hommes comme vous puissent mépriser des femmes comme moi, parce qu'ils se fient à leur première impression. Ça doit être sympa d'avoir le privilège de chier sur les gens qui essaient de trouver un travail honnête.

Il pousse une exclamation moqueuse.

— On n'a pas besoin d'un travail honnête quand on a un compte en fiducie. Ces chaussures plates coûtent plus d'un millier d'euros. Papa en a eu assez de payer tes factures ? Tu devrais peut-être envisager de te réconcilier avec lui avant de te lancer dans une tentative foireuse pour obtenir ton indépendance sur cette *putain d'île d'Ibiza.*

— Plutôt audacieux venant de quelqu'un dont le père a probablement acheté ce club pour lui.

Les traits de De Rossi se froissent.

— Mon père est mort. Ce club est le fruit de mon sang, de ma sueur et de mes larmes. C'est pourquoi ça m'énerve quand des petites filles gâtées comme toi débarquent en s'attendant à ce qu'on leur passe tous leurs caprices pour s'être contentées d'exhiber leurs seins.

Je me lève d'un bond.

— Vous êtes un porc.

Il se lève et envahit mon espace.

— Non, je suis un loup, et tu es une brebis qui s'est trompée de pâturage.

Je serre les poings et tends le cou pour le regarder droit dans les yeux. Croit-il pouvoir m'intimider en se dressant de toute sa hauteur ? Ce que De Rossi ne sait pas, c'est que j'ai vécu toute ma vie entourée d'hommes bien plus terrifiants que lui. Physiquement, je ne fais peut-être pas le poids, mais s'il pense pouvoir me faire battre en retraite rien qu'avec ses paroles, il va être très déçu.

— Je n'ai rien d'une brebis, je réplique en détachant chaque mot. Et je ne cherche pas à ce que vous me passiez tous mes caprices pour le simple fait de m'être présentée à vous. Je veux que vous me donniez ma chance, un point c'est tout. Laissez-moi travailler ici une semaine à titre d'essai. Si ça marche, engagez-moi. Si je ne réponds pas à vos critères, je partirai au bout des sept jours.

Il passe les dents le long de sa lèvre inférieure.

— Pourquoi accepterais-je ?

— Parce que si vous ne le faites pas, vous n'êtes qu'un crétin moralisateur, qui prend son pied en rabaissant les autres. N'avez-vous pas envie de savoir si vous avez vu juste à mon sujet ? Ou peut-être avez-vous peur que je vous prouve le contraire ?

— Pas vraiment.

— Alors acceptez le marché.

Une ligne de basse tonne, et des clameurs excitées s'élèvent en contrebas, mais De Rossi reste impassible et considère mon offre. Je le regarde dans les yeux. Maintenant qu'il a enfin fermé ce clapet insupportable, je remarque que c'est un homme très, *très* séduisant. Ce type ne mérite franchement pas ces fichues pommettes, ni ce large front, ni ces lèvres qui semblent étonnamment douces au toucher.

Je ressens un frémissement dans le bas-ventre.

Un battement naît entre mes cuisses.

Bon Dieu, qu'est-ce qui ne va pas chez moi ? Je ne suis pas ici pour l'admirer, je suis ici pour trouver un travail et garder un toit au-dessus de ma tête.

Il m'examine des pieds à la tête, comme si je l'avais enfin convaincu que j'étais digne d'intérêt.

Sa mâchoire travaille, puis il hoche la tête.

— Une semaine. Présente-toi ici lundi, onze heures.

Un sourire triomphant se dessine lentement sur mon visage.

— J'y serai.

— Bien.

— Super.

Il me jette un dernier regard las et fait un petit signe de la main à quelqu'un derrière moi.

Ras apparaît en haut de l'escalier.

— Elle s'en va, dit De Rossi après quelques instants.

— Je vais vous raccompagner.

Ras me tend la main.

Je la prends, et De Rossi fronce les sourcils. Il doit déjà regretter notre accord. Alors que je descends les marches, je sens son regard sulfureux cloué à mon crâne.

Je sais déjà qu'il ne me facilitera pas la tâche. Or, j'ai survécu à deux mois d'enfer avec Lazaro, je peux tenir une semaine avec De Rossi, peu importe ce qu'il me fera vivre.

# CHAPITRE 6

## DAMIANO

Je ne suis pas moi-même ce soir.

Le poids dans ma poitrine est lourd. La souffrance dans ma tête est de celles qui n'ont pas de remède simple.

Quand je ferme les yeux, je vois les flammes monter le long des jambes de ma mère, debout dans la cuisine de la maison de mon enfance, à la périphérie de Casal di Principe. Chaque fois que je sens une odeur d'essence, je pense à cette nuit-là. Chaque fois que je subis un échec, je me souviens des cris qu'elle poussait.

— Tu n'étais pas obligé de venir.

Je cligne des yeux. Ras est assis de l'autre côté du bureau. Nous sommes dans mon bureau, à une centaine de mètres de la grande piste de danse du Revolvr, néanmoins les murs insonorisés empêchent les sons de s'infiltrer dans la pièce. Comment se fait-il que je ne l'aie pas entendu entrer ? *Cazzo.*

— Chez moi, je tournerais comme un lion en cage, je rétorque à mon bras droit.

C'est la vérité. Je n'avais aucune distraction pour m'occuper. D'où la question : pourquoi ai-je laissé cette fille partir tout à l'heure, alors que j'avais bien l'intention d'en faire mon passe-temps ce soir ?

*Tina Romero.* Quand je l'ai vue au bar, j'ai ressenti des frissons. Jadis, les rois se seraient fait la guerre pour une femme comme elle. Un visage exquis, des seins galbés, un cul ferme et des cheveux noirs et brillants qui lui descendaient presque à la taille. J'ai senti en moi les prémices de la folie. Je l'ai alors soupçonnée de rendre les hommes fous.

Ma morosité s'est dissipée lorsque je l'ai vue s'approcher de l'escalier qui mène à mon balcon. J'étais certain qu'elle voulait me sauter. Ça n'aurait pas été la première fois.

La plupart du temps, je n'ai qu'à me montrer, et les femmes apparaissent. C'est comme ça que ça marche quand on possède la moitié de l'île la plus célèbre au monde. Dans mon patrimoine de clubs, d'hôtels et de restaurants, le Revolvr est le joyau de la couronne.

Au lieu de cela, elle a demandé un emploi.

Ça m'a pris au dépourvu, ce qui n'arrive pas souvent. D'ordinaire, je suis doué pour deviner les intentions des gens. Or, même ce talent semblait compromis après la matinée de merde que j'avais eue. Ça m'a mis en colère. J'avais envie d'elle, mais je *voyais bien* qu'elle me donnerait du fils à retordre pour l'avoir. En temps normal, j'aurais adoré relever le défi ; ce soir, je ne suis pas d'humeur à jouer à ce genre de petit jeu.

Je me suis emporté contre elle, alors que je bandais déjà pour elle. Lorsqu'elle a fait preuve d'un peu de cran plutôt que de battre en retraite, j'ai fait quelque chose que je ne peux qu'attribuer à mon trouble.

J'ai cédé.

Ras pose la cheville sur son genou.

— Si tu repenses à ce qui s'est passé, on devrait peut-être parler de...

— Le sujet est clos, dis-je. Ils ont débarrassé le garage ?

— Oui, le corps n'est plus là.

— Bien. Il n'y a rien d'autre à faire jusqu'à ce qu'on obtienne d'autres preuves.

Ras le sait aussi bien que moi. Les hypothèses et les soupçons ne suffisent pas à porter une accusation contre le *don*.

Il m'étudie du regard, avant de plisser les yeux.

— Alors qu'est-ce qui te turlupine ? Il y a un truc qui t'obsède.

Je lui lance un regard noir. Il me connaît bien.

Je n'aurais pas dû la laisser filer. J'aurais dû m'accrocher à la pensée salace que j'ai eue quand elle a dit qu'elle ferait n'importe quoi pour obtenir ce travail. *Ôte ta robe, grimpe sur ma queue et saute-moi.*

Cette image fait battre mon pouls dans l'aine. C'est particulièrement dégoûtant, car ce n'est pas comme ça que j'embauche mes employés. J'ai beau avoir une morale élastique, je ne serais pas arrivé là où je suis si je faisais des conneries de ce genre avec mes entreprises licites. La réputation, c'est primordial à Ibiza.

— C'est cette fille, hein ? demande Ras, qui étudie mon expression renfrognée. Si tu voulais te la faire, pourquoi tu l'as laissée partir ?

— Je ne l'ai pas laissée partir, je rétorque. Elle revient lundi.

Ma réponse le déstabilise.

— Comment ça ?

— Elle veut décrocher un emploi ici. J'ai accepté de la prendre à l'essai une semaine.

Ras porte les doigts au front et lève les yeux vers moi.

— T'es sérieux, là ?

— Je ne suis vraiment pas d'humeur à plaisanter.

Cette remarque me vaut un grognement énervé.

— Comment ça, un essai ? Tu sais bien que j'ai autre chose à foutre avec tout ce qui se passe.

Ras est la seule personne autorisée à me parler ainsi. L'un sans l'autre, nous serions morts cent fois. Et puis, il est de la famille. Il ne redresse pas moins le dos et hoche brièvement la tête lorsque je lui jette un regard noir. C'est sa façon à lui de reconnaître que ce n'est pas le moment de mettre ma patience à l'épreuve.

Cependant, il n'a pas tort. Pourquoi donc lui ai-je accordé ce foutu essai ? Je pourrais revenir sur ma promesse, mais je n'aime pas manquer à ma parole. Autant m'amuser à tourmenter Romero comme son souvenir me tourmente en ce moment. Elle ne tiendra pas plus de quelques jours. Si cette fille est une « bosseuse », alors, moi, je suis prêtre.

— Je ne veux pas que tu y consacres du temps. Refile-la à Inez.

Il arque un sourcil.

— Inez ? Si cette fille doit bosser ici, autant en faire une danseuse. Elle sera parfaite pour les clients VIP.

Une brûlure se propage dans ma poitrine à l'idée de la voir danser devant des hommes ivres. Il n'en est *pas question*.

— Je t'ai dit de la refiler à Inez. Si elle tient une semaine, je pourrai reconsidérer la question, mais je ne m'attends pas à ce qu'elle y arrive.

Il pousse un long soupir.

— *Va bene.*

— Tu as parlé à Napoletano ?

— Il y a quelques heures, assure-t-il. Le projet de construction a été approuvé par Sal ce matin.

— *Merda.*

Sal va couler du béton pour une usine qui se trouve sur le territoire d'un autre clan. Notre *don* est un empaffé. Je le sais, Ras le sait, tout le monde le sait. Pourtant, personne ne dit quoi que ce soit.

— On va avoir une guerre sur les bras.

Ras secoue la tête.

— Tu as déjà fait part de ta position le mois dernier. Passe à autre chose.

Je n'aime pas son ton.

— Tu penses que j'aurais dû me taire à la réunion ?

Ras soupire.

— Tu sais bien que Sal ne t'écoutera jamais, même si tu as totalement raison et qu'il a totalement tort. Dire ce que tu penses ne fera qu'empirer les choses. Tu l'as énervé en remettant en cause son opinion devant tous les autres capos à la réunion, et maintenant on a Nelo et Vito ici, qui fourrent leur sale pif dans nos affaires. Qui sait jusqu'où il est prêt à aller pour te faire rentrer dans le rang ?

Nos regards se croisent. Oui... jusqu'où ?

Je me renverse dans mon siège et regarde la photo accrochée au mur : Ras, ses parents, Martina et moi. Ce cliché aurait été différent si Sal n'avait pas tué mon père et pris sa place en tant que parrain du clan des Casalesi, l'un des plus puissants de la Camorra.

Ma mère serait encore en vie.

Ma famille, intacte.

Je serais en passe de devenir *don*.

— Il va réduire notre clan à néant, je murmure.

— Ils se retourneront contre lui avant d'en arriver là.

Je serre et desserre la main.

— Ils doivent le faire plus rapidement.

Nous avons peut-être la possibilité de renverser la vapeur, mais, pour cela, nous devons obtenir les preuves dont nous avons besoin.

Ras sait à quoi je pense.

— Compte sur moi.

— Renforce la protection autour de tes parents, dis-je en me levant pour partir. Juste au cas où.

Sans le père de Ras, l'oncle Julio, Sal m'aurait tué le jour même où mes parents sont morts. J'avais onze ans, j'étais encore un gamin imberbe, mais, même à l'époque, Sal me considérait comme une menace. Pour mettre fin à ses inquiétudes, il valait mieux me tuer. Or, cet acte n'aurait pas été bien perçu par les capos. En règle générale, on ne touche pas aux enfants des clans, ce que l'oncle Julio n'a pas manqué de rappeler à tous ceux qui se trouvaient dans l'entourage de Sal.

J'ai été épargné.

Seulement, à la première occasion, Sal m'a envoyé loin. À Ibiza.

L'île a toujours été l'un des bastions du clan. Sans la drogue que nous fournissons, il n'y a pas d'Ibiza. Sur le papier, cela paraît bien d'être capo ici, jusqu'à ce que l'on comprenne que c'est l'équivalent de l'exil. Les affaires du clan ne se font pas par téléphone ou par Internet. Elles se font d'homme à homme, à Casal di Principe... et Sal n'aime vraiment pas que je rentre à la maison.

Je dis au revoir à Ras et me dirige vers le parking.

— Conduis-moi à la maison, j'ordonne au chauffeur lorsque je monte dans la voiture.

Par la vitre, le ciel est encore sombre, mais il va bientôt s'éclaircir. Nous passons devant la longue file de taxis qui attendent à l'extérieur du Revolvr, et je me surprends à y chercher Romero. Elle n'est pas là.

Lorsque nous passons devant l'arrêt de bus, je pousse une exclamation étonnée. Elle ne va quand même pas prendre un de ces machins pour rentrer là où elle loge ? Qu'est-ce qu'elle *fout* à chercher du travail à Ibiza ? Je suis curieux de le savoir. Je suis convaincu à quatre-vingt-quinze pour cent que ce n'est rien qu'une petite fille riche qui a décidé de se rebeller et de prouver quelque chose à ses parents. L'herbe est toujours plus verte ailleurs. Une fois qu'elle aura vu ce que je lui réserve, elle repartira en courant chez papa, la queue entre les jambes.

Seulement, il y a un truc. Dans ses yeux, j'ai cru apercevoir un véritable désespoir, peut-être même de la peur.

Que pourrait-elle craindre ?

Je tourne une de mes bagues. Quand on n'a jamais véritablement été aux abois, il en faut peu pour faire naître ce sentiment. Ce doit être cela. Elle doit avoir peur de voir son ego blessé.

Je soupire et passe la main sur mes lèvres. Pourquoi donc je m'attarde sur elle ? Ça suffit. Je ne sais plus à quand remonte la fois où une femme, que je n'ai même pas sautée, a accaparé ainsi mes pensées.

Plus nous nous rapprochons de la maison, plus mon humeur s'assombrit. J'ignore qui est derrière le coup bas de la nuit dernière, toutefois cela ressemble bien à Sal et à sa paranoïa. Si nous parvenons à prouver que le *don* est le fautif, il ne lui restera plus longtemps à vivre.

Un mafieux qui ne fait pas partie de la lignée du parrain en place peut prendre sa suite en l'étranglant à mains nues. C'est barbare, mais il en a toujours été ainsi chez les Casalesi. Il faut de l'intelligence et de la stratégie pour entrer dans la même pièce que le *don*, personne n'est aussi bien protégé que lui. Je dois d'abord rallier à ma cause certains de ses amis les plus proches. Si je ne m'y prends pas bien, ils courront le prévenir. Je dois leur montrer une bonne fois pour toutes que Sal n'est plus apte à diriger le clan.

Je serre et desserre les mains. La barre est haute.

Seulement, si je veux protéger la personne à qui je tiens le plus au monde, c'est ce que je dois faire.

On m'a toujours dit que ma pondération était ma plus grande force. Je ne prends pas de décisions hâtives, je n'agis pas sans réfléchir aux conséquences.

Un autre se serait déjà attaqué à Sal, mais j'ai plus de jugeote. J'attendrai le bon moment… et alors, je reprendrai tout ce qu'il m'a volé.

# CHAPITRE 7

## VALENTINA

Le lundi, je descends du bus qui s'arrête en face du club Revolvr à dix heures quarante-cinq. C'est si différent en plein jour que je dois me convaincre que je suis au bon endroit.

Je suis nerveuse. Ce week-end, mes nuits ont été agitées. Je craignais que De Rossi change d'avis, que je me retrouve au point de départ. J'ai réussi à ne dépenser que très peu d'argent. J'ai survécu en me nourrissant de nouilles chinoises et grâce au petit-déjeuner gratuit de l'auberge, et j'ai accepté l'invitation d'Astrid et de Vilde à emménager dans leur dortoir. Malgré cela, je suis pratiquement fauchée.

J'entre dans le club par la porte principale.

— Par ici.

Je me tourne dans la direction de la voix. C'est Ras. Il est assis sur un tabouret près d'un des bars, une bière fraîche à la main. Vêtu d'un jean usé et d'un T-shirt gris délavé, il semble presque abordable... jusqu'à ce que je remarque son air las.

— Bonjour, dis-je d'une voix qui ressemble à celle d'une souris. Merci de prendre le temps de me rencontrer. Je suis très touchée d'avoir cette chance.

On dirait qu'il s'efforce de ne pas lever les yeux au ciel.

— Je fais juste mon travail, réplique-t-il d'un ton bourru. Dont le champ d'application ne cesse apparemment de s'étendre.

— Vous ne faites pas ça d'habitude ?

— Tu veux dire embaucher un nouveau membre du personnel alors qu'on a déjà engagé tout le monde pour la saison ? Non.

La chaleur me monte aux joues.

— De Rossi a accepté de me mettre à l'essai.

— Je sais. Heureusement pour toi, je viens de muter un employé au Laser. Tu vas le remplacer.

Je fronce les sourcils, perplexe.

— Au Laser ?

— Un autre club du patron.

— Il possède d'autres clubs ?

— Il possède la moitié des grands clubs de l'île. Ça, et un nombre incalculable d'hôtels, de restaurants et d'appartements.

*Super*. De Rossi est une sorte de magnat de la finance à Ibiza. Si je me plante, mes perspectives d'emploi ici risquent de disparaître. Je me mords la lèvre pour étouffer un gémissement. L'enjeu est d'autant plus élevé.

— Tu as eu de la chance, poursuit Ras tandis qu'il saute de son tabouret et me fait signe de le suivre. Le patron devait être d'une humeur particulièrement clémente quand tu l'as rencontré.

— C'est une blague ?

Ma remarque le fait rire.

— Tu n'as pas trouvé ?

Une lueur amusée brille dans ses yeux.

— Tu ne serais pas là sinon.

Je me retiens de répliquer. De Rossi a beau avoir été désobligeant avec moi, il me donne quand même ma chance. Je ne vais pas me plaindre de lui à l'un de ses employés.

En parlant de ça...

— Et sinon, quelle est votre fonction ici ? je demande à Ras.

— Mon titre officiel est directeur général et responsable sécurité du Revolvr, mais je fais toutes sortes de choses.

Il s'arrête près des toilettes des femmes, où une employée aux cheveux grisonnants s'affaire autour d'un chariot rempli de produits de nettoyage.

— Nous y voilà, lâche Ras. Tina, je te présente Inez. C'est la responsable des agents d'entretien de jour.

Il sourit chaleureusement à la petite femme d'âge moyen.

— Inez, voici Tina Romero. Elle vient de rejoindre ton équipe.

— Enchantée, dis-je sans perdre de temps, et je serre la main d'Inez.

Je m'attendais à ce que De Rossi me fasse travailler comme une de ses hôtesses de bar, mais agente d'entretien fera très bien l'affaire. Je sais faire le ménage. J'ai souvent aidé Lorna chez Lazaro, même si elle me réprimandait. Est-ce là le pire que De Rossi ait pu trouver ?

— Bien, dit Ras en tendant le bras pour saisir le chariot. Voici ton uniforme. Ton service commence dans dix minutes.

Lorsque je ressors, vêtue d'un pantalon bleu ciel et d'une chemise à manches courtes, Inez m'attend déjà avec un autre chariot.

Elle me regarde par-dessus une paire de lunettes à monture transparente.

— *Señor* Ras m'a dit de te mettre à la salle des mannequins.

— Ça me va.

Je n'ai aucune idée de ce qu'est la « salle des mannequins », mais, en ce qui me concerne, une salle est une salle.

— Tous les produits et équipements sont là.

Elle pousse le chariot vers moi.

— Ce sont les portes roses, là-bas. Si tu as des questions, viens me trouver dans la grande salle, c'est là que je serai.

— Merci.

Elle me fait un sourire, légèrement compatissant me semble-t-il, et s'éloigne en boitillant.

Lorsque je pénètre dans la pièce, son sourire prend tout son sens.

Si l'espace n'est pas très grand, assez pour contenir une centaine de personnes, le sol est couvert de confettis. Ils forment une bouillie aux endroits où l'alcool a été renversé et, dans un des recoins de la pièce, je découvre un tas humide de ce qui ne peut être que du vomi.

C'est répugnant, mais ce que De Rossi ignore, c'est que j'en ai vu suffisamment pour que mon estomac devienne du béton.

Je me mets au travail. Le chariot contient tout l'équipement dont je peux avoir besoin. Je commence par balayer le sol, puis je sors la serpillière. Lorsque j'ouvre la bouteille d'eau de Javel, l'odeur fait remonter des souvenirs, que je refoule.

La voix de De Rossi retentit dans la pièce.

— J'ai du mal à te reconnaître dans cet uniforme, Romero. Tu as eu ton compte ?

Je me retourne et pose le regard sur la silhouette luxueusement vêtue de De Rossi. Tout à coup, j'ai conscience des cheveux qui collent à mon front humide et de mon uniforme mal ajusté, fait d'un tissu qui ne respire pas. Il me lance un regard sardonique, comme s'il pensait qu'il n'avait qu'à me donner un petit coup de coude pour que je craque.

— Pas du tout, je rétorque avec un petit sourire. Jusqu'ici, tout va très bien.

Il fait la moue et regarde le sol de la pièce.

— Tu en as oublié un peu ici.

— Où ça ?

— Juste ici.

Il pointe du doigt le sol à ses pieds.

— La qualité, Romero. Je n'engage pas ceux qui font le travail à moitié.

Il veut m'humilier ? Pas de problème. Après ce que j'ai fait pour Lazaro, je n'ai plus de fierté.

Je m'agenouille devant De Rossi en veillant à garder le sourire accroché à mon visage.

— Merci de me l'avoir fait remarquer. Je m'en occupe.

Son expression change et, l'espace d'un instant, il a l'air perturbé, ou peut-être est-il simplement déçu de voir que ses brimades n'ont pas l'effet escompté.

J'attrape un chiffon et commence à frotter la tache qu'il m'a indiquée. Au fond de moi, je prends plaisir à tout cela. Soyons francs, j'ai envie de vivre, mais je sais que je suis une ordure. Une meurtrière, une tortionnaire, une lâche dénuée de morale. Je ne me pardonnerai jamais ce que j'ai fait à ces gens, criminels ou non.

Si De Rossi veut en rajouter, qu'il le fasse. Il ne peut pas briser quelqu'un qui l'est déjà.

Soudain, j'ai la gorge qui se serre. Je déglutis et me force à chasser ces pensées. Je ferais mieux de trouver une source de distraction.

— Je croyais que les créatures comme vous ne sortaient que la nuit.

Je ne suis pas encore tout à fait habituée à pouvoir lui répondre. Même s'il tient mon destin entre ses mains, il ne me fait pas peur comme Lazaro ou Papà.

— Les créatures comme moi ?

— Les démons, les vampires, les mangeurs d'âmes...

Il se met à rire.

— Je vois. Tu m'as élevé au rang de surhomme. Suis-je si impressionnant ?

— Vous prendriez ça pour un compliment, dis-je dans ma barbe tandis que je me relève. Alors ? Vous voyez d'autres endroits qui auraient échappé à ma vigilance ?

De Rossi passe la main sur sa cravate.

— C'est le genre de travail que tu veux faire ? Tu en es bien sûre ?

Je plonge la serpillière dans le seau avant de l'essorer dans le panier en plastique.

— Ce travail me convient parfaitement.

— On verra si tu tiens le même discours à la fin de la semaine, réplique-t-il tout en sortant une barre protéinée de sa poche, avant de l'ouvrir.

Honnêtement, je suis surprise. Il ne m'a pas semblé être du genre à grignoter, mais il faut bien entretenir tous ces muscles, je suppose.

Il reste là pendant un certain temps, accoudé au bar, à me regarder travailler tout en mangeant.

Mon ventre se met à gargouiller bruyamment. J'étais tellement stressée ce matin que j'ai sauté le petit-déjeuner.

De Rossi l'entend.

— On a faim ?

Je pousse un soupir.

— Vous n'avez pas autre chose à faire ?

Il s'approche et s'arrête tout près de moi. Mon estomac se serre lorsqu'il porte sa barre protéinée à mes lèvres.

— Tiens.

Je regarde l'en-cas. Si je ne l'avais pas vu en prendre une bouchée, j'aurais demandé si elle était empoisonnée.

Il fronce les sourcils.

— Ouvre la bouche. Je ne peux pas laisser mes employés s'évanouir au travail.

— Que j'ouvre la bouche ? Et qu'allez-vous faire ? Me donner la bec... *Groumpf.*

Il me fait taire en poussant la barre protéinée entre mes lèvres.

Pendant un quart de seconde, j'ai l'impression de goûter à sa peau. Du whisky, du chocolat, et quelque chose de parfaitement décadent.

Je repousse cette idée ridicule. Peu m'importe le goût qu'il a.

Il me regarde mâcher, ses yeux se posent un bref instant sur ma bouche.

Je me lèche la lèvre pour balayer une miette. Il plisse les paupières.

— Je ferais mieux de me remettre au travail, dit-il.

Il me tend la barre protéinée. Il doit s'être lassé de me nourrir comme si j'étais une bête sauvage.

— Cette pièce a intérêt à être impeccable si tu veux revenir demain.

Cette remarque ne mérite aucune réponse.

Une fois que j'ai terminé, six heures plus tard, je peux voir mon reflet dans le sol, sur pratiquement toutes les surfaces. Inez vient inspecter mon travail.

— *Vale, bien hecho*, commente-t-elle après avoir vérifié l'absence de poussière dans les recoins avec son index. Tu as fait du bon travail.

— Merci. Que puis-je faire d'autre ?

Elle me jauge du regard, et lorsque ses lèvres minces se retroussent en un léger sourire, je ressens une pointe de triomphe. Au moins, je commence à remporter son adhésion.

— Tu as terminé pour aujourd'hui. Reviens demain à onze heures.

Un jour de moins. Encore quatre.

# CHAPITRE 8

**VALENTINA**

Le reste de la semaine passe. Je rase les murs et fais tout ce qu'Inez me demande : nettoyer les toilettes, passer la serpillière, astiquer les miroirs, passer l'aspirateur dans l'espace VIP, et ainsi de suite. Je finis par connaître le club dans ses moindres recoins et il ne me semble plus aussi gigantesque. Le personnel de jour commence à me reconnaître et même à me dire bonjour.

Puis vient le vendredi et, avec lui, ma dernière mission. Le bureau de De Rossi.

Je dois admettre que je suis curieuse de voir où il passe son temps. À mon arrivée au club, Ras me rejoint et m'accompagne dans un couloir que je n'ai traversé que quelques fois auparavant. Nous nous arrêtons devant une porte massive, et il frappe. Pas de réponse.

— On va devoir revenir plus tard, dis-je.

— J'ai un double des clés. Ne touche à rien.

Ras tourne sa clé dans la serrure et m'ouvre la porte.

C'est bien plus luxueux que je ne l'imaginais. La pièce me rappelle le bureau de mon père, avec ses étagères en chêne chargées de livres et son énorme bureau orné de presse-papiers géométriques. Mon attention se porte sur un cadre accroché à l'un des murs. Je note de l'examiner de plus près une fois Ras parti.

— Il veut que tout soit épousseté, que le sol soit balayé et la serpillière passée. Il a parlé d'une grande toile d'araignée à l'angle de la pièce, derrière son bureau.

— Merveilleux, je murmure. Vous travaillez pour lui depuis longtemps ?

Ras hoche la tête.

— Je n'ai pas eu d'autre patron.

— Comment avez-vous obtenu votre emploi ? Il vous a demandé de laver les sols, à vous aussi ?

— Non, ça, ce n'est que pour toi.

— J'en ai, de la chance.

— Lui et moi, ça remonte à loin, répond vaguement Ras, qui cherche manifestement à mettre fin à cette conversation. Je suis attendu ailleurs. Des questions avant que je m'en aille ?

— Oui, une.

Il penche la tête sur le côté.

— J'ai comme l'impression que ça ne va pas me plaire.

Il se méfie de moi. Je me demande pourquoi. Que lui a dit De Rossi à mon sujet ?

— On est vendredi. Vous croyez que j'ai réussi l'essai ?

— Il te reste encore un service à effectuer.

— Mais vous connaissez De Rossi. De quel côté penche-t-il ?

Ras regarde derrière moi.

— Tu devras le lui demander toi-même.

Je me retourne et vois De Rossi entrer dans la pièce. Il tape sur l'épaule de Ras en passant devant lui, ce que l'homme interprète comme un signal de départ.

— Ras t'a dit ce que tu devais faire ? me demande-t-il une fois que nous nous retrouvons seuls dans la pièce.

— Oui, il m'a donné toutes les instructions pour nettoyer votre repaire.

— Mon repaire ? s'amuse De Rossi.

Il s'appuie sur le bureau et m'adresse un sourire en coin.

— C'est plutôt une salle de torture, en ce qui te concerne. Si tu crois que je vais te laisser tranquille parce que c'est vendredi...

Ses mots me passent par-dessus, tandis que mon cerveau bute sur le terme *salle de torture*. Je revois le sous-sol de Lazaro, la chair déchirée et ensanglantée, l'éclat du couteau que je tiens dans ma main. Le pire, c'est sa voix qui pénètre dans mes oreilles et me donne l'ordre cruel d'infliger à ses victimes des douleurs inimaginables. *Prends sa main, Val. Je veux que tu lui coupes les doigts pour moi.*

— Tina.

La voix de De Rossi me tire brusquement de mes pensées. Il se tient tout près de moi.

— Pardon, dis-je tout en reculant d'un pas.

Je ne peux pas être dans la lune, bon sang. Il ne me reste que quelques heures avant la fin de l'essai, je ne dois pas donner à De Rossi une raison de ne pas m'engager.

Son expression est étrange. On pourrait presque penser qu'il s'agit d'une lueur d'inquiétude dans ses yeux.

— Tu as eu un moment d'absence ou tu ne m'as simplement pas écouté ?

— Je ne vous ai pas écouté.

Il n'a pas l'air convaincu.

— Pourquoi t'es-tu excusée ?

*Qu'est-ce que ça peut vous faire ?* ai-je envie de crier. Au lieu de cela, je réponds :

— Je ne m'en souviens pas.

Ma réponse ne le bluffe nullement.

— Tu veux t'asseoir ? me demande-t-il, à ma grande surprise.

— Ça ira.

Je commence à fouiller dans le chariot pour trouver un chiffon propre.

— Je peux m'y mettre ?

De Rossi fait la moue et acquiesce d'un hochement de tête, mais il ne s'en va pas comme je l'espérais. Il s'assied à son bureau et m'observe tandis que je grimpe sur l'escabeau et commence à épousseter ses étagères. Je sens son regard sur moi et une goutte de sueur roule au creux de ma colonne vertébrale.

— Vous devez avoir mieux à faire, je m'exclame, quand je n'y tiens plus.

— Rien n'est plus important que le contrôle qualité.

— Ne me dites pas que vous arrivez à voir un grain de poussière à cette distance.

— Tu veux que je me rapproche ?

— Non merci.

Je descends de l'escabeau et passe à l'étagère suivante. Ce type a des milliers de livres ici, pour la plupart des grands classiques et des ouvrages spécialisés. Des rangées et des rangées de volumes sur les affaires, la stratégie, le marketing…

— Vous avez vraiment créé votre entreprise tout seul ?

De Rossi semble plutôt jeune pour un magnat des affaires. Il n'a pas plus de trente ans. Comment peut-on connaître une telle réussite en si peu de temps ?

Il se renverse dans son fauteuil.

— J'avais un investisseur quand j'ai commencé. J'ai doublé son capital en trois ans.

— Dans quel domaine ?

— Le béton.

Je bâille.

— C'est d'un ennui.

L'amusement se lit sur son visage.

— Les boîtes de nuit, c'est bien plus plaisant.

— Plus plaisant ? Tout ce que je vois, c'est que vous boudez sur votre balcon.

— Tu m'as vu le faire *une fois*.

— Je suis sûre que je vous reverrais bouder si je revenais ici après minuit.

— C'est ce que tu as prévu de faire ce soir ?

— Non. Je vais m'écrouler dès que je rentrerai. La semaine a été...

Je m'interromps. Pas question d'admettre que je suis épuisée.

La lueur dans ses yeux me dit qu'il ne va pas me lâcher.

— Tu ferais mieux de commencer à nettoyer le parquet, me conseille-t-il. Il faut le frotter avec un nettoyant spécial pour le bois après avoir passé la serpillière.

— Bien sûr, Votre Altesse. Je m'assurerai de frotter votre bois comme il vous plaira.

Je me rends compte du double sens de ma phrase au moment même où elle franchit mes lèvres. Je croise le regard de De Rossi.

Il relève le menton et m'adresse un sourire en coin typique du sexe masculin.

— Tu tiens *vraiment* à réussir ta semaine d'essai.

— Vous m'avez comprise, je grommelle en attrapant l'aspirateur.

— On aurait dit que tu me faisais des avances

— Je préfère encore faire des avances à un ballon crevé.

Le son de son rire s'installe au fond de mon ventre. La sensation n'est pas complètement désagréable.

— Tu aurais bien besoin qu'on t'apprenne à parler correctement à tes supérieurs.

Je lui jette un coup d'œil par-dessus mon épaule.

— Vous n'êtes pas encore mon patron.

Une flamme se met à briller dans ses yeux. Je pense qu'il va m'engager juste pour continuer à me tourmenter. J'ai l'impression qu'au fond de lui, il aime que je lui réponde.

Je commence à passer l'aspirateur et, au bout d'un moment, je ne sens plus son attention sur moi. Il travaille sur son ordinateur portable et mange une pomme verte pendant que j'aspire tous les recoins de la pièce à l'aide de l'embout de l'appareil. Ce n'est pas si sale. Je me demande si Inez a nettoyé avant moi.

Lorsque je passe devant la photo encadrée, ma curiosité prend le dessus et je m'arrête pour la contempler. C'est une famille. Un homme et une femme avec trois enfants. Au centre de la photo, il y a un jeune garçon, de peut-être onze ou douze ans, qui tient un petit enfant dans les bras. À côté de lui se trouve un garçon plus âgé, dont le bras est passé par-dessus les épaules du plus jeune. Quelle drôle de photo de famille. Personne ne sourit.

J'approche le nez de la photo et m'attarde sur le garçon du milieu.

— C'est votre famille, De Rossi ?

Un stylo clique.

— Oui.

— Vous avez des frères et sœurs.

— En effet.

— Votre mère est très belle.

— C'est ma tante.

Je fronce les sourcils et me tourne vers lui.

— Vous m'avez dit que c'était votre famille. J'ai supposé qu'il s'agissait de vos parents.

— Mes parents sont morts quand j'étais jeune, explique-t-il sur un ton posé. La sœur de ma mère et son mari nous ont recueillis, ma sœur et moi.

Je retourne vers la photo pour la regarder à nouveau.

— Alors qui est l'autre gar...

Tiens, il me dit quelque chose.

— C'est Ras ? Vous êtes de la même famille ?

— C'est mon cousin.

Alors comme ça, le plus fidèle employé de De Rossi est de sa famille. La violence et les meurtres mis à part, un homme d'affaires n'est peut-être pas si différent d'un mafieux après tout.

Le portrait du petit De Rossi tenant sa sœur me serre le cœur.

— Ça a dû être difficile. De les perdre à cet âge.

— Romero, je ne cherche pas une thérapeute. Arrête ton cinéma.

Qui aurait cru que le gentil petit garçon de la photo deviendrait ce casse-pieds d'un mètre quatre-vingt-dix ? Je lui lance un regard noir et remets l'aspirateur en marche.

Lorsque j'ai terminé le reste de la pièce, je m'approche de son bureau.

— J'ai besoin de passer derrière votre fauteuil. Ras a dit qu'il y avait une toile d'araignée.

De Rossi s'écarte juste assez pour que je puisse me faufiler.

En passant derrière lui, j'inhale une bouffée de son parfum. Même si je n'aime pas l'admettre, il sent incroyablement bon. Une odeur de sel, de mer et de fumée, comme s'il avait tiré sur un cigare plus tôt dans la journée.

Je tâche de ne me pas m'égarer et me mets à genoux. La toile d'araignée n'est pas aussi importante que Ras l'a fait croire. Je rampe en avant pour mieux la voir. Il y a deux mouches mortes prises dans les fils de soie.

De Rossi se racle la gorge. Je l'ignore. Il planche peut-être sur la prochaine réflexion à me lancer. Je ne voudrais pas l'interrompre dans son processus créatif.

J'enlève la toile avec un chiffon humide. Le soulier en cuir ciré de De Rossi est dans mon champ de vision, et il tape du pied sur son précieux parquet, répandant probablement partout la terre qu'il a apportée de l'extérieur.

— Quelque chose vous tracasse ? je lui demande.

Son pied s'arrête.

— Je suis juste en train de me faire la réflexion que, bizarrement, tu finis toujours à genoux devant moi.

Je résiste à l'envie de lui taper la cheville avec le chiffon.

— C'est ce qui arrive quand le travail qu'on exerce consiste à astiquer le sol. Vous avez l'esprit mal tourné.

Est-il en train de reluquer mes fesses ? Je me passe la langue sur les lèvres à cette idée... et me cambre.

De Rossi se racle la gorge et croque bruyamment dans sa pomme à la noix. Je souris.

Ma petite victoire tourne court lorsque je fais un mouvement pour me lever et retombe sur le derrière.

— Aïe !

J'enroule les mains autour de mon mollet. Saleté de crampe. Ce doit être à cause de toutes les tâches physiques que j'ai effectuées cette semaine.

— Qu'est-ce qui se passe ?

De Rossi se lève de son fauteuil et s'agenouille à côté de moi.

— Tu t'es fait mal ?

— J'ai une crampe, dis-je tout en frottant mes muscles tendus.

Les larmes me montent aux yeux.

— Fais-moi voir.

— Il n'y a rien à voir, ça va passer.

— Arrête de jouer les têtues.

Mon objection s'éteint avant même de franchir mes lèvres quand il enroule ses grandes mains autour de mon mollet et fait glisser ses deux pouces le long du muscle. Il a plus de force que moi, exerce plus de pression, et cela fait tellement du bien, comparé à ce que je faisais. Le massage suffit à m'arracher un petit gémissement de ravissement.

— Ça va ? demande-t-il à voix basse.

— Mieux.

— Hmm.

Je renverse la tête contre le rebord de son bureau pendant qu'il continue. Mes paupières s'abaissent. Il fait chaud aujourd'hui, et maintenant que j'ai cessé de m'activer, la fatigue s'installe. De Rossi ne s'est pas totalement trompé sur mon compte, lorsqu'il a déduit que je n'avais pas eu à travailler un seul jour de ma vie. Le gîte, le couvert et l'argent n'avaient jamais posé de problème. Plus maintenant. J'ai travaillé dur cette semaine, plus que je n'ai jamais eu à le faire, et mon corps n'a pas encore eu le temps de s'y adapter.

Il enfonce les doigts au bon endroit, et je me mords la lèvre pour réprimer un nouveau gémissement. Une spirale de chaleur dont je ne veux absolument pas tourbillonne en moi. J'étais attirée par lui avant qu'il ouvre ce fichu clapet, ce que j'aimerais oublier. C'est De Rossi, pour l'amour du Ciel. Il a vu que j'avais mal et a simplement voulu m'aider. Ça ne veut rien dire.

Seulement, quand j'ouvre les paupières, l'expression de son visage me fait l'effet de milliards d'étincelles sur la peau : il me dévore des yeux. Il croise mon regard et le soutient. J'aspire une bouffée d'air, avant de murmurer :

— Je n'ai plus mal.

Ses doigts ralentissent, ses gestes se font plus doux.

— Tu dois être déshydratée.

— Homme d'affaires et médecin. Où trouvez-vous le temps ?

Il relâche mon mollet et se lève. La seconde d'après, il me tend la bouteille d'eau qui se trouvait sur son bureau.

— Bois.

Je m'exécute parce que... parce qu'il doit avoir raison, je n'ai rien bu depuis ce matin. J'ai oublié comment prendre soin de moi, et j'ai encore du mal à m'en souvenir.

— Merci, dis-je après avoir fini la bouteille. Faites un tour et dites-moi si j'ai oublié quelque chose.

Il jette un coup d'œil rapide dans la pièce.

— Ça a l'air d'aller.

— Ce n'est pas suffisant pour vous, De Rossi. Ce doit être parfaitement parfait.

Je crois voir une lueur de respect dans ses yeux. Je lui adresse un sourire las.

— J'apprends vite. Et, comme j'ai essayé de vous le dire, je travaille dur.

Il penche légèrement la tête sur le côté et, au bout d'un moment, me tend la main.

— Laissez-moi vous aider à vous relever.

Sa paume est chaude et ferme. Je me hisse de toute ma hauteur, les yeux au niveau de ses clavicules. Comme il ne semble pas pressé de me lâcher, j'incline la tête en arrière et croise son regard.

Il affiche une expression pensive.

— J'ai parlé à Inez. Elle m'a dit que vous étiez l'une des meilleures employées qu'elle ait jamais formées.

Soulagée, je me sens toute légère. Inez aurait donc parlé en bien de moi ? Je vais la serrer longuement dans les bras la prochaine fois que je la verrai.

— Elle est douée pour donner des directives.

Il inspire, puis laisse échapper un soupir résigné. Je vois bien qu'il n'est pas ravi d'avoir à prononcer sa prochaine phrase.

— Je dois dire que je me suis peut-être trompé à ton sujet.

Je déglutis, tentant du mieux que je peux de tempérer ma joie prématurée.

— Est-ce que ça veut dire que...

Son sourire n'est plus qu'une ébauche. Il lâche ma main, passe derrière son bureau et ferme son ordinateur portable.

— Ça veut dire que ce n'est pas la dernière fois que tu auras à nettoyer ce bureau.

Un sourire s'empare de mon visage.

— Oui, patron.

— Lundi, apporte tes papiers. Ras s'occupera de ton contrat.

Mes papiers ?

*Merde.*

# CHAPITRE 9

## VALENTINA

Lorsque je rentre à l'auberge, Astrid et Vilde sont dans notre chambre et je leur annonce que j'ai obtenu le poste.

— Bienvenue dans l'équipe, s'exclame Astrid. On devrait fêter ça ce soir.

— Tu ne travailles pas ? je demande, étonnée.

De Rossi m'a à peine laissé le temps de savourer ma victoire qu'il me jetait déjà un autre problème à la figure, alors je ne suis pas d'humeur très festive.

Je n'ai aucun papier à lui présenter lundi et j'ignore comment je vais me tirer d'affaire. J'ai toujours mon passeport, caché sous mon matelas, mais il ne me sert plus à rien.

— On doit bosser samedi cette semaine, explique Vilde, et on compte bien profiter de notre jour de congé. Une des danseuses nous a parlé d'un restaurant de fruits de mer complètement dingue au bord de l'eau.

— Je ne sais pas trop, dis-je. Je suis assez épuisée après la semaine que j'ai passée.

— On est à Ibiza, s'exclame Astrid. Le but, c'est de sortir, de s'éclater et de faire des rencontres. Qui sait, je vais peut-être m'envoyer en l'air ce soir !

Elle a l'air nostalgique.

— Ça dure depuis trop longtemps. J'ai rompu avec Matthew il y a deux... non, trois mois, et après lui, il y a eu ce type, mais il était vraiment à chier au lit. Il me trifouillait comme si j'étais une télécommande ou un truc dans le genre.

Vilde et moi grimaçons à cette description.

— Et toi ? demande-t-elle. T'as un petit ami au Canada dont tu ne nous aurais pas parlé ?

Le visage de Lazaro surgit dans mon esprit.

— Pas de petit ami.

Juste un ex-mari psychopathe probablement mort qui n'a couché avec moi qu'une seule fois. J'ai passé tellement de temps à haïr Lazaro pour ce qu'il m'a forcée à faire à ses victimes que j'ai à peine considéré les autres façons dont il m'a fait du mal. Je ne suis plus vierge, mais n'en suis pas loin. Mon mariage était une hideuse farce à plus d'un titre.

Le seul rapport sexuel que j'aie eu avec Lazaro a duré trois minutes. Il a enlevé ma robe, a mis ses doigts en moi et, après quelques secondes, les a remplacés par sa queue. Je me suis cramponnée à lui de toutes mes forces, refoulant les larmes, priant pour que la douleur entre mes jambes disparaisse rapidement. Ça n'a pas été le cas. Elle ne s'est arrêtée que lorsqu'il a fini et s'est retiré.

Savez-vous ce qui irait réellement à l'encontre de ce qu'on m'a inculqué ? Le sexe pour le sexe.

Bon Dieu, mes parents s'arracheraient les cheveux s'ils savaient que non seulement leur fille s'est enfuie, mais devient, en plus, une putain. Dans le clan, *pute* est la pire des étiquettes que l'on peut coller à une femme. Les catins sont déloyales. On ne peut pas leur faire confiance. On peut encore moins en tomber amoureux. Seuls les imbéciles s'éprennent d'elles, des hommes qui n'ont pas de jugeote.

Papà et Lazaro peuvent me retrouver à tout moment. Pourquoi ne pas profiter de ma liberté pour mettre un terme à cette histoire de femme parfaite de la mafia ?

Je dis à Vilde et Astrid qu'elles m'ont convaincue et, quelques heures plus tard, nous commençons à nous préparer.

Astrid me prête une de ses tenues provocantes. Contrairement à la première soirée que j'ai passée au Revolvr, je suis décidée à exhiber une bonne partie de mon anatomie.

Quand je me regarde dans le miroir, j'y vois une inconnue. Une femme aux cheveux noirs et soyeux, noués sur la nuque. Elle porte un haut bleu en forme de bandeau, un peu trop petit pour ses seins, et une minijupe assortie. Des lèvres rouges sur une peau pâle. Elle me regarde en clignant ses longs cils en éventail sur une paire d'yeux gris. Ces yeux me semblent familiers, comme s'ils appartenaient à quelqu'un que j'ai connu il y a longtemps.

À force de les regarder, d'autres reflets commencent à apparaître. Les visages de tous ceux que j'ai tués se superposent, jusqu'à ce que le produit composite de tous ces portraits soit le mien.

Je me détourne du miroir.

Par chance, Astrid et Vilde choisissent ce moment pour sortir de la salle de bain et m'offrir une distraction. Elles me contemplent.

— T'es canon, commente Astrid, avant de faire éclater une bulle de chewing-gum. Laissez-moi encore trois minutes, et on y va.

Nous sortons de l'auberge et montons dans un bus. Le restaurant s'appelle *Aromata*, et lorsque nous arrivons à notre arrêt, je constate qu'il se trouve directement sur la plage et qu'il donne sur une petite baie et sa mer d'huile.

Le temps est agréable, l'air est chaud et il y a une légère brise. Pendant qu'Astrid discute avec la serveuse, je tends le cou pour voir derrière elle le restaurant qui s'étend en plein air. C'est animé et les conversations vont bon train au rythme cadencé d'une musique électro décontractée.

La serveuse prend les menus.

— Par ici, je vous prie.

Nous la suivons jusqu'à l'extrémité du bar où se trouvent exactement trois chaises vacantes.

— Est-ce que ça ira ? s'enquiert-elle.

— Nous prendrons ce qu'il y aura, assure Astrid.

Puis elle ajoute une fois que la serveuse s'est éloignée :

— On a de la chance. Le restaurant paraît plein.

Je jette un coup d'œil aux assiettes qui se trouvent à proximité.

— La cuisine a l'air bonne.

— C'est encore mieux au bar, commente Vilde, qui étudie les bouteilles sur les étagères derrière le comptoir.

Un beau barman aux cheveux noirs et bouclés s'approche pour prendre nos commandes.

— Que puis-je vous servir, *señoritas* ?

— Un pichet de sangria au cava, avec beaucoup de fruits, commande Astrid.

— Entendu.

— Et on est du Revolvr, ajoute Vilde.

Le barman hoche la tête.

— Puis-je voir vos badges ?

Je lance un regard interrogateur aux filles.

— Pourquoi il nous demande nos badges ?

— Oh, on a droit à des super réductions ici, parce que c'est un des restaurants du GR, m'explique Astrid en tendant son badge au barman. *Groupo De Rossi.*

Je me renfrogne aussitôt.

— Je n'en ai pas encore, dis-je à l'homme.

— Je suis désolé, mais sans le badge, je ne peux pas appliquer la réduction.

— Oh, allez, insiste Astrid.

— Mon responsable va me virer si je fais ça, argue-t-il avec une moue d'excuse. Il est paniqué, parce que le propriétaire est ici ce soir. Il veut que tout soit parfait.

J'ai comme la sensation qu'on vient de resserrer une vis dans mon cerveau, et le monde autour de moi devient plus net.

Je pousse un gros soupir et tourne sur moi-même.

À quatre tables devant nous se trouve De Rossi... et il me fixe du regard.

— Non, mais je rêve, dis-je dans ma barbe.

Il est attablé avec Ras, trois autres hommes que je ne connais pas et trois superbes femmes somptueusement vêtues et parées de tant de bijoux qu'elles brillent de mille feux.

De Rossi porte son verre de vin rouge aux lèvres et en boit une longue gorgée tout en me regardant dans les yeux. Je le sens sur mes joues, sur mon décolleté... La pointe de mes seins durcit sous l'effet d'une brise particulièrement vive, et je frissonne.

Vilde me donne un coup de coude.

— Demande à Ras de se porter garant pour toi.

Je secoue la tête et me retourne.

— T'en fais pas, ça ira.

Lorsque le serveur nous tend les menus, j'écarquille les yeux. Vingt-cinq euros pour une salade ? Cinquante euros pour un morceau de poisson ? Je referme le menu d'un coup sec et le pose sur le bar.

Les filles s'en veulent de ne pas avoir pensé que je n'aurais pas mon badge, alors elles proposent gentiment de payer pour moi. Je leur dis que je n'ai pas faim, elles ont déjà été suffisamment généreuses avec moi. J'aurais dû demander à être payée pour ma semaine d'essai avant de quitter le club, seulement j'étais tellement distraite par la mention d'un contrat que cela m'est sorti de la tête.

Lorsque le repas arrive, mon estomac commence à gronder, alors je m'excuse et vais aux toilettes. À la seconde où j'en ressors, je heurte de plein fouet un corps ferme et chaud.

— Oh !

Des mains puissantes s'enroulent autour de ma taille. Je sais aussitôt que c'est lui.

— Qu'est-ce que vous...

— Dis-moi, qu'espérais-tu accomplir en te présentant ici, habillée de la sorte ? me demande-t-il à l'oreille, suffisamment près pour que son souffle me caresse la peau.

Mon pouls s'accélère.

— Que vou...

— Si tu voulais de l'attention, tu l'as eue.

Je retire ses mains de ma taille.

— Vous n'avez aucune idée de ce que je veux.

— Tu aimes que les hommes te dévorent du regard. C'est ça ?

— Je pense surtout que vous êtes bien embêté, parce que je vous ai surpris, *vous*, en train de me reluquer.

Ma remarque lui cloue le bec. Je pense qu'il va me laisser tranquille, mais au lieu de cela, il m'empoigne par le poignet.

— Quoi encore ? je demande tandis qu'il me tire en direction du bar.

Les gens nous dévisagent. S'il l'a remarqué lui aussi, il s'en moque. En réalité, on dirait presque qu'il *tient* à ce que l'on nous voie ensemble. Au lieu de prendre le chemin le plus direct, il me fait cheminer entre les tables de la salle du restaurant.

— Je n'ai pas besoin qu'on m'escorte, lui fais-je remarquer.

— Tu ne sais pas ce dont tu as besoin.

Nous arrivons au bar et, lorsqu'il me lâche, il laisse derrière lui une menotte de chaleur qui me ceint le poignet. Astrid et Vilde descendent de leurs tabourets et balbutient quelques bonjours paniqués, mais il les reconnaît à peine. Il est sur le point de s'éloigner, quand il s'aperçoit qu'il n'y a pas d'assiette pour moi sur le comptoir. Il me jette un regard furieux que je n'arrive pas à comprendre et fait signe au barman de venir. Le jeune homme manque de trébucher.

— *Si, señor De Ross...*

— Mets leur note à mon nom, ordonne-t-il sèchement.

J'ouvre grand la bouche, ébahie. Pardon ? Me prend-il pour un cas social ? Ne viens-je pas de lui prouver que je ne fais pas l'aumône ?

— Vous ne pouvez pas faire ça, je proteste.

— Continue donc à me dire ce que je dois faire.

Impossible de ne pas entendre l'avertissement dans sa voix. Je croise ses yeux noirs et déglutis.

— Je ne vais rien commander.

Il se tourne vers le barman.

— Demande au chef de préparer le poisson du jour, le poulpe, le ceviche et tous les accompagnements.

Puis il se penche à nouveau vers moi pour me souffler à l'oreille :

— Si tu ne manges pas ce que j'ai commandé, je reviendrai te nourrir en personne. Réfléchis bien avant de décider de jeûner, si tu ne veux pas que je le fasse devant tout le restaurant.

Mon cœur bat la chamade, et je me convaincs que c'est à cause de mon indignation, et *certainement* en raison du méli-mélo de sentiments qui tourbillonnent dans ma poitrine.

— Vous n'oseriez pas.

— Je l'ai déjà fait et le ferai.

Il recule et attend que je reconstitue les faits. Mince, il ne ment pas. Cette satanée barre de céréales.

— Vous êtes exaspérant, je siffle.

Or, je ne crois pas qu'il m'entende. Il a déjà tourné les talons et s'éloigne à grands pas.

Astrid et Vilde me regardent, bouche bée.

— Je ne lui ai rien demandé, dis-je pour me justifier.

Astrid laisse échapper un rire incrédule.

— Qu'est-ce que tu as fait pour le mettre dans cet état ?

— Rien ! Je ne sais pas ce qui lui a pris.

Peut-être éprouve-t-il une joie perverse à me donner des ordres.

Lorsque les plats commandés par De Rossi arrivent, j'insiste pour qu'elles les mangent avec moi. Tout est si incroyablement délicieux que ma colère s'estompe. Je peux encore sentir le fantôme de sa main sur mon poignet, et quand je me remémore la façon dont il me déshabillait du regard, un feu s'allume au creux de mes reins. Je mets toutefois un point d'honneur à ne pas regarder en direction de la table de De Rossi.

Les heures passent. Il ne faut pas longtemps à Astrid et Vilde pour prendre leur aise avec la note ouverte au nom de leur patron, et nous voilà toutes bientôt ivres. Lorsque la piste de danse s'ouvre, nous sommes les premières à y accéder.

Ils tournent le volume à fond, et la musique étouffe les conversations. Maintenant que j'ai bien bu et bien mangé, je suis étonnamment de bonne humeur. Ai-je trop fait la forte tête avec De Rossi ? Tout ce qu'il voulait, c'était payer mon repas, même s'il s'est comporté comme une brute. Je devrais peut-être au moins le remercier.

Je regarde autour de moi, mais ne le vois pas. Au moment où je me dis qu'il a quitté le restaurant, un bras s'enroule autour de ma taille.

Le sang me brûle dans mes veines, telle la lave.

— Encore en train de reluquer ? je demande par-dessus l'épaule.

— Je ne reluque que toi.

Je me fige. Ce n'est pas la voix de De Rossi. Pendant une fraction de seconde, le décor s'efface, et le visage de Lazaro surgit dans mon esprit.

Je me retourne et manque de rire de soulagement. C'est un inconnu. Il est grand, terriblement séduisant. Il a un couteau tatoué sur le visage, à côté de l'œil gauche, et un nez qui a été cassé une fois de trop, mais son faciès ne me dit rien. La peur me quitte comme une vague qui se retire.

Ce qu'il voit sur mon visage l'excite. Il s'approche, presse le torse contre mes seins et pose les mains juste au-dessus de la courbe de mes fesses.

— Quel est ton nom, *bella* ?

— Je ne le donne pas aux inconnus, dis-je en essayant de me dégager.

— Je ne le serai bientôt plus, rétorque-t-il à quelques centimètres de mes lèvres.

Son haleine est fétide. Il tire mes hanches à lui et les fait danser contre son entrejambe comme si j'étais son jouet. La bosse pressée contre ma cuisse montre clairement ses intentions.

Subitement, tout me paraît sordide. Je reçois des éclaboussures d'alcool, un mélange de vin, de tequila et de Dieu sait quoi d'autre, sur le ventre, et mes vêtements me semblent trop serrés. Je suis en sueur à force de danser, des mèches se sont échappées de mon chignon et me collent à la nuque.

L'inconnu ne veut pas me laisser partir, et je découvre que je n'ai pas le courage de le repousser.

*Tu voulais jouer les putains ce soir*, résonne une voix dans ma tête. *Voilà ce que tu mérites.*

Ses yeux débordent d'envie.

— Suis-moi, *bella*.

Il me tourne vers les toilettes. Puis, sa grande silhouette active dominant mon petit corps passif, il me pousse dans cette direction.

Je jette un regard en coin vers le bar. Astrid et Vilde discutent avec le barman, ils rient tous les trois à une plaisanterie. Peut-être seront-elles encore là quand cet homme en aura fini avec moi. Peut-être ne sauront-elles jamais la perversité à laquelle je me suis exposée. Quand, des jours, des semaines, des mois plus tard, elles reparleront de cette soirée, elles en auront un souvenir, et moi, un tout autre. Une solitude insidieuse enveloppe mes pensées et les serre de toutes ses forces.

À cet instant-là, le poids de l'homme pressé contre moi disparaît.

J'ouvre les yeux – j'ai dû les fermer à un moment donné – et tente de retrouver mes repères. La salle de bain est à ma droite, la piste de danse à ma gauche, et devant moi se dresse De Rossi, qui tient l'autre homme par le col de sa chemise.

— Vous êtes encore là, dis-je d'une voix engourdie.

Il m'ignore.

— Elle est ivre, lance-t-il à l'homme tatoué. Va-t'en.

— Va te faire foutre, rétorque l'inconnu avec un sourire de mépris.

— Fais gaffe à toi.

— C'est qui pour toi, cette nana ?

Mon cœur s'accélère.

Aucune expression ne transparaît sur le visage de De Rossi.

— Personne. Mais c'est mon territoire, et tu as abusé de mon hospitalité.

J'ai un sursaut de surprise. Le mot *territoire* accompagne tout un tas de connotations qui renvoient à mon ancienne vie. Puis je me souviens que c'est son club, sa propriété privée.

De Rossi serre les poings.

— Ne m'oblige pas à me répéter, Nelo.

Ce que Nelo perçoit dans l'attitude de De Rossi le fait grimacer d'impuissance.

— De toute façon, je me faisais chier comme un rat mort dans ton rade, rétorque-t-il tout en reniflant.

Il me jette un regard froid, avant de remuer la tête en direction de De Rossi.

— Tu devrais trouver d'autres salopes dans son genre, prêtes à écarter les cuisses, histoire d'ajouter un peu de piquant.

J'étouffe une exclamation comme si je venais de me prendre un coup.

De Rossi l'entend. Il tend le poing en arrière et casse le nez de Nelo.

# CHAPITRE 10

## DAMIANO

Ma main m'élance, mais je remarque à peine la douleur, submergé par le bourdonnement dans ma tête. La fureur qui m'a envahi au moment où j'ai vu Nelo jeter son dévolu sur elle ne me ressemble pas. Je ne suis pas un soldat de bas étage qui salive à l'idée de se bagarrer pour montrer à tout le monde à quel point il est un dur. J'use d'un cocktail fatal d'intransigeance, de stratégie et de furtivité pour régler les problèmes.

Seulement, il n'y avait rien de stratégique à frapper en plein dans le visage de Nelo, le type que Sal a envoyé pour m'espionner.

J'ai perdu le contrôle.

Tout cela à cause de Tina.

Mon regard se pose sur sa chevelure noire et soyeuse, et un frisson me parcourt l'échine. Ainsi, ça commence. Putain, je savais que je regretterais de l'avoir gardée à mes côtés.

Elle se tourne vers moi, la bouche entrouverte par le choc.

Je jette un coup d'œil à Nelo, ramassé au sol, fais signe à Ras de régler ce merdier et la prends par le bras pour l'entraîner hors du restaurant.

— Vous avez perdu la tête ? s'exclame Tina une fois que nous avons réussi à nous frayer un chemin dans la foule d'observateurs. Qui vous a demandé de vous en mêler ?

— Tout ce qui se passe sur mes propriétés me regarde, je marmonne entre mes dents.

— Vous êtes fou à lier. Vous avez frappé un client. Préparez-vous à recevoir une flopée d'avis négatifs.

— Ce n'est pas un client. C'est mon cousin.

Elle lève une main.

— Encore un ? Et puis, comme si ça changeait quelque chose.

Nous sommes sur le parking. Où est mon chauffeur ? Il doit la ramener chez elle, la mettre hors de ma vue. Cette femme m'embrouille les idées et, avec tout ce qui se passe en ce moment, je n'ai pas de temps à perdre avec ces conneries.

— Oh mince !

Elle commence à se tortiller pour se dégager.

— Astrid et Vilde sont encore à l'intérieur. On doit y retourner.

— On n'y retourne pas.

— Enfin, De Rossi ! Je ne peux pas les laisser là. Vous avez peut-être déclenché une bagarre.

Je pousse un soupir de frustration et sors le téléphone de la poche de mon pantalon.

— Je dirai à Ras de veiller à ce qu'elles rentrent bien, d'accord ? Tu es contente ?

— Contente ? *Contente* ? Non, je ne suis pas contente.

Je lui relâche le bras et envoie un message à Ras. Elle exagère, il n'y aura pas de bagarre. J'ai assommé Nelo et j'ai vu avec qui il était entré, deux pauvres dealers à la gomme, ses nouveaux acolytes sur l'île. S'il avait été avec son frère, cela aurait été une tout autre histoire.

— Pourquoi êtes-vous intervenu ?

— Nelo est un crétin de première. Il ne faut pas le fréquenter.

Elle pousse un rire incrédule.

— Je n'ai pas besoin de vous pour savoir qui fréquenter.

Vraiment ? Sait-elle au moins ce qui lui serait vraisemblablement arrivé si j'avais autorisé Nelo à l'emmener dans ces toilettes ? C'est comme si elle avait soudainement perdu tout instinct de survie avec quelques verres dans le nez.

— Tu veux savoir pourquoi je suis intervenu ? je gronde. J'ai pensé qu'il te forçait peut-être à faire quelque chose dont tu n'avais pas envie. J'ai vu comment il t'a attrapée, comment il te traînait. Je n'avais pas tellement l'impression que tu avais envie de le suivre.

Elle s'arrête de gesticuler et, soudain, je n'arrive plus à la regarder dans les yeux.

*Cazzo.* Je mérite des claques. Viens-je vraiment de lui avouer que j'essayais de jouer les chevaliers servants ? Je ne sais franchement pas ce qui m'arrive avec cette fille.

— Vous ne me connaissez pas, dit-elle enfin d'une voix si basse que je l'entends à peine.

— Non, en effet, je rétorque. Peut-être Nelo te connaît-il mieux que moi. Peut-être avait-il raison quand il t'a traitée de...

Je me tais.

— Me traiter de quoi ? De salope ?

Je serre les mâchoires. Personne n'a le droit de l'appeler ainsi. Personne.

Elle soupire.

— Il y a bien pire que d'être une salope, De Rossi. Vous n'aviez pas besoin de vous en offusquer en mon nom.

Mon chauffeur apparaît. Il vient de l'arrière du restaurant.

— Pardonnez-moi, *señor*, je mangeais un morceau en cuisine.

Je fais un signe de tête en direction de Tina.

— Ramène-la chez elle. Je dois y retourner.

La conversation est terminée. Il faut que je répare mes bêtises, m'en jette un derrière la cravate et réfléchisse à ce que je vais faire de cette fille.

Soit j'en fais ma nana, soit je l'efface complètement de mon cerveau.

Lorsque je retourne dans le restaurant, je constate que Nelo est parti et que les clients se sont dispersés. Le personnel a commencé à nettoyer, et personne n'ose me regarder.

Ras vient se planter à côté de moi.

— Nous avons offert les repas à tout le monde. Un gars vous a filmés, mais je l'ai obligé à l'effacer devant moi. Ça ne va pas s'ébruiter.

Cela ne sortira peut-être pas dans la presse, mais Nelo ira se plaindre à Sal. Sal pourrait commencer à poser des questions sur Tina, des questions auxquelles je n'ai pas de réponse.

— Je veux que son frère et lui foutent le camp de mon île.

— Après ce qui s'est passé ce soir, ça ne risque pas d'arriver. Allons-nous-en d'ici. Le personnel va fermer.

Nous montons dans la voiture de Ras, et il prend la direction de chez moi. Comme je ne dis rien, il renifle et me lance un regard en coin.

— T'as une explication à me donner ?

— Il n'y a rien à expliquer.

Il se fait craquer la nuque.

— Mon boulot consiste à réduire les risques. Je ne peux pas faire mon travail si tu ne me dis pas ce qui se passe entre cette fille et toi.

— Je l'ai engagée, je te l'ai déjà dit.

— La dernière fois qu'on en a parlé, tu m'as dit qu'il était fort peu probable que ça arrive.

— Je ne m'attendais pas à ce qu'elle passe la semaine, mais elle a tenu le coup.

Je dois admettre à contrecœur que j'avais tort à son sujet. Bien qu'elle ait eu une semaine difficile – j'avais demandé à Inez de se montrer dure avec elle –, Tina a pris toutes les tâches à bras-le-corps, même les plus dégoûtantes.

— Je n'avais aucune raison de ne pas lui donner ce travail.

— Un garde du corps, ça fait partie de ses avantages en nature ?

Je me passe la main sur le visage.

— Non.

— Alors, c'était quoi, ce bordel ?

— Nelo l'a bien cherché.

Il l'a bien cherché, cela dit je n'avais pas à régler mes comptes en public. Si j'avais gardé la tête froide, j'aurais pu prendre pour excuse son comportement pour le dégager d'Ibiza. Maintenant, je vais devoir inventer un bobard convaincant et appeler Sal. S'il pense que j'ai une nana, il s'en servira contre moi. Je vais devoir lui dire que Nelo harcelait une cliente et que je ne pouvais pas me permettre de laisser une telle chose se produire sur ma propriété.

— Ça ne te ressemble pas, s'étonne Ras. Tu as toujours rigoureusement gardé ton calme.

Car je n'avais pas d'autre choix pour survivre et protéger mes proches. Depuis toujours, le parrain Casalesi m'a en ligne de mire. J'ignore de combien de faux pas je dispose avant qu'il décide d'appuyer sur la gâchette.

Comme je ne dis rien, il se tourne vers moi.

— Cette nana, elle va devenir plus qu'une simple employée ?

Qui est Tina Romero ? Depuis que je lui ai serré la main dans mon bureau, cette question me trotte dans la tête. Je ne sais rien d'elle. Je pourrais demander à Ras de se renseigner sur elle, mais cela ne ferait qu'alimenter mon obsession qui ne cesse de grandir.

Je dois maintenir cette paix provisoire avec Sal jusqu'à ce que j'aie en main les cartes pour pouvoir agir contre lui. Par conséquent, ce qui s'est passé ce soir ne doit pas se reproduire.

— Non, dis-je.

Or, quelque chose me dit que mes principes ne tarderont pas à être à nouveau mis à l'épreuve.

LUNDI, je suis dans mon bureau en train de signer des contrats lorsqu'on frappe à ma porte.

— Entrez, dis-je en détachant le regard des documents.

C'est elle.

*Cazzo.* Que fait-elle ici ? J'ai ordonné à Inez de ne plus l'envoyer à mon bureau. Tout le week-end, je me suis forcé à ne pas penser à elle. Chaque fois qu'elle me revenait à l'esprit, je faisais cent pompes. Mes bras me font un mal de chien.

Tous ces efforts pour rien, putain. Le soleil filtre par la fenêtre, laissant un long carré de lumière sur le sol, et elle va droit dedans. *Madonna.* Elle semble irréelle. Ces cheveux. Ce que je donnerais pour les enrouler comme une corde autour de mon poing pendant que je m'enfouirais en elle.

Elle chasse une peluche sur son uniforme et me lance un regard timide.

Je baisse mon stylo.

— Qu'y a-t-il ?

— Je voulais m'excuser pour ce qui s'est passé vendredi. Vous aviez raison. J'étais ivre.

Je me renverse dans mon siège.

— Je n'attendais pas d'excuses.

— Quand j'ai tort, je l'admets.

Tiens ! Intéressant. Vu la façon dont elle aime se montrer insolente avec moi, je me serais attendu à ce qu'elle soit du genre à persister et à signer.

— C'est une qualité rare, dis-je.

— Je n'étais pas moi-même ce soir-là, explique-t-elle. Et vous êtes mon patron maintenant. J'aimerais qu'on oublie ça.

J'ai un sourire amusé aux lèvres. Elle tient à ce que je sache qu'elle n'a pas l'intention de se remettre dans un tel pétrin. C'est bien. Elle a retenu la leçon.

— Tu me surprends, Romero. Je pensais qu'il te faudrait beaucoup plus de temps pour t'habituer à m'appeler *patron*.

Au lieu de se lancer dans nos chamailleries habituelles, elle s'éclaircit la voix.

— Vous avez dit vendredi que nous parlerions de mon contrat aujourd'hui.

— Oui, Ras l'a préparé.

J'ouvre un tiroir et en sors quelques feuilles maintenues par un trombone pendant qu'elle s'installe sur le siège en face de moi.

— Tiens.

Elle les feuillette sans les lire, puis me regarde dans les yeux.

— Il y a un petit problème.

— Quel genre de problème ?

— Je n'ai pas mon passeport.

Je me raidis. Est-elle une survivante de la traite ? C'est la première idée qui me vient à l'esprit et ça me met de mauvaise humeur.

— Pourquoi ça ?

— On m'a volé mon sac quand je suis arrivée ici, explique-t-elle. J'y avais mon passeport et presque tout mon argent.

Ce n'est pas inhabituel à Ibiza, mais je n'y crois pas. Elle ne me dit pas toute la vérité. Si elle a fui des trafiquants, elle ne sera pas en sécurité ici. Je dois découvrir qui l'a enlevée et m'assurer qu'on ne la retrouvera pas.

— Tu as dit que tu étais Canadienne, c'est ça ?

— En effet.

— À moins d'avoir un visa de travail, tu n'as pas le droit de travailler en Espagne, même avec un passeport.

— Les gens le font tout le temps.

— Illégalement.

— Je ne sais pas trop.

— Moi, si.

Elle se ratatine sous mes yeux, et je sens qu'elle panique.

— Pouvez-vous faire quelque chose pour m'aider ? J'ai vraiment besoin de ce travail.

Je me penche en avant et joins les mains sur le bureau. Elle se dandine nerveusement sous mon regard inquisiteur. Je ne l'ai jamais vue aussi mal à l'aise.

— Je veux que tu sois honnête avec moi, dis-je.

— Je ne mens pas. On m'a volé mon sac.

— Tu as des ennuis ?

— Des ennuis ? Bien sûr que non.

Un mensonge de plus.

— Pourquoi es-tu ici, Romero ?

— Pourquoi les gens vont à Ibiza ?

— Je me fiche des autres. C'est à *toi* que je pose la question.

Comme elle se contente de me fixer avec de grands yeux effrayés, je décide d'être direct.

— Est-ce qu'on t'a amenée ici de force ?

Je vois ses sourcils se froncer.

— Non. Pourquoi cette question ?

— Parfois, les filles sont amenées ici contre leur gré.

Elle pince les lèvres et secoue la tête.

— Personne ne m'a amenée ici. C'est moi qui ai choisi de venir.

Cette fois, les mots sonnent juste. Je me détends un peu. La chasse à l'homme ne sera pas nécessaire.

— Mais pourquoi l'Espagne ? Pourquoi Ibiza ? Il y a pire que le Canada. Les gens sont sympas, là-bas.

— Il y fait trop froid.

Sa réponse pince-sans-rire m'arrache un petit rire, et la tension qui règne dans la pièce retombe.

Elle soupire.

— Vous voulez que je sois honnête ?

— Oui.

— J'ai fui ma famille. Ils se comportaient mal avec moi. Je voulais mettre le plus de distance possible entre eux et moi. Un océan, idéalement. Alors je suis venue ici. Voilà tout.

Que lui a donc fait sa famille ? Je la regarde attentivement.

— Tu as peur de quelque chose.

— Non.

Elle a répondu bien vite.

— De qui as-tu peur ? j'insiste.

— Écoutez, peu importe. Je suis parano parfois, c'est tout.

— Si tu me dis de qui tu as peur, je m'assurerai qu'ils ne mettent pas un pied sur cette île.

Mon offre la surprend, mais elle n'y accorde qu'un instant de réflexion avant de secouer la tête.

— Merci, mais ce ne sera pas nécessaire. Ils n'ont aucun moyen de savoir que je suis ici.

Je suis tenté d'argumenter. Quand on a des ressources, les moyens sont nombreux pour retrouver une personne. Si je demande à Ras de se renseigner sur elle, je saurai certainement qui sont ses parents en moins de quarante-huit heures. Seulement, je ne le lui demanderai pas, et ce pour une bonne raison. Avec tout ce que je traverse en ce moment, Tina Romero ne doit pas être ma priorité.

Toutefois, je ne peux pas la mettre à la porte, sachant qu'elle fuit des gens. C'est intolérable.

Je lui tends mon stylo.

— Signe les documents.

Elle me l'arrache presque des mains.

— Merci.

— Pas un mot à qui que ce soit, dis-je une fois qu'elle m'a rendu le contrat.

— C'est évident. Merci encore. Je le pense vraiment.

Nos doigts se sont frôlés quand j'ai repris le stylo. Depuis quand je remarque ce genre de choses ?

Elle part, et je passe une main dans mes cheveux. Il y a un truc chez Tina qui m'attire, un truc que je ne saisis pas.

Un truc qu'il me *faut* apprendre à contrôler.

# CHAPITRE 11

## VALENTINA

Ma deuxième semaine de travail au Revolvr est bien plus facile que la première. Libérée de ce problème de papiers, je me lance avec ardeur dans ma besogne. Mon corps commence à s'adapter au travail manuel et, lorsque je rentre chez moi le jeudi, j'ai assez d'énergie pour enfiler mon maillot de bain et me rendre à la plage à pied.

J'enlève mes tongs et enfonce mes orteils dans le sable chaud. Un garçon passe devant moi en courant et crie de joie en voyant son cerf-volant coloré s'envoler. L'eau d'un bleu intense scintille comme un énorme voile de petits diamants. C'est d'une grande beauté.

Gemma adorerait bronzer sur cette plage tout en buvant un verre de prosecco frais pendant qu'elle lit un roman policier qu'elle aurait acheté à l'aéroport. Chaque fois que nous prenions l'avion, elle s'en procurait un et l'ouvrait à bord, c'était une tradition. Quant à Cleo, elle aurait été intriguée par toute cette vie nocturne. Elle me suppliait d'obtenir la permission de m'accompagner aux soirées et, quand elle obtenait ce qu'elle voulait, elle faisait tout un plat pour nous trouver la tenue parfaite. Ma petite sœur adore s'apprêter.

Bon sang, qu'elles me manquent ! Je donnerais n'importe quoi pour les serrer dans mes bras et les embrasser.

Au lieu de me morfondre, je pose mon sac de toile sur le sable, j'y fourre ma robe et me dirige vers l'eau. Les vagues fraîches me lèchent les chevilles. Je me lance et cours vers la mer pour m'y plonger aussi vite que possible.

Je n'ai pas vu De Rossi depuis lundi. Le fait qu'il m'ait engagée malgré ma situation, combiné à l'inquiétude qu'il a manifestée à mon égard le vendredi précédent, a éveillé en moi toutes sortes de sentiments. Peut-être n'est-il pas aussi mauvais qu'il en a l'air. Je commence à déceler un véritable être humain sous sa carapace mal dégrossie.

Je plonge la tête sous l'eau et ferme les yeux. L'espace d'un bref instant, là-bas, dans son bureau, j'ai réfléchi à son offre avant de réaliser que je ne pourrais jamais l'accepter. D'abord, je ne lui fais pas assez confiance pour lui révéler ma véritable identité. Ensuite, et surtout, il ne pourra pas empêcher les Garzolo d'entrer sur l'île s'ils venaient à découvrir ma présence à Ibiza. Papà et Lazaro sont des tueurs impitoyables. S'ils apprennent que je suis ici, ils abattront tous ceux qui se trouveront sur leur chemin. Personne, pas même De Rossi, ne pourra les tenir à distance.

Je dois faire attention devant lui. C'est un homme intelligent. Il est observateur et curieux. Cette dernière caractéristique est particulièrement dangereuse chez les hommes riches et puissants. S'il décide de découvrir la vérité sur Tina Romero, il dispose des outils nécessaires pour faire des dégâts. Je commence à m'en sortir à Ibiza et je ne veux pas être obligée de partir. Je devrais garder mes distances et, au lieu de cela, j'ai envie de le revoir. Où était-il toute la semaine ?

De retour à l'auberge, la réceptionniste me fait signe d'approcher.

— Quelqu'un a cherché à vous joindre.

J'ai l'estomac noué. Je suppose immédiatement qu'il s'agit de Papà.

— Qui ?

— Un certain Ras. Il m'a dit de vous demander de le rappeler dès que possible.

Dieu merci.

— Je peux vous emprunter la ligne ?

Elle me tend le combiné, et je note d'acheter un téléphone portable, maintenant que je devrais en avoir les moyens. Ras décroche à la troisième sonnerie.

— Allô ? je demande d'une voix hésitante.

— Romero, ça fait des heures que j'appelle le numéro que tu as laissé dans ton dossier. Où étais-tu ?

— Je suis allée à la plage.

— La prochaine fois, ne disparais pas comme ça, maugrée-t-il. On a besoin d'aide ce soir pour une grosse réservation VIP. Hier soir, plusieurs de nos serveuses sont allées manger dans un boui-boui japonais au nord de la ville et ont toutes eu une intoxication alimentaire. Tu peux les remplacer ?

— En quoi consiste le travail ?

— Prendre les commandes et servir les boissons. Ce n'est pas sorcier.

C'est peut-être l'occasion de montrer à Ras que je ferais une bonne serveuse. Vilde m'a dit que les serveurs des espaces VIP étaient très bien payés, parce qu'ils touchaient d'énormes pourboires.

— À quelle heure ?

— Tout de suite, Romero. On doit te former.

— Mince, d'accord. Je croyais que tu avais dit que c'était pas sorcier. Je serai là dans une heure.

— Va voir Jessa à ton arrivée. Elle te mettra au parfum. Bonne chance.

Je ne pense pas en avoir besoin. Servir des boissons à une bande de fêtards ne doit pas être si difficile. Vilde travaille au bar de la terrasse à l'étage depuis ses débuts, et tout roule pour elle.

Les premiers mots qui sortent de la bouche de Jessa quand j'arrive au Revolvr me font reconsidérer ma décision.

— Prépare-toi, chérie. Tu es sur le point de voir des trucs de dingue.

C'est une minette de vingt-cinq ans, originaire de Canterbury, une petite ville d'Angleterre, au carré blond platine et aux sourcils bruns et expressifs. Ils remuent comme des petites chenilles chaque fois qu'elle parle.

— Tu dois garder la tête froide, d'accord ? Les Werner louent trois des espaces VIP, et ces Allemands adorent leurs orgies.

J'ai dû mal entendre.

— Des orgies ? *Ici* ?

— Grands dieux, non. Le décor ne s'y prête pas.

Elle remue une main en direction de la salle.

— Mais ça, c'est leur terrain de chasse. Ils invitent celles et ceux qui retiennent leur attention dans l'espace VIP et les travaillent au corps pendant quelques heures pour les inciter à venir sur leur yacht pour l'after.

— Et les gens les suivent ?

— Évidemment. Notre boulot consiste à servir les verres rapidement et à veiller à ce que tout le monde soit bien imbibé. Je ferai les cocktails, et les deux autres serveuses et toi les distribuerez. Garde à l'esprit que les Werner claquent une centaine de milliers d'euros à chacune de ces soirées, alors on doit faire en sorte que tout le monde passe un bon moment.

Je tire sur le col de mon T-shirt.

— Oui.

Les Werner arrivent une heure plus tard, flanqués d'une large suite, et, quelle que soit l'image que je me faisais d'eux, je n'y étais pas du tout. C'est un couple magnifique d'une trentaine d'années. La femme est une rousse plantureuse à la chevelure abondante et bouclée, et l'homme un beau blond aux yeux bleus qui a l'air de commencer ses journées à la salle de sport. Il se dégage d'eux un air de décadence, des habits chics qu'ils portent tous deux aux bracelets scintillants qui ornent les poignets de la femme.

— Elle s'appelle Esmeralda, me souffle Jessa. Elle est l'héritière d'une immense fortune qui provient de l'empire sidérurgique de son père. Son mari s'appelle Tobias. Il est moitié allemand, moitié monégasque.

— Moné quoi ?

— C'est comme ça qu'on appelle les habitants de Monaco. Je ne sais pas ce qu'il fait dans la vie. Il n'en parle jamais.

— Tu as déjà discuté avec eux ?

La peau pâle de Jessa rosit.

— Un peu.

Je lève un sourcil d'un air entendu.

— Tu es allée sur leur yacht.

Elle rougit un peu plus.

— Quelques fois.

— Comment c'était ?

— Mémorable, dit-elle en passant le dos de sa main sur le front. Absolument mémorable, mais je préfère garder ça pour moi. Allez, file.

Je me tiens à l'écart des Werner et laisse les employées les plus expérimentées les servir pendant que je cours partout pour prendre les commandes des autres clients qui commencent à affluer.

Un peu plus tard dans la soirée, De Rossi apparaît. Je remarque que je retiens mon souffle en le regardant traverser l'espace VIP. Il est tout de noir vêtu aujourd'hui, costume noir, chemise noire, cravate noire, comme un dieu des ténèbres descendu sur Terre pour marcher parmi ses disciples. Sa présence tranche avec le reste de la salle et attire les regards.

Un papillotement éclate au creux de mon ventre. Je veux faire mine d'être insensible à son magnétisme, mais chaque fois que je détourne les yeux, mon regard revient inévitablement vers lui. Les Werner se lèvent pour l'accueillir avec des sourires chaleureux et l'enlacent à tour de rôle comme s'ils étaient de vieux amis.

Je me demande comment ils se connaissent. De Rossi les rejoint-il sur leur yacht ? A-t-il couché avec Esmeralda ?

Je devrais m'en moquer, or je ne m'en moque pas. J'enregistre chaque regard et chaque contact qu'Esmeralda et lui échangent, et ils me font tous l'effet d'un coup de poignard. Cela m'énerve au plus haut point.

De Rossi s'assied et regarde par-dessus son épaule. Son regard ténébreux se pose sur mon corps, et je suis parcourue d'un frisson. Esmeralda et Tobias le remarquent. Elle lève une main élégante et, d'un geste du poignet, me fait signe d'approcher.

*Zut.* Je ne peux pas l'ignorer, pas quand je dois montrer à De Rossi que je peux être une bonne serveuse.

Serrant mon plateau contre ma poitrine, je me dirige vers la banquette.

— Que puis-je pour vous ?

Si mon ton est affable, je fais toutefois de mon mieux pour ne pas regarder De Rossi. Qui sait ce qu'il pourrait lire, inscrit en toutes lettres, sur mon visage ?

Esmeralda se fend d'un vrai sourire et rejette ses cheveux par-dessus son épaule. Assis à côté d'elle, son mari me salue d'un signe de tête.

— Comment se passe la soirée pour toi ? me demande-t-elle.

Je sens son parfum, Opium d'Yves Saint Laurent. Cleo porte le même.

— Bien, merci.

— Comment t'appelles-tu ?

— Tina.

— Je ne me souviens pas t'avoir déjà vue ici. Tu es nouvelle au Revolvr ?

— Oui. J'ai commencé la semaine dernière.

— Tu as bien choisi. Je sais que notre ami...

Elle pose sa main sur l'épaule de De Rossi.

— ... traite très bien ses serveuses.

— Elle n'est pas serveuse, précise De Rossi.

— Qu'est-elle alors ? s'enquiert Tobias, avant de siroter son verre.

— Tina fait partie de notre équipe propreté. Nous manquions de personnel ce soir, alors elle a pris la suite.

Je peux m'asseoir sur une promotion. Je fais de mon mieux pour ne pas laisser transparaître ma déception et me force à le regarder dans les yeux.

— Contente de pouvoir vous aider comme je le peux.

La froideur de son regard me déstabilise. Je fronce les sourcils. Qu'est-ce qui a changé depuis lundi ? Il a accepté mes excuses et m'a donné un travail. Je croyais que tout cela était derrière nous.

— Tu as de bonnes manières, note Esmeralda.

Puis elle ajoute à l'attention de De Rossi :

— Tu serais bien avisé de tout faire pour la garder. Et ce minois ! Il n'y a aucune raison de la laisser au placard. N'est-elle pas belle, Tobias ?

— Tu es le portrait craché de Monica Belluci jeune, commente son mari. C'est troublant. On a déjà dû te le dire.

Je sens mes joues rosir.

— Merci, c'est un très gentil compliment.

Un sourire séducteur apparaît sur le visage de sa femme.

— Nous aimerions t'inviter à l'after que nous organisons sur notre yach...

— Je ne paie pas mes employés pour qu'ils restent plantés là à poser pour la galerie, Esmeralda, la coupe sévèrement De Rossi.

La chaleur retombe subitement. Tobias plisse les yeux, et Esmeralda se repositionne sur son siège, mal à l'aise.

— Tina, arrête de te pavaner et apporte-nous une autre bouteille de champagne avec des verres.

*De me pavaner ?* Mes mains se resserrent autour du plateau.

— Tout de suite, monsieur.

J'adresse à De Rossi un sourire assassin.

— Ce fut un plaisir de faire ta connaissance, me dit Esmeralda sur un ton agréable, bien qu'elle affiche une expression troublée. Passe donc nous voir dans la soirée.

Puisque mes espoirs de promotion sont clairement tombés à l'eau et que ma présence semble énerver De Rossi, je pense que je vais prendre Esmeralda au mot. Après tout, qui suis-je pour dire non à ses invités de marque ?

— Volontiers.

Lorsque je reviens avec le champagne, il observe chacun de mes mouvements pendant que je les sers, les Werner et lui. Si son comportement à mon égard semble les avoir dissuadés de m'adresser à nouveau la parole, ils me remercient néanmoins quand je leur tends leurs verres. Je m'apprête à repartir, lorsque De Rossi referme sa main sur mon poignet et me tire vers le bas jusqu'à ce que mon oreille se retrouve à hauteur de ses lèvres. Une décharge électrique me parcourt la peau.

— Ne te fais pas d'illusions.

Sa voix est pareille à la morsure d'un fouet trempé dans le vitriol.

— L'after, ce n'est pas pour les filles comme toi.

Mes joues s'enflamment. Les filles comme moi ? Qu'est-ce que ça signifie, au juste ? Des petites princesses pourries gâtées ? Des bimbos paresseuses ? Je pensais avoir prouvé à De Rossi qu'il se trompait à mon sujet. Mais qu'attend-il donc de moi ?

Je m'arrache à sa poigne et m'éloigne sans un regard en arrière. Dans ma poitrine, la colère brûle.

Les filles comme moi.

*Peut-être reconnaît-il les ordures dans ton genre.*

C'est une pensée parasite, et ce n'est pas la première fois qu'elle me traverse, loin de là. J'ai cherché sur Google comment m'en débarrasser, car elle semble se multiplier au fil des jours. Des images de cadavres ensanglantés, le souvenir du cri de mes victimes...

Non, je ne tomberai pas là-dedans. J'ai sauvé une jeune femme. Ça m'a pris du temps, mais j'ai fini par faire ce qu'il fallait. Cela ne compte-t-il pas ?

*Tu as assassiné des dizaines de personnes.*

La voix dans ma tête prend la couleur de celle de Lazaro. *Certains jours, tu le faisais avec un tel calme que je pensais que, peut-être, tu avais fini par aimer ça, comme moi.*

Je m'appuie contre un pilier et expire longuement. Il faut que je chasse sa voix de ma tête.

*Je te retrouverai. Et alors, tu paieras pour ta trahison.*

Mon mari est peut-être encore en vie, il se pourrait qu'il me cherche à la minute même où je pense ces mots. Quand il me trouvera... il est peu probable que je survive. Et Lorna ? L'ai-je condamnée à une mort douloureuse ?

Je commence à avoir du mal à respirer. Il fait trop chaud ici, il y a trop de bruit, trop de monde. Il faut que je sorte d'ici. *Tout de suite.*

Mes jambes me traînent jusqu'à la sortie de secours et je franchis la porte. La courette arrière est faiblement éclairée et déserte. J'aspire une grande bouffée d'air humide avec l'allant de quelqu'un qui se noie et écarte à plusieurs reprises le T-shirt de ma peau.

Combien de temps vais-je pouvoir avancer comme ça, avec ce passé qui me tire vers le bas ? J'ai besoin de voir un psy, mais c'est hors de question. Mes secrets m'accompagneront dans la tombe, je dois donc prendre sur moi. C'est toujours mieux que de me retrouver à New York. Au moins, je peux me promettre de ne plus jamais faire de mal à qui que ce soit.

Je suis en train de prendre de grandes respirations pour me calmer, quand la porte de secours s'ouvre brusquement.

Quand je vois la personne, je me ratatine.

— S'il vous plaît, De Rossi. Pas maintenant.

Mon patron, dont le visage est sauvagement embelli par le froncement inquiet de ses sourcils, approche à grandes enjambées de l'endroit où je me tiens, adossée contre un mur. Il s'arrête à quelques mètres de moi et ajuste ses boutons de manchette.

— Je veux m'assurer que le message a été clair. Tu n'iras pas sur ce yacht.

— Cette femme n'a même pas eu le temps de finir sa phrase, je rétorque.

— Je connais Tobias et Esmeralda. Quand ils voient quelque chose qui leur plaît, ils ne lâchent pas le morceau.

— Et qu'est-ce que ça peut vous faire que j'y aille ou non ?

Ses yeux se font tout petits.

— Tu n'iras pas à cette fête.

La fureur qui bouillonnait en moi éclate.

— Mais je m'en tamponne, de cette fête à la noix !

Mon éclat de voix le stupéfie. Je profite de cette occasion rare où il se tait pour lui dire tout ce que j'ai sur le cœur.

— C'est quoi, votre problème avec moi ? Au début, vous me testiez, j'ai pigé, mais j'ai réussi le test. C'est vous-même qui m'avez engagée ! Que dois-je faire pour que vous me fichiez la paix ?

Ses narines se dilatent et il fait un pas vers moi.

— C'est exactement ce que j'essaie de faire. Te foutre la paix. C'est pourquoi je te dis de ne pas aller à la même soirée que moi.

Quelque chose se resserre dans ma poitrine.

— Vous n'aimeriez pas que je vous voie en train de faire l'amour, hein ? Peur que ça me laisse de marbre ?

— Ce n'est pas de ça que j'ai peur.

Je le regarde d'un air renfrogné.

— Alors c'est quoi ?

Il a les traits déformés par la frustration.

— Nom de Dieu, Tina ! Pourquoi tu ne fais pas ce que je te dis ?

Je quitte le mur auquel je suis adossée.

— Vous avez dit que cette fête, ce n'était pas pour les « filles comme moi ». Qu'est-ce que ça veut dire ?

Il me fixe du regard, le souffle court.

— Ça veut dire que tu me rends marteau.

— Mais qu'est-ce que j'ai fait ?

— Tu existes, voilà tout !

— Je ne vous comprends pas.

— Peut-être que, ça, tu comprendras.

Il me presse contre le mur et plaque ses lèvres sur les miennes.

C'est comme si l'on avait appuyé sur la touche *Supprimer*. Tout s'éclaircit autour de moi, et mes sens se focalisent sur la sensation de ce baiser. La barbe rugueuse de son menton. La douceur de sa bouche lorsqu'il sort la langue pour me lécher la lèvre inférieure. Ses mains, deux fers brûlants sur moi, l'une dans mes cheveux, l'autre à ma taille. Quand m'attire à lui, les pointes dressées de mes seins frôlent son torse puissant.

Je laisse échapper un gémissement. Il en profite pour introduire sa langue dans ma bouche, et je repense à toutes ces fois où je me suis demandé quel goût il aurait.

Maintenant, je sais. Le whisky et le péché.

Lorsque je fais glisser mes ongles le long de son dos, il émet un son que je n'ai jamais entendu de la part d'un homme auparavant, à mi-chemin entre le grognement et le râle, et ça me redescend jusqu'aux orteils.

Il s'écarte de moi et expire entre ses dents.

— Lorsque j'ai posé les yeux sur toi la première fois, j'ai trouvé que tu étais la femme la plus outrageusement belle qu'il m'ait été donné de voir, souffle-t-il contre mes lèvres. Un seul regard m'a suffi pour savoir que tu me ferais perdre la tête si je ne prenais pas garde. J'ai essayé d'être prudent. J'ai façonné des raisons de ne pas m'approcher de toi, mais aucune ne semble tenir.

Une nuée de papillons jaillit dans mon ventre.

— Je ne dois pas me laisser distraire en ce moment, mais je suis à *ça* de perdre le contrôle, poursuit-il en faisant glisser ses lèvres sur ma joue. Si je vois d'autres mains sur toi que les miennes, je les brise. La seule personne qui te touchera, si tu viens à cette fête, ce sera moi.

J'ai l'impression qu'on a versé de la lave dans mon sang. Je suis en train de me consumer.

— Je ne connais même pas votre prénom, je balbutie comme une idiote, encore sous le choc de sa révélation.

— Damiano... Mais ne t'avise pas de le prononcer devant moi. Si j'entends mon nom une seule fois dans ta bouche, je vais devenir accro, je le sais.

— Vous avez l'air de bien vous connaître.

Il secoue la tête.

— Je le pensais aussi avant de te rencontrer.

Je le repousse doucement, la respiration rauque. Je n'arrive pas à réfléchir, pratiquement enveloppée de son corps. Tout le sang qui se trouvait dans mon cerveau est parti se loger ailleurs.

— Je dois y retourner.

Il me laisse passer. Alors que je suis sur le pas de la porte, il me lance :

— Tina, réfléchis bien.

Je sais qu'il s'agit là d'un avertissement... mais ses mots sonnent comme une supplication.

# CHAPITRE 12

**VALENTINA**

Lorsque je rentre dans le club, j'ai l'impression que mon cerveau a perdu une partie de ses fonctions essentielles, comme ma faculté à réfléchir.

Il a dit que je pourrais lui faire perdre la tête, mais il m'a visiblement prise de vitesse.

Il a dit qu'il deviendrait accro si je prononçais son prénom, mais, moi, je le suis *à la première occasion.* Je repasserai dans ma tête ce baiser et cet aveu brutal jusqu'à ma mort. Quand quelqu'un vous fait ce genre de déclaration, vous n'en oubliez pas une miette.

Maudit soit-il.

Je me dirige droit vers Jessa et lui demande de me servir un verre. J'ai encore le goût de De Rossi dans la bouche et je dois m'en débarrasser avant de m'y habituer.

Jessa me jette un regard curieux.

— Quoi ? je demande.

— Tu as fait bonne impression.

Elle sort quelque chose de sa poche.

— Tiens.

Il s'agit d'une carte noire et épaisse estampée de lettres d'or.

— C'est l'invitation officielle, me dit-elle.

— Port de plaisance d'Ibiza, trois heures du matin, lis-je.

— C'est tout près d'ici.

De Rossi avait raison, les Werner n'abandonnent pas facilement. Ils ne semblent pas plus se soucier du fait que mon patron ne veut pas de moi à leur fête.

— Tu vas y aller, toi ? je demande à Jessa.

— Non. J'ai un petit ami. C'est plutôt sérieux entre nous.

— Tu pourrais venir juste pour faire la fête.

Elle ricane.

— Dans ce genre de soirée, on ne voit pas beaucoup de gens qui se contentent de faire la fête. Si tu décides d'y aller, il vaut mieux te faire à l'idée que tu vas participer.

Des images défilent dans ma tête. Ses grandes mains sur ma taille. Le poids de son corps pressé contre le mien. Ce parfum masculin, capiteux, qui m'enveloppe de toutes parts. J'ai tellement envie de l'embrasser à nouveau, et bien plus encore, que ça fait mal.

Une demi-heure plus tard, les Werner se lèvent de leur siège. Damiano est avec eux et, alors que le trio s'apprête à franchir la porte de sortie, il lance un regard par-dessus son épaule et capte le mien.

Ma peau se couvre de chair de poule.

*Si je vois d'autres mains sur toi que les miennes, je les brise.*

C'est une hyperbole, bien sûr. Je dois garder à l'esprit qu'il n'est pas comme les hommes de mon ancienne vie.

Puis je me souviens qu'il a cassé le nez de Nelo.

Je me ronge la lèvre, et il me regarde l'espace d'une seconde avant de partir.

Je ne devrais pas les suivre, *vraiment* pas. Seulement, j'ai réfléchi à quelque chose. Si Damiano m'a intimé de ne pas y aller, *lui* y va et, d'après Jessa, pas simplement pour faire la fête. Va-t-il tout faire pour m'oublier ce soir ?

Je passe la langue sur mes dents du bas et secoue la tête. Non, ça ne se passera pas comme ça. Damiano n'a pas besoin de distraction ? C'est son problème. Moi, je vais écouter mes envies.

Je vais monter sur ce bateau.

Je termine mon service, enlève mon uniforme et descends jusqu'au quai. Les sons étouffés de la musique électro me suivent. La plupart des clubs ferment à cette heure-ci. Ma tenue, un short en jean et un T-shirt, est plus que décontractée, mais je suis bien trop pressée de me rendre à cette fête pour prendre la peine de rentrer chez moi et de me changer.

Je ne sais toujours pas quelle folie s'est emparée de moi, j'ai l'impression qu'elle persistera tant que cette histoire entre Damiano et moi n'aura pas abouti. Soit je le prends au mot et démontre que ses paroles étaient exagérées, soit je finis dans son lit.

L'impatience, tel un ruban de velours, forme un nœud dans mon estomac.

Alors que je me rapproche du yacht, je suis rattrapée par un groupe de fêtards qui vont dans la même direction.

Nous montons à bord après avoir présenté nos cartons d'invitations au vigile, un malabar. Comme presque tout le reste à Ibiza, ce yacht est plus grand que nature. Je suis déjà allée sur un bateau de cette taille avec mes parents. Papa avait rendez-vous avec l'un de ses parents éloignés de Sicile, alors il a emmené toute la famille à Palerme pour rencontrer Fabio, notre arrière-petit-cousin. Son bateau était énorme, mais kitsch. Tout était chargé de bijoux et empestait l'eau de Cologne.

Celui-ci n'a rien à voir. Il est de bon goût et moderne. Je passe devant le grand salon, où quelques couples s'embrassent à pleine bouche, et emprunte l'escalier qui mène au pont.

Ici, le ciel est entièrement dégagé. Je suis en train de contempler les étoiles quand quelqu'un apparaît à mes côtés. C'est un jeune homme qui semble avoir à peu près mon âge, la peau tannée par les longues journées de farniente au soleil.

Il croise mon regard et m'adresse un sourire complice.

— Incroyable, non ?

— Je ne me souviens pas de la dernière fois où j'ai vu un ciel aussi dégagé. J'ai passé la plus grande partie de mon existence dans des grandes villes.

— Pareil, me dit-il. Je viens de Chicago.

— Tu as l'air d'en être parti il y a longtemps.

— Je suis tombé amoureux de la vie insulaire. Aujourd'hui, je suis basé à Majorque, mais je viens souvent à Ibiza pour le travail.

Son sourire se fait grivois.

— Et pour le plaisir. Je m'appelle Adrian. Et toi ?

— Tina.

— Tu connais bien Tobias et Esmeralda ?

— Pas du tout. Je les ai rencontrés ce soir et j'ai reçu une invitation. Tout ça, c'est un peu intimidant.

— Si tu veux te détendre un peu, dis-le-moi. J'ai peut-être quelque chose qui pourra t'y aider.

Il tapote la poche de sa veste.

Je suis décontenancée. Me propose-t-il de la drogue ?

Il pousse un rire léger en voyant mon expression.

— Ça ne fait pas longtemps que tu es là, visiblement. Pardonne-moi, je n'aurais pas dû tirer des conclusions hâtives.

— Des conclusions hâtives ?

Il hausse une épaule.

— Je pensais que tu carburais aux drogues de synthèse, comme nous tous.

J'observe les réjouissances qui se déroulent dans le salon. Je sais bien que les gens se droguent, ici. Seulement, je ne m'attendais pas à ce qu'il soit aussi direct. À New York, personne n'aurait osé proposer des stupéfiants à la fille du parrain. À Ibiza, je ne suis personne. Je peux faire ce que je veux, personne n'essaiera de m'arrêter.

Tout le monde s'en fiche.

J'ai tant à oublier. Si je planais un peu, les souvenirs s'estomperaient peut-être, jusqu'à ce que je ne puisse plus en distinguer les détails.

Je me mordille l'intérieur des joues.

— Eh bien...

Une voix sévère fend l'air.

— *Adrian.*

J'ai les poils de la nuque qui se dressent. Je n'ai pas besoin de me retourner pour savoir de quoi De Rossi a l'air à cet instant. Il est beau comme un dieu, puissant... et fou de rage.

L'expression enjouée d'Adrian disparaît dès qu'il voit de qui il s'agit.

— *Señor* De Rossi. Comment allez-vous ?

— Laisse-nous, ordonne-t-il.

— On est en pleine conversation, je rétorque.

Adrian parle au-dessus de moi :

— Bien, monsieur. Je lui disais au revoir.

Je me tourne.

— Adrian, tu peux rester. De Rossi, si vous voulez me parler, attendez votre tour.

Un silence stupéfait s'installe. Adrian me regarde avec de grands yeux ahuris où brille de la crainte, et cette vision m'agace. Avais-je l'air de cela quand j'obéissais docilement aux ordres de Papà et de Lazaro ? J'ai toujours cru que je ne pouvais pas leur opposer de refus. Or, ma vie n'est pas en jeu avec De Rossi, et celle d'Adrian non plus. Pourquoi le traitent-ils tous comme un dieu ? Sérieusement, est-ce simplement une question d'argent ? S'il ne faut que cela pour susciter ce genre de déférence, pourquoi Papà a-t-il eu besoin de ses hommes de main ?

Adrian me jette un « *lo siento* » et s'enfuit sans un regard en arrière.

— J'aimerais, un jour, comprendre pourquoi tout le monde vous écoute, dis-je.

De Rossi avance vers moi.

— Il m'écoute parce qu'il travaille pour moi.

— Évidemment ! fais-je en levant les bras au ciel. La prochaine fois que je parlerai à quelqu'un, j'aurai tout intérêt à lui demander ses antécédents d'abord.

— De bien grands mots venant d'une femme sans-papiers.

Je fronce les sourcils. Est-il en train de me taquiner ou laisse-t-il entendre qu'il s'est renseigné sur mon compte ?

Il s'arrête à quelques centimètres de moi, assez près pour m'envelopper de sa chaleur. Dans ses yeux sombres, le danger couve.

— Tu es venue.

À la manière dont il le dit, je comprends clairement qu'il pense que je suis là pour lui. Je ferais mieux de le remettre à sa place.

— On sait tous les deux de quel genre de fête il s'agit, De Rossi. Vous auriez le droit d'y aller, mais pas moi ? Ça ne marche pas comme ça.

Je place les mains sur son torse ferme et tente de le pousser de mon chemin.

Il ne bouge pas d'un pouce. Il incline le menton vers le bas, le regard rivé à mes lèvres.

— Je t'avais prévenue.

— Et alors ? On ne vous l'a peut-être jamais dit, mais vous n'êtes pas Dieu. Ce n'est pas parce que vous parlez que tout le monde doit vous écouter.

Je pousse plus fort sur sa poitrine.

Ses paumes s'enroulent autour de mes poignets.

— Pourquoi es-tu venue ?

— Parce que j'en avais envie.

— Pourquoi ?

Il passe son pouce calleux au creux de mon poignet, et je sens cette petite caresse me redescendre jusqu'au bas-ventre. Je n'aurais pas dû poser mes mains sur lui. Quand j'essaie de me dégager, il ne desserre pas son étreinte. Il ne me fait pas mal, mais sa poigne est ferme.

— Pour la même raison que vous, je souffle. Pour m'amuser.

— Tu as envie de te faire sauter, Tina ?

J'écarquille les yeux. Une vague d'excitation me balaie, si bien que j'en oublie de respirer.

— Pardon ? je m'insurge d'une voix étranglée.

De Rossi se penche plus près de mon oreille.

— Tu n'es pas venue ici pour observer les étoiles, susurre-t-il d'une voix aguicheuse.

Non, en effet. Si je suis ici, c'est parce que je ne supportais pas l'idée qu'il couche avec une inconnue, alors que j'ai passé la soirée à repenser à ce baiser.

Il est toutefois hors de question que je le lui avoue.

— Je ne suis pas venue pour vous.

J'ai la voix haletante.

Ses lèvres glissent contre l'ourlet de mon oreille.

— Alors pour qui es-tu venue ?

— Pour moi.

— Et que veux-tu ?

*Tu as envie de te faire sauter ?* J'ai une bouffée de chaleur.

— Je n'en sais rien.

— Si, tu le sais, m'amadoue-t-il.

Sa main relâche mon poignet droit et descend entre mes seins avant de s'arrêter à la ceinture de mon short.

Je devrais l'arrêter, mettre fin à ce petit jeu sur-le-champ, mais lorsqu'il remonte mon T-shirt d'un centimètre et commence à me caresser le ventre avec le pouce, mon corps se met à vibrer. Des étincelles s'animent sous ma peau et cheminent jusqu'à mon clitoris.

— Moi, je crois que cette petite chatte mouillée a envie qu'on la pilonne ce soir, murmure-t-il. Je crois qu'elle a envie de se faire défoncer par une bonne grosse queue.

Je n'arrive plus à réfléchir. Qui parle ainsi à une femme ? Qui a donné à De Rossi la permission de se servir de la langue française comme d'une méthode pour laver le cerveau de son prochain ?

— Vous vous trompez, je souffle.

Il pousse un rire dépravé. Ses doigts se glissent sous ma ceinture.

— Et si tu me laissais vérifier ?

Il veut sentir à quel point je suis trempée.

*Bon sang, Val. Réveille-toi, dis-lui non. Dis à ce petit prétentieux qu'il n'a qu'à se jeter par-dessus bord s'il veut de l'humidité.*

J'ouvre et referme le poing, celui qui est relié au poignet qu'il serre toujours dans sa main.

— De Rossi... c'est...

*Dis simplement non.*

Il porte ma main à sa bouche et l'embrasse doucement.

— Il n'y a pas lieu d'être timide, poursuit-il tout en glissant ses lèvres contre ma peau. Tu n'as pas à cacher les réactions de ton corps. Tu veux sentir l'effet que tu me fais ?

J'opine du chef, parce que je suis faible. Dès qu'il approche, qu'il presse l'aine contre mon ventre et qu'il me fait sentir son membre long et raide, je lâche un gémissement lascif. Il est énorme, dur comme l'acier, et veut clairement être en moi. J'ai des palpitations dans le sexe. Que ressentirais-je si De Rossi me sautait avec ce machin ?

— À ton tour, continue-t-il alors qu'il écarte ses lèvres de ma main.

Je hoche à nouveau la tête, sans le quitter du regard. Ses pupilles s'écarquillent devant cette victoire et, sans se presser, il glisse toute la main sous la ceinture de mon short et dans ma culotte. Nous sommes toujours debout sur le pont. Tout le monde peut nous voir, même s'il y a probablement bien plus intéressant à regarder sur ce bateau.

Je suis tellement mouillée qu'il le sent sitôt que son majeur atteint mon clitoris. Le plaisir envahit les traits de son visage, lorsqu'il tourne autour du petit bouton dur et que je me tords entre ses mains.

— C'est ça.

Il enfonce davantage les doigts et sonde l'entrée de mon intimité.

— Chaude et trempée, murmure-t-il. Parfaite.

Un gémissement s'échappe de mes lèvres :

— Damiano...

Il ferme les yeux. Un tremblement remonte l'épaisse colonne de sa gorge.

Je me souviens alors qu'il m'a implorée de ne pas l'appeler par son prénom.

— On n'oublie jamais sa première fois, murmure-t-il.

Puis il m'embrasse. Le doigt qui est toujours en moi se recourbe en rythme et met en marche mes terminaisons nerveuses, jusqu'à ce que mon corps faiblisse et que je ne sois plus capable de rien, si ce n'est de me cramponner à lui.

Nous nous embrassons sur le pont pendant un moment qui semble durer des heures, jusqu'à ce que j'aie la tête qui tourne, sois sur le point de jouir et meure de chaud. Soudain, il arrête de m'embrasser, retire sa main de mon short et me serre contre son torse.

— Allons-y.

— Où ça ? je demande à bout de souffle.

— Dans ma chambre.

— On est sur un yacht.

— Il m'appartient. Je le loue aux Werner pour la saison.

Pourquoi suis-je surprise ? L'excitation se dissipe un peu.

— Vous n'en avez pas marre de vous vanter tout le temps ?

Il me guide sur le pont, la main fermement posée sur mes reins.

— Jamais.

Lorsque nous arrivons à la porte de ce qui doit être sa chambre, j'ai retrouvé mes esprits. Je peux encore partir avant que la situation ne dégénère.

— Je pense qu'on ne devrait pas faire ça, dis-je, même si mes paroles n'ont rien de convaincant.

L'excitation bourdonne sous ma peau à l'idée de ce qu'il pourrait me faire dans cette chambre.

Il déverrouille la porte avec sa carte magnétique et me la tient ouverte. Son regard me fait fondre.

— Entre, Tina.

Nous y voilà. Le moment de vérité. Une fois que cette porte se sera refermée derrière moi, je sais que je ne partirai pas de cette soirée.

Il ne me quitte pas des yeux, ces iris noisette rendus presque noirs par les pupilles dilatées. Dans ces ténèbres, il y a une étincelle. La flamme d'une bougie qui brûle pour moi.

Je m'accroche à cette image et me convaincs que c'est moi qui contrôle la situation.

Puis je franchis le seuil.

# CHAPITRE 13

**VALENTINA**

Damiano allume, et sa chambre à coucher se dévoile. Il y a un large bureau, un grand lit, une desserte de bar dans un coin de la pièce et deux fauteuils rembourrés placés près d'une petite table basse. C'est sophistiqué, bien rangé et très masculin. Rien n'est tape-à-l'œil ici, mais il est clair que chaque meuble et chaque textile ont été méticuleusement choisis par un professionnel.

Je me dirige vers le bureau en bois sculpté.

— C'est magnifique, dis-je en passant les doigts le long de la surface vitrée qui protège les bas-reliefs.

Damiano sert deux verres de vin et m'en tend un. Ses yeux se posent sur le bureau.

— C'est l'un de mes biens préférés. Ma sœur l'a fait fabriquer pour moi par un artisan des environs de Naples.

Une rare douceur infiltre son expression.

L'image du petit Damiano tenant l'enfant dans ses bras me serre le cœur.

— Vous êtes proches.

— Oui, répond-il.

Le fait qu'il aime sa sœur me plaît. C'est un nouvel aperçu d'un pan de sa vie, et je me sens plus proche de lui. Si je lui disais à quel point mes sœurs me manquent, je crois bien qu'il comprendrait.

Il se racle la gorge comme pour chasser des pensées et boit une gorgée de vin. Tout chez cet homme est attirant, jusqu'à la façon dont sa pomme d'Adam bouge quand il avale. Ma peau s'échauffe à nouveau. Je bois la moitié de mon verre d'un seul trait et le niche entre mes paumes.

La température monte encore lorsqu'il pose le sien sur le bureau et se penche vers moi. Il porte la main à mon visage et caresse l'arête de ma mâchoire avec le pouce.

— Comment trouves-tu le vin ?

— Il est très bon.

— Je sais que tu auras encore meilleur goût après ça.

Sa voix glisse entre mes cuisses comme une cravate de soie.

Je réalise que j'ai un sérieux point faible. Après le désintérêt de Lazaro, l'idée qu'un homme puissant, beau et sain d'esprit veuille de moi me met en extase, comme la cataire un chat. J'aimerais tellement croire que je fais de l'effet à Damiano qu'une petite voix dans ma tête me supplie d'obtenir plus de preuves.

— Vous me détestiez, je murmure lorsque je repense à la façon dont il ne m'a pas fait de cadeau la première semaine qui a suivi notre rencontre.

Damiano me prend le verre des mains et le pose à côté du sien.

— Je ne te détestais pas.

Il porte la paume à ma nuque.

— Je doutais de toi. Je pensais que tu faisais semblant d'être forte, mais ce n'était pas le cas. Tu l'es réellement.

Le bout de son nez effleure ma pommette.

— Tu es exceptionnelle.

S'il savait qui je suis vraiment... Il a tort de dire que je suis forte, mais il parle avec une telle conviction que je le crois presque, comme si, par sa seule volonté, il pouvait me transformer en quelqu'un d'autre.

Il se rapproche, se presse de tout son long contre moi et m'enveloppe de son parfum enivrant. Lorsque ses lèvres rencontrent les miennes, je gémis dans sa bouche. Tout est langoureux et chaud, comme dans un rêve érotique.

Je ne porte pas de soutien-gorge. Ses paumes trouvent mes seins nus sous mon T-shirt, et la sensation de ses pouces calleux qui frottent mes mamelons en fait dresser la pointe. Il les tord légèrement, puis pousse un grognement lorsque je commence à m'agiter contre lui, prise d'une envie furieuse d'atténuer la pression qui monte entre mes cuisses.

Il arrête de m'embrasser, porte les mains à mon short et le baisse rapidement le long de mes jambes.

Lorsqu'il s'agenouille devant moi, j'appuie les paumes sur le bureau. J'ai mal aux seins et mon sexe se contracte, tant j'ai hâte de vivre la suite. Il considère mon string l'espace d'une seconde avant de saisir l'une des ficelles et de me l'arracher.

— Damiano ! je proteste.

Il pose sur mon visage un regard cochon.

— Assieds-toi sur le bord du bureau, ordonne-t-il, et écarte les jambes.

Les battements de mon cœur résonnent dans mes oreilles. Je n'ai fait l'amour qu'une fois. *Une seule fois.* C'est déjà bien plus conséquent que ce qui s'est passé entre Lazaro et moi cette nuit-là. Je déglutis et sens le sang me monter aux joues. Je lève les fesses, mais n'arrive pas à mettre en mouvement mes jambes.

Damiano remarque mon hésitation et hausse un sourcil.

— Timide ?

— Non, dis-je aussitôt.

Il me tend la perche, parce qu'il sait que je vais la saisir.

— Alors montre-moi ta chatte.

Je pousse un grognement de frustration. J'ai si chaud au visage que j'ai l'impression d'avoir un coup de soleil.

Ses grandes mains caressent mes cuisses nues.

— Tu es timide.

— N'importe quoi.

Un sourire se dessine sur ses lèvres.

— Alors pourquoi cette hésitation ?

— J'ai besoin d'un instant, d'accord ?

Son regard se teinte d'une tendresse subtile qui me fait presque craquer.

— Il n'y a pas lieu de te montrer timide avec moi, Tina. Je te trouve absolument parfaite, et rien de ce que tu pourrais faire ne me fera penser l'inverse.

Il prend au creux de chaque paume un genou et commence à m'écarter les cuisses avec une fermeté pleine de douceur. Je ferme les yeux et inspire profondément. Je dois être en train de dégouliner partout sur son beau bureau.

Quand il a fini, un son rauque s'échappe de sa gorge.

— Putain.

Il ôte sa veste de costume et remonte les manches de sa chemise, avec la gestuelle d'un homme possédé. Lentement, il approche le visage de mon sexe, puis passe sa langue brûlante sur ma fente.

Cette première caresse est si divine que je retombe sur les coudes et laisse échapper un gémissement. Il passe la langue sur mon clitoris, puis frotte ses dents sur le capuchon. Il joue avec moi comme on jouerait d'un instrument. Où a-t-il appris à faire ça ? Les hommes ordinaires finissent-ils tous par le savoir un jour ou l'autre ?

Lorsqu'il me soulève les cuisses et les place sur ses épaules, je m'effondre complètement sur le bureau. Un objet dur s'enfonce dans mon dos.

— Aïe.

Il lève les yeux vers moi, sans cesser de me sucer le clitoris.

— Pas vous, je précise d'une voix haletante tandis que je passe la main sous mon dos et enroule les doigts autour de l'objet du délit.

C'est un stylo coûteux et gros.

Il me le prend des mains.

— Qu'est-ce que vous faites ?

Une lueur intense se met à briller dans son regard, et il commence à me pénétrer avec la langue. Je sens la surface froide du stylo frôler l'autre orifice et me mets à remuer.

— Damiano...

Il enfonce d'un centimètre le bout du stylo, lubrifié grâce à mes sécrétions, et j'étouffe un cri de stupeur. J'ai les cuisses qui tremblent, comme si tout mon corps était sous tension, comme s'il était parcouru de secousses électriques. Damiano me regarde toujours, suit chacune de mes réactions, et je suis persuadée qu'à cet instant-là, il sait mieux que moi ce que j'éprouve. Je suis submergée par de nouvelles sensations, si bien que je n'arrive pas à réfléchir. Il remplace sa langue par ses doigts charnus et fait le même mouvement de va-et-vient que tout à l'heure. C'est suffisant pour me faire basculer. J'enfonce les ongles dans le rebord en bois du bureau. Tout se brouille, excepté les puissantes décharges de plaisir qui irradient dans mon bas-ventre.

Il me tient fermement pendant que je surfe sur les vagues de l'orgasme et, une fois qu'elles sont passées, il retire le stylo, se lève, et presse son corps contre le mien. Je suis toujours pantelante et mon souffle balaie ses lèvres humides lorsqu'il me dit :

— Tu as un de ses goûts, Tina.

— Ah bon ?

Je n'ai jamais pensé à la saveur que pouvait avoir mon sexe.

— Lèche-le sur mes lèvres.

Il veut que je découvre le goût que j'ai ? Si je ne sais pas trop quoi en penser, je sais toutefois que je ferai tout ce qu'il me dira de faire pour l'heure. Il me regarde avec intensité tandis que je tire la langue et la passe sur sa lèvre inférieure. *Hmm.* Ce n'est pas désagréable. C'est terreux et un peu salé. Je le lèche à nouveau, et cette fois il gémit et presse sa bouche sur la mienne.

J'entortille mes mains dans ses cheveux et enroule mes jambes autour de sa taille pendant qu'il m'embrasse passionnément. Je peux sentir le désir qu'il a pour moi, et pas seulement à cause de la bosse de son pantalon, mais aussi par la vigueur éperdue de son baiser.

Cet homme me *veut.* Si je ne m'étais pas échappée de chez moi, j'aurais vécu toute ma vie sans connaître cette expérience.

Cette prise de conscience déclenche quelque chose en moi. À ma grande horreur, je me mets à pleurer. Les larmes coulent le long de mes joues, et je ne veux pas qu'il les voie, alors je m'arrache au baiser et enfouis le nez dans son torse. Je veux respirer sa peau, imprimer son souvenir au fin fond de ma mémoire.

Or, il n'est pas bête, loin de là. Il ne lui faut que quelques secondes pour comprendre que quelque chose ne va pas.

Damiano pose les mains sur le bureau et, d'une poussée, s'écarte de moi. Lorsqu'il voit mon visage, il prend un air perplexe.

— Qu'y a-t-il ?

— Rien, dis-je d'une voix larmoyante. Tout va bien.

Il m'aide à me redresser.

— Tu pleures.

— Malheureusement, oui.

— Je ne comprends pas. Parle-moi.

Mais pourquoi faut-il qu'il se montre si inquiet ? Cela me fait encore plus pleurer.

Il se passe une main derrière la tête et jure.

— Ce n'est vraiment pas la réaction que j'attendais.

Il sort un mouchoir de quelque part et me le tend.

— Tiens.

Je m'essuie le nez et les yeux et parviens enfin à me calmer.

— Vous n'y êtes pour rien. C'est juste que...

Je détourne le regard.

— Je suis submergée par les émotions. Vous voyez... on ne m'avait jamais fait ça.

Sa stupéfaction est appuyée par une grande respiration.

— On ne t'avait jamais léchée ?

Je secoue la tête.

— Non.

— J'ai été le premier à le faire.

— Oui.

Il se passe le pouce sur la lèvre et m'observe pendant un long moment.

— Tu n'as pas beaucoup d'expérience dans ce domaine, pas vrai ?

L'embarras me picote les joues.

— Non.

Je ne sais pas ce que j'attends de lui, mais certainement pas qu'il soupire et me serre contre son torse.

— Je me suis fait des idées, déclare-t-il. Une fois de plus.

— Ce n'est rien. Je...

Je me racle la gorge et poursuis :

— Je veux bien continuer.

— On en a terminé pour ce soir.

— Comment ça ? Je pensais que vous aviez d'autres idées en tête.

Il frotte sa joue contre ma tempe.

— Toutes ces choses que je t'ai dites... Qu'est-ce que tu as ressenti ?

— Les trucs cochons ?

— Oui.

— Ça m'a plu.

— Vraiment ?

— Mon Dieu, oui.

Il pousse une exclamation satisfaite.

— Bien. J'en ai tellement d'autres à te dire, à te faire aussi. Mais pas ce soir.

Il me soulève par les cuisses, me pousse à enrouler mes jambes nues autour de sa taille, et me porte jusqu'à l'énorme lit. Il bande encore, je le sens contre mon sexe, mais quand j'essaie de me frotter à lui, il me repositionne de sorte que je ne puisse plus l'atteindre.

Je suis chamboulée, gênée et vulnérable. J'ai vraiment tout gâché, et je ne comprends pas pourquoi je n'ai pas pu retenir mes émotions. C'est comme si mon cerveau ne fonctionnait plus correctement depuis l'épisode chez Lazaro.

Damiano rabat la couette et me dépose sur les draps soyeux.

— Je suis nulle, je murmure.

Il grimpe sur le lit à côté de moi et passe ses bras autour de ma taille. L'empathie dont il fait preuve à cet instant-là est si inattendue que je commence à remettre en question l'image que j'ai de lui. Qui est le vrai Damiano ?

— Repose-toi, me dit-il en me serrant contre lui.

Il me caresse le dos d'une main légère jusqu'à ce qu'il finisse par s'assoupir. Lorsque sa respiration ralentit, je relève la tête et étudie son visage. Il a l'air en paix.

Hélas, je ne peux pas en dire autant. Je ne pourrai pas fermer l'œil de la nuit, me sachant près de lui. J'ai le cœur qui bat la chamade, et les pensées se bousculent dans ma tête comme une harde de chevaux sauvages. Je repense à lui, agenouillé entre mes jambes, et je n'arrive pas à croire que c'est à *ça* que ressemble le sexe. Naturellement, je savais bien que ce que Lazaro et moi faisions ne constituait guère de véritables ébats amoureux, mais même dans mes rêves les plus optimistes, j'en étais loin. La façon dont il m'a regardée pendant tout ce temps, la manière dont il *m'a vue*, le plaisir qu'il m'a fait ressentir…

Je ferme les paupières. Pour Damiano, ce n'était qu'un coup d'un soir parmi tant d'autres, pour moi, une révélation. Ce déséquilibre n'est pas en ma faveur, et je ne peux pas courir le risque de lui donner plus de pouvoir qu'il n'en a déjà sur moi.

Quand je suis sûre qu'il dort profondément, je sors du lit, enfile mes vêtements et quitte le yacht, et alors que je fais signe à un taxi pour rentrer à l'auberge, je prends une décision. Cela ne doit pas se reproduire.

# CHAPITRE 14

## DAMIANO

Je me réveille avec la queue plus dure qu'un barreau en acier.

Malgré la désagréable lourdeur de mes bourses, un sourire se dessine sur mes lèvres lorsque le souvenir de la nuit dernière me revient. J'ai été le premier homme à goûter à Tina, le premier à plonger la langue dans ses chairs brûlantes et excitées. Son inexpérience est une surprise à laquelle je ne m'attendais pas, mais elle réveille en moi un côté férocement possessif. Je vais vraiment prendre plaisir à lui enseigner toutes les façons dont on peut se faire jouir l'un l'autre... et ça commence maintenant.

Je tends la main, à la recherche d'un sein généreux ou d'une fesse ferme ; tout ce que je trouve, c'est un drap de soie froid.

*Putain de merde !*

J'ouvre brusquement les paupières et n'en crois pas mes yeux.

Elle est partie.

D'un bond, je me lève du lit en poussant un grognement et regarde sur le bureau. Pas de message ? Pas même un petit mot ?

Enragé, j'envoie un SMS à mon chauffeur pour vérifier qu'elle est bien rentrée chez elle. Je déboule dans la douche et me branle de colère.

Voilà ce que j'obtiens pour avoir fait preuve de délicatesse envers elle hier soir. Qu'étais-je censé faire ? Lui faire l'amour alors qu'elle était bouleversée ? Non. J'aime que mes partenaires soient consentantes et emballées par l'idée.

Je me frotte le dos suffisamment fort pour que ça me fasse mal. Ce crétin d'Adrian. Ça m'a rendu fou de le voir flirter avec elle. J'aurais dû le jeter par-dessus bord comme j'avais envie de le faire, seulement je savais que ça allait faire scandale et que ça mettrait un terme à mes projets pour la nuit.

Tina est venue à cette fête pour moi, ses tièdes dénégations ne m'ont pas trompé. Elle est venue en dépit de mon avertissement, et maintenant que nous avons franchi un cap, il n'y a plus de retour en arrière possible.

Elle m'a dans la peau.

Mon téléphone portable se met à sonner alors que je sors de la douche. Je décroche.

— Je t'écoute.

— Elle est rentrée à l'auberge, confirme mon chauffeur. La réceptionniste a dit qu'elle était arrivée vers cinq heures du matin.

— Rentrée *où* ?

— À son auberge.

— *Cazzo*. Où ça ?

— À Sant Antoni.

Le quartier le plus abordable d'Ibiza, là où vivent de nombreux travailleurs saisonniers. Il est devenu dangereux ces dernières années, surtout à cause de la petite délinquance et des vols, mais aussi de quelques violentes agressions. Ça ne me plaît pas beaucoup qu'elle y séjourne.

— À quoi elle ressemble ? je demande.

— L'auberge ?

Le chauffeur pousse un soupir.

— Elle n'est pas terrible, mais ça pourrait être pire.

— Prends des photos et envoie-les-moi.

— Bien, patron.

Je raccroche et regarde les images qui arrivent en cascade sur mon téléphone. *Albergue Clandestino*. C'est une propriété mal entretenue dans une rue qui, je le sais, n'est pas bien éclairée la nuit.

Elle ne va pas y rester très longtemps.

Tina est de service le samedi, et je veille à ce qu'elle soit affectée au nettoyage de mon bureau. Je ne sais plus à quand remonte la dernière fois où j'y suis venu en journée le week-end, mais je n'ai pas la patience d'attendre lundi pour avoir cette conversation avec elle. Lorsque j'entre au Revolvr, je salue le personnel et me sers une *hierbas* au grand bar avant de me diriger vers l'arrière du club. Je viens de m'installer à mon bureau quand on frappe à la porte.

— Entrez.

Le battant s'entrouvre et elle est là, dans son uniforme bleu uni, avec un chariot de produits de nettoyage.

Comment fait-elle pour être, là encore, la plus belle femme que j'aie jamais vue ?

Elle croise mon regard et aspire une bouffée d'air. Sait-elle qu'en ce moment même je l'imagine aussi nue qu'elle l'était sur mon bateau ? Tant mieux. Un seul regard jeté sur elle, et je suis déjà excité, il n'y a pas de raison qu'elle soit épargnée.

Elle referme la porte derrière elle et range le chariot près du mur.

— Il faut qu'on parle.

Que veut me dire ma *principessa* ? Elle ferait bien de me présenter ses excuses pour s'être éclipsée au milieu de la nuit. Elle n'a pas le droit de s'en aller comme ça, après ne m'avoir donné qu'un petit avant-goût de sa personne. Je lui avais dit que je deviendrais accro. J'ai été clair sur le fait qu'elle devait être prête à faire face à tout ce que j'ai réprimé, une fois que j'aurais cédé.

Ne m'a-t-elle pas cru ? Je tâcherai de lui rappeler le genre d'homme que je suis.

Je m'adosse à mon siège.

— Je rêve de te pencher sur mon bureau, de te remplir de sperme, et que tu passes le reste de ta journée à me sentir dégouliner sur tes cuisses.

Je ne peux m'empêcher de sourire lorsqu'elle pousse un gémissement désemparé. Elle m'a laissé tomber, putain. Pensait-elle vraiment s'en tirer à bon compte ?

Il lui faut un moment pour se ressaisir.

— Vous êtes sûr de ne pas vouloir consulter un psy ? Il s'en donnerait à cœur joie avec vous. Les fantasmes de ce genre ont généralement un sens caché.

— Je sais ce que veut dire celui-ci.

— Quoi donc ?

Je me penche en avant et pose les coudes sur le bureau.

— Que je te veux pour moi.

Je vois ses yeux s'écarquiller. Il y a quelque chose de vraiment satisfaisant à la faire rougir.

— Vous pensiez qu'après ce qu'il s'est passé, il vous suffirait de lever le doigt pour que j'accoure ?

— Ça m'intéresse davantage de te l'enfoncer dans la chatte, dis-je. Tu ne le sais peut-être pas, mais il y a là un endroit spécial qui fait jouir une femme.

Mon allusion à son inexpérience la fait virer au rouge écarlate.

— Je dois me mettre au travail, répond-elle d'une voix crispée.

— On n'a pas terminé.

— Si, rétorque-t-elle tout en s'emparant de la serpillière. Ce qui s'est passé sur ce bateau, ça ne se reproduira pas.

J'ai une montée de frustration. Elle me résiste. Pourquoi ? Elle veut me sauter, ça se voit comme le nez au milieu de la figure. Qu'est-ce qui la retient ?

— Pourquoi pas ? je demande.

Elle plonge la serpillière dans un seau d'eau savonneuse et tourne son regard vers moi.

— Je ne veux sortir avec personne pour l'instant.

— Pourquoi ? je répète.

Elle chasse une mèche de cheveux qui lui barre le visage. Elle semble nerveuse. Je sais qu'elle va me sortir une fausse excuse.

— Écoutez, je viens à peine d'arriver et je ne suis pas encore installée. J'ai un million de trucs à penser.

Un million de trucs que je pourrais résoudre en un jour si elle me laissait faire.

Je vais commencer par le commencement.

— Mon chauffeur m'a dit où tu habitais, dis-je.

La confusion altère ses traits.

— D'accord. Et ?

— Tu dois déménager.

— Pour quoi faire ?

J'ai la mâchoire qui se crispe.

— Cette auberge a des allures de centre de réinsertion. Je ne veux pas que tu sois là-bas.

Ses yeux s'enflamment de colère.

— Vous ne *voulez* pas que je sois là-bas ? Je vis où je veux. Ce ne sont pas vos affaires.

Ça l'est devenu dès que mes lèvres ont touché les siennes. J'ouvre un tiroir du bureau, en sors une liasse de billets et la fais glisser vers elle.

— Sers-t'en pour la caution d'un bel appartement.

Elle est d'abord scandalisée, ensuite le choc fait vite place à la fureur.

— Vous essayez de m'acheter ?

J'étais sur le point de lui dire qu'elle pouvait quitter son travail, que je lui paierais tout ce dont elle avait besoin, mais son indignation me fait rétropédaler.

— Non, j'essaie de t'aider. Et j'essaie aussi de te faire revenir dans mon lit, mais c'est une autre histoire. Prends cet argent.

Elle jette un coup d'œil à la pile de billets et secoue la tête.

— Je ne fais pas l'aumône. Je sais que cette auberge n'est pas ce qu'il y a de mieux, mais je peux attendre d'avoir économisé suffisamment pour déménager.

Manifestement, elle n'a pas pris le temps de regarder le prix des logements à Ibiza.

— Avec ton salaire actuel, il te faudra des mois pour gagner assez d'argent pour payer la caution d'un appartement.

— Alors donnez-moi une promotion, lâche-t-elle en relevant le menton. Passez-moi serveuse.

— Prends cet argent, et considère que c'est fait.

Elle pince les lèvres et acquiesce d'un hochement de tête.

— Je vous rembourserai, dit-elle. Vous pouvez le retirer de mon salaire jusqu'à ce que j'aie payé ma dette.

Je fais non du doigt.

— Mes gestionnaires de paie ont mieux à faire.

— Alors je vous rembourserai en liquide.

— D'accord, conviens-je, uniquement pour satisfaire son orgueil.

Il est hors de question que je lui soutire un seul euro. Un sourire narquois étire mes lèvres.

— Maintenant, revenons à mon fantasme.

— Je ne comprends pas.

Elle pose la serpillière et croise les bras.

— Pourquoi voudriez-vous de moi après la façon dont j'ai réagi ?

Est-elle gênée d'avoir versé des larmes ? *Cazzo*, cette fille n'a vraiment aucune idée de l'effet qu'elle me fait.

— Tu as pleuré parce que tu étais bouleversée d'avoir joui grâce à ma langue. Tu penses sincèrement que ça peut rebuter un homme, Tina ?

Ses joues rosissent à nouveau.

— Alors mon inexpérience vous excite ?

— Ton inexpérience et tout ce que je peux t'apprendre... si tu me laisses faire.

Je me lève de mon siège et viens me placer derrière elle. Elle reste immobile tandis que j'effleure les cheveux de sa nuque et respire son délicieux parfum.

— Je peux être doux, Tina.

Mes lèvres se posent sur sa peau.

— Et patient. Je peux te faire des choses à faire pâlir la nuit que nous avons passée ensemble jeudi.

Sa respiration s'accélère. Elle penche la tête pour m'offrir un meilleur accès à son cou et pousse un soupir.

— Vous aviez dit que vous ne deviez pas vous laisser distraire.

— J'ai changé d'avis.

Un raclement de gorge se fait entendre derrière nous.

Je lance un regard par-dessus mon épaule et ravale un juron. C'est Ras. Pouvait-il tomber plus mal ?

Tina s'écarte rapidement de moi, et Ras pince les lèvres.

— Je ne voulais pas vous interrompre.

Je lui lance un regard noir.

— Frappe, la prochaine fois.

— Il faut que je te parle de quelque chose.

— Je vais vous laisser, dit Tina en se dépêchant de sortir.

Lorsqu'elle passe devant Ras, il lui jette un regard méfiant. Je sais qu'il n'hésitera pas à me dire le fond de sa pensée.

Au moment où Tina s'apprête à disparaître, je vois l'argent qui trône encore sur mon bureau.

— Attends ! je crie.

Elle s'arrête sur le seuil et se retourne.

Je brandis la liasse de billets.

— Tu as oublié ça.

Elle se raidit, et le visage de Ras s'assombrit un peu plus. Je m'attends à ce qu'elle discute, mais au lieu de cela, elle me prend l'argent des mains et sors.

C'est une victoire. À ce rythme, je vais vite élimer sa résistance et, alors, je pourrai explorer tout ce que ce corps a à offrir.

Ras croise les bras.

— Quoi ?

— Je me suis renseigné sur elle.

— Je ne t'ai pas demandé de le faire.

— Pour autant que je sache, Tina Romero n'existe pas.

Je détourne le regard. Bien que la nouvelle ne soit pas une surprise, je n'aime pas l'entendre. Maintenant qu'elle et moi avons une liaison, je ne peux pas me permettre de fermer les yeux sur ce qu'elle ne veut pas me dire. Il est temps d'aller chercher la vérité.

— Qu'as-tu découvert ? je demande.

Ras s'assied en face de moi.

— Il y a vingt-quatre femmes qui portent ce nom. J'ai fait des recherches sur chacune d'entre elles, et elle n'est aucune d'elles.

— Donc tu sais qui elle n'est pas, mais tu ne sais pas qui elle est.

— Pas encore. Je voulais t'en parler avant d'y passer du temps.

Il pose la cheville sur le genou.

— C'est du sérieux ?

— Tu sais bien que ce n'est pas mon truc.

— Alors qu'est-ce que c'est ?

— Je veux qu'elle reste un peu, dis-je. Elle m'intrigue.

— Depuis qu'elle est arrivée ici, tu passes deux fois plus de temps au Revolvr.

Je fronce les sourcils. Il doit se tromper.

— Si c'est le cas, c'est parce que j'ai des choses à faire ici.

Ras me lance un regard pénétrant.

— Hmm.

Je me lève.

— Renseigne-toi sur elle, mais pas au détriment des autres recherches que tu fais pour moi.

— Alors il faudra attendre quelques jours.

— Très bien.

Comme je l'ai dit, je sais me montrer patient et, bientôt, je connaîtrai son vrai nom.

# CHAPITRE 15

## VALENTINA

Si j'étais maline, je prendrais l'argent que Damiano m'a donné et je m'enfuirais loin. Une fois rentrée à l'auberge, je compte encore et encore les billets. Cinq mille euros suffisent pour repartir à zéro, mais pour une raison que j'ignore, pas une seule destination ne me paraît attrayante, comme si, où que j'aille, je risquais de laisser une part de moi à Ibiza.

Le lendemain matin, la réceptionniste de l'auberge me remet une enveloppe. À l'intérieur se trouve une lettre où l'on m'invite à visiter un appartement situé dans un quartier agréable de l'île. Si le nom de Damiano n'y est pas mentionné, il ne faut pas être un génie pour comprendre qui est derrière tout cela. Je me rends à cette visite. L'appartement donne sur la plage, il possède un balcon et ferait baver d'envie un architecte d'intérieur. Je paie la caution sur place et je reçois la clé.

J'ai beau résister, une seule conclusion s'impose. Au fond de lui, il tient à moi. Damiano ne me semble pas être le genre de type à renoncer, alors je me prépare à d'autres beaux gestes. Je ne peux pas le laisser m'avoir à l'usure.

Certes, je veux coucher avec lui. Qui n'en aurait pas envie ? Seulement, après la façon dont j'ai réagi sur le bateau, j'ai peur de ne pas réussir à garder la tête froide lorsqu'il me donnera autant de plaisir. Et si je disais quelque chose que je ne devrais pas dans un moment de vulnérabilité ? Et si, par inadvertance, je lui ouvrais mon cœur ?

C'est ma première semaine en tant que serveuse. Comme je travaille de nuit, je dois adapter mes horaires de sommeil, ce qui signifie que je suis un véritable zombie les premiers jours. Je me retrouve à casser quelques verres et renverse un Cosmopolitan sur un client VIP. Heureusement, il plane trop pour le remarquer.

— Tout le monde se drogue ici ? je demande à Vilde un soir où nous sommes en pause.

Elle se met à rire.

— Tu en as mis, du temps, pour t'en rendre compte ! Oui. C'est pour ça que nos bouteilles d'eau sont à dix euros. Quand on est défoncé, on a tendance à boire moins d'alcool, mais on a besoin de s'hydrater.

— Comment les clients font pour entrer avec leur came ? je demande encore. Les videurs fouillent tout le monde, non ?

— Ils vérifient s'ils ont des armes, pas de la drogue, et il y a toujours quelqu'un pour te vendre quelque chose ici, si tu sais ce que tu cherches.

Elle balaie du regard la salle du personnel et baisse la voix.

— Je suis sûre que le patron est au courant pour les dealers.

Je pense qu'elle a raison. Je doute qu'il se passe quoi que ce soit dans ce club sans que Damiano le sache. Personne ne réussit aussi bien sans connaître des gens de la pègre. Néanmoins, c'est une tout autre chose que d'en faire partie.

Le lendemain, Vilde, Astrid et moi-même sommes affectées au carré VIP de l'étage. Lorsque nous arrivons, Ras est là. Il ne dit pas bonjour, mais même de loin, je peux voir qu'il me regarde avec méfiance. J'essaie du mieux que je peux de garder mon calme. Je suis à bout de nerfs. Sait-il quelque chose ?

La soirée commence sans problème. Les hôtesses font asseoir les clients VIP à leur arrivée, puis nous assurons le service de la bouteille. Je ne saurais dire sans avoir fait le point, mais je crois bien avoir récolté en trois heures plus de pourboires que ceux gagnés en un service de nettoyage, et c'est sans compter mon salaire de base. Je me déride au fil des heures. Si ça continue, je pourrai rembourser Damiano plus tôt que prévu.

— On vient de faire asseoir un groupe de quatre personnes à la table A, m'annonce Maria, la responsable de l'étage. Ils ont une bouteille de Chivas Regal. Peux-tu t'occuper d'eux en priorité ?

— J'ai une table à servir.

— Tu la serviras plus tard, rétorque Maria en regardant par-dessus son épaule. Ce sont les amis du patron.

Des amis de Damiano ? Je jette un coup d'œil à la table, et un seul regard suffit pour que mon sang ne fasse qu'un tour.

Sur la plus grande banquette du carré VIP, à la table où Astrid dansait avant de partir en pause quelques minutes plus tôt, se trouvent trois inconnus et un homme que je reconnais.

Nelo.

Je doute que Damiano présente Nelo comme son ami, bien qu'il soit son cousin, mais si Maria le qualifie ainsi, alors ce n'est pas la première fois qu'il vient au Revolvr. Je ressens un malaise qui me hérisse les poils. Damiano sait-il que Nelo et ses amis sont ici ? Sur le visage de l'homme, une ecchymose verdâtre apparaît encore, là où Damiano l'a frappé. Au moins, Nelo a l'air moins ivre que l'autre soir au restaurant.

Je prépare les bouteilles, redresse les épaules et me dirige vers la salle.

Nelo me reconnaît au moment où j'arrive presque à leur table. Un rictus étire ses minces lèvres.

— *Bella*, me salue-t-il tout en me déshabillant du regard.

— Bienvenue, messieurs, dis-je, m'en tenant à mon texte.

Il me regarde poser la bouteille sur leur table.

— Tu travailles ici, note-t-il. T'as été embauchée avant ou après le soir où je t'ai rencontrée ?

— Avant.

— Ce fils de pute aurait été capable de t'engager juste pour me faire chier.

— Je doute que le *señor* De Rossi consacre une seconde à vos états d'âme.

Les yeux de Nelo se font tout petits.

*Zut.* Je n'aurais pas dû dire ça.

Il se penche en avant, approche son visage du mien.

— Comment sais-tu à quoi De Rossi emploie son temps ?

Notre conversation finit par attirer l'attention de ses compagnons. L'un après l'autre, ils posent leur regard sévère sur moi. Ils ont tous l'air méchants, sans exception. L'un d'eux arbore un œil au beurre noir. Un autre a ce regard creux que seules une consommation excessive de drogues ou une vie marquée par la violence peuvent expliquer. J'ai vu ses sosies à New York, des soldats, en général, ces hommes qui vivent chaque jour comme s'il pouvait se terminer par une balle dans le crâne.

Au départ, c'est le dernier de la bande qui me semble le plus normal, ensuite je vois ses yeux, et un vilain déjà-vu me retourne l'estomac. Ce sont les mêmes que ceux de Lazaro, froids et vides de toute émotion humaine.

— Je sais qu'il est très occupé, dis-je tout en posant sur la table la dernière boisson sans alcool qui leur permettra d'allonger leur cocktail. C'est ce que j'entendais par là. Voulez-vous que je vous serve la première tournée ?

Nelo jette un coup d'œil à la bouteille, avant de revenir à moi.

— Certainement, *bella*.

Il a probablement l'habitude de voir les gens trembler sous son regard, mais c'est d'une main assurée que je sers leurs whiskies.

Le type à l'œil au beurre noir lui dit quelque chose en italien. Trop de dialectes y sont mélangés pour que je comprenne la phrase. Nelo pousse un rire hideux. Cela suffit à me faire comprendre que je ne vais pas aimer les paroles qui vont suivre.

Il me sourit d'un air narquois.

— Il y a d'autres façons dont on aimerait que tu nous serves plus tard.

Je repose la bouteille sur la table, me redresse et fais comme si je ne l'avais pas entendu.

— Je reviendrai vous servir dans un instant. Amusez-vous bien.

L'ambiance devient tendue. C'est un jeu pour eux. Ils veulent me froisser, me montrer à quel point ils me sont supérieurs. C'est la fin du premier round. Je tourne les talons et repars vers le grand bar.

Je décide de les délaisser au moins une demi-heure pendant que je sers mes autres clients. À peine dix minutes plus tard, ils me font signe de revenir.

— On veut ce qu'eux ont commandé, m'annonce Nelo en montrant du doigt une table où se trouve une bouteille de six litres de Dom Pérignon en édition limitée.

Naturellement. Les hommes comme lui sont tellement prévisibles. Ils veulent le plus gros et le plus brillant des jouets, pensant qu'il les mettra en valeur. À la vérité, il n'y a que l'objet qui attire le regard des gens, pas ces types.

— Très bon choix. Pour votre information, c'est dix mille euros.

Je jette un coup d'œil à la bouteille à moitié vide sur leur table. Elle n'aura pas tenu longtemps.

— Rien à branler. Tu crois que je regarde les prix ici ?

Sa bande s'esclaffe.

Je résiste à l'envie de lever les yeux au ciel.

— Très bien, je vous l'apporte de suite.

— Magne ton joli petit cul. Et où est cette putain de danseuse ? On regarde dans le vide depuis qu'on s'est assis.

— Elle devrait revenir de sa pause d'un moment à l'autre.

Je jette un coup d'œil autour de moi, la mâchoire serrée. Ça ne me plaît pas du tout que mon amie doive danser pour eux. J'aperçois Astrid, de l'autre côté de la pièce, qui se dirige vers nous. Elle reconnaîtra Nelo, sans que je l'avertisse.

Le sourire éclatant qu'elle arbore se ternit lorsqu'elle avise mon expression. Elle observe les hommes assis sur la banquette, et je vois sur son visage qu'elle le reconnaît. Or, c'est une professionnelle. Elle monte sur l'estrade, au centre de leur carré, et salue tout le monde.

Je doute que Nelo l'ait remarquée au restaurant ou qu'il sache que c'est mon amie. C'est mieux ainsi. Cela ne rendrait probablement pas service à Astrid.

La bouteille de Dom Pérignon est si grosse que j'ai besoin de l'aide d'une autre fille pour tout apporter. Quelques personnes nous encouragent lorsque nous passons devant elles. Quand nous arrivons à la table de Nelo, ses amis s'y mettent.

— Faut que je filme ça, lance le plus efflanqué.

Il sort son téléphone et commence à enregistrer pendant que nous posons le seau sur le bord de leur table.

Je suis tellement distraite par l'agitation que je ne remarque pas qu'Astrid ne danse pas. Quand je me redresse, elle n'est plus sur l'estrade. Elle se tient droit devant moi, à côté de Nelo, et son visage est plus pâle qu'à l'ordinaire. Je m'aperçois alors que la main de Nelo lui agrippe le poignet.

*Qu'est-ce qui se passe ?*

Les invités ne sont pas autorisés à toucher les danseuses.

Il la force à s'asseoir sur ses genoux, comme si elle était un jouet, et non un être à part entière, et commence à lui murmurer quelque chose à l'oreille. Elle essaie de se dégager, mais il la retient. Où sont les videurs ?

Je suis prise de dégoût.

— Que fait-elle sur vos genoux ? je demande d'un ton ferme.

Nelo sourit.

— T'es jalouse, *bella* ? T'inquiète pas, j'ai un autre genou où tu peux jouer à dada.

Il relâche le poignet d'Astrid et tapote sa cuisse vacante.

— Vous êtes répugnant.

— T'avais pas l'air de penser ça l'autre soir.

Astrid tente de se lever, mais il l'en empêche, pressant la main sur sa cuisse nue pour la faire se rasseoir. Je la vois se raidir. Les yeux écarquillés, effrayés, elle jette un coup d'œil aux amis de Nelo. Astrid est loin d'être fragile, cependant ces hommes sont franchement intimidants, et je peux voir qu'elle est figée par la peur.

— Laisse-la partir, dis-je.

Je serre le poing dans la poche de mon tablier, seulement je ne suis pas De Rossi. Je ne suis pas en mesure de fracturer le nez de Nelo.

Or, quand sa main remonte le long de la cuisse d'Astrid, je suis suffisamment furieuse pour essayer.

— Elle se plaint pas, non ? lance-t-il d'une voix grave, les lèvres à quelques centimètres de son cou, les yeux tournés vers moi.

Il fait ça pour m'énerver.

— Elle est terrifiée.

— Terrifiée ? Je crois pas. Je pense que cette petite salope...

Il remonte encore la main pour aller empoigner Astrid par les parties intimes.

— ... est train de mouiller.

Mes phalanges effleurent le pic à glace qui se trouve dans mon tablier. La fureur monte en moi comme une nuée de sauterelles. J'enroule les doigts autour du manche. Je ne pense plus, je ne respire même pas.

Je sors le pic à glace et le plante dans la main de Nelo qui repose sur son genou.

Les leçons que Lazaro m'a enseignées sur les objets tranchants ont finalement porté leurs fruits. Je sais comment enfoncer le pic à glace pour qu'il lui traverse la main.

Pendant un temps que mon imagination étire, Nelo fixe le manche qui dépasse, puis repousse Astrid et lâche un cri de stupeur.

La musique autour de nous est si forte qu'elle en couvre pratiquement le son. Les hommes de Nelo se lèvent d'un bond et jurent d'une voix furieuse en italien. Quelqu'un m'attrape le bras.

— Tina !

C'est Astrid. Je ne lui ai jamais vu des yeux aussi grands.

— Tina, qu'est-ce qui t'a pris ?

Nelo extrait le pic à glace de sa main avec un grognement de douleur, et du sang se met à dégouliner sur le sol.

Il se lève et me jette un regard fou.

— Tu vas me le payer, *bella*.

Je retrouve enfin mon souffle et observe le sang sur le sol. On dirait une œuvre d'art macabre.

Mon Dieu, qu'est-ce que j'ai fait ? Je m'étais promis de ne plus recommencer.

Le type au regard vide sort un couteau à cran d'arrêt de sa veste.

— Tina, il faut qu'on se tire de là, lâche Astrid, hors d'haleine.

Elle réussit à me traîner sur quelques mètres avant que nous soyons arrêtées par deux videurs. Derrière eux se trouve Maria. Elle a dû les appeler à l'instant. Où étaient-ils quand nous avions besoin de leur aide ?

— Retournez là d'où vous venez, leur assène Nelo quand ils se plantent devant Astrid et moi. On a des trucs à régler.

— Asseyez-vous, dit l'un des videurs en regardant les quatre hommes d'un air las. Le *señor* De Rossi arrive.

— Va te faire foutre.

Nelo et ses compagnons se mettent à insulter les videurs, bien que les deux hommes fassent manifestement tout leur possible pour désamorcer la situation en adoptant un calme remarquable. Astrid me presse le poignet, et je tourne la tête pour la regarder.

Ce que je vois dans ses yeux me fait reculer.

Damiano apparaît de l'autre côté de la banquette et passe devant les sièges.

— Qu'est-ce qui se passe ici ?

Il marque un temps d'arrêt lorsqu'il m'aperçoit derrière les videurs, puis balaie du regard l'espace et tous les protagonistes. S'il est choqué par la main en sang de Nelo, il ne le montre pas. Il ne plisse les yeux qu'en voyant le couteau à cran d'arrêt de l'autre homme.

— Vous avez fait entrer une arme dans mon club ? demande-t-il d'une voix menaçante.

Le visage de Nelo devient rouge de rage.

— Cette salope vient de me planter.

Il lève la main. Elle est dans un sale état.

— Ton règlement peut aller se faire foutre, ajoute-t-il.

Damiano se tourne aussitôt vers Nelo et l'avertit :

— Fais attention à ce que tu dis.

— Sinon quoi ?

Autour de nous, d'autres clients ont remarqué l'agitation, et certains essaient de s'approcher pour voir ce qui se passe.

— Dans mon bureau. Maintenant.

— Non, réglons ça ici, *orphano*, le raille Nelo. Que tout le monde puisse voir qui va gagner.

Je suis suffisamment près de la scène pour voir les muscles dorsaux de Damiano se raidir.

— Je vais faire comme si tout le sang de ton cerveau s'était écoulé par ta main, ce qui expliquerait pourquoi cette phrase vient de franchir tes lèvres. Si tu n'as pas les idées claires, moi si. Regarde autour de toi. Est-ce que ça ressemble à une scène qu'*il becchino* aimerait voir aux informations demain ?

*Le fossoyeur*. Je ressens tout à coup un malaise. De qui parle Damiano et pourquoi ce qualificatif me rappelle-t-il les surnoms que Papà donnait à ses hommes ? C'était le genre de terme qu'ils employaient entre eux. *Il grasso, il dente, il matematico...* Chaque nom avait une histoire. *Il dente* avait perdu une dent de devant lors d'une rixe à l'âge de seize ans et était resté ainsi pendant quelques semaines avant que mon grand-père ne lui donne les sous pour s'en faire poser une nouvelle. *Il grasso* grignotait toujours pendant ses missions. *Il matematico* n'a jamais voulu me dire pourquoi on l'appelait ainsi quand je le lui demandais, mais, plus tard, Tito m'a appris qu'après chaque besogne, il comptait le nombre d'hommes qu'ils avaient tués et consignait les chiffres dans un petit carnet qu'il gardait dans la poche de son veston.

Nelo ricane et fait un brusque signe de tête en direction de l'arrière du club.

— Très bien. Réglons ça dans ton bureau.

Damiano pousse les videurs, me prend par le coude et m'entraîne à l'écart. Je tords le cou pour voir si les autres suivent. C'est le cas.

Ras se précipite vers nous.

— Qu'est-ce qui se passe ?

— Le plus mince a un couteau, grommelle Damiano sans s'arrêter de marcher. Prends-le-lui dès qu'on est dans mon bureau et cherche à savoir comment il a réussi à le faire passer.

— Tina ! Attends !

C'est Astrid. Je la vois tenter de me rejoindre, mais Ras l'arrête et lui dit quelque chose qui la fait grimacer de colère.

Damiano me fait franchir une porte portant la mention « Privé », et la rumeur du club s'estompe.

Je remarque qu'il n'y a plus personne derrière nous.

C'est à ce moment-là que je réalise pleinement ce que j'ai fait.

Je viens de... poignarder un homme. J'ai répandu son sang comme si de rien n'était. Cette fois, il n'y avait personne pour tirer les ficelles, j'étais la seule responsable.

Mon champ de vision se rétrécit. Je chancelle, et Damiano resserre la poigne pour que je ne tombe pas.

Il nous arrête et approche son visage du mien.

— Ça va ? Ils t'ont touchée ?

Il est tellement en colère qu'il tremble. J'aspire une bouffée d'air et parviens à dire :

— Non.

Il soupire de soulagement.

— Qu'est-ce qui s'est passé ?

— Il a agrippé Astrid. Il l'a touchée par-dessus ses vêtements. C'était écœurant, il ne la laissait pas partir.

— Astrid l'a poignardé ?

— Non, c'est moi.

Quelque chose qui pourrait s'apparenter à de la fierté transparaît dans son expression, mais ce doit être mon imagination, car il n'y a aucune raison d'être fier dans une telle situation. Certes, Nelo est tordu, mais moi aussi.

Lazaro m'a vraiment détruite. Et maintenant, Astrid le sait. Je l'ai vu dans ses yeux quand elle m'a regardée quelques instants plus tôt. Elle avait l'air terrifiée par moi. Elle comprend enfin avec qui elle vit depuis deux semaines.

Un monstre.

## CHAPITRE 16

**VALENTINA**

— Nelo m'a reconnue, j'explique à Damiano alors que nous suivons le couloir de service faiblement éclairé jusqu'à son bureau. Il a dit qu'il me ferait payer ce que je lui ai fait ce soir.

— Il ne s'en prendra pas à toi, rétorque-t-il d'une voix dure. Je vais m'en assurer.

Je me mords la lèvre. Nelo est une tête brûlée, je le sens bien. Je doute qu'il écoute les avertissements de Damiano.

— Dans quoi trempe-t-il ? je demande.

La colère fait saillir sa mâchoire.

— Lui et sa bande sont des petits merdeux. S'ils pensent ne serait-ce qu'à toucher à un de tes cheveux, ils vont vite le regretter.

C'est une hyperbole, mais il le dit avec une telle assurance que j'ai envie de le croire. Seulement, Damiano n'est qu'un homme d'affaires. Quant à Nelo ? Nelo est dangereux, et c'est la deuxième fois que je crée des problèmes entre Damiano et lui.

Il devait y avoir un autre moyen d'aider Astrid sans que je fasse ce que j'ai fait. Mon instinct m'a immédiatement poussée à employer la violence. Est-ce ainsi que je compte résoudre tous mes problèmes dorénavant ? Je n'arrive même pas à me convaincre du contraire. J'ai planté ce pic à glace dans la main de Nelo sans réfléchir. J'ai simplement fait ce qui me semblait juste sur le moment.

Un sentiment de panique naît en moi. Ce qui me semblait juste, c'était la violence. Mais qu'est-ce qui ne va pas chez moi ? Quand je suis dans cet état, *personne* ne doit m'approcher. J'ai vraiment besoin de consulter un psy, voire de plusieurs années de thérapie. En attendant, il n'y a pas d'issue. Nelo avait beau le mériter, et si je m'en prenais à un innocent la prochaine fois ? Je dois partir, m'isoler. Il est hors de question que je mette d'autres gens en danger, tout ça parce que j'ai perdu la tête.

— Attends-moi ici, dit Damiano lorsque nous nous arrêtons devant son bureau.

Il me désigne une chaise appuyée contre le mur à quelques mètres de là et m'aide à m'asseoir.

— Je ne veux pas que tu sois dans la pièce avec eux. Nous reprendrons cette discussion dès que j'aurai fini. D'accord ?

— D'accord, dis-je tout en croisant son regard.

Il s'inquiète pour moi, comme il l'a fait quand j'ai pleuré sur son bateau. Il me prend pour quelqu'un de vulnérable, et non pour la créature dont on doit protéger les gens.

Des bruits de pas se font entendre à l'autre bout du couloir, et Damiano me presse brièvement l'épaule. Il ouvre la porte

à Nelo et à sa bande, ce qui m'empêche de les voir. J'entra-
perçois Ras avant qu'ils ne disparaissent tous à l'intérieur de
la pièce.

Sitôt que je me retrouve seule, je me recroqueville et enfouis
mon visage dans mes mains. J'ai les boyaux qui se tordent,
comme si un truc en décomposition s'était ouvert dans mon
ventre et qu'un poison s'était répandu en moi.

À l'intérieur du bureau, on parle sur un ton agressif, mais je
n'arrive pas à distinguer le moindre mot à travers les murs
épais.

Je ne peux pas rester ici. Je vais exploser, autrement.

Je cours jusqu'à l'issue de secours la plus proche et franchis
la porte en trombe. Le parking se brouille autour de moi
tandis que je sprinte devant les rangées de voitures. Je ne
m'arrête que lorsque j'ai atteint la plage. Mes talons s'enfoncent dans le sable. Le ciel est encore noir, mais la lune est
brillante et éclaire les vagues qui s'écrasent sur le rivage. La
nuit, l'eau est toujours plus agitée, elle scintille d'une écume
pareille à des dents blanches.

Je suis si près du rivage que je peux sentir les embruns de
l'océan atterrir sur mes genoux nus. À qui manquerais-je
si je marchais droit dans l'eau pour ne plus en ressortir ?
Mes sœurs n'ont pas besoin de moi. Mes parents veulent
probablement ma mort. À ce stade, s'ils me retrouvent
vivante, je serai mise à l'écart pour le restant de mes jours.
Il est même probable que Papà autorise Lazaro à me tuer
pour ma trahison. Mes parents m'ont-ils un jour consi-
dérée comme leur fille et non comme un outil ? Les
femmes de la mafia sont-elles autre chose qu'un simple
objet de troc ?

J'ai de l'eau jusqu'aux genoux et l'océan m'accueille. Il me tire par les chevilles, enroule ses mains écumeuses autour de ma chair et m'incite à m'enfoncer encore.

Les larmes dévalent mon visage. Je dois tourner la page et recommencer à zéro, mais après ce soir, j'ignore si j'en aurai la force. Je n'ai jamais été aussi épuisée, à vivre ainsi dans la peur et, maintenant, je ne crains plus seulement les autres. Je me crains, moi.

Le poison que Lazaro a distillé en moi n'a pas disparu. Il a corrompu mon esprit et effacé ma morale. Je ne sais plus qui je suis.

Je sursaute quand l'eau atteint l'ourlet de mon short. Elle est froide, purifiante. Peut-être pourra-t-elle purger mon âme. Cette pensée me fait avancer dans la mer. Une grosse vague s'écrase sur moi, et je suis soudain emportée par le courant. Je tombe en arrière, et ma tête plonge sous la surface de l'eau.

*Lave-moi. Mon passé, mes péchés, mes souvenirs. Je veux renaître.*

Mes pieds touchent le fond, l'eau n'est pas très profonde. D'une poussée, je peux remonter si nécessaire, pourtant je me mets au défi de retenir ma respiration. Les vagues balancent mon corps d'avant en arrière et je me détends, laissant la nature faire son travail.

Lorsque je suis à bout de souffle, je hisse la tête hors de l'eau et lève les yeux vers le ciel. On ne voit pas d'étoiles ce soir, la lune est trop brillante. J'aimerais pouvoir les distinguer au-dessus de moi, pour me rappeler à quel point je suis minuscule dans ce monde gigantesque.

Une autre vague se brise contre moi. De l'eau salée me rentre dans les narines, et je me mets à tousser. Un autre mur d'eau me frappe avant que j'aie le temps de prendre une bonne respiration.

Quand la plus grosse vague me passe par-dessus la tête, je crois entendre mon nom, mais le fracas du courant l'étouffe. Puis je suis submergée et, cette fois, lorsque je tends les orteils, je ne rencontre aucune résistance. Je n'ai pas l'impression de couler. J'ai l'impression d'être suspendue dans l'espace et dans le temps.

La panique s'installe. Je nage, mais il fait trop sombre et je ne sais pas par où aller. L'eau n'a plus la fraîcheur agréable des débuts. Elle est glacée, lourde et épaisse comme du goudron. Une douleur apparaît dans ma poitrine et l'obscurité infiltre mes pensées, je ne peux me raccrocher à aucune d'entre elles.

Alors que je me fais une raison et suis convaincue que je vais mourir, deux serpents s'enroulent autour de ma taille. Ils me mordent la cage thoracique, plantent leurs crochets émoussés dans ma chair.

— Tina. Tina !

Pas des crochets. Des doigts. Des mains. Deux bras.

Ils me pressent sans relâche, jusqu'à ce que je recrache l'eau salée de l'océan. Mon dos s'écrase contre le sable mouillé. On me tourne sur le côté. Je tousse plus fort que jamais.

Lorsque j'ouvre enfin les yeux, Damiano se tient au-dessus de moi, l'air furieux. Il est trempé jusqu'aux os, l'eau dégouline de ses cheveux sur mon visage.

— Bonté divine, je lâche d'une voix étranglée.

— Quelle idée de se baigner en pleine nuit par une mer si agitée ? s'exclame-t-il d'une voix haut perchée. Tu aurais pu te noyer, *andouille*.

Il a l'air suffisamment en colère pour vouloir me tuer. Des nuages obscurcissent son regard.

— Je suis désolée. J'avais besoin de... de prendre l'air pour me calmer.

Il me dévisage comme s'il voulait me démonter pièce par pièce pour voir exactement où la nature s'était plantée.

— On a la ventilation au club. De l'air, tu en avais pour te calmer, si tu n'avais pas bougé comme je te l'avais demandé.

Je ferme les yeux et secoue la tête.

— Non.

— Comment ça, non ?

— Vous ne comprendriez pas.

Il me saisit par les épaules et me secoue comme un prunier.

— Tu n'as pas le droit de me dire ça alors que je viens de te traîner hors de l'eau. Tu as failli *y rester*.

Il n'a pas tort. J'aurais pu mourir s'il n'était pas venu à mon secours.

*Aurait-ce été si grave ?*

Au moins, c'était une solution pour mettre un terme à mes pulsions violentes.

Ai-je vraiment en tête de me suicider ? Non, je ne peux pas baisser les bras, pas après tout ce que j'ai fait pour m'en sortir.

Un sanglot remonte dans ma gorge. C'est horrible.

Damiano desserre les mains autour de mes épaules.

— Parle-moi.

— Je lui ai fait du mal, dis-je alors que les larmes me débordent des yeux et coulent sur mes tempes.

— À Nelo ?

Il explose de rire.

— Mais qu'est-ce qu'on en a à foutre de lui ? Il est allé à l'infirmerie. Ils vont lui filer un pansement et lui dire de dégager.

Je m'efforce de me redresser, et Damiano descend la main sur mes reins pour m'y aider.

— Vous ne comprenez pas.

La vérité veut sortir. Je veux lui raconter en détail tout ce que j'ai fait pour qu'il puisse voir par lui-même que je ne mérite pas une seule seconde son attention.

Seulement, lorsque je lève les yeux sur son visage, je comprends que je me mens à moi-même. J'aime qu'il se préoccupe de moi. Je ne veux pas rejeter sa sollicitude, je veux m'y blottir.

— J'ai été violente, je murmure, remisant tout ce que je m'apprêtais à lui dire. Et je ne m'en suis même pas voulu sur le moment. Quel genre de personne ça fait de moi ?

Damiano pousse un souffle exaspéré.

— Tu as agi par instinct. Tu voulais protéger Astrid. Ça fait de toi une vraie amie.

— Oui, mais mon instinct m'a poussée à le poignarder avec un pic à glace.

— Beaucoup auraient fait pire.

— J'en doute.

— Moi, non.

Il me relève le menton.

— Écoute, je sais ce que tu ressens.

— Vraiment ?

— Oui. Ce que tu as fait te semble violent, mais ça ne l'était pas. Par nature, la violence, c'est l'égoïsme à son apogée. Ce que tu as fait là n'en était pas. Tu as agi dans le but de défendre ton amie.

— Que savez-vous de la violence ?

— Elle fait partie de mon travail.

— Vous voulez dire que vous intervenez personnellement quand il y a des bagarres ou autre dans vos clubs ?

Il détourne le regard et se gratte le coin de la bouche.

— Oui.

— Je croyais que c'était Ras et son équipe qui géraient tout ça.

— La plupart du temps. Mais parfois, c'est moi qui dois m'en occuper. Comme ce soir. Pour remédier à la violence, il faut la comprendre. Une personne violente n'est généralement pas très intelligente. Elle ne sait pas comment faire face à une crise. Elle n'arrive pas à contrôler ses émotions et se déchaîne sur l'autre. Quand on sait à quoi s'attendre, la majorité des actes de violence peuvent être évités. Il suffit parfois de quelques mots bien choisis. D'autres fois, on ne peut l'arrêter qu'avec une démonstration de force. C'est ce que tu as fait ce soir.

— J'ai envenimé les choses au lieu de les arrêter.

— Tu as permis à Astrid de s'échapper, non ? Tu as fait diversion. Tu as détourné l'attention de Nelo.

— Et il m'a prise pour cible.

— Oublie ce qu'il t'a dit, tempère Damiano. Il ne te fera jamais de mal.

Je laisse ses mots se déposer sur ma peau, s'infiltrer dans mes veines telle une dose de drogue. C'est si tentant de le croire.

— Vous l'en empêcherez ?

— Oui. Je te l'ai déjà dit, non ?

Il tend la main pour la poser sur ma joue et fait glisser la pulpe de ses doigts jusqu'à mes lèvres.

— Tu seras à moi, Tina. Et je protège toujours ce qui m'appartient.

Une vague vient s'écraser sur le sable et nous lèche les orteils. J'ouvre la bouche et sors la langue. Il a la saveur du sel, de la sécurité et du désir.

Je veux m'en imprégner. Rien que le temps d'une nuit, je veux croire qu'il me protégera.

Il devine mon intention avant même que je l'exprime et enfouit la main dans mes cheveux mouillés pour rapprocher mes lèvres des siennes. Mon Dieu, c'est si bon de l'embrasser.

Il coupe toutefois court au baiser et me foudroie à nouveau du regard.

— *Cazzo*, je n'arrive toujours pas à croire que tu as failli te noyer.

— Je suis désolée, dis-je. C'était stupide.

— Oui, c'était stupide.

Je passe les mains sur son torse musclé et entortille les doigts dans sa chemise.

— Redonnez-moi goût à la vie.

Une flamme éclaire ses yeux, et l'instant d'après il est sur moi et me pousse contre le sable, son corps puissant sur le mien. Il ne retient pas son poids, comme s'il savait à quel point j'avais besoin de me sentir ancrée à quelque chose. Je plonge les doigts sous sa chemise et, du bout des ongles, trace de longues lignes dans son dos. Je récolte un gémissement de satisfaction et un mordillement de la lèvre.

Il se détache de moi et regarde mes vêtements trempés.

— Enlève ton T-shirt, si tu ne veux pas que je te l'arrache.

J'ai une bouffée de chaleur. Il vaut sans doute mieux garder nos vêtements intacts, puisque nous devons encore retourner au club.

Il m'aide à me défaire du tissu mouillé, puis passe les mains dans mon dos pour dégrafer mon soutien-gorge. Sitôt que ma poitrine est nue, ses mains se font avides, sa bouche a soif de moi. Il prend la pointe d'un sein entre ses lèvres et la tire avec les dents, avant de faire de même avec l'autre. Un courant électrique me chatouille la peau, et une vague de chaleur inonde mon bas-ventre jusqu'à ce que j'aie tellement envie de lui que je le repousse et enlève à la hâte mon short et ma culotte.

Damiano baisse les yeux sur ma silhouette nue.

— Putain, lâche-t-il. Ce corps a été inventé pour moi.

Je sens un truc palpiter dans ma poitrine. Pourquoi cela sonne-t-il tellement juste quand il me dit des choses pareilles ?

Il lève les yeux pour croiser les miens, comme s'il me mettait au défi de répliquer. Comme je ne le fais pas, il me récompense.

Sa bouche entre mes cuisses.

Je griffe le sable tandis qu'il me lèche et me suce le clitoris. Comment fait-il pour être aussi doué ?

— Merde alors, je souffle, haletante.

Ma vision se brouille à mesure que la pression dans mon bassin s'intensifie. Il me prend alors par les cuisses et me hisse sur ses épaules, comme si je ne pesais rien. Puis il lève les yeux vers moi, la bouche toujours collée à mon intimité.

Tout éclate autour de moi et je crie. J'ai beau me tortiller, il ne me lâche pas. Quand je commence à redescendre, il me baise avec sa langue, et le plaisir est surréaliste.

— Damiano, gémis-je.

Il finit par me reposer au sol, plonge ses doigts en moi et les recourbe d'un geste possessif.

— Je n'ai jamais goûté à une chatte aussi bonne, me confie-t-il d'une voix rauque.

Je m'essuie le front du revers de la main. *Jésus Marie Joseph*.

Lorsqu'il se met sur moi, je glisse la main dans son pantalon et trouve son sexe raide. Il ferme les yeux quand je commence à le caresser, puis gémit quand je resserre les doigts, mais avant que je puisse aller plus loin, il aboie :

— Arrête.

Il retire ma main de son pantalon, la cloue au-dessus de ma tête et m'embrasse la gorge.

— Je vais éjaculer en toi, souffle-t-il contre ma peau.

Un frisson me parcourt la colonne vertébrale lorsque je comprends que c'est sa façon de me demander la permission. J'ai reçu ma dernière injection contraceptive la veille de mon mariage, ce qui signifie que je suis encore protégée pendant un mois environ.

— D'accord, je souffle.

Il pousse un grognement de satisfaction, se détache de moi et commence à se déshabiller.

Lorsqu'il est entièrement nu, il s'agenouille entre mes jambes, son corps puissant éclairé par la lune. Cette image est si remarquable qu'elle devrait être capturée par un peintre. Or, la plage est déserte, il n'y a que nous. Je passe les doigts sur les muscles saillants de son torse, sur ses abdominaux, essaie d'en mémoriser chaque détail.

Il prend mon menton dans sa main et s'étend sur moi. L'impatience me fait plier les orteils. Son sexe est pressé contre ma cuisse, et je repositionne les hanches pour qu'il se retrouve aligné avec l'entrée de mon intimité. Ce sera la deuxième fois qu'un homme sera en moi, et je sais déjà que ce sera différent.

Il l'enfonce langoureusement, tout entier, et laisse échapper un soupir rauque. Je ferme les yeux en ressentant une telle plénitude. Je plante mes ongles dans ses fesses, et il commence à bouger, lentement d'abord, puis de plus en plus vite jusqu'à ce que ses coups de reins soient frénétiques et éperdus. Je sens un autre orgasme naître en moi.

Soudain, il se retire, me retourne et me replace à quatre pattes, le derrière en l'air. Il m'attrape par les hanches, me pénètre à nouveau et adopte rapidement une cadence implacable. J'ai les bras qui tremblent, tandis que je tâche de me maintenir en équilibre.

— Cette chatte aussi a été inventée pour moi, gronde-t-il dans mon dos tout en continuant de me pénétrer. Et ce joli petit cul.

Son pouce effleure l'autre orifice.

— C'est à *moi*.

Je frétille et, à présent, je halète alors que le plaisir est bientôt à son paroxysme. Je suis folle de désir, surexcitée, et je jette un coup d'œil par-dessus mon épaule pour croiser son regard.

— C'est tout à toi.

Je vois la satisfaction envahir son visage, et cette vue m'achève. Mes parois intimes se contractent autour de son sexe, je referme les poings dans le sable et m'écroule sur mes avant-bras. Il place ses mains sur mes hanches, me donne encore deux coups de reins et explose en moi.

Nous tombons sur le côté et il me prend au creux de ses bras puissants. Le ciel s'est éclairci. Le soleil se lèvera bientôt et effacera la nuit.

Au bout d'un certain temps, il me soulève et me ramène dans l'eau, rince le sable sur mon dos et mes bras, et me lave entre les jambes. Je le laisse prendre soin de moi. Je laisse l'illusion durer encore quelques instants.

— Tu ne risqueras plus ta vie, murmure-t-il à mon oreille. On ne touche pas à ce qui m'appartient, pas même toi.

Nous rentrons au club avec du sable sur nos vêtements. Cela me fait bizarre de marcher en public avec sa paume chaude pressée contre mon dos, mais personne ne prête attention à nous. À cette heure-ci, tous ceux que nous rencontrons sont sous l'emprise de la drogue.

— J'ai laissé mes clés de voiture dans mon bureau, me dit-il. Allons les chercher, je te ramène chez toi.

Le soleil pointe à l'horizon. Suis-je prête à fréquenter quelqu'un comme Damiano ? Il n'est pas un mafioso, mais je sais d'ores et déjà que son offre de protection s'accompagne d'attentes. Il veut que je lui appartienne.

J'aime lorsqu'il me dit à quel point il me désire et comment il va se servir de mon corps, parce que je sais qu'il veillera à ce que j'y prenne du plaisir aussi. Et s'il en voulait plus ? S'il voulait me contrôler comme Lazaro et Papà l'ont fait ?

Non, les hommes normaux ne pensent pas comme ça. Ils n'essaient pas de plier les autres à leur volonté jusqu'à ce qu'ils soient sur le point de se briser. Si Damiano pense peut-être que je lui appartiens, quand il dit ces mots, je sais que c'est une promesse, pas une menace. Il veut prendre soin de moi. Est-ce si grave de le lui permettre ?

Cette relation ne durera pas éternellement, mais, pour l'instant, je peux peut-être profiter d'être à lui.

Nous nous arrêtons devant la porte de son bureau, cependant il m'empêche d'entrer. Il fronce les sourcils.

— Quelqu'un est à l'intérieur. J'avais fermé la porte à clé.

Elle est ouverte, entrebâillée.

Il me pousse derrière lui.

— Reste ici. Je vais aller voir.

Nelo et sa bande l'attendent-ils à l'intérieur ? J'ai la peur au ventre.

Il disparaît par la porte, et j'entends des voix étouffées pendant une minute, peut-être deux, avant qu'il ressorte.

— Qui est-ce ? je demande.

Dans son regard, je perçois de la douceur.

— C'est ma sœur. Elle était inquiète quand elle s'est réveillée et a réalisé que je n'étais pas rentré. Elle est partie à ma recherche. Tu veux la rencontrer ?

— Hmm hmm, fais-je.

J'ai conscience que nous venons de faire l'amour sur la plage et que je dégouline encore de sperme. Un feu envahit mes joues. Je dois avoir une tête épouvantable.

Seulement, je suis curieuse. La version adulte de la fillette sur la photo de famille se trouve de l'autre côté de cette porte. Damiano m'a dit qu'ils étaient proches et il veut bien me la présenter, ce n'est pas rien.

— D'accord, dis-je.

— Viens.

Il me prend par la main et ouvre la porte.

— Martina, j'aimerais te présenter quelqu'un, annonce-t-il quand il entre dans la pièce, moi à sa suite. Voici Tina.

Il s'écarte pour révéler une silhouette perchée sur le bord de son bureau.

Mon bonjour s'arrête net dans ma gorge. Ma bouche s'entrouvre. Tout ce qui m'entoure disparaît et mon champ de vision se réduit à la fille.

*La* fille.

Celle que j'ai vue, recroquevillée sur le sol de ma cave, à travers l'écran d'un iPad.

Elle écarquille les yeux en me reconnaissant.

La réalité est un château de cartes qui n'est plus qu'à un souffle de s'effondrer.

Elle aspire une bouffée d'air.

Puis elle pousse un cri.

# CHAPITRE 17

## DAMIANO

Lorsque l'on a appris que quelqu'un avait enlevé ma sœur alors qu'elle était en voyage à New York, je n'ai pas paniqué et je n'ai pas cédé à la rage que j'ai ressentie. J'ai mis mes meilleurs hommes à sa recherche, j'ai fait marcher toutes mes relations et j'ai programmé un vol pour New York. J'étais dans les airs lorsque Ras m'a appelé pour me dire qu'elle était rentrée en Espagne, traumatisée, mais vivante et apparemment indemne. Nous avons changé de cap. Je suis rentré à la maison et j'ai serré ma sœur dans mes bras pendant un long moment.

Ensuite, j'ai convoqué son garde du corps et lui ai logé une balle dans le crâne.

Ras était là quand je l'ai fait. Il peut certifier que je n'ai pas tué le garde sous le coup de l'émotion. Non. C'est parce que je suis le capitaine d'un foutu navire et que je ne peux pas me permettre d'avoir cent treize kilos de chair impotente dans mon équipe. Il a cessé d'apporter de la valeur, alors il a fini par mourir.

C'est ce même état d'esprit qui me permet de garder un visage impassible lorsque ma petite sœur se met à hurler à la vue de la femme que je viens de faire mienne.

Mart est une adolescente et, bien qu'elle fourmille d'hormones, sa réaction n'est pas normale.

Quelque chose ne va pas.

Je claque la porte du bureau derrière moi.

— Mart.

Ma sœur saute de mon bureau et court vers moi. Elle a le visage blême et les yeux exorbités.

— Dem, je la connais, me dit-elle d'une voix tremblante. C'est la femme de l'homme qui m'a enlevée.

Mon sang se glace.

Je savais que Tina Romero mentait à propos de son nom, mais je n'aurais jamais pu imaginer cela. L'attirer dans mon lit m'avait semblé plus important que de découvrir la vérité à son sujet. Après tout, mes propres secrets allaient forcément éclipser les siens. Cela aurait été hypocrite de ma part, et je ne le supportais pas.

Il semble que j'ai eu tort.

Il semble que j'ai *perdu les pédales* pour un visage à couper le souffle et un corps forgé dans les profondeurs de mes fantasmes.

Comment ai-je pu laisser une telle chose se produire ?

Je serre Mart contre ma taille et respire son parfum pour tempérer la violente colère qui me traverse avec la force d'un coup de tonnerre. Mes narines se dilatent. Même son odeur familière, l'odeur de la maison et de tout ce qu'il y a de bien dans ce monde misérable, ne suffit pas à me calmer. Lentement, je tourne les yeux vers Tina.

Elle nous regarde comme si elle avait vu un fantôme.

Je serre le poing.

— Je peux tout expliquer, souffle-t-elle, la voix à peine plus forte qu'un râle.

Je me force à sourire.

— Je suis sûr que tout ceci n'est qu'un malentendu, dis-je tout en serrant la hanche de Mart pour lui faire comprendre que je mens. Asseyez-vous, toutes les deux. Je vais vous chercher de l'eau.

Le visage de Tina se radoucit de soulagement. Elle m'a cru, ce qui signifie qu'elle doit me prendre pour un type complètement naïf. Normal. Pendant tout ce temps, elle s'est payé ma tête.

Elles s'asseyent, et je me dirige vers la desserte de bar dans le coin de mon bureau. Pendant qu'elles se regardent en silence, je tape un message à Ras. « Bureau. Urgent. »

*Cazzo.* La femme avec laquelle je m'envoyais en l'air il y a moins d'une heure est mariée. Mariée au tas de merde qui a enlevé ma sœur alors qu'elle était en voyage de fin d'études à New York. Mariée à l'homme qui a assassiné la meilleure amie de Mart et qui a emmené ma sœur dans une cave pour, je pense, la torturer sauvagement durant des heures. Un goût amer se répand dans ma bouche. Tina l'a-t-elle suivie à Ibiza pour finir le travail ? Et moi, je l'ai menée directement à elle. Tel un nœud coulant, la culpabilité me serre la gorge.

J'ouvre une petite boîte métallique cachée derrière une bouteille de whisky et en sors un sédatif. Par expérience, je sais que celui-ci n'a pas de goût lorsqu'il est dissous. Je remplis deux verres d'eau minérale, écrase la pilule entre mon index et mon pouce et fais tomber la poudre dans l'un des verres. Les bulles masquent tout résidu.

— Je suis tellement soulagée que tu ailles bien, Martina, dit Tina derrière moi.

Je dois m'arrêter et respirer profondément pour ne pas la gifler. Comment cette petite menteuse ose-t-elle prononcer le nom de ma sœur ?

Elle lance un regard dans ma direction. Je lui tends l'eau qui contient le sédatif et esquisse un nouveau sourire. Chacun m'arrache le cœur. J'ai l'impression qu'une entaille s'est creusée sur mon visage.

J'ai peur qu'elle tarde à boire le verre et que je ne puisse me contrôler, mais elle me rend service en l'avalant d'un trait. Ses mains tremblent légèrement. Je m'imagine les ligoter avec une corde grossière et la regarder saigner tandis qu'elle se débat dans les liens.

Mart boit une petite gorgée et lève le visage pour me regarder. Elle attend mes indications. Ma douce et gentille sœur.

Quand elle m'est revenue, je lui ai juré que je ferais payer les coupables pour ce qu'ils leur ont fait, à Imogen et à elle. Elle ignorait qui l'avait enlevée. Ils l'ont assommée après avoir tiré sur Imogen, et quand elle est revenue à elle dans le sous-sol, le sédatif ne s'était pas complètement dissipé, et elle ne se souvenait pas très bien de l'homme. En revanche, elle se souvenait de la femme, celle qui avait semblé être sa complice jusqu'à ce qu'elle abatte son ravisseur et l'aide à s'échapper.

Mart ne sait pas pourquoi cette femme l'a aidée. Moi, j'en ai vu suffisamment dans ma vie pour savoir que, dans notre monde, les actes désintéressés sont aussi rares qu'une nuit tranquille à Ibiza. Personne ne fait une telle chose sans que ce soit dans son propre intérêt. Tina devait avoir une idée derrière la tête lorsqu'elle a libéré ma sœur... et je ferai tout ce qui est en mon pouvoir pour la découvrir.

Tina s'affaisse sur le siège.

— Je me sens bizarre, dit-elle alors que ses paupières commencent à s'abaisser.

Il était temps, putain.

Je m'accroupis devant elle et enroule les paumes autour des accoudoirs du fauteuil. Je n'ose pas la toucher pour le moment. Martina n'a pas besoin de voir comment son frère traite les vauriens.

— Qu'est-ce qui ne va pas ? je demande.

Sa tête penche sur le côté sans qu'elle parvienne à la redresser.

— Je ne sens plus mes jambes et mes bras.

Pour la première fois depuis que Mart a crié, je laisse tomber le masque. Tina fronce lentement les sourcils lorsqu'elle perçoit mon expression.

— Damiano... qu'est-ce qui m'arrive ?

— Un sédatif se répand dans ton sang.

La peur brille dans ses yeux et, pendant un instant, elle a l'air si terrifiée que j'éprouve une légère pitié. Je me souviens alors de qui elle est et j'écrase cette pitié comme un insecte.

— Tu m'as promis une explication.

Elle essaie de hocher la tête. Son menton se heurte à sa poitrine. Je passe les doigts dans ses cheveux et lui fais relever la tête pour qu'elle me regarde.

— Tes promesses ne m'intéressent pas, je murmure. Je te soutirerai jusqu'aux dernières bribes de vérité.

Son corps devient complètement flasque. Derrière moi, Mart laisse échapper un sanglot étranglé.

Je lâche Tina. Quand elle commence à glisser du fauteuil, je la rattrape avant qu'elle ne tombe à terre, non pas parce que je crains qu'elle se blesse, mais parce que je ne veux pas qu'elle se cogne la tête et perde la mémoire. Je dois d'abord en extraire toutes les informations.

Ras apparaît dans l'embrasure de la porte. Son regard passe sur Martina et moi, avant de s'arrêter sur le corps dans mes bras.

— Dois-je appeler un médecin ?

Je lui passe grossièrement Tina.

— Il s'avère que c'est la femme de l'assassin qui a enlevé Mart. Emmène-la chez moi et mets-la dans la chambre forte.

Ras hausse vivement les sourcils.

— *Merda*.

— Tu avais raison, dis-je. J'aurais dû être plus prudent, mais maintenant on saura enfin qui est derrière ce complot.

Ras baisse les yeux sur elle et, soudain, j'ai envie de la lui arracher des bras. Je refoule ce sentiment idiot. Nous avons couché ensemble, une fois, je dois pouvoir interroger cette femme sans difficulté.

— Je dis quoi à ses amies ? Elles sont toutes de service ce soir.

Je me dirige vers le bureau.

— Dis-leur qu'elle a quitté l'île.

— Elles n'y croiront pas.

— Alors fais ton boulot, et sois convaincant.

Je croise le regard froid de Ras. Il n'est pas froissé par le ton que j'ai employé. Pire, il est inquiet.

Je consulte ma montre.

— Il est presque huit heures, fais-je avant d'ajouter d'une voix bourrue : Mart, j'ai promis de t'emmener à ton cours de danse.

Du coin de l'œil, je vois ma sœur se lever. Elle n'a quasiment rien dit depuis qu'elle a vu Tina.

— Je peux le sécher, répond-elle, les yeux rivés à la femme inconsciente que notre cousin tient dans ses bras. J'ai cru la voir quand j'ai atterri à Barcelone, mais j'étais tellement fatiguée que j'étais sûre de l'avoir imaginée.

Le souvenir du retour de Mart me revient de plein fouet. Je n'avais jamais vu ma sœur aussi ébranlée. Cela m'a terrifié. L'idée qu'elle puisse être morte était si difficile à digérer que je refusais de l'envisager.

— Je veux que tu ailles à ton cours. La *señorita* Perez t'attend.

Ma sœur est encore en phase de guérison, et ses progrès sont timides. Ce n'est que cette semaine que j'ai réussi à la convaincre de reprendre ses cours de danse.

Mart tire sur les manches de son haut en lin, mais je sais qu'elle ne protestera pas davantage. Ma sœur m'est d'une obéissance sans faille.

— D'accord.

Il y a une tristesse dans sa voix qui me serre le cœur.

— Hé, viens ici une seconde.

J'ouvre grand les bras. Elle s'introduit entre eux et pose la joue sur ma poitrine.

— Je suis désolée d'avoir crié, murmure-t-elle. Je n'arrivais pas à croire que c'était elle. Qu'est-ce qu'elle fait ici, Dem ?

— Elle travaille ici.

— Elle me cherchait, tu crois ?

— Je ne sais pas, mais je vais le découvrir.

J'embrasse le sommet de son crâne.

— Tu es en sécurité maintenant. Cette femme ne te fera aucun mal.

Ma sœur s'écarte.

— Je ne pense pas qu'elle me voulait du mal. Je pense que son mari et elle ne s'entendaient pas bien.

Je ne réponds rien à cela. Ma sœur n'a pas besoin de savoir à quel point il est facile pour un criminel chevronné de feindre l'innocence. Mart a pour famille la plus redoutable du *sistema*. Les histoires qui entourent la brutalité de mon père ont disparu avec sa mort et celle de ma mère. Je n'ai aucune envie de les lui raconter. J'ai passé toute ma vie à protéger ma sœur de ceux qui voulaient lui faire du mal, et les fantômes de notre passé en font partie.

— On va passer par la porte de derrière, dis-je à Ras.

Il hoche la tête et franchit la bibliothèque qui s'ouvre secrètement sur mon garage privé. Pendant que Mart monte dans ma voiture, je regarde Ras mettre Tina à l'arrière de la sienne.

— Mets-la dans le coffre, lui dis-je.

— La route est pleine de nids de poule.

Je claque la porte pour que Mart ne nous entende pas.

— Tant mieux. Et suspends-la au plafond pour moi, comme ils l'ont fait avec Mart.

Ras renifle et pince les lèvres.

— Tu devrais peut-être lui parler d'abord.

— Tu devrais peut-être écouter ton capo.

Je n'attends pas sa réponse pour me glisser sur le siège du conducteur et mettre le contact.

Avant que tout cela n'arrive, je pensais offrir à Tina un rencard ce soir.

Notre rendez-vous promet d'être intéressant.

# CHAPITRE 18

## VALENTINA

Lorsque j'ouvre les paupières, je cligne plusieurs fois des yeux pour m'assurer que je ne rêve pas. Mon esprit est confus, ma langue sèche, et mes poignets me font vraiment mal. J'ai un drôle de goût médicamenteux dans la bouche que j'ai envie de recracher, mais je manque cruellement de salive. Je secoue la tête pour essayer de me débarrasser de la brume qui voile mon cerveau et réveille à la place une douleur aiguë à l'épaule.

Oh ! C'est peut-être parce qu'on m'a attaché les poignets avec une grosse corde et qu'on m'a pendue par les bras.

Je suis dans une pièce carrée de la taille d'une chambre à coucher. Le sol est carrelé, les murs ne sont pas finis et je vois une fenêtre étroite près du plafond qui est en grande partie recouverte de papier journal. Une lumière vive passe à travers les interstices. Elle donne sur l'extérieur. Un doux filet de bossa-nova filtre à travers la vitre.

L'effroi s'empare de moi bien avant que ma mémoire me revienne. Mais enfin, où suis-je, et comment suis-je arrivée ici ? Mes orteils butent contre le sol. Je remarque vite qu'en me tenant droite je peux soulager mes bras, et c'est ce que je fais.

Puis ça me revient. Le bureau de Damiano. Martina. Son sourire étrange et faux quand il m'a tendu le verre d'eau.

Il m'a *droguée*.

Combien de temps suis-je restée inconsciente ? À en juger par la douleur dans mes bras, cela doit faire un moment. Je tourne dans un sens, puis dans l'autre. Il y a une porte sans poignée. J'essaie de la frapper du pied, mais elle est bien trop loin pour que je puisse l'atteindre. Je perds l'équilibre, ce qui me vaut de nouvelles douleurs dans les bras.

La colère et la peur se font la guerre dans ma poitrine. Pourquoi m'a-t-il emmenée dans cet endroit et m'a-t-il attachée comme je ne sais quel bestiau ? Je penche la tête en arrière pour regarder mes liens.

J'ai une froide révélation qui me glace le sang. Des cordes suspendues à un crochet de boucher. C'est comme ça que Lazaro a attaché Martina dans notre cave.

*Non, non, non*. Je suis prise d'une panique effroyable, et les larmes me montent aux yeux. C'est une vengeance. Il me punit.

Je ne comprends pas. J'ai aidé sa sœur. Croit-il que j'étais au service de Lazaro ? Pourquoi ne m'a-t-il pas laissée m'expliquer ?

*Expliquer quoi ?* me demande une voix dans ma tête. *Tu* étais *au service de Lazaro.*

Un tremblement s'empare de ma lèvre inférieure. J'avais oublié cette vérité fondamentale sur moi-même.

Je ne suis pas une bonne personne. Aucune explication n'y changera quoi que ce soit.

Une larme coule sur ma joue, et avant que je puisse me ressaisir, j'entends la porte s'ouvrir.

Je croise aussitôt son regard.

L'homme d'affaires bien rangé a disparu. Damiano a les cheveux ébouriffés et, au lieu de son costume habituel, il porte un simple T-shirt noir et un jean usé. Il me regarde comme si j'étais une vulgaire carcasse dans une boucherie. Il n'y a pas une once d'affection dans ces yeux. Ma respiration s'arrête.

Que va-t-il me faire ? Il aime sa sœur, ça, je l'ai compris. Va-t-il me découper en morceaux et me mettre dans une belle grosse boîte fermée par un nœud pour la lui offrir ?

J'essaie de calmer mon imagination. Il a beau me regarder comme s'il était prêt à me trucider, il n'y a qu'un seul meurtrier dans cette pièce, et ce n'est pas lui.

Quel que soit le châtiment qu'il me réserve, je le mérite. Il n'empêche que ça me démange de lui faire savoir que je n'ai jamais eu l'intention de blesser Martina.

— Damiano...

— La ferme.

Ces deux mots me font l'effet d'une gifle. Leur cinglement se grave dans mes joues. La peur, le déchirement et la détermination sont des émotions qu'il est étrange de vivre simultanément.

Il tourne lentement autour de moi.

Je change d'appui d'un pied à l'autre.

— S'il te plaît, laisse-moi t'expliquer.

Il m'empoigne par les cheveux et me renverse la tête, ce qui m'arrache un cri. Il me lance un regard noir et ombrageux.

— Non, je vais t'expliquer un truc. Quand je te dis de faire quelque chose, tu la fermes et tu t'exécutes.

Il est tellement furieux qu'il n'est plus lui-même.

— Tu n'es pas comme ça, dis-je.

— Sais-tu qui je suis ?

Il approche son visage du mien, sonde mon regard.

— Je ne comprends pas.

Il me lâche et pousse un rire amer.

— Ah... Alors tu en sais encore moins sur moi que je n'en sais sur toi.

Je déglutis. Mes yeux s'arrêtent sur un tatouage qui apparaît sous la manche de son T-shirt. Les deux fois où j'ai vu Damiano torse nu, il faisait trop noir pour que je le remarque.

Il suit mon regard.

— Je n'ai pas pour habitude de le crier sur les toits, mais comme tu sembles ne pas comprendre ce qui se passe ici, je vais faire une exception.

Il tourne le bras vers moi et soulève la manche de sa chemise.

On dirait un insigne. Deux branches feuillues entourent un château à deux tours. Une couronne richement ouvragée surplombe l'édifice. Je n'ai jamais vu cet emblème.

— C'est le cimier de Casal di Principe, le village de Campana où je suis né, m'explique-t-il.

*Casal di Principe*. Quelque chose bute dans ma mémoire. Où ai-je entendu ce nom ?

— C'est une ville de vingt et un mille habitants. Trois mille d'entre eux font l'objet d'une surveillance policière quasi permanente. Sais-tu pourquoi ?

J'ai ma petite idée sur la question. J'ai les cheveux qui se dressent sur ma tête. Pourquoi Lazaro a-t-il kidnappé Martina ? Qu'a-t-il dit...

— C'est parce que cette petite ville est le fief du clan des Casalesi, continue Damiano. Un des clans les plus puissants de la Camorra. J'ai comme l'impression que tu sais ce qu'est la Camorra.

*La mafia napolitaine.* Je tire sur mes liens, non pas parce que je pense qu'ils se détacheront cette fois-ci, mais parce qu'un sentiment bien plus primitif et effrayant s'éveille en moi.

— La police estime à un millier le nombre de meurtres qui ont été perpétrés par le clan au cours des trente dernières années, poursuit-il encore. Elle se trompe. Je le sais parce que mon père dirigeait les Casalesi et qu'il tenait un compte précis.

Il me prend par le menton et me force à le regarder dans les yeux.

— Le véritable nombre est de dix mille, murmure-t-il, et si tu ne me dis pas qui tu es, ton nom sur le registre le portera à dix mille un.

J'ai le souffle court. Je n'en reviens pas. Damiano n'est pas un homme d'affaires. Il n'est qu'un autre pan de ce monde cruel auquel je pensais avoir réussi à échapper.

Je suis passée à côté de tous les signaux d'alerte.

À présent, mon cerveau se hâte de tout mettre en ordre. Son père dirigeait le clan, Damiano a employé l'imparfait, donc je suppose que l'homme est mort. Son fils est-il l'actuel parrain ? Est-ce pour cette raison que tout le monde semble avoir peur de lui ?

Cela change toute la donne. Si je lui dis qui je suis, je redeviendrai une monnaie d'échange.

— Voilà que tu comprends, dit-il tout en enfonçant ses doigts dans mon menton. Qui es-tu ?

Je ferme les yeux. Dehors, le morceau change et laisse place à un autre air de bossa-nova. Quelles sont les chances que quelqu'un me vienne en aide si je crie ? Probablement aucune. Je n'ai pas de raison de mettre en doute ce qu'il vient de me dire, ce qui signifie qu'il sait comment cacher une personne qu'il ne veut pas qu'on trouve.

Je me libère le menton et détourne le visage.

— Laisse-moi partir.

Il y a un moment de silence, puis il lâche un rire amer.

— Pourquoi je ferais une chose pareille ?

— J'ai aidé ta sœur à s'enfuir. Pitié, laisse-moi partir.

— Ça m'étonnerait.

Il se passe la langue sur les dents du haut et m'étudie du regard.

— Mais j'y réfléchirai peut-être si tu réponds à mes questions. Pourquoi as-tu suivi Martina à Ibiza ?

— Je ne l'ai pas suivie. J'ignorais complètement qu'elle atterrirait ici. On a pris le même vol pour Barcelone, mais je suis venue sur l'île de mon propre chef.

— Tu veux me faire croire que c'est une coïncidence ?

— Qu'est-ce que ce serait d'autre ?

— Une mission.

Mon cœur bat à tout rompre. Il pense que je suis envoyée par mon père ?

— Je ne travaille pour personne d'autre que toi. Je t'ai déjà dit la vérité. Je suis ici parce que je voulais fuir ma famille.

— Tu ne savais pas que j'étais le frère de Martina ?

— Non ! Je ne connaissais même pas son nom jusqu'à ce que tu nous présentes dans ton bureau.

— Pourquoi ton mari l'a kidnappée ?

Je ne peux m'empêcher de remarquer l'inflexion de sa voix lorsqu'il prononce le mot *mari*. Je pourrais rapporter à Damiano les propos de Lazaro sur Martina. Or, c'est peut-être le seul moyen de pression dont je dispose. Tant que j'ignore ce qu'il compte faire de moi, je ne peux pas les lui révéler.

— Je ne sais pas.

— Tu mens.

Je détourne le regard.

— Mon mari ne m'a jamais rien dit.

— D'après Martina, tu lui as tiré dessus.

— Je ne sais pas s'il est mort ou s'il a survécu.

Il prend mon visage dans ses mains et tourne ma tête jusqu'à ce que je le regarde à nouveau.

— Ça n'a pas l'air de te tracasser.

— C'était un mariage arrangé, pas un mariage d'amour.

Une douceur infiltre le regard de Damiano. Ai-je réussi à me faire entendre ? Peut-être réussirai-je à le convaincre de me laisser partir, après tout.

— Pourquoi as-tu aidé Martina ? me demande-t-il.

— Parce que je voulais l'aider. Je ne voulais pas qu'on lui fasse du mal.

Son pouce glisse sur ma joue.

— Comment t'appelles-tu ?

— Tina Romero.

La douceur disparaît de ses yeux en un clin d'œil.

— Tu sais aussi bien que moi que Tina Romero n'existe pas, réplique-t-il sur un ton mordant tout en baissant les mains. Quel est ton nom ?

— Quelle importance ? Je ne suis pas venue ici pour créer des ennuis. Je ne pensais pas revoir Martina un jour. Pourquoi ne me laisses-tu pas partir ?

— Parce que je ne trouverai pas le repos tant que les responsables du kidnapping de ma sœur et de la mort de son amie n'auront pas été transformés en engrais. Dis-moi ton nom et dis-moi pour qui travaillait ton mari.

Il veut se venger de Papà. Il a déjà fait la moitié du chemin en ayant, sans le savoir, la fille aînée du *don* entre les mains. S'il apprend qui je suis, il me tuera ou m'échangera contre quelque chose de plus précieux.

— Je ne te dirai pas comment je m'appelle.

Son visage s'assombrit.

— Je croyais que tu voulais tout m'expliquer.

— C'était avant que je sache qui tu es vraiment.

Il réfléchit à mes paroles durant quelques secondes.

— Es-tu à ce point loyale envers l'organisation à laquelle tu appartiens ? Tu préfères rester ici plutôt que de les mêler à cette histoire ?

Un rire consterné s'échappe de mes lèvres. Il a tout faux. Je lui dirais la vérité si je pensais pouvoir obtenir un engagement de sa part, la promesse de ne pas me rendre à Papà, quoi qu'il arrive. Or, je sais qu'il ne m'en fera jamais une sincère tant qu'il aura soif de vengeance. Au moins, si Damiano décide de me tuer, je pourrai bénéficier d'une mort rapide.

— Fais ce que tu as à faire.

Il me contourne jusqu'à ce que je sente sa présence dans mon dos. Mon cœur bat si fort qu'il éclipse la musique hypnotique qui résonne au loin. Que va-t-il me faire ?

Il se rapproche, nos deux corps alignés, puis écarte mes cheveux sur le côté et approche ses lèvres de mon cou nu.

— Dis-moi ton nom, ou je te le ferai hurler.

Un frisson me parcourt l'échine.

— Je ne crains pas la douleur, je rétorque, sans paraître très convaincante, même à mes oreilles.

En réalité, j'ai peur d'avoir mal. Après avoir vu l'éventail des douleurs au grand complet dans la cave de Lazaro, quiconque affirmerait ne pas craindre la souffrance est un menteur.

Si Damiano commence à me taillader, j'ignore combien de temps je réussirai à tenir ma langue.

Une main se pose sur mon ventre découvert. J'aspire une bouffée d'air lorsque ses doigts se mettent à décrire des cercles sur ma peau.

Ses lèvres m'effleurent l'oreille.

— Tout n'était que mensonge ?

— Pas tout, dis-je.

— Tu es mariée. Pourquoi m'as-tu menti en me disant que tu ne t'y connaissais pas au lit ?

Ma gorge se serre.

— Je... Je n'ai pas menti à ce sujet-là.

Ses mouvements s'interrompent.

— Ton mari ne te sautait pas ?

— Il a fait son devoir conjugal lors de notre nuit de noces, c'est tout. Je te l'ai dit, ce n'était pas un mariage d'amour.

— Pourquoi as-tu décidé de coucher avec moi ?

Je souffle.

— Parce que je t'aimais bien.

Il descend la main sur mon short jusqu'à mon pubis. La chaleur s'empare de mon bas-ventre. Il semble que mon corps n'ait pas compris que je me trouvais dans le pétrin et qu'il réagisse comme auparavant à Damiano. Il se presse de tout son long contre moi et colle son sexe en érection contre mes reins.

— Tu as aimé quand je t'ai fait jouir ? demande-t-il d'une voix rocailleuse.

Je renverse la tête, la pose contre son torse. Il baisse les yeux sur mon T-shirt, et je sais qu'il peut voir la pointe de mes seins tendre le tissu.

— Oui.

Il défait les boutons de mon short, un par un, telle une sorte de compte à rebours. Il m'apparaît que ce n'est pas parce que je lui ai menti sur beaucoup de choses qu'il a fait de même. Les self-made-men aussi ont leurs moments de vulnérabilité. Et si, malgré tout, il ressentait encore de l'affection pour moi ? Et s'il ne voulait *pas* me faire de mal ?

Ses doigts plongent dans ma culotte et trouvent mon clitoris.

— Si tu ne crains pas la douleur, me dit-il d'une manière qui montre clairement qu'il sait que je mens, alors que crains-tu ?

Je gémis au premier cercle qu'il décrit et réplique :

— C'est une méthode d'interrogatoire intéressante.

Il me pince, et le plaisir s'intensifie avec la douleur. Je pousse un cri. La multitude de sensations qu'il me procure m'embrume l'esprit, ce qui n'est pas désagréable.

Son nez m'effleure le cou et provoque un fourmillement sous ma peau.

— Dis-moi ton nom.

Il essaie de m'embrouiller, de me dompter. Je tente de tirer sur les cordes, mais mes bras sont engourdis à force d'être suspendus.

— Non.

Il passe l'autre main autour de ma taille et m'attire sèchement contre lui.

— Je crois que tu me mens, grince-t-il. Tu ne crains peut-être pas de mourir, mais tu ne veux pas avoir mal. Et, Tina…

Il laisse mon clitoris tranquille, saisit mon short à deux mains et me le baisse aux genoux.

— … je peux faire en sorte que ça fasse mal.

La première fessée est si forte et inattendue que je ne peux réprimer un glapissement.

— Putain, la vache !

Je ne peux pas le voir, mais le long souffle qu'il laisse échapper me fait penser qu'il aime ça. Mes fesses me brûlent, et j'ai l'impression qu'un liquide enflammé a remplacé mon visage. Puis il fait quelque chose de bien pire. Il saisit la chair encore endolorie et la pétrit de ses longs doigts, comme s'il essayait de soulager la souffrance. La sensation que je ressens me donne envie de pleurer… de plaisir et de douleur. Je me mords la lèvre. C'est humiliant, et pourtant, au fond de moi, une languissante excitation se forme.

— Tu es un malade, je murmure.

Une autre fessée. Je gémis.

— En effet, me répond-il en me pétrissant à nouveau la chair. Je vais prendre plaisir à mettre la peau de ton cul à vif.

Lorsqu'il commence à descendre sa main, j'essaie de m'éloigner, mais il m'attrape fermement par les hanches et me ramène à lui. Ses doigts trouvent ma fente, et il pousse une exclamation de satisfaction.

— *Cazzo*. N'est-ce pas encore plus malsain que tu aies l'air d'y prendre plaisir ? Ou est-ce mon sperme qui dégouline encore de ta chatte ?

Il enfonce les doigts à l'intérieur de ma chair et entre et ressort à plusieurs reprises. Je ferme les yeux et m'efforce de tempérer le plaisir qui monte en moi.

— Je peux faire de toi mon jouet, commente-t-il sans cesser de me pénétrer. Je peux t'infliger toutes sortes de douleurs. Qui sait ! Je te laisserai peut-être pendre ici pendant des semaines, je t'utiliserai comme bon me semble jusqu'à ce que le moindre de tes trous dégouline de sperme.

Un gémissement s'échappe de ma gorge. Il me contourne et se met à frotter mon clitoris de la main gauche, tandis que les doigts de sa main droite entrent et ressortent à une cadence parfaite. Des images de la plage défilent dans ma tête. Mon Dieu, c'était si bon quand il était en moi et me remplissait tout entière.

La musique qui passe à l'extérieur m'envoûte. Je serre les fesses contre lui et sens à quel point son sexe est raide dans son jean. Comment est-il possible que nous soyons passés de ce moment de tendresse au bord de l'océan à *ça* en l'espace de quelques heures ?

— Ça te plaît ? me demande-t-il. Tu veux être ma pute ? Je t'obligerai à porter mon odeur pendant des jours avant de te laisser te laver.

— Merde alors.

Je suis trop engagée dans le plaisir pour analyser ses paroles et la raison pour laquelle elles m'excitent à ce point. Le besoin de jouir croît jusqu'à ce que ce soit la seule chose au monde qui compte.

Puis tout s'arrête.

— Dis-moi ton nom.

— Non, non, non, je proteste, haletante. *Je t'en prie.*

Il ne me laisse pas me frotter à sa main.

— Ton nom.

Je gémis de frustration alors que l'orgasme s'éloigne de ma portée et, peu à peu, mon cerveau se rallume.

— Non.

Il pousse un juron.

— Je te laisse la nuit pour y réfléchir.

— S'il te plaît, fais-moi redescendre. J'ai mal aux bras.

Il s'arrête devant moi. Une flamme brille dans ses yeux et je peux voir qu'il bande encore, mais je serais bête de croire que l'attirance physique qu'il éprouve pour moi le fera céder à ma demande.

— Non, refuse-t-il en m'imitant.

Son regard remonte le long de mes bras, et une flambée de colère colore son visage, avant de disparaître.

Je le regarde partir, puis jette un coup d'œil à la fenêtre.

Dehors, le soleil ne s'est pas encore couché.

Je vais devoir passer une nuit interminable seule ici.

# CHAPITRE 19

**DAMIANO**

Martina travaille sur son ordinateur portable dans la cuisine quand je sors de la chambre forte où j'ai laissé Tina. J'ai l'odeur de son sexe partout sur les mains et je résiste à l'envie de les humer à pleins poumons avant de me les laver à l'évier.

Quelque chose me disait qu'elle me ferait tourner la tête. Il est peut-être temps que j'écoute mon instinct.

— Sur quoi travailles-tu ? je demande sur un ton désinvolte, comme s'il n'y avait pas de femme à moitié nue suspendue au plafond à une dizaine de mètres sous nos pieds.

Elle est en bas, elle souffre. Cette idée me fait frissonner de dégoût.

— Rien, répond Martina.

— Tu as trouvé des cours de cuisine ?

Elle secoue la tête.

— Non.

Je lui lance un regard en coin en m'essuyant les mains. Elle a passé quatre ans à me tanner de la laisser partir à l'étranger pour ses études, pour finalement jeter ce projet aux oubliettes après son enlèvement. Elle était censée emménager en Angleterre à la fin de l'été. À présent, cela ne risque pas d'arriver. Mart n'a même pas fait d'histoire. Elle n'est plus elle-même depuis son retour. Ma sœur est une bonne âme, et la mort de son amie l'a traumatisée, alors je sais qu'elle se sent plus en sécurité ici avec moi. Je sais aussi que l'université était un de ses rêves.

Je lui répète sans arrêt de trouver une formation en ligne. Chaque fois, elle m'envoie balader d'un geste de la main. Je suis inquiet. On dirait qu'elle a perdu la flamme. Elle adorait être aux fourneaux, mais elle n'a rien cuisiné depuis son retour.

J'ignore comment l'aider à guérir. En revanche, je pense faire un pas dans la bonne direction en veillant à ce que l'homme qui l'a enlevée se retrouve six pieds sous terre.

Je m'approche de son ordinateur portable et lui vole un morceau de fromage dans son assiette.

— On va regarder ça ensemble.

— Et la femme ?

— Mart, oublie-la, d'accord ?

Elle baisse les yeux.

— C'est juste que... Elle a dit qu'elle pouvait tout expliquer. Elle m'a aidée, Dem.

— Je sais. Ça ne veut pas dire pour autant qu'elle est innocente ou qu'elle n'est pas en train d'aider celui qui t'a enlevée.

Tina connaît le responsable, mais elle ne veut pas me le dire. Si elle était innocente et en cavale, pourquoi garderait-elle cette information pour elle ?

On frappe à la porte d'entrée.

— Ça doit être Ras, dis-je.

Elle hoche la tête, referme son ordinateur portable et le passe sous le bras.

— Je serai dans ma chambre. Nadia a mis le dîner dans le frigo, alors je pensais le réchauffer un peu plus tard. Tu manges là ce soir ?

— Je ne sais pas. Je te le dirai quand j'aurai parlé à Ras.

— D'accord, acquiesce-t-elle. On peut peut-être lui en apporter. Elle a besoin de manger.

— Je suppose.

Ma sœur hoche la tête et se dirige vers l'escalier.

Je déverrouille la porte d'entrée en posant le doigt sur la serrure digitale. Je n'ai qu'à voir le visage de Ras pour comprendre qu'il a trouvé quelque chose.

— Dis-moi tout, fais-je lorsqu'il franchit le seuil.

Il sort de la poche intérieure de sa veste un étui à passeport en cuir noir et me le tend.

— C'était dans son nouvel appartement, caché entre les draps et le matelas. C'est son passeport, celui qu'elle a dit s'être fait voler.

— Facile, je murmure tout en ouvrant le livret.

Il sent le neuf, comme si l'on s'en était à peine servi. Mon regard se pose sur son nom.

— Valentina Conte.

Ce nom de famille ne me dit rien.

— Mariée à Lazaro Conte. Son nom nous a sauté aux yeux quand on l'a recherché dans les bases de données.

Il n'y a qu'un seul homme qui puisse nous donner accès à ces informations aussi rapidement.

— Napoletano t'aide ?

Ras hausse les épaules tandis que nous marchons en direction de mon bureau.

— J'ai sorti l'artillerie lourde, parce que je sais que le temps est compté.

Je lui lance un regard plein de gratitude.

— Qui est Conte ?

— L'homme de main du clan Garzolo de New York. C'est l'une des cinq familles originaires de Sicile. Lazaro et elle se sont mariés il y a quelques mois. Valentina lui a tiré dessus quelques jours après leurs noces de rosée.

J'en éprouve une satisfaction malsaine.

— Aïe.

— Tout le clan est à sa recherche.

Ras s'assied dans un fauteuil, et je me dirige vers le minibar pour nous servir un whisky.

— Lazaro veut récupérer sa femme ?

— Je ne sais pas s'il a survécu. Personne ne l'a vu depuis l'incident.

— Qui dirige les recherches ?

Je lui tends son verre.

Il le prend et croise mon regard.

— Stefano Garzolo. Le chef du clan. C'est sa fille.

*Ben, merde alors.*

— Tu as là une princesse de la mafia.

Je descends mon whisky d'un trait. Cette histoire se complique d'heure en heure.

— Quelles sont les probabilités qu'elle soit ici sur ordre de son père ?

— Nulles. Il n'enverrait pas sa propre fille en mission ici. Elle a bien plus de valeur pour lui dans son pays.

J'ai un goût amer dans la bouche. Elle ne mentait pas lorsqu'elle disait être venue ici de son propre chef.

— Je pense qu'elle s'est vraiment enfuie, son passeport et un peu d'argent liquide en poche, déclare Ras. Elle n'avait rien qui lui appartenait dans cet appartement, hormis quelques vêtements. La question est de savoir pourquoi.

*Qu'est-ce qui t'a fait fuir, Valentina ?*

— Elle m'a dit que sa famille était dure avec elle.

Ras fait la grimace. Il n'y croit pas.

— Elle est née et a grandi dans cet univers. Il lui faudrait une sacrée raison pour tout abandonner derrière elle.

— Comme avoir un homme de main pour mari ? Elle devait être aux premières loges de toutes les sales besognes qu'il accomplissait.

— Je doute qu'il ait ramené beaucoup de ses cibles chez lui comme il l'a fait avec Mart.

— Je n'en suis pas si certain. Mart a dit que le sous-sol ressemblait à une salle de torture comme on en voit au cinéma.

Elle n'en a jamais vu de véritable de ce côté-ci du globe.

— Valentina ne supportait peut-être pas de dormir auprès d'un homme qui assassinait des gens à quelques mètres de leur chambre à coucher, renchérit Ras.

Ce qui pourrait expliquer pourquoi elle a réagi si vivement à l'incident avec Nelo. Cela lui aura rappelé ce que son mari infligeait aux gens.

— Peut-être.

Je remplis mon verre et m'assieds en face de Ras.

— Alors, que fait-on dans toute cette histoire ? Pourquoi les Garzolo auraient-ils cherché à kidnapper Mart ? Ils n'ont aucune raison de s'en prendre à moi.

Ras fait tourner son whisky, l'air songeur.

— Il pourrait s'agir d'une faveur à l'égard de Sal.

Notre parrain a-t-il ordonné l'enlèvement de ma sœur ? C'est la question que je me pose depuis que j'ai appris qu'elle avait été kidnappée. Mon petit doigt me dit que, oui, après tout, il avait un motif. Il veut que je file droit. Seulement, l'engagement de Garzolo donne à réfléchir.

— Pourquoi lui accorderaient-ils cette faveur ? Pour autant que je sache, Sal n'entretient pas de relation, qu'elle en soit la nature, avec eux.

— Quelque chose nous échappe, convient Ras. Ce n'était peut-être pas Sal, enfin de compte.

Ras m'a toujours dit de ne pas tirer de conclusions trop hâtives. Je me suis fait quelques ennemis au cours de ma vie, mais aucun n'oserait s'en prendre à ma sœur de la sorte. Sal est le seul qui aurait le cran d'essayer.

Ras pose son verre vide sur le bureau.

— Tu devrais demander à Valentina ce que son mari avait l'intention de faire à Mart. Elle doit savoir quelque chose qui dissipera nos doutes. Elle est encore en bas ?

— Oui, je l'ai laissée attachée, dis-je, rouge de honte.

Ras me lance un regard accusateur et passe une main sur sa joue.

— Dem, tu ne peux pas la laisser comme ça.

— Je fais ce que je veux, je rétorque sèchement, même si je me retiens de descendre et de la dépendre du plafond.

— C'est certain, répond Ras avec prudence, mais tu pourrais en tirer davantage en la traitant bien. Elle est en cavale, et le mois dernier, tu l'as aidée à retomber sur ses pieds. Elle a un faible pour toi. Exploite cette faille pour obtenir les infos dont on a besoin. Trouve pourquoi elle s'est enfuie et offre-lui protection contre ceux qu'elle craint.

— Que je lui offre protection ?

Pour cela, il faudrait d'abord que je lui pardonne ses mensonges. Pourquoi ne m'a-t-elle pas dit la vérité sur elle quand je le lui ai demandé ? Elle a eu bien des occasions de le faire. Je lui ai donné un travail, un appartement, mon affection et ma confiance.

En retour, elle m'a berné.

Seulement, elle a aussi secouru ma sœur.

Je presse l'intérieur des poignets sur mes yeux.

— Si tu ne veux pas, très bien, poursuit Ras. Tu dois simplement lui faire croire que l'offre est réelle. C'est à ce moment-là qu'elle te dira tout.

Je baisse les mains et contemple la mer par la fenêtre. Je pourrais lui mentir, obtenir les informations dont j'ai besoin, et ensuite exercer ma vengeance. Maintenant que je connais son identité, ce serait facile. Avec la mort de sa fille, je pourrais infliger à Stefano Garzolo la douleur que j'ai ressentie quand il a kidnappé ma sœur.

Une bile me remonte la gorge. Non, je ne pourrais jamais faire ça. Je ne pourrais jamais la tuer.

Malgré tout, je dois obtenir justice pour ma sœur.

Je me lève de mon siège.

— Je vais aller lui parler, voir comment elle réagira quand elle apprendra que je connais son nom.

Il se lève.

— Je t'attends ici.

— Dis à Mart que tu restes pour le dîner.

Lorsque je descends les marches et vois Valentina là où je l'ai laissée, un étrange cocktail d'émotions m'envahit.

Le dégoût de soi, mêlé à de la frustration et de la concupiscence.

Elle est tellement absorbée par ce qu'elle fait qu'elle ne m'entend pas. Son visage est incliné vers le haut, et elle tire sur les cordes à ses poignets, la mâchoire crispée par la détermination.

Je serre les dents. Ce nœud est d'une solidité à toute épreuve. La seule chose qu'elle réussit à faire, c'est de se blesser.

Son short et sa culotte ont glissé de ses genoux et forment un tas à ses pieds. Ces foutues jambes. Je les veux enroulées autour de ma taille, cramponnées à moi, pendant que je la tringle. Elle était tellement excitée tout à l'heure. Je ne sais pas comment j'ai fait pour me retenir de la pénétrer.

Je me passe la main sur la bouche. *Cazzo*. Pourquoi suis-je descendu ici ? Je n'ai jamais rencontré de femme qui me fasse oublier tout quand je suis face à elle.

C'est une prise de conscience des plus désagréables. À cause d'elle, j'ai négligé mes devoirs envers Mart, ce qui ne doit plus se reproduire. Cette responsabilité compte plus que tout pour moi, je ne peux laisser personne m'en détourner.

— La seule façon dont tu peux t'en sortir, c'est si je le permets.

Je l'ai fait sursauter. Elle étouffe un cri qu'elle fait suivre d'un regard blessé. Elle est en colère contre moi.

Je le mérite pour l'avoir laissée ainsi.

— Sais-tu quand ça arrivera ? demande-t-elle.

Au lieu de répondre, je m'approche d'elle jusqu'à envahir son espace vital. Elle baisse les yeux et rougit. Je suis son regard. Elle est gênée d'être à moitié dénudée. Je décide de la prendre en pitié.

Lorsque je m'accroupis, elle entrouvre la bouche, puis rougit encore plus lorsque je remonte son short et le reboutonne.

— Peux-tu, s'il te plaît, me détacher du plafond ? implore-t-elle. J'ai vraiment mal aux bras.

Ses poignets sont rouge vif là où la corde a frotté. Je me sens misérable en voyant cela.

Je me lève et commence à dénouer la corde, disciplinant mes traits pour cacher le trouble que j'éprouve à la voir souffrir.

Le soulagement se lit sur son visage.

— Merci.

— De rien, Valentina.

Un son étranglé sort de sa bouche, comme si l'air qu'elle venait d'inspirer s'était soudain densifié dans ses poumons.

Je croise son regard effrayé.

— Valentina Conte. Je dois dire que je préfère Valentina Garzolo. Ça fait noble.

Le nœud se défait, et sitôt que ses bras sont libres, elle les enroule autour de sa taille. Sa poitrine se soulève. Elle respire fort.

— Comment as-tu su ? murmure-t-elle.

— Ton passeport était dans ton lit. Tu ne t'es pas foulée pour le cacher.

— Je ne pensais pas que quelqu'un viendrait fouiller chez moi, souligne-t-elle d'une voix faible.

Je jurerais qu'elle se ratatine. Mes menaces ne l'effraient pas, mais le fait que je connaisse son vrai nom, oui. Pourquoi ?

— Lazaro... Il est vivant ?

— C'est moi qui pose les questions, lui fais-je remarquer.

— *S'il te plaît*, Damiano.

Sa voix se brise.

— Est-il vivant ?

Quand je lui relève le menton, je vois des larmes briller dans ses yeux. Un étau se resserre autour de ma cage thoracique.

— Je n'en sais rien.

Elle scrute mon visage un long moment, puis renifle lorsqu'elle semble avoir compris que je lui dis la vérité. Une larme coule sur sa joue, et je l'attrape avec le pouce.

— Pourquoi Lazaro a-t-il kidnappé Mart ? Ne me dis pas que tu n'as pas interrogé ton mari en le voyant amener chez toi une fille que tu n'avais jamais vue. Il serait temps de commencer à parler, Valentina.

J'attends qu'elle réfléchisse à ce qu'elle doit faire.

Elle secoue la tête.

Je pousse un grand soupir.

— Très bien. Je devrais pouvoir faire cracher le morceau à ton père quand je lui dirai que je détiens sa fille chérie.

Mes paroles la touchent bien plus que je ne l'espérais, et elle se met à pleurer. Les larmes roulent sur ses joues et tombent sur son T-shirt.

Lorsque je la vois ainsi bouleversée, j'ai envie de crever.

Elle me fait flancher et je ne peux pas le lui montrer, je le sais, mais sur le moment, c'est plus fort que moi. Je la serre contre mon torse. Elle me résiste un court instant, avant de céder et de pleurer contre mon T-shirt.

— Je ne peux pas rentrer, je ne peux pas, sanglote-t-elle. S'il te plaît, je t'en prie, ne fais pas ça.

Je ne comprends rien. Elle agit comme si je la condamnais à mort si je la renvoyais chez elle. Or, c'est faux. Valentino est la fille du capo. Fugueuse ou pas, elle a de la valeur pour lui. Il ne lui fera aucun mal.

Je dois trouver ce qui m'échappe.

Quand je passe la main sur son dos, elle se blottit contre moi, et je ressens quelque chose... *Putain.* Ça n'a rien de sexuel. Serait-ce de la pitié ? De l'inquiétude ?

Je m'écarte d'elle.

— Dis-moi tout ce que tu sais sur ce qui est arrivé à Mart.

Je me déteste en voyant son visage en larmes.

— Je vais te dire ce que je sais, c'est-à-dire pas grand-chose, mais tu dois me promettre que tu ne me renverras pas à New York.

Puis-je le lui promettre ? Je n'en sais rien. Je n'ai aucune idée de ce qu'il conviendra de faire lorsqu'elle m'aura révélé ses secrets. Aussi, je n'ai pas d'autre choix que de mentir.

Le mensonge ne vient pas aussi facilement que je l'espérais. Je me racle la gorge.

— Si tu me dis ce que je veux savoir, je ne te renverrai pas là-bas.

Elle me scrute, mais mon visage est indéchiffrable. Si elle cherche à savoir si je mens, elle n'y parviendra pas.

Finalement, elle renifle et acquiesce.

— Mon mari gardait ta sœur au sous-sol quand je suis rentrée ce jour-là. Elle était inconsciente à mon arrivée, mais elle est revenue à elle assez rapidement. Je lui ai demandé pourquoi mon père lui avait ordonné de la kidnapper. Il m'a répondu que c'était juste une *besogne*. Un *service à rendre*. Il a dit qu'elle était née avec le *mauvais patronyme*.

La lumière dans la pièce faiblit à mesure que le soleil passe l'horizon. Je m'avance, suffisamment près pour la regarder dans les yeux. Elle ne ment pas. Bon sang, elle ne ment pas.

— Le mauvais patronyme ? je chuchote.

Je ressens le bourdonnement d'une tension dans mon corps, une agression déclenchée par son allusion et ce qu'elle implique.

— C'est ce qu'il a dit ?

— Oui. Il l'a traitée de vermine *casalese* et a dit qu'elle portait le mauvais nom de famille.

J'écarquille les yeux.

— Je te jure que je n'en sais pas plus, ajoute-t-elle.

Cela n'a pas d'importance. Elle m'a donné toutes les réponses dont j'avais besoin.

Je sais qui est responsable de l'enlèvement de ma sœur.

# CHAPITRE 20

## VALENTINA

Damiano s'éloigne et regarde par terre, plongé dans ses pensées. Je croyais que les maigres informations que je détenais ne lui suffiraient pas. J'avais peut-être tort. Pour lui, il y a un sens caché dans ce que j'ai dit.

J'essuie les larmes sur mon visage, et ma vessie se rappelle à moi.

— J'ai envie de faire pipi, dis-je.

Il aspire une bouffée d'air et me jette un regard contemplatif. Puis il hoche la tête.

— Les toilettes se trouvent après la porte derrière toi, dit-il d'une voix sans timbre.

Mes poignets sont rouges. Je commence à me les frotter et remarque que Damiano m'observe. Il détourne le regard.

— Va.

Il n'a pas besoin de me le dire deux fois. Je passe la porte, la referme derrière moi et inspecte du regard la pièce tout en vidant ma vessie. Zut. Il n'y a pas de fenêtre. Je ne m'attendais pas vraiment à y trouver une issue de secours, mais le fait de voir mes soupçons se confirmer n'en est pas moins douloureux.

Il a trouvé comment je m'appelais. Je suis tellement en colère contre moi-même que j'ai envie de crier. Pourquoi ai-je laissé mon passeport dans un endroit aussi évident ? J'aurais pu mieux le cacher.

Non, je me raconte des histoires. À mon avis, il a envoyé Ras le chercher, et si son cousin ne l'avait pas trouvé sur mon matelas, il aurait retourné tout l'appartement. J'aurais dû m'en débarrasser quand j'en avais encore l'occasion.

Il est trop tard pour y penser maintenant. Damiano sait qui je suis, ce qui veut dire qu'il suffit d'un coup de fil pour qu'on me trouve. Je dois sortir d'ici avant que Damiano n'appelle mon père.

Je termine ma petite affaire et me lave les mains. Il n'y a pas de miroir ici, rien qui puisse servir d'arme. Peut-être pourrais-je faire preuve de créativité avec le papier toilette. J'esquisse une grimace à cette idée. Je doute d'avoir la moindre chance contre le costaud qui se trouve de l'autre côté de la porte, même avec un éclat de verre.

J'ai une bouffée de frustration au souvenir de mes larmes lorsqu'il a menacé d'appeler Papà. Mon Dieu, pourquoi ne suis-je plus capable de garder mon calme ? L'entraînement de Mamma n'a servi à rien. Damiano a trouvé un point faible quand j'ai commencé à pleurnicher. Je dois me maîtriser. Plus je lui en montre, plus il a de billes.

Lorsque je sors des toilettes, il est en train d'arpenter la pièce de long en large. Je profite de sa distraction pour jeter un coup d'œil autour de moi à la recherche d'une issue. Or, la grille qui protège la fenêtre semble exceptionnellement solide et, à part la corde à terre, la pièce est vide.

Soudain, Damiano s'arrête et se tourne vers moi.

— Viens ici, ordonne-t-il.

Son expression est orageuse. Manifestement, il n'a toujours pas digéré les informations que je lui ai révélées.

Je viens me poster le plus loin possible de lui et m'enserre la taille.

— Que vas-tu faire de moi ?

Son regard s'assombrit.

— Qu'est-ce que je t'ai dit à propos des ordres ?

— Tu as promis de ne pas me renvoyer chez moi, je lui rappelle.

— Tu me prends pour un amnésique ? Tu vas rester ici pour l'instant. Maintenant, arrête de discuter et viens ici.

Comme je reste plantée là, il fronce les sourcils et approche de moi à grands pas. Dans ses mains, il tient toujours la corde.

— Je t'en supplie, ne me pends pas à nouveau au plafond, j'implore.

Il veut me prendre ses bras, alors je mets les mains derrière le dos et recule jusqu'à ce que mes omoplates touchent le mur.

— Je suis sérieuse. J'ai mal aux poignets.

— Tu crois que j'en ai quelque chose à faire ?

Si sa voix est sévère, il refuse de me regarder dans les yeux.

Je ne suis pas certaine de le croire.

— Je ne m'enfuirai pas. Je le jure.

— On sait tous les deux que c'est un mensonge.

Il pose la main sur mon épaule et me fait tourner, pressant son bassin contre le mien quand j'essaie de résister.

— Salopard, je souffle contre le mur.

— Je ne vais pas te pendre au plafond, assure-t-il tandis que la corde m'érafle les avant-bras.

Il l'attache plus haut qu'auparavant, sans toucher la peau à vif.

— On va dîner.

Quoi ? J'ai la tête qui tourne.

— Ce n'est pas comme ça qu'on invite une fille à un rencard.

Il finit d'attacher mes bras et passe à mes jambes.

— Que veux-tu ! C'est comme ça qu'on fait la cour de nos jours.

— Ce n'est pas faire la cour. C'est un enlèvement.

Lorsqu'il se relève, il approche les lèvres de mon oreille.

— Et pourtant, tu sembles préférer ça à un renvoi chez toi. Tu veux bien me dire pourquoi ?

Je sens une tension m'envahir.

— Non.

Ses mains puissantes s'enroulent autour de mes biceps.

— Si tu me dis pourquoi, je te détache.

Je me mords la lèvre. Il veut connaître tous mes secrets, mais je ne peux pas lui révéler celui-là. Mon passé avec Lazaro n'a rien à voir avec Martina, et si je lui raconte ce que j'ai fait, je doute qu'il se sente obligé de tenir sa promesse. L'affection qu'il pourrait encore ressentir pour moi disparaîtra en un clin d'œil.

— J'ai dit non.

Il recule.

— Je finirai bien, d'une manière ou d'une autre, par te faire cracher le morceau, déclare-t-il avec une sinistre conviction.

Il passe alors un bras autour de ma taille et me jette par-dessus son épaule comme si j'étais un sac de pommes de terre.

— Tiens-toi bien quand on sera là-haut.

Je n'hésite pas une seconde à me débattre.

— Pose-moi !

Il resserre le bras autour de ma taille et me donne une bonne fessée. Je crie.

— Si tu veux être consciente pour le dîner, arrête de gesticuler tout de suite, lance-t-il.

— Je n'ai pas faim !

Il me porte jusqu'à l'escalier et m'assied sur la troisième marche.

— Tu vas faire semblant d'avoir faim et manger ce que ma sœur a réchauffé pour nous.

Je me fige.

— Ta sœur mange avec nous ?

— Oui, confirme-t-il tandis qu'il cherche quelque chose dans la poche arrière de son jean.

Il me revient une image d'elle, si petite et si fragile, recroquevillée sur le béton froid de mon ancienne maison, qui me fait froid dans le dos. Dieu merci, elle a réussi à s'en tirer.

— Ouvre grand la bouche.

— Qu'est-ce que... mphf !

Il m'a fourré quelque chose dans la bouche.

Il lève les yeux au ciel en voyant mon indignation.

— C'est un mouchoir propre. Détends-toi.

Puis il me hisse à nouveau sur son épaule et monte les marches.

A-t-il vraiment l'intention de me faire asseoir à leur table dans cet état ? Attachée et bâillonnée ? Alors que nous traversons la maison, je tâche de mémoriser comme je peux mon nouvel environnement, mais c'est un peu difficile quand on est suspendue, la tête en bas. Nous passons un grand salon, semble-t-il, et entrons dans la salle à manger. Il me dépose sur une chaise.

J'ai ma réponse.

Ras et Martina sont assis en face de moi, leur assiette pleine de nourriture. Martina est bouche bée. Ras hausse un sourcil.

— Valentina se joint à nous, annonce Damiano, qui prend place en bout de table.

Un long silence gêné s'installe tandis que je les regarde tour à tour.

— Ce soir, c'est poulet rôti, finit par dire Martina.

— Merffi.

Elle déglutit et lance un regard inquiet à son frère.

— Elle ne peut pas manger comme ça, Dem.

Mon ravisseur est déjà en train d'engloutir son plat, complètement imperturbable. Rien ne semble lui couper l'appétit.

— Si elle promet de garder sa langue dans sa poche, le bâillon disparaît.

Martina tourne lentement le regard vers moi.

— Tu promets ?

Je jette un coup d'œil à Damiano. Il ne me regarde même pas. Il est tellement absorbé par son maudit poulet.

— Hmm.

— Elle a dit oui... traduit Martina. Je crois.

Ras commence à se lever de son siège.

— Je vais t'enlever ça de la bouche.

— C'est moi qui le fais, lance sèchement Damiano.

Il tend la main pour tirer le tissu d'entre mes dents, et Ras se rassied.

Je me mets à tousser.

— Donne-lui à boire, le supplie Martina, et Damiano verse de l'eau dans un verre devant moi.

J'ai toujours les bras attachés dans le dos.

— Je ne peux pas le prendre.

Il pousse un juron en italien, prend le verre et le porte à mes lèvres.

— Bois.

Je bois une gorgée. Il m'observe avec une telle intensité dans le regard que j'en ai la chair de poule.

— Penche-le un peu plus, je demande.

Lorsqu'il s'exécute, un peu d'eau s'écoule de la commissure de mes lèvres et dégouline le long de mon menton. Je m'écarte du verre et lèche le liquide sur ma bouche. Il suit du regard le mouvement de ma langue, et quelque chose de chaud me traverse le ventre. Soudain, ce moment me semble bien trop intime.

Je détourne la tête et tâche de me ressaisir.

Ras et Martina retournent à leurs assiettes, mais de temps à autre, je la surprends en train de me lancer des regards curieux.

Il lui faut quelques minutes pour prendre son courage à deux mains.

— J'aimerais te remercier de m'avoir aidée.

Je lui adresse un sourire timide.

— Je suis soulagée que tu sois rentrée saine et sauve, même si c'est auprès d'un parrain de la mafia.

L'atmosphère devient tout à coup glaciale, comme si quelqu'un avait poussé la climatisation à fond. La bouche de Damiano s'est aplatie en une ligne droite.

Qu'y a-t-il ? N'est-il pas *don* ? Il ne me l'a pas dit expressément, mais j'en ai fait la déduction après les propos qu'il a tenus sur son père.

C'est Ras qui daigne me fournir une explication.

— Damiano n'est pas le *don* des Casalesi. C'est le capo d'Ibiza.

Peut-être qu'ici, ces choses ne se transmettent pas de père en fils, comme chez les Garzolo. Toutefois, je ne peux m'empêcher de penser que Ras a omis un pan de l'histoire.

— Tu dois avoir faim, me dit Martina.

— Ça va.

— Ne sois pas timide, renchérit Ras en buvant une gorgée de son vin. Mange un morceau. Je t'offrirais bien un peu de ce Tempranillo, mais j'ai l'impression qu'il pourrait te causer plus de tracas qu'il n'en vaut la peine.

Il fait un geste en direction du gobelet d'eau à moitié vide que Damiano a laissé devant moi.

En effet, je pourrais me passer de renverser du vin sur moi.

Le poulet sent vraiment bon. Je regarde la volaille à moitié dévorée sur le plateau. On dirait qu'elle est laquée au miel, et elle trône au milieu de tranches de citron et de pommes de terre rôties dans le jus.

— Je ne pense pas pouvoir manger sans mes mains.

— Je n'enlèverai pas les cordes, objecte Damiano en découpant méthodiquement sa viande.

Mon estomac décide de me trahir en gargouillant bruyamment.

Martina me lance un regard de pitié.

— Dem...

On dirait qu'il est à deux doigts de me ramener au sous-sol et d'en finir avec toute cette mascarade. Au lieu de cela, il ôte sèchement la serviette de ses cuisses, la jette sur la table et me tire de ma chaise pour me planter sur ses genoux.

— Qu'est-ce que tu fais ?

Il passe un bras devant moi pour s'emparer d'une cuisse de poulet sur le plateau et commence à la découper.

J'essaie de descendre de ses genoux.

— Je ne veux pas m'asseoir sur toi.

— Arrête de gesticuler, grogne-t-il.

Même si j'aime que Martina prenne ma défense, j'aurais préféré qu'elle se lève et qu'elle me nourrisse elle-même. Ce que Damiano fait là est bien pire que de rester affamée.

— Je n'ai pas besoin que tu me donnes la becquée, je m'insurge, bien que j'abandonne toute argumentation sitôt que je sens le poulet de près.

J'entrouvre la bouche, et il y introduit la fourchette.

Bon sang, c'est bon. Je pousse un soupir de satisfaction et essaie de mâcher aussi dignement que ma position actuelle me le permet. Puisqu'il me regarde toujours lorsque j'avale, j'ouvre à nouveau la bouche pour lui faire comprendre que j'en redemande.

Damiano esquisse un sourire.

— Alors on se laisse domestiquer, murmure-t-il avant de me donner une autre bouchée.

Je referme la bouche sur l'ustensile et m'assure de tout prendre. Qui sait quand il me nourrira à nouveau ? Autant manger le plus possible pendant que l'occasion se présente. De cette façon, j'aurai assez d'énergie pour m'enfuir.

Ses yeux ténébreux se posent à nouveau sur mes lèvres, et mon pouls s'accélère. Comment se fait-il qu'un seul de ses regards suffise encore à m'exciter ? Ce qui avait commencé entre nous est définitivement terminé à présent, même s'il avait ses doigts en moi il y a quelques instants à peine.

Je jurerais qu'il le lit dans mes yeux et, en réponse, ces mêmes doigts se resserrent autour de la fourchette. Ses narines se dilatent tandis qu'il prend une respiration. Je sens son sexe se durcir sous mes cuisses, et une bouffée de chaleur envahit mon bas-ventre.

Je suis sur le point de me dandiner contre lui lorsque je me souviens de l'endroit où nous nous trouvons.

Bon Dieu, c'est mon *ravisseur*. Je ne peux pas laisser parler mon inexplicable attirance physique pour lui.

Une chaise grince sur le sol et rompt le charme.

— J'ai fini, je remonte dans ma chambre, dit Mart.

Damiano enlève la fourchette de ma bouche et la pose sur son assiette, qui tinte sous le choc.

— Jette un coup d'œil aux cours en ligne ce soir et envoie-moi ce qui te plaît, d'accord ?

Il est passé du prédateur au grand frère en l'espace d'une seconde, et c'est vraiment déstabilisant.

— D'accord. Bonne nuit.

Elle m'adresse un sourire incertain.

— Bonne nuit, Valentina.

— Bonne nuit.

Elle s'en va, et il ne reste plus que nous trois autour de la table.

— Et maintenant ? je demande. Tu vas me servir le dessert ?

Damiano referme les mains autour de ma taille.

— Non, à moins que tu ne t'offres comme tel.

Sa voix rauque me fait rougir. Cet homme n'a vraiment pas honte.

Ras se lève, l'air déconcerté, et dit à son cousin :

— Je t'attends dans ton bureau.

— Très bien, répond Damiano sans détacher le regard de mon visage.

Il y a une tension entre nous.

Pour mon bien, je dois mettre un terme à ça.

— Je veux descendre, dis-je d'un ton aussi déterminé que possible. Ceci...

Je penche le menton vers mon corps.

— ... t'est interdit. Pour toujours.

Il me fait descendre en poussant un petit rire.

— Les jouets sont là pour qu'on joue avec eux.

— Je ne suis pas ton jouet, dis-je sèchement tandis qu'il me repose sur mon siège.

J'essaie de m'éloigner de lui à l'aide de mes pieds, mais tout ce que je réussis à faire, c'est renverser ma chaise. Au moment où je pense que je vais me fracasser la tête sur le parquet, Damiano me retient.

— Il est temps de te mettre en sécurité pour la nuit, déclare-t-il tout en me hissant sur son épaule.

Je m'apprête à le supplier de ne pas m'enfermer à nouveau dans la cave quand je remarque qu'il m'emmène à l'étage.

— Où allons-nous ? je demande.

Il s'arrête devant une porte au deuxième étage et l'ouvre du pied. Une fois à l'intérieur, il me dépose sur un lit.

Je me redresse et regarde autour de moi. Il semble que ce soit une chambre d'amis qui n'a pas été utilisée depuis longtemps. Outre le lit, il y a deux tables de nuit, une console et une chaise. On n'y trouve aucun objet personnel. Ce qui m'intéresse le plus dans cette pièce, c'est la grande fenêtre, jusqu'à ce que je remarque la grille métallique à l'extérieur.

Damiano retourne vers la porte.

— L'alarme se déclenchera si tu touches à cette fenêtre. Ne m'oblige pas à te ramener en bas.

— Combien de temps vas-tu me garder ici ?

Il part sans me donner de réponse et ferme la porte derrière lui.

Je replie les genoux contre ma poitrine et les entoure de mes bras. La pièce est parfaitement calme, pas un son ne traverse les murs, et je n'ai que mes pensées pour me tenir compagnie.

Il semble que le vieux dicton dise vrai. On n'échappe pas à la mafia.

# CHAPITRE 21

## DAMIANO

JE QUITTE Valentina et décide de ne plus penser à elle pendant au moins quelques jours. Un plan se dessine dans ma tête et je dois rester concentré pour qu'il aboutisse. Chacune de mes connexions cérébrales doit fonctionner à plein régime, ce qui signifie que je ne peux pas laisser cette fille accaparer une once de mon attention.

Ras est en train de contempler la piscine lorsque j'entre dans le bureau.

— Laisse ton téléphone ici, lui dis-je. Allons nous promener.

Il y a des conversations qu'il vaut mieux avoir à l'extérieur, sans technologie, pour éviter que quelqu'un n'écoute.

Il fait ce que je lui ai demandé, et nous quittons le bureau et passons devant la piscine, avant de suivre le chemin de pierre qui mène au jardin. C'est l'endroit que je préfère dans cette vaste propriété que j'ai achetée il y a quelques années pour en faire une maison pour Martina et moi. Elle est tombée amoureuse du salon lumineux dès qu'elle a franchi la porte d'entrée, et je résiste rarement à l'occasion de la rendre heureuse.

— Qu'est-ce que Valentina t'a dit ? demande Ras une fois que nous avons atteint les oliviers.

Le gravier crisse doucement sous nos pieds.

— On a la confirmation dont on avait besoin. Sal était derrière tout ça.

Ras ralentit le pas l'espace d'un instant.

— Tu en es sûr ?

— Conte lui a parlé d'un *service à rendre* à quelqu'un. La raison ? Martina porte le mauvais nom de famille.

— Ça ne veut pas dire que...

— Conte l'a traitée de vermine *casalese*. D'où crois-tu qu'il ait tiré ça ?

C'est ainsi que Sal qualifie Martina. Dès que Valentina me l'a rapporté, j'ai su.

Ras pousse un juron.

— Il a complètement perdu la boule. Enlever Martina pour te tenir en laisse ? Il savait forcément le risque qu'il courait si ça venait à se savoir.

— Ce n'était qu'une question de temps avant qu'il ne fasse un truc pareil, dis-je.

J'aurais dû savoir que l'homme qui a assassiné mon père pour prendre la tête du clan craindrait qu'un jour ou l'autre je me soulève contre lui.

Il y a un banc à la lisière du jardin qui donne sur l'océan à la mer d'huile. Nous nous y asseyons.

— Il nous a déjà tout pris par le passé, je souligne. Je ne le laisserai pas recommencer.

Je me souviens de ma mère debout dans la cuisine alors que les flammes dévorent sa robe. Les beuglements de ma sœur. Les hommes hurlant d'effroi. Le corps de mon père encore chaud sur le sol. C'est ce moment, si net dans ma mémoire qu'il semble figé dans la résine, qui a guidé la plupart des décisions que j'ai prises. Sans lui, je serais un homme complètement différent.

Un homme meilleur.

Un homme qui manque de bravoure.

Je ferme les yeux et respire profondément.

— Martina pleure dans sa chambre tous les soirs depuis son retour de New York. Chaque fois que je l'entends, je me rappelle que je n'ai pas su la protéger. Elle ne peut plus aller à l'université comme elle le voulait. Elle ne peut même pas quitter cette île. Nous en sommes tous les deux prisonniers.

Je sens la main de Ras se poser sur mon épaule.

— Tu sais que tu peux compter sur moi.

— Je ne vois qu'une issue, Ras.

J'entends à son gros soupir qu'il comprend.

Les vagues s'écrasent sur les rochers en contrebas. Je me tourne vers lui.

— La guerre.

Il joint les mains, les coudes sur les genoux, et je vois qu'il est déjà en train de passer en revue les options qui s'offrent à nous.

— On doit d'abord renforcer la sécurité ici pour s'assurer qu'il n'arrivera rien à Mart.

— Il ne serait pas préférable de la cacher quelque part jusqu'à ce que les choses se tassent ?

Il secoue la tête.

— Mieux vaut concentrer nos défenses sur une zone où on se trouve tous les deux. Et puis, si on la délocalise aussi tôt après l'incident de New York, Sal comprendra qu'il se passe quelque chose. Il surveille tous les points d'entrée. J'appelle Napoletano.

— Demande-lui de venir dès que possible.

— Que m'autorises-tu à lui dire ?

— Reste vague. Sal et lui ont des griefs l'un envers l'autre, mais je veux d'abord lui parler en personne avant de décider de l'entraîner dans notre sillage. D'après toi, comment se portent les relations entre les différentes familles ?

— Difficile à dire. Je vais devoir aller à Casal et discuter avec mon père. La dernière fois qu'on s'est parlé, il a fait allusion à des rumeurs à propos d'Elio. Si les on-dit sont vrais, il faut le rencontrer.

— Quelles rumeurs ? je demande.

Je repense à la dernière fois que j'ai vu l'oncle Elio. Cela fait des années.

— Qu'il marierait l'une de ses deux filles à Vito Pirozzi.

— Toutes les deux sont à peine des ados.

— Ils attendront que la fille ait dix-huit ans.

L'idée de donner une de ces pauvres petites à un type comme Vito me rend malade. Il est plus intelligent que son idiot de frère Nelo, mais pas de beaucoup.

— Cette union est une ignominie s'il en est.

— Le patriarche Pirozzi veut que ses garçons se casent, et Sal aime s'en prendre aux De Rossi restants.

— Si on peut obtenir le soutien des deux frères de mon père, dis-je, ainsi que celui de tes parents, on aura une chance d'y arriver.

Ras sort une cigarette et l'allume.

— Ce sera un début. Je vais organiser les rencontres.

— Je devrais aller à Casal avec toi.

— Tu ne peux pas. Ça sonnerait l'alerte.

Je me lève du banc. J'ai envie de tout envoyer balader. La prudence, la pondération, la maîtrise de soi... J'ai développé tous ces traits de caractère par nécessité. C'était le seul moyen d'assurer ma survie et celle de ma sœur dans un monde qui s'effondrait. Or, sous cet air civilisé vit un barbare assoiffé de vengeance. Je le sens en moi, il tend les bras vers la batte entourée de barbelés. Il veut la prendre et cogner la tête de Sal jusqu'à ce qu'il n'en reste plus qu'une pulpe sanguinolente.

— Je le ferai payer pour tout ce qu'il a fait, Ras. Tout.

Ras vient se tenir à côté de moi et regarde par-dessus le bord de la falaise.

— Qu'en est-il de ta prisonnière ?

Les yeux effrayés de Valentina me reviennent à l'esprit. Fuit-elle pire que la zizanie que je suis sur le point de semer ?

Tant qu'elle ne m'aura pas raconté toute son histoire, je ne pourrai pas répondre à cette question. Au moins, ici, je pourrai veiller sur elle.

— Je vais la garder ici jusqu'à ce que je sache comment elle peut servir au mieux notre cause.

— Elle a de la valeur, ajoute Ras.

— Je veux savoir si son mari est mort.

— Je demanderai un coup de main à Napoletano, mais ce n'est pas son mari qui a accepté de kidnapper Martina. Tu le sais bien.

Bien sûr que je le sais. Lazaro n'est qu'un soldat, mais s'il est vivant, ses jours sont comptés. Qu'il ait terrorisé Mart ou pas, il est clair que Valentina ne l'aime pas. C'est suffisant pour que je le raye de la carte.

— L'ordre a dû venir du *don*, le père de Valentina, conviens-je. Mais c'est Lazaro qui a touché à ma sœur. Le parrain se rattrapera par d'autres moyens.

Je me frotte le menton avec la paume.

— Il était suffisamment disposé à accorder une faveur à Sal. La question est de savoir pourquoi. Garzolo a besoin de quelque chose, et quand on aura trouvé quoi, on pourra avoir une vraie conversation avec lui. Si Valentina sait quoi que ce soit, je lui tirerai les vers du nez.

Ras croise les bras.

— Tu es sûr de toi ? Vos préliminaires au dîner ne m'ont pas tellement inspiré confiance concernant tes méthodes d'interrogatoire.

Je me renfrogne.

— Ce n'étaient pas des préliminaires. C'est toi qui m'as dit que je ne pouvais pas la laisser en bas.

— J'ai dit que tu devais exploiter l'attirance qu'elle avait pour toi en la traitant bien, et non pas assouvir tes fantasmes BDSM devant les autres.

Mon visage s'échauffe.

— Va chier.

— Tu as mis Mart si mal à l'aise qu'elle a couru se planquer dans sa chambre.

Je lui lance un regard noir.

— Très bien, plus de dîners de famille avec Valentina. Je m'occuperai d'elle en privé.

Nous retournons à l'intérieur, et Ras rentre chez lui pour cette nuit. Je regarde l'heure. Il est presque minuit, et la maison est silencieuse, à l'exception du bourdonnement sourd du lave-vaisselle et de la rumeur de l'océan qui entre par les portes-fenêtres ouvertes.

Je les referme, passe à la cuisine pour boire de l'eau, puis monte à l'étage. De la pop américaine résonne derrière la porte de Mart ; elle n'est pas occupée à discuter avec ses amis sur FaceTime comme elle avait coutume de le faire avant que tout cela n'arrive. Elle ne fait pas grand-chose ces jours-ci, à part scroller sur son téléphone et errer dans la maison. Des colis arrivent de temps à autre, des vêtements, des sacs, des accessoires de mode, mais je ne l'ai jamais vue s'enthousiasmer pour l'un ou l'autre. Elle ne sort plus.

Je m'apprête à frapper à sa porte quand je m'arrête, le poing en l'air. La vérité, c'est que je ne sais pas comment l'aider à tourner la page. J'ai bien essayé de lui parler, ça ne mène nulle part. Quelque chose la tracasse, et elle ne veut pas me dire ce que c'est. J'aimerais qu'elle ait une autre personne à qui se confier, mais elle n'a pas suffisamment confiance en qui que ce soit pour évoquer ce qui s'est passé. Si j'ai toujours été son confident le plus proche, elle refuse aujourd'hui de me parler, et je ne sais plus quoi faire pour qu'elle redevienne comme avant.

Une fois que je me serai occupé de Sal, peut-être pourra-t-elle aller à l'université l'année prochaine. Cela lui remonterait le moral.

Je m'éloigne de sa porte et monte au deuxième étage. Ma chambre est au bout du couloir où j'ai amené Valentina. Lorsque je me rapproche de sa chambre, je me répète de continuer mon chemin. Cependant, j'entends un petit bruit et m'arrête.

J'appuie l'oreille sur le bois. Elle renifle. Elle pleure.

*Cazzo*. Maintenant, je n'ai pas une, mais deux femmes inconsolables sous mon toit. Je m'éloigne tout en me pinçant l'arête du nez.

J'aurais peut-être dû y aller plus doucement avec elle en bas. Elle avait la chair des poignets pratiquement à vif, et elle n'a rien pour nettoyer la plaie.

Je retourne à la cuisine et prends la trousse de secours. Je vais la soigner et ensuite la chasser de ma tête, comme je me le suis promis.

Lorsque j'entre, elle est toute recroquevillée sur le lit, ses longs cheveux noirs étalés sur un oreiller. Elle se redresse en m'entendant entrer et replie les genoux contre sa poitrine.

— Pourquoi es-tu là ?

Son nez est rouge et bouffi, ses yeux brillants et humides. Un pincement se fait sentir dans ma poitrine.

— Je veux t'examiner, dis-je.

Je m'assieds sur le bord du lit et tends le bras vers elle, mais elle s'éloigne de moi. Cela me donne envie de frapper du poing contre le mur. Le fait qu'elle ait peur que je la touche est une des pires choses qui me soient arrivées.

Je lui montre la trousse de secours.

— Laisse-moi voir tes poignets. Je les bande et repars.

Elle regarde la boîte avec méfiance, les sourcils froncés. J'attends. Elle finit par me faire un petit signe de tête et tend les bras.

Les marques rose vif ne sont pas belles sur ses frêles poignets. Je sors une lingette antiseptique et tamponne doucement les endroits où sa peau est écorchée. Elle a peu d'éraflures, mais elle serre les dents chaque fois que j'en touche une. Je me mords l'intérieur de la joue si fort que j'ai le goût du sang dans la bouche.

Elle me laisse panser ses plaies en silence, pendant que je rumine. Ras a raison. Je n'ai pas le courage de l'interroger à nouveau de cette façon.

Pourquoi ne veut-elle pas rentrer chez elle ?

Il y a quelque chose, une pièce qui manque au puzzle, un secret qu'elle n'a pas encore révélé.

Je termine de lui bander les poignets et croise son regard las.

— Fini !

Elle retire les mains, s'allonge et me tourne le dos.

— Est-ce ça va mie…

— Tu as dit que tu partais.

La brutalité de ses mots me transperce telle une lame tranchante. Je l'ai mérité, n'est-ce pas ?

J'ai semé le vent, je récolte maintenant la tempête.

# CHAPITRE 22

## VALENTINA

Le matin suivant, je ne tarde pas à chercher un moyen de m'échapper de ma nouvelle chambre. Je ne peux pas rester ici à attendre que Damiano décide de mon sort. Il souffle le chaud et le froid, ce doit être un jeu pour lui. Autrement, pourquoi me traiterait-il comme une moins que rien au dîner pour jouer ensuite au docteur quelques heures plus tard ?

Je commence par la fenêtre. Après examen, je ne vois aucun fil étrange et en conclus que Damiano m'a menti en disant qu'il y avait une alarme, j'essaie donc de l'ouvrir. Elle ne fait pas de bruit, mais la poignée ne bouge pas, quelle que soit l'énergie avec laquelle je la tourne. Lorsque j'ai épuisé toute la force dans mes bras, je décide de la laisser de côté pour l'instant.

Il y a un téléviseur à écran plat, sans télécommande, et je ne trouve aucun bouton sur l'écran pour l'allumer. J'envisage brièvement de l'arracher du mur et de le jeter sur la fenêtre. Seulement, cela n'aura aucun effet sur les barreaux d'acier à l'extérieur. Pourquoi ne m'a-t-il pas laissé la télécommande ? Peut-être espère-t-il me torturer en me faisant mourir d'ennui.

Les minutes, du moins je suppose, s'écoulent lentement. Il n'y a pas d'horloge. Bien que la pièce soit élégamment meublée, il n'y a littéralement rien. Pas de vêtements, pas de livres, pas même un stylo.

Je fais mes besoins dans la salle de bain. Au moins, il y a du papier toilette à en revendre. J'entre dans la douche et y reste longtemps, tâchant de ne pas céder au désespoir qui couve dans un coin de mon esprit.

Mes habits sont sales. J'ai transpiré l'équivalent de quelques seaux, alors je n'ai vraiment pas envie de les remettre. Je les lave avec le savon qui a été mis là et les accroche au porte-serviette. Avec un peu de chance, je pourrai les remettre plus tard dans la journée. Pour l'instant, j'enroule la serviette autour de moi et retourne dans la chambre.

Je passe un long moment à réfléchir à de multiples straté-gies d'évasion, qui n'ont pas beaucoup de sens. Si j'avais un couteau ou même une cuillère, je pourrais peut-être commencer à creuser le cadre de la fenêtre. Combien de temps cela prendrait-il ? Assez longtemps pour que Damiano décide de me renvoyer chez mon père. Il a dit qu'il ne le ferait pas ; je ne suis pas assez naïve pour le croire. J'ai-merais avoir un objet précieux à lui offrir, quelque chose que je pourrais échanger contre ma liberté, mais il a plus d'euros que je n'ai de cellules dans mon corps, et bien que je sois la fille du *don*, je n'ai aucune information qui ait de la valeur pour Damiano. Je lui ai déjà dit tout ce que je savais.

J'ai joué mes cartes bien trop tôt.

Je finis par avoir mal à la tête à force de réflexions stériles, alors je m'assieds contre la tête de lit et regarde par la fenêtre. La mer scintille au loin. C'est incroyable comme l'ennui s'installe rapidement, même avec cette vue pour me tenir compagnie. Mes paupières sont de plus en plus lourdes. Il semblerait que la sieste soit sur le point de devenir mon passe-temps favori.

Quelque temps plus tard, je suis réveillée par trois coups frappés à la porte. Je descends du lit en serrant ma serviette et me traîne jusqu'à la porte.

— Oui ?

— C'est Martina. Je... je t'ai apporté un brunch.

Va-t-elle ouvrir la porte ? Elle va forcément le faire, il n'y a pas d'autre moyen pour me passer le plateau. Je peux peut-être en profiter pour m'enfuir. Je m'adosse au mur et me mets en position, l'intégralité de mon poids porté sur la pointe de mes pieds.

— Je ne sais pas trop ce que tu aimes, et Dem m'a dit de ne pas t'apporter de couverts, alors j'ai mis un croissant, du fromage, des fruits, des œufs durs et du café.

L'équivalent d'un petit-déjeuner complet à l'européenne. Je relâche un peu ma position. Martina essaie de prendre soin de moi. Et si j'arrivais à la convaincre de m'aider ? De toute façon, jusqu'où irais-je en serviette ?

— Merci, dis-je tout en m'éloignant du mur.

Un léger déclic se fait entendre et la porte s'ouvre. Martina est sur le seuil. Elle est vêtue d'un T-shirt court et d'un short en jean, un plateau rempli de victuailles posé sur la paume de sa main.

Je le prends et recule.

— C'est très gentil. Je ne savais pas si ton frère allait me donner à manger.

Elle note ma tenue, ou plutôt son absence.

— Tu veux que je t'apporte des affaires ?

— Ce serait super.

Elle hoche la tête. Derrière elle, j'aperçois un malabar avec une arme à la ceinture.

*Génial.*

Évidemment, Damiano ne l'a pas laissée venir ici toute seule. Je suis surprise qu'il l'y ait autorisée, même accompagnée d'un agent de sécurité.

La porte se referme et je regarde la nourriture sur le plateau. Tout a l'air délicieux. Je le pose sur le lit, arrache un bout du croissant encore chaud et regarde la vapeur s'échapper du centre. Il est encore meilleur qu'il n'y paraît : légèrement croustillant à l'extérieur et moelleux à l'intérieur. Est-ce Martina qui l'a fait ? Il est meilleur que tous ceux que j'ai pu acheter dans le commerce, même ceux de ma boulangerie préférée du Lower East Side.

Elle revient quelques instants plus tard avec une petite pile de vêtements sous le bras.

— Tu es plus grande que moi, dit-elle, mais j'ai trouvé quelques habits qui devraient te convenir.

— Merci.

Je lui prends la pile des mains.

— Je ne suis pas difficile.

Un sourire timide se dessine sur sa bouche. Elle jette un coup d'œil derrière elle et commence à pousser doucement la porte de la chambre pour la refermer, mais l'agent de sécurité s'éclaircit la voix.

— Porte ouverte, *señorita*.

Un éclair de frustration traverse brièvement ses traits délicats.

— C'est bon, dis-je. Ils doivent penser que je vais te mettre en pièces s'ils nous laissent seules.

Elle me regarde avec un air interrogateur.

— Tu ferais ça ?

— Non.

Le mot à peine prononcé, je sais que je dis vrai. Contrairement à son frère, Martina est innocente, et je ne veux pas l'entraîner dans ces histoires. Elle a assez souffert comme ça.

Je serre les vêtements contre ma poitrine.

— Ça te dérange si je me change ?

— Vas-y, acquiesce-t-elle en repartant vers la porte.

— Tu n'as pas besoin de partir. Je vais juste faire un saut dans la salle de bain. Ensuite, tu me diras qui a fait ce croissant absolument divin.

Son visage s'illumine d'un sourire.

— Tu as aimé ?

— C'est le meilleur que j'aie jamais mangé.

Son rire timide me suit dans la salle de bain, où je troque rapidement ma serviette contre une culotte et une robe ample en jersey qui m'arrive à mi-cuisses. Pas de soutien-gorge. Martina est toute menue, elle n'a donc probablement rien qui puisse me convenir dans ce domaine.

Lorsque je ressors de la pièce, elle est assise sur le bord du lit et grignote un morceau de fromage.

— Tu me rappelles une de mes sœurs.

— Une de tes sœurs ?

— J'en ai deux. Elles sont plus jeunes que moi et elles me manquent. Beaucoup.

— Laquelle je te rappelle ?

— La plus jeune, Cleo. La partie supérieure de ton visage, comme les yeux et le nez. C'est difficile à décrire, mais vous avez des traits en commun.

Je m'assieds à l'opposé sur le lit et prends le reste du croissant.

— Elle aussi aime beaucoup le fromage.

Martina se met à rire.

— Qui n'aime pas le fromage ?

— Les gens qui n'ont pas de goût, ça, c'est sûr. Quand Cleo et moi, on vivait encore ensemble, elle préparait toujours des plateaux de fromages élaborés, garnis de toutes sortes de noix et de confitures. Elle, mon autre sœur et moi, on apportait le tout sur la terrasse, on sortait en cachette une bouteille de vin de la cave de mes parents et on regardait le soleil se coucher sur New York.

Nous avons cessé de le faire après mon mariage. Chaque fois que mes sœurs m'invitaient, j'inventais des prétextes pour ne pas y aller, tout ça pour ne pas passer des heures à leur mentir effrontément sur mon ménage.

— J'espère que tu les reverras bientôt, dit Martina d'une voix tendre. Dem ne te gardera pas ici pour toujours, j'en suis sûre.

Même s'il me laisse partir, il y a des chances que je ne revoie plus mes sœurs, mais à quoi bon le lui dire.

— Qui sait ce qui trotte dans la tête de ton frère.

Elle se raidit. Je vois bien qu'elle n'ose pas discuter des projets de son frère me concernant. Elle a probablement peur de trahir sa confiance en parlant trop.

Je lui adresse un sourire rassurant.

— J'en déduis que tu aimes cuisiner.

Elle semble momentanément soulagée par le changement de sujet, puis son visage se rembrunit aussitôt.

— Avant, oui.

Elle suit du doigt le motif brodé sur la couette.

— Je ne cuisine plus autant, même si Dem me le demande tout le temps.

— Il ne t'a pas demandé de faire de la pâtisserie pour moi, quand même ?

Le sang lui monte aux joues.

— Non. Je voulais juste te préparer quelque chose de bon. J'avais l'habitude de cuisiner la plupart de mes repas et de ceux de mon frère. Maintenant, on a engagé quelqu'un.

— Pourquoi ça ?

Soudain, elle arrête de dessiner et aplatit la main sur le couvre-lit.

— Après New York, je ne m'y suis plus intéressée.

Je le vois alors dans ses yeux. Un vide rempli d'une douleur persistante. Je parierais ma chemise qu'elle n'existait pas avant que Martina rencontre Lazaro, et j'ai beau vouloir détourner le regard, je ne me l'autorise pas. Voilà ce que mon mari fait aux gens, quand il ne finit pas par les tuer. Il les détruit de l'intérieur.

Comme il l'a fait avec moi.

Martina ne mérite pas cela. Elle n'est qu'une jeune fille prise dans l'engrenage cruel du monde dans lequel évolue son frère, et elle doit tourner la page sur ce qui lui est arrivé.

Je veux l'aider à aller de l'avant. Je le lui *dois*.

L'agent de sécurité nous observe par l'interstice de la porte, je ne lui prends donc pas la main, mais rapproche mes doigts des siens. Elle remarque mon geste et me lance un regard interrogateur.

— Martina, ça va s'arranger, lui dis-je à voix basse. Il faut laisser du temps au temps. Tu dois être patiente avec toi-même, mais tu ne dois pas cesser de te battre.

Elle serre les lèvres et respire fébrilement par le nez. Pendant un moment, elle ne dit rien, elle ne fait que secouer la tête. Je crois qu'elle retient ses larmes. J'ai le cœur qui tremble pour elle.

Finalement, elle murmure :

— Je l'ai convaincue de venir avec moi. Je...

Sa voix se brise, et elle quitte précipitamment le lit. Je n'ai pas le temps de prononcer un autre mot qu'elle est déjà sortie.

Les serrures s'enclenchent, comme une bougie que l'on soufflerait avec frénésie.

Je passe le reste de la journée à picorer ma nourriture et à regarder l'océan par la fenêtre. Lorsque le soleil touche presque l'horizon, la porte s'ouvre, et c'est l'agent de sécurité ronchon que je vois sur le seuil. Il me tend un plateau avec mon repas et part sans dire un mot.

Quand j'ai fini de manger, je décide de prendre une autre douche, et c'est là que ma journée s'illumine. Je remarque que la pomme de douche avec ses cinq réglages est amovible, comme celle que j'avais chez Lazaro. Si Damiano a voulu me torturer en m'infligeant un ennui mortel, c'est une grave omission de sa part.

Je sors la pomme de douche de son support, m'appuie contre le mur carrelé et oriente le jet entre mes jambes. Il me faut un peu de temps pour trouver le bon angle, mais j'y parviens et, bon Dieu, quel *bonheur*. L'espace d'un instant, j'oublie où je suis et me concentre sur les douces impulsions de plaisir qui irradient dans mon ventre.

Cela me ramène à hier, quand Damiano m'a précipitée au bord de l'orgasme et m'y a laissée. Salopard. Je ne devrais pas être excitée par le fait d'être attachée et complètement à sa merci, pourtant c'est le cas. Je me souviens de la façon dont il a enfoncé ses gros doigts en moi, de la façon dont ses lèvres chaudes ont effleuré cette zone sensible de ma nuque. Le contraste entre lui, tout habillé, et moi, avec mon short autour des genoux. Il aurait pu s'approcher, me soulever par les cuisses et me baiser sur place. Je sais qu'il en avait envie.

Peut-être s'est-il arrêté parce qu'il était sur le point de perdre le contrôle. J'aurais aimé qu'il le fasse. J'aurais aimé qu'il me finisse et me remplisse à nouveau. Ensuite, il m'aurait laissée là, et j'aurais passé le reste de la journée avec son sperme qui aurait lentement dégouliné le long de mes cuisses.

La pression éclate, et je me mords la lèvre pour retenir mon cri. Oh, mon Dieu. Des vagues de plaisir me traversent de la tête jusqu'aux orteils.

Je sors de la douche, les jambes tremblantes, enroule une serviette autour de moi et m'assieds sur l'abattant des toilettes. Lorsque ma respiration ralentit enfin, je pose le front sur mes paumes et reviens lentement à la réalité.

Je viens de me masturber en imaginant Damiano, le capo qui me garde enfermée dans sa maison, en train de m'utiliser comme une vulgaire poupée.

Il y a quelque chose qui ne tourne vraiment pas rond chez moi.

Sur cette pensée déprimante, je me glisse dans le lit et éteins la lumière. Le pommeau de douche n'était peut-être pas une si bonne idée après tout. Demain, il faudra que je trouve un autre moyen de me divertir en attendant que Damiano décide de mon sort.

Il n'est pas venu me voir aujourd'hui. Il a peut-être déjà appelé mon père sans que je le sache. Quelle importance puis-je accorder à ses promesses ?

Je me tourne et me retourne dans le lit jusqu'à ce qu'un sommeil agité m'emporte enfin.

# CHAPITRE 23

## VALENTINA

CONTRE TOUTE ATTENTE, Martina me livre à nouveau de la nourriture le lendemain matin. Elle me tend le plateau et je parviens à la remercier avant qu'elle ne s'éclipse.

Le jour suivant, elle n'est pas si pressée de partir. Lorsque je l'invite à entrer, elle me sourit timidement et franchit la porte.

— J'ai essayé quelque chose de nouveau aujourd'hui, me dit-elle.

Je lui prends le plateau des mains. C'est une pâtisserie, carrée et feuilletée avec des framboises empilées au centre, et recouverte d'une couche de sucre glace.

J'en ai l'eau à la bouche.

— Ton futur mari, qui qu'il soit, aura beaucoup de chance.

Elle laisse la porte entrebâillée et s'assied sur le bord du lit.

— Je crois que je suis asexuelle.

Je manque de m'étouffer avec ma pâtisserie. Son frère le sait-il ?

Quand elle voit mon expression, elle rit.

— Enfin, je suis pas sûre. C'est juste que je n'ai jamais rencontré de mec qui m'attirait.

— Et les filles ? je demande, la bouche encore à moitié pleine.

Elle plisse le nez.

— Non.

— La plus jeune de mes sœurs n'a pas été attirée par qui que ce soit pendant longtemps, dis-je. Elle a ton âge, mais elle n'a eu son premier coup de cœur qu'à l'âge de dix-sept ans.

— Qui était-ce ?

— Un nouvel élève de son école qui a organisé des marches *Free Britney* dans le centre de New York.

Elle semble perplexe.

— Ma sœur est un peu obsédée par Britney Spears. Elle était très active dans le mouvement *Free Britney*.

— Je suis contente que Britney ait été libérée de sa tutelle, confirme Martina. Ce que son père lui a fait est horrible. Et ça a donné quoi avec ce garçon ?

— Il s'avère qu'il avait déjà un petit ami.

— Oh...

Martina hausse les épaules et ajoute :

— La vie amoureuse, c'est pas facile parfois.

— Surtout pour les filles comme nous.

Je n'ai pas besoin de lui expliquer le sens de mes propos. En dépit de ses défauts, Damiano semble aimer Martina. Jusqu'à présent, il se comporte plus comme un père que comme un frère. Va-t-il la troquer contre du pouvoir ? La donner en récompense ?

Elle s'assied en tailleur.

— Ton mari... tu ne l'as pas choisi ?

L'idée est tellement absurde que je ne peux m'empêcher de rire.

— Je n'ai pas eu le choix. C'est mon père qui s'est occupé des rencontres, et je n'ai même pas pensé à remettre en question son jugement. Je croyais qu'il ferait en sorte de me trouver un bon parti.

— Mais il ne l'a pas fait.

— Non, il ne l'a pas fait.

Martina se tait, et je termine le reste de ma pâtisserie en silence.

— C'était bon ? me demande-t-elle.

— Délicieux.

Elle sourit.

— Je t'en ferai une autre demain.

Pourquoi est-elle si gentille avec moi ? Je croise son regard. Il s'en dégage tellement de mélancolie. Si elle s'ouvre à moi, je pourrai peut-être l'aider.

— La dernière fois, tu as dit que tu avais convaincu ton amie de venir à New York, je tente avec douceur.

Son sourire s'évanouit immédiatement.

— Oui. Elle ne se serait pas retrouvée là si je n'avais pas insisté.

J'attends qu'elle poursuive. Je sens qu'elle a besoin d'en parler avec quelqu'un.

Elle se frotte les bras et regarde par-dessus son épaule en direction du garde qui se tient derrière l'interstice de la porte. Lorsqu'elle se remet à parler, c'est dans un murmure.

— Je voulais aller à Eleven Madison Park. C'est un restaurant.

— Oui, c'est un resto incroyable. J'y suis déjà allée.

Une année, Papà a emmené toute la famille pour l'anniversaire de Mamma.

— J'en rêvais depuis que je m'intéresse à la cuisine. Imogen était nerveuse, ses parents ne voulaient pas qu'elle aille à New York, mais elle a réussi à les convaincre après que je lui ai mis la pression. Dem nous a réservé un déjeuner en privé avec le chef cuisinier. On quittait l'hôtel pour s'y rendre quand c'est arrivé.

Sa voix tremble comme une corde pincée.

— Elle est morte à cause d'un *repas*.

Je suis sur le point de lui dire que ce n'est pas de sa faute, que beaucoup de gens se rendent à New York de leur propre chef sans qu'il leur arrive quoi que ce soit, mais c'est comme si un vase rempli de mots avait été renversé dans sa poitrine, et que les paroles s'écoulaient à présent de sa bouche.

— Il pleuvait des cordes ce jour-là, poursuit-elle d'une voix éraillée. Quand les trois hommes nous ont tendu une embuscade, j'étais en train de me débattre avec mon parapluie, et j'étais tellement à l'ouest que je leur ai dit comment on s'appelait dès qu'ils m'ont posé la question. Il ne m'est même pas venu à l'esprit de me demander pourquoi on exigerait nos noms juste devant notre hôtel. Ils n'attendaient que cette confirmation pour nous faire monter dans leur camionnette. Ils ont tiré sur Imogen alors qu'elle était assise à côté de moi. En plein milieu du front. Au début, ça n'a pas saigné, j'ai cru que c'était une blague, une mauvaise farce qu'on nous faisait. Je l'ai secouée. J'ai crié : « Imogen, arrête ! C'est pas drôle. » Puis le sang a commencé à couler, et elle est devenue si immobile. C'était pas une farce, c'était réel.

Je plaque une main sur ma bouche. C'est vraiment, *vraiment* horrible.

Martina se gratte les joues.

— C'était terriblement égoïste de ma part de la forcer à partir. C'est moi qui suis responsable de sa mort, et personne d'autre. Quand Dem et moi, on est allés à son enterrement, ses parents ne m'ont même pas regardée, Valentina. Ils me détestent maintenant. Et pourquoi en serait-il autrement ? Être mon amie est la pire chose qui soit arrivée à leur fille. C'est la pire chose qui puisse arriver à quiconque ne fait pas partie de notre monde. Les amis que j'avais avant New York ? On ne se parle plus. J'ai effacé leurs numéros de téléphone, j'ai supprimé tous mes comptes sur les réseaux sociaux. Personne n'est en sécurité avec moi, alors à quoi bon me faire des amis ? Je préfère être seule plutôt que d'aimer les gens et de les voir mourir.

Des larmes silencieuses débordent de ses yeux, et ma gorge se noue jusqu'à ce qu'elle soit trop comprimée pour que je puisse en sortir le moindre mot. Je veux la serrer dans mes bras, cette pauvre fille qui porte un fardeau bien trop lourd sur ses épaules, mais je ne peux pas. Si l'agent de sécurité me voit la toucher, il viendra la chercher. Je lui prends la main et la serre dans la mienne en espérant que l'angle de nos corps ne permettra pas au garde de voir mon geste.

— Martina.

Elle baisse les yeux et ses larmes tombent sur son legging gris, laissant des taches rondes et foncées.

— Martina, regarde-moi.

Je lui serre la main.

Elle lève ses yeux brillants de larmes vers moi.

— Je te comprends.

Je la comprends vraiment. Je me force à respirer malgré ma gorge nouée.

— Cette rage, cette culpabilité et cette incrédulité totale en voyant ta vie prendre une tournure aussi horrible. J'ai ressenti ces choses-là, moi aussi, après avoir été témoin des agissements de mon mari.

Je ne peux pas lui dire toute la vérité. Si elle savait ce que j'ai fait à ces gens, elle ne me parlerait plus.

— Mais tu as été courageuse, murmure-t-elle. Tu m'as aidée. Moi, je n'ai pas aidé mon amie.

— Tu ne pouvais rien faire. Et, oui, je t'ai aidée, mais il y en a eu d'autres avant toi. Eux, je ne les ai pas aidés.

*Je les ai assassinés, parce que mon mari me l'a demandé.*

— J'ai été lâche jusqu'au moment où je t'ai rencontrée.

— Tu regrettes de ne pas les avoir aidés ?

— Tous les jours.

— Comment tu vis avec ça sur la conscience ? Certains jours, je me réveille et je me dis que ça sert à rien de sortir du lit. La vie ne sert à rien.

Je baisse les yeux.

— J'avais aussi ce genre de pensées. Ça prendra du temps, mais elles finiront par disparaître.

Je lâche sa main et replie les genoux contre ma poitrine.

— Je connaissais bien mon mari et ses hommes de main, Martina. Ce sont des tueurs professionnels. Peu importe ce que tu as fait une fois qu'ils vous ont attrapées. Tu n'aurais rien pu faire pour ton amie.

Elle enroule les bras autour de son ventre.

— J'ai peur que ça se reproduise. Que quelque chose de grave arrive.

— Je comprends. Je ne vais pas prétendre que les relations sont simples dans ce monde-là. La plupart de mes amis étaient de ma famille ou étaient les fils et les filles d'hommes qui travaillaient pour mon père. Ça les rendait plus compatibles pour l'amitié.

— Ici, on est seuls. Il y a Dem, Ras et tous ses gardes. Il n'y a pas d'autres grandes familles sur l'île.

Elle renifle.

— C'est fait exprès pour que...

Sa bouche se referme, et elle me jette un regard prudent. Elle était sur le point de me dire quelque chose qu'elle ne doit pas dire.

Elle est suffisamment vulnérable pour se confier si je la presse de questions, mais ma conscience me retient. Au lieu de cela, je lui fais un sourire.

— Moi, je peux être ton amie. Crois-moi, notre amitié peut difficilement me mettre dans un pétrin pire que celui dans lequel je suis déjà.

Elle pousse un rire larmoyant.

— J'imagine que oui.

Elle regarde la mer en soupirant.

— Je devrais retourner dans ma chambre. Dem m'a dit de ne pas passer plus d'une demi-heure ici avec toi.

Je roule des yeux.

— Il veut que je meure d'ennui.

— Ça n'arrivera pas, affirme-t-elle tandis qu'elle descend du lit. En fait, j'ai une idée.

— Ah bon ?

Elle enroule la main autour de la poignée de la porte et se retourne vers moi.

— Je ne veux pas te donner de faux espoirs. Laisse-moi d'abord lui parler. Je reviendrai demain.

# CHAPITRE 24

## VALENTINA

LE LENDEMAIN MATIN, Martina arrive avec une pile de vêtements au lieu de son plateau de victuailles habituel. Elle me la tend.

— On va passer la journée à la piscine, annonce-t-elle, le visage illuminé par un grand sourire excité.

Interdite, je parviens tout juste à répondre :

— Comment ça ?

— Dem a accepté de te laisser sortir de ta chambre à condition que deux de ses cerbères nous surveillent. Abbott est un ancien combattant de MMA qui a arraché une oreille à son adversaire, et Clyde ressemble un peu à ce type dans Game of Thrones qui jouait la Montagne.

Je pose les vêtements sur le lit.

— Je n'ai pas vu la série, mais le nom à lui seul est très explicite.

Cerbères ou non, la perspective de voir enfin autre chose que quatre murs couleur crème me semble magique, sans compter que c'est l'occasion pour moi de chercher un moyen de fuir. Plus Damiano m'évite, plus je m'inquiète de mon sort. Pourquoi n'est-il pas venu me voir ces trois derniers jours ?

— Je vais attendre dehors pendant que tu te changes, dit Martina.

Je fouille dans les maillots de bain. Ce sont tous des bikinis qui semblent trop petits pour moi. Je décide d'associer un bas noir à un haut en triangle vert fluo qui couvre un peu plus que les deux autres modèles. Il n'y a pas de miroir pour me regarder, mais j'ai l'impression que tout cela est un peu vulgaire. Avec un soupir, j'enlève les vieux bandages de mes poignets, noue un kimono de plage blanc autour de ma taille et marche jusqu'à la porte.

— Prête.

Martina me détaille du regard et me fait un sourire élogieux.

— Ça te va bien.

Je tire sur mon haut et jette un coup d'œil aux deux gardes qui se tiennent devant la porte. Ils sont gigantesques, on dirait deux grizzlys à la mine renfrognée.

— Vous n'entrez pas dans votre slip de bain ? je leur demande.

Leurs visages s'assombrissent un peu plus. Celui qui a le crâne rasé s'adresse à Martina.

— Pourquoi elle porte ça ?

Martina fait la moue et se repositionne.

— On va à la piscine.

Il semble que les gardes n'aient pas été informés de ce détail.

— Ce n'est pas ce pour quoi *señor* De Rossi a donné son aval, avance l'un d'eux.

— Il a dit qu'elle pouvait sortir de sa chambre si vous restez près de nous, réplique Martina.

— Tant qu'elle ne quitte pas la maison.

— La piscine fait partie de la maison, non ? invoque-t-elle, affichant un cran que je ne lui soupçonnais pas. Elle est cernée de murs.

— Ce n'est pas ce que votre frère avait à l'esprit. Vous ne pouvez pas y aller.

— Mon frère sera très contrarié d'apprendre que vous m'avez empêchée de prendre un peu l'air, indique Martina.

Les deux agents se regardent. Le plus silencieux des deux expire, les narines dilatées. Il se tourne vers moi.

— Si tu fais quoi que ce soit de louche, on te ramène ici. Une entourloupe, et c'est fini.

— Si je comprends bien, vous n'allez pas vous baigner avec nous ? je demande, feignant l'innocence.

Ils m'ignorent et nous font signe d'avancer.

Au rez-de-chaussée, derrière les grandes portes-fenêtres du salon qui courent du sol au plafond, se trouve la piscine. Martina fait coulisser l'une d'elles, et dès que j'en franchis le seuil, je sens immédiatement la chaleur du soleil sur ma peau. C'est une magnifique journée digne d'Ibiza.

Quelques chaises longues sont éparpillées devant nous. Martina s'installe sur l'une d'entre elles. J'ai trop envie de profiter de mon petit moment de liberté pour rester assise, alors je m'approche du bord de la piscine et y jette un coup d'œil. Le fond est recouvert de carreaux à motifs colorés. En équilibre sur une jambe, je plonge le gros orteil droit dans l'eau. Elle n'est pas froide, mais suffisamment fraîche pour être revigorante.

Je me retourne au son d'une voix. Martina parle à une femme plus âgée qui porte un uniforme blanc et un tablier noué autour de la taille.

— Tu aimes le rosé ou tu préfères le champagne ? me demande la sœur de Damiano.

Un rire incrédule me monte à la gorge. Toute prisonnière que je suis, je peux apparemment choisir le vin que je veux boire.

— Le rosé, c'est parfait.

Je me tourne à nouveau vers la piscine et remarque une porte dans le jardin qui pourrait me permettre de sortir de l'enceinte, même si, pour être franche, je n'ai pas grand espoir. Les agents de sécurité ne me laisseront jamais m'enfuir. Je risque de me blesser si j'essaie de courir, et cela signera l'arrêt des sorties avec Martina. Je ferais peut-être mieux de savourer le rosé et de tenter de parler à Damiano. Il faut bien qu'il aille voir sa sœur à un moment ou à un autre de la journée, non ?

— Ton frère est là ? je demande à Martina quand l'autre femme s'en va.

Elle ôte sa robe ample et la jette sur une autre chaise longue. En dessous, elle porte un bikini jaune un peu brillant.

— Il est au Revolvr, mais il devrait être de retour dans l'après-midi.

— Quelle heure est-il ?

Elle jette un coup d'œil sur son téléphone.

— Onze heures.

Je m'assieds sur la chaise longue à côté d'elle et jette un regard en coin sur l'appareil. Si je parvenais à le voler, qui appellerais-je à l'aide ? Le seul numéro de téléphone que je connais est celui de Gemma, et je ne peux pas prendre le risque de lui téléphoner alors que Papà l'a sûrement mise sur écoute. Il sait que si j'appelle quelqu'un, ce sera elle.

La bouteille de rosé arrive et, avec elle, un assortiment de fruits et de crudités. Martina et moi grignotons et buvons du vin tout en discutant de nos séries télévisées préférées. Lorsque nous avons épuisé ce sujet, nous commençons à parler de livres. Elle me montre l'exemplaire de Jane Eyre qu'elle a apporté. Puis nous passons à son sujet favori : la cuisine. Les heures passent, et une fois notre bouteille finie, je suis pompette, en sueur et prête à aller me baigner.

Je plonge dans la piscine et essaie de nager le plus loin possible sans émerger de l'eau. J'arrive à peu près à la moitié du bassin. Pas mal. J'ai le cerveau engourdi par trop de soleil et d'alcool, et l'eau n'est pas assez fraîche pour me dégriser aussi vite que je l'espérais. J'en suis à ma dixième longueur lorsqu'une brise porte une voix familière jusqu'à mes oreilles. Je me retourne.

Damiano sort de la maison, vêtu d'une chemise blanche impeccable, d'un pantalon noir et de ses habituelles chaussures en cuir italien. Ses yeux se portent immédiatement sur moi, et il me regarde comme si j'étais une poignée de cheveux que son homme d'entretien aurait oublié de sortir de l'eau la veille au soir. Il est de nouveau froid avec moi, il faut croire. Ce regard scrutateur ne devrait rien éveiller en moi. Pourtant, un truc chaud et langoureux se love au creux de mon ventre. Je nage jusqu'au bord de la piscine, pose les mains à plat sur la terrasse et me hisse hors de l'eau. Je sens que ses yeux suivent chacun de mes mouvements tandis que je me dirige vers les chaises longues, sautillant sur la pierre brûlante qui me picote la plante des pieds.

Derrière Damiano, un homme en costume apparaît. Un seul coup d'œil suffit à me faire piquer un fard. Il est sacrément séduisant. Une carrure affûtée, des sourcils bruns et épais qui semblent en permanence froncés et des yeux d'un bleu perçant. Si vous faites sourire ce genre d'homme, c'est la fin, dites adieu à votre cœur.

Je m'arrête près de Martina et attrape une serviette pour me sécher. Elle aussi a les joues un peu roses, et ses regards furtifs en direction du nouveau venu laissent entendre qu'elle n'est peut-être pas asexuelle comme elle le pense.

— Comment se passe votre *pool party* improvisée ? demande Damiano à sa sœur.

— Nickel, lui répond-elle tout sourire.

L'expression de Damiano s'adoucit pendant une fraction de seconde avant qu'il ne remarque ce qui se trouve sur la table d'appoint.

Il retire notre bouteille de vin vide du seau rempli d'eau. La glace a fondu depuis longtemps.

— Je vois ça. Ça va ? Pas trop mal à la tête ?

Martina se hérisse au ton sarcastique de son frère. Je sens qu'elle n'aime pas qu'il la traite comme une enfant devant son charmant invité.

— Bien sûr que non. C'est pas la première fois que je bois du vin.

Damiano pince les lèvres.

— Ce n'est pas la première fois, mais ça fait longtemps.

— Tout va bien.

Il remet la bouteille dans le seau et tape sur l'épaule de Martina.

— Tu as bien pris le soleil. Ta peau va cramer. Il est peut-être temps de rentrer.

L'homme derrière lui braque les yeux sur l'empreinte digitale, avant de détacher lentement son regard de l'épaule de Martina. Lorsqu'il voit que je l'ai remarqué, il plisse les paupières comme pour me dire que je ferais bien d'effacer ça de ma mémoire. Bien que mon sang se glace, je soutiens son regard et arque un sourcil.

— Je t'ai dit que tout allait bien, s'emporte Martina.

Son ton prend Damiano au dépourvu. Il la regarde, les sourcils froncés, puis tourne les yeux vers moi.

— Une journée avec ma sœur, et tu déteins déjà sur elle.

— Mieux vaut moi que toi.

Un muscle de sa mâchoire tressaille.

— Il faut qu'on parle.

— Je ne suis pas encore sèche, dis-je en frottant la serviette sur mon ventre.

Il franchit la distance qui nous sépare en deux grandes enjambées, saisit la serviette et la jette au loin.

— Tu l'es maintenant. Mart, tu te souviens peut-être de Giorgio ? Vous vous êtes rencontrés il y a longtemps. Il te tiendra compagnie pendant que Valentina et moi allons discuter.

Il referme sa main chaude autour de mon coude, et nous retournons à l'intérieur, laissant une Martina paniquée en compagnie du beau brun.

— Si je viens à penser que le temps que tu passes avec ma sœur lui fait plus de mal que de bien, j'y mettrai fin, menace-t-il.

J'étouffe un rire sarcastique.

— Si ta sœur refuse d'être traitée comme une enfant, je n'y suis pour rien. Elle a dix-huit ans, pas huit.

— Ce n'est pas une question d'âge. Mart m'écoute toujours.

Je commence à être agacée.

— Comment ai-je pu être aussi aveugle ?

— Aveugle ?

— Tu es comme les autres. Tous ces discours sur le fait que tu me veux pour toi... C'est ce machisme insupportable de tous les hommes de la mafia, apparemment. J'ai une nouvelle pour toi : les femmes de ta vie n'existent pas uniquement pour que tu les mènes à la baguette. Ta sœur en fait partie.

Sa main se resserre autour de mon coude.

— Ma relation avec ma sœur ne te regarde pas. Et dans mes souvenirs, tu aimais bien que je te *mène à la baguette*.

— Je suis en train de mettre de l'eau partout par terre, lui fais-je remarquer alors que nous traversons le salon et que je fais de mon mieux pour ignorer à quel point il sent bon et pour oublier le contact brûlant de sa main sur ma peau.

— C'est le cadet de tes problèmes.

— Ce n'est pas du tout un problème pour moi. Je te signale simplement que quelqu'un risque de glisser dans ta maison.

Lorsque nous arrivons dans la cuisine, il chasse la femme aux fourneaux et m'accule contre un mur. Avec un regard de braise, il contemple mon corps pratiquement nu. La pointe de ses chaussures en cuir effleure mes orteils nus.

— Tu t'inquiètes pour moi ? s'étonne-t-il. Et moi qui pensais que tu passais tes nuits à fomenter un plan pour me tuer.

— Tu aimerais bien que je passe mes nuits à penser à toi, dis-je, d'une voix trop haletante.

Une goutte d'eau coule entre mes seins, et il la suit du regard. J'ai la peau qui me picote encore sous l'effet du soleil, mais l'électricité qui court dans mes veines vient de lui.

Il serre la mâchoire, s'efforce de dompter quelque chose qui menace de jaillir. Il semble tiraillé.

Puis sa main se pose sur le côté de ma tête, et il se penche, détournant le regard de mon corps. Je pense qu'il va m'embrasser ; au lieu de cela, il prend une de mes mains et la lève pour étudier les croûtes qui se sont formées autour de mon poignet. Le feu qui brillait dans ses yeux s'éteint.

— Tu as enlevé les bandages.

— Ils auraient pris l'eau pendant ma baignade.

Un tourbillon d'émotions passe sur son visage. Très lentement, il joint nos doigts, et je m'arrête de respirer. Dehors, un oiseau gazouille.

Je suis partagée entre l'envie de l'embrasser et celle de le repousser pour la façon dont il m'a traitée. Une douleur éclot dans ma poitrine. Je lui ai tout dit. Il sait que je n'ai rien à voir avec la capture de Martina. Pourquoi ne me laisse-t-il pas partir ?

— Laisse-moi partir, s'il te plaît, je murmure.

Il inspire profondément et relâche ma main.

— Non.

Je pose les mains sur son torse et tente de le repousser, mais il semble fait de granit. Il ne bouge pas.

Il me prend le menton et incline mon visage vers lui. Un puissant frisson me parcourt.

— Tu as froid ?

Il baisse les yeux sur mon maillot de bain, où je sais qu'il trouvera, dessiné, le contour net de la pointe de mes seins.

Je ne peux pas lui montrer l'effet qu'il me fait.

— Comme j'ai essayé de te le dire, je suis trempée et la clim est allumée.

Il s'avance et presse son corps chaud contre le mien. J'étouffe une exclamation lorsque ma poitrine entre en contact avec son torse ferme.

— C'est mieux comme ça ?

— Non.

Il passe un bras autour de ma taille et pose son autre main sur ma nuque.

— Et comme ça ?

On dirait que des Pop Rocks éclatent dans tout mon corps.

— Horrible, dis-je dans un souffle.

— Menteuse, réplique-t-il, un sourire au coin des lèvres.

Son regard s'enflamme de désir, et vu qu'il ne prend même pas la peine de le cacher cette fois-ci, il doit penser qu'il est en train de gagner à ce petit jeu.

Il a tort.

— Pousse-toi de là, j'ordonne.

— Si je me pousse, je te ramène dans ta chambre. C'est ce que tu veux ?

Je me mords la lèvre.

— Ah ! Donc tu ne veux pas remonter dans ta chambre ?

— Non, admets-je.

— Tu ne l'aimes pas ?

Il me caresse le bas du dos.

— C'est une prison. Il y a littéralement des barreaux à la fenêtre.

— Considère qu'ils sont là pour ta propre sécurité.

— Que vas-tu faire de moi ? je demande.

Il s'écarte de moi et me regarde.

— Je n'en sais encore rien.

— Combien de temps vais-je encore attendre ?

— Je n'en sais rien.

Je plisse les yeux, et les brumes du rosé, que sa proximité nourrit, s'estompent. Je suis tellement fatiguée de ne pas savoir à quelle sauce je vais être mangée. L'incertitude me pèse un peu plus chaque jour qui passe.

— Je veux remonter dans ma chambre.

Cette fois, quand je le pousse, il s'éloigne.

J'ai un pincement au cœur et je me dis que c'est simplement la chaleur de son corps qui manque au mien.

Quand je me retrouve dans ma chambre et qu'il referme la porte derrière moi, j'arrive presque à m'en convaincre.

# CHAPITRE 25

## DAMIANO

Je laisse Valentina mijoter dans son jus, retourne à la piscine et tente d'oublier la sensation de ses seins pressés contre mon torse.

C'est encore pire maintenant que je l'ai touchée partout, car je sais exactement combien sa peau est douce et à quel point ses seins tiennent parfaitement au creux de mes mains. Je sais même le gémissement qu'elle pousserait si j'écartais de quelques centimètres le petit triangle de son maillot de bain et mettais son mamelon dans ma bouche.

Pourquoi suis-je allé les voir, Mart et elle ? Napoletano et moi marchions vers mon bureau et, l'instant d'après, je me tenais sur le bord de la piscine et me retenais de pousser un grondement à la vue de ce corps démentiel émergeant de l'eau.

Je pense que c'est le fait d'avoir aperçu ses longs cheveux noirs et soyeux à la fenêtre qui m'a fait changer de cap. J'ai baragouiné à Napoletano que je devais aller voir Mart, et il a probablement vu clair dans mon jeu, ce petit enfoiré. Rien ne lui échappe.

À mon grand étonnement, ma sœur s'est remise à faire de la pâtisserie. Lorsque je l'ai surprise en train de pétrir de la pâte dans la cuisine il y a quelques jours, je n'en ai pas cru mes yeux. Cela fait des semaines que j'essaie de lui faire faire quelque chose, *n'importe quoi*. Elle a toujours une excuse toute prête, mais voilà qu'elle passe une journée avec notre prisonnière, et tout change.

Je retourne à l'extérieur et constate que Napoletano et Mart n'ont pas bougé d'un pouce depuis que Valentina et moi sommes partis. Ma sœur est assise, les bras enroulés autour des genoux, un livre pendant d'une de ses mains. Lorsqu'elle s'aperçoit de mon retour, elle me lance un regard coupable. Elle doit se sentir mal de m'avoir répondu tout à l'heure.

Debout, à côté de sa chaise longue, Napoletano est stoïque, comme à son habitude, les mains dans les poches, le soleil se reflétant sur le cadran de sa montre. Ont-ils échangé ne serait-ce qu'un mot pendant mon absence ? C'est peu probable. Mon vieil ami n'est pas très bavard, à moins qu'il ne s'agisse d'affaires.

— J'ai terminé, lui dis-je. Ras nous attend dans mon bureau.

Napoletano hoche la tête. Lorsque je repars dans la maison, je m'attends à ce qu'il me suive, mais à ma grande surprise, il reste en arrière et dit quelque chose à Mart.

Ma sœur lève les sourcils, avant de plonger le nez dans son livre.

— Il se passe quoi, là ? je demande une fois qu'il m'a rejoint dans la maison.

— On parlait du livre qu'elle lit, m'explique-t-il de sa voix grave.

— Quel livre ?

— Tu ne l'as pas lu.

— Comment peux-tu savoir ce que j'ai lu et ce que je n'ai pas lu ?

Pour toute réponse, il pince les lèvres de manière imperceptible, ce qui me fait carrer les épaules.

— Garde ta réponse pour toi, je réplique.

Il devait s'ennuyer un dimanche et a piraté la caméra de surveillance de ma bibliothèque, juste pour le plaisir. Je n'ai encore jamais entendu parler d'un système de sécurité qui résiste à Napoletano. C'est le meilleur de tous, voilà pourquoi il est chargé de garder une grande partie du butin que le clan a amassé au cours des dernières décennies. Bijoux, œuvres d'art et artefacts inestimables... Tous sont conservés à travers toute l'Italie dans des entrepôts hypersécurisés qu'il a lui-même conçus. Si j'avais un objet précieux à cacher, je sais avec certitude qu'il serait en sécurité avec lui.

Nous entrons dans le bureau et allons nous asseoir. Je m'installe dans un fauteuil en face de Ras.

— Tu as les informations que je t'ai demandées ?

Ras prend un dossier kraft sur la table basse à côté de lui.

— Tiens.

Il me le jette.

— Il ne faut pas laisser de traces écrites, avertit Napoletano. C'est comme ça que des plans sont découverts.

J'ouvre le dossier et parcours des yeux les deux feuilles de papier qu'il contient.

— Quels plans ?

— Les tiens, ceux de renverser le *don*.

Comment le sait-il ? Je lance à Ras un regard interrogateur.

— Tu lui en as parlé quand tu es allé le chercher à l'aéroport ?

— Je ne lui ai rien dit, assure Ras, l'air inhabituellement perplexe.

Napoletano étend les jambes et croise les chevilles.

— Tu m'as dit que tu devais rendre cette enceinte à l'épreuve des brèches. À moins que tu n'aies énervé tous les touristes de l'île au point qu'ils veuillent prendre d'assaut cet endroit, je ne vois qu'une autre chose que tu peux craindre.

Ras et moi échangeons un regard.

— Comment t'entends-tu avec Sal en ce moment ? je demande.

Notre invité sort un petit étui à cigarettes en métal de sa veste de costume et en allume une.

— Ça fait des mois qu'on ne s'est pas parlé. Ça me va parfaitement comme ça.

Intéressant. Si Sal devient paranoïaque comme Ras et moi le soupçonnons, pourquoi n'a-t-il pas demandé des renforts au meilleur agent de sécurité du clan ?

— Et ton père ? Il se balade encore dans les rues de Naples tous les dimanches ?

Des volutes de fumée s'échappent de sa bouche.

— Mon père continuera de faire sa promenade dominicale jusqu'à sa mort.

Tel est le sort des sous-marins du clan, ces hommes chargés de rémunérer les membres de rang inférieur du *sistema*. Le père de Napoletano occupe ce poste depuis près de vingt ans, ce qui fait de lui l'un des plus anciens sous-marins du clan. S'ils ont peu de pouvoir, ils sont généralement au fait de toutes les rumeurs qui circulent.

— Qu'a-t-il entendu ?

Napoletano tire une nouvelle bouffée de sa cigarette et regarde par la fenêtre.

— Ça commence à s'agiter chez les capos. La rumeur dit que Sal a ordonné l'attaque du cortège funèbre de Forgione la semaine dernière.

— L'attentat qui a tué le môme du défunt ? s'étonne Ras, incrédule. Pourquoi aurait-il fait ça ? Les Forgione se tiennent à carreau depuis des années.

— Quelques explications sont possibles, mais aucune n'est raisonnable. Ce n'est pas le comportement d'un homme rationnel. Il ne fait confiance à personne ces jours-ci.

— Pas même à toi ? je demande, même si je connais déjà la réponse.

— Il ne m'a jamais fait confiance. Il a tendance à ne pas aimer les types dont il a exécuté la mère.

Nous nous regardons d'un air entendu. Il veut se venger de Sal autant que moi et, à mon instar, il attend le bon moment.

Je chasse quelques grains de poussière sur mon bureau.

— Tu sais pourquoi je n'ai pas cherché à me tirer d'Ibiza depuis tout ce temps ?

Napoletano acquiesce d'un signe de tête.

— Ta sœur.

— Je pensais la mettre en sécurité en étant capo ici et en me tenant loin de Casal. Il s'avère que ce n'est pas le cas. Il a commandité le meurtre de Martina.

Son expression se voile.

— Quand ça ? s'enquiert-il d'un ton mordant.

— Le mois dernier. Elle a réussi à s'enfuir avec l'aide de cette femme que tu as vue près de la piscine.

Napoletano lance un regard en direction de Ras.

— La fille sur laquelle j'ai dû faire des recherches il y a quelques jours. Valentina Garzolo.

— Oui, dis-je à la place de Ras. Elle nous a fourni suffisamment d'informations pour attester que Sal était derrière tout ça.

Je lui résume ce que nous savons des faits. Lorsque j'ai terminé, un silence songeur envahit la pièce.

— Ce n'est plus possible de rester sur la touche après une telle escalade, dis-je. Je suis prêt à reprendre ce qui m'appartient.

Napoletano saisit le cendrier qui se trouve sur mon bureau et éteint sa cigarette.

— Vous avez donc décidé de me faire confiance.

— On sait que tu n'es pas homme à pardonner, déclare Ras.

Nous attendons qu'il exprime à haute voix son engagement. Sans Napoletano, ce sera beaucoup plus difficile.

— J'ai trente-deux ans cette année, dit-il enfin, chassant une peluche sur sa jambe. Ma mère est morte quand j'en avais quinze. Parfois, je me dis qu'il est temps de tourner la page. Je ne me souviens même plus de ce que ça faisait d'être choyé, mais je me rappelle cette rage folle quand j'ai vu son corps et le serment que je me suis fait de le faire payer.

— Je connais bien ce sentiment.

Il soutient mon regard et hoche la tête.

— Le temps du changement est arrivé. Je vais t'aider.

La tension dans la pièce retombe.

Je lui passe le dossier contenant les détails de notre système de sécurité au sein de la propriété. Il le feuillette.

— Je vais auditer ton installation et fournir à Ras une liste de suggestions, déclare Napoletano, avant de glisser le dossier sous son bras. Quand je retournerai à Naples, je commencerai à semer des graines. Tu devras leur laisser le temps de pousser.

— Ça ne demandera pas seulement du temps, mais de l'engrais aussi, dis-je. Je dois démontrer aux Casalesi que je suis un meilleur leader que Sal.

— Tu ne peux pas le faire tant que tu es son cheval de trait, souligne Napoletano. Le flux d'argent en provenance d'Ibiza doit cesser.

— Si on arrête de payer, il dira à ses fournisseurs de suspendre les livraisons, explique Ras. Nos revenus seront réduits de moitié du jour au lendemain.

Il y aura toujours nos entreprises légales, ces restaurants, hôtels et clubs du clan, mais il leur faut des clients, et ces derniers se tariront dès qu'ils sauront qu'il est devenu tout à coup difficile de se procurer de la drogue à Ibiza.

Il n'y a qu'une chose à faire.

— On doit trouver un nouveau fournisseur, évincer Sal.

— Ça sonnerait la fin de son règne, commente Napoletano. Si ses fournisseurs viennent à découvrir qu'il est incapable de maîtriser son capo le plus riche, ils n'auront plus confiance en lui. Ce n'est qu'une question de temps avant qu'ils ne le lâchent et acceptent de travailler directement avec toi.

— On doit trouver le bon partenaire, je marmonne. Sal a des relations solides avec les Marocains et les Algériens. Ils ne lui tourneront pas le dos tant que je n'aurai pas démontré mon pouvoir. Je dois aller voir ailleurs. Les Colombiens ? Mais pourquoi miseraient-ils sur moi, d'autant plus que je n'ai besoin de leur marchandise que jusqu'à ce que les fournisseurs de Sal le laissent tomber ? Non, il me faut une solution temporaire.

— Tu en as une assise près de ta piscine, déclare Napoletano. L'activité principale des Garzolo, c'est la cocaïne.

J'ai un mauvais pressentiment.

— Tu peux passer par les Américains, poursuit-il.

Je sens mon pouls battre dans mes oreilles.

— Demande-leur quelques cargaisons pour te dépanner. Ils accepteront, parce que tu détiens quelque chose qu'ils veulent.

— Valentina, conclut Ras.

Son nom ne sonne pas bien dans sa bouche. Comment suis-je censé l'échanger, alors que je n'aime même pas entendre quelqu'un d'autre que moi prononcer son nom ?

Or, je ne trouve pas de défaut à la suggestion de Napoletano. Ça marche et c'est propre. En renvoyant Valentina chez son père, j'obtiendrai ce dont j'ai besoin pour mettre Sal en échec, et une fois *don*, j'aurai une multitude de moyens de faire payer à Garzolo ce qu'il a fait à Martina.

C'est un chemin tout tracé vers tout ce dont j'ai toujours rêvé.

*Presque tout.*

Je me lève de mon siège.

— Si son père veut la récupérer, il trouvera un moyen de nous procurer tout ce dont on a besoin.

QUAND J'AI DÉCOUVERT qui était véritablement Tina Romero, j'ai su qu'il y avait de fortes chances que je doive me servir d'elle comme d'un levier. Cela n'atténue en rien le poids que je ressens lorsque je quitte mon bureau.

C'est le plan parfait. Il est si simple que, sur le papier, il semble presque trop facile, mais d'une certaine manière, c'est la chose la plus difficile que j'aie jamais eu à entreprendre.

Mes jambes me portent jusqu'à la chambre de Valentina. Je ne sais pas pourquoi je vais la voir. Je doute que le fait de lui annoncer que j'ai l'intention de rompre ma promesse adoucisse le choc, mais pour une raison ou une autre, j'y tiens quand même. Depuis le début de notre rencontre, nous ne cessons de mentir l'un à l'autre. La vérité ne sera pas belle à entendre ; au moins, elle sera authentique.

Je sors la clé de sa chambre de ma poche et l'insère dans la serrure. Elle se mettra à pleurer quand je lui apprendrai ce que je compte faire d'elle. *Cazzo*. Ses larmes me donnent l'impression d'être l'homme le plus minable de la terre.

Quand j'entre, elle n'est pas là. L'eau coule dans la douche et de la vapeur s'échappe lentement de dessous la porte de la salle de bain. Je m'approche de la fenêtre qu'elle déteste tant. Quelques voiliers sont en mer, mais il n'y a presque pas de vent et ils avancent lentement. J'ai beau les regarder voguer pendant un long moment, la douche coule toujours. Que fait-elle là-dedans ?

Quelques minutes plus tard, je décide d'aller la voir. Si ça se trouve, elle est en train d'essayer de se noyer. Cette idée me pousse à entrer dans la salle de bain.

J'aperçois sa silhouette à travers la paroi mate et me rapproche.

Ah, la voilà !

Ma gorge s'assèche lorsque je comprends ce qu'elle est en train de faire.

Elle est appuyée contre l'un des murs de la douche, les jambes écartées, une main sur la barre d'appui, l'autre tenant la pomme de douche contre son sexe. Ses yeux sont fermés. Je regarde ses lèvres s'écarter et laisser échapper un gémissement qui est absorbé par le bruit de l'eau qui coule.

Tout mon sang afflue vers ma queue. J'ai la tête qui tourne. Cela n'a rien à voir avec la chaleur oppressante qui règne dans cette pièce minuscule. Tout a à voir avec elle. À l'approche de l'orgasme, son abdomen se contracte, et elle s'agrippe au mur.

Quand sa bouche se met à remuer, je ne l'entends pas, mais je lis sur ses lèvres.

C'est mon nom qu'elle gémit.

Un grondement bestial me remonte dans la gorge, je n'ai jamais autant désiré une femme de toute ma foutue vie.

Elle l'entend. Ses yeux s'ouvrent, et elle me voit là, debout. J'essaie de respirer, sans y parvenir. C'est comme si la dernière particule d'oxygène à l'intérieur de la pièce avait disparu.

Au lieu de s'arrêter, elle renverse la tête et termine devant moi, ses yeux mi-clos braqués sur moi.

— *Merda*, je souffle.

Je la vois prise de tremblements contre le mur tandis que j'essaie de faire fonctionner mes doigts. Je n'ai jamais rien eu contre les chemises boutonnées, mais là, je les déteste.

Le regard avide, je parcours des yeux ses seins ronds, la cambrure de sa taille, le galbe de ses cuisses... *Putain*.

— Que fais-tu là ? formulent ses lèvres.

Je laisse tomber ma chemise au sol et déboucle ma ceinture.

— Je suis venu pour te parler, dis-je d'une voix rauque. Tu mettais trop de temps à sortir.

Ses doigts se resserrent sur la barre d'appui.

— Tu ferais mieux de partir.

Je baisse mon pantalon.

— Si tu penses que je suis capable de franchir cette porte maintenant, tu te trompes.

Elle se mord la lèvre et baisse son regard paresseux sur mon boxer.

— De quoi voulais-tu parler ? demande-t-elle d'une voix éraillée.

On s'en fout. Ce n'est pas ça que j'ai en tête en ce moment. J'entre dans la douche, lui enlève le pommeau des mains et appuie sur un bouton pour modifier le jet. L'eau retombe en cascade sur nous, trempe mes cheveux et laisse des gouttes sur ses cils noirs et épais.

Elle me fixe du regard, le visage empreint de désir et de doute. J'ai tellement envie d'elle que m'agenouillerais pour la supplier s'il le fallait.

Seulement, elle ne m'oblige pas à le faire. Elle retient sa respiration et, passant les doigts sur mon caleçon mouillé, caresse le dessous de mon sexe. Je manque de tomber à genoux. Je plaque les mains sur le mur, de part et d'autre de sa tête, et me penche vers elle.

— Tu as murmuré mon nom, dis-je tandis que j'effleure du nez le pourtour de son oreille. Tu m'imaginais en train de te lécher la chatte ?

Elle relâche lentement sa respiration.

— Je m'imagine en train de t'étouffer avec.

Elle passe l'autre main autour de ma taille et fait glisser ses ongles sur le renflement de mes fesses. Je vois des points apparaître devant mes yeux.

— C'est une belle façon de mourir, dis-je, la voix haletante, en pressant ma queue contre son abdomen.

Elle me repousse et commence à baisser mon caleçon.

— Alors je vais faire en sorte de bien te frustrer d'abord.

— Tu m'en veux encore pour ça ?

— Pas du tout. Ça m'a donné l'inspiration dont j'avais besoin pour profiter pleinement de mes douches.

— Tu veux dire que tu as fait ça toute la semaine ?

J'attrape une poignée de ses cheveux.

— Oui. La prochaine fois que tu décideras de me placer à l'isolement, penses-y.

Toutes les molécules d'air quittent mes poumons. Je ne la laisserai plus jamais seule. À quoi bon ? Je serais incapable de me mettre à l'ouvrage avec cette image en tête.

Lorsque je suis entièrement nu, je passe les mains à l'arrière de ses cuisses et la soulève contre le mur. Elle est si douce qu'elle me semble irréelle. J'attrape la pointe d'un sein entre mes dents et le suce jusqu'à ce qu'elle se tortille contre moi, sa respiration devenant plus rapide, moins régulière.

— La vache, Damiano.

Je m'écarte et m'empare de ses lèvres.

Elle ne me laisse pas approfondir ce baiser.

— C'est ta queue que je veux, pas ta bouche, souffle-t-elle tout en se frottant contre moi.

— Dommage, je réplique en la pénétrant. Tu auras les deux.

Je profite de son gémissement pour lui voler le baiser qu'elle dit ne pas vouloir. Elle change d'avis assez vite. Nos langues s'entremêlent, et je commence à la baiser. Son sexe se resserre autour de moi, comme si elle avait peur que je disparaisse, et elle enfonce les ongles dans mes omoplates. J'espère qu'elle y laissera des traces.

L'eau ruisselle sur nous, et la vapeur est si épaisse que je peux à peine la voir. Je la plaque un peu plus contre le mur et règle la température d'une main. Elle gémit lorsque le jet devient plus froid et que le voile se lève.

Son regard trouve le mien.

— Je te déteste, murmure-t-elle sans conviction.

Je sens le plaisir monter au creux de mes reins tandis que je m'enfonce invariablement en elle.

— Tu m'as ligotée et tu m'as dit que tu m'utiliserais comme bon te semblait, dit-elle.

Je lui mordille les lèvres.

— Hmm hmm.

— Tu m'as donné des fessées.

— Oui.

— Tu m'as nourrie comme une bête sauvage.

Un sourire se dessine sur mes lèvres.

— Mon petit animal.

— Tu m'as laissée seule jusqu'à ce que je m'ennuie à mourir, au point de finir par me toucher de frustration en fantasmant sur toi.

— Je ne parviendrai jamais à m'enlever ça de la tête, je murmure tout en changeant d'angle.

Ses yeux se révulsent.

— Je te déteste tellement, halète-t-elle. Pourquoi m'as-tu fait tout ça ?

— Est-ce vraiment pour cette raison que tu me détestes ?

Je passe ma main entre ses cuisses et trouve son clitoris.

Elle pousse un gémissement torturé et ouvre les yeux pour me regarder.

— Non.

Mes mouvements deviennent plus frénétiques. Je mords la jonction entre son cou et son épaule.

— Alors pourquoi ?

Elle me serre tellement fort que je suis sûr que je vais m'évanouir. Elle est proche de l'orgasme, je le sens. Je ne me laisserai pas aller tant qu'elle n'aura pas joui sur ma queue.

Ses talons s'enfoncent dans mes cuisses, et elle laisse échapper un cri.

— Parce que j'ai toujours envie de toi, et je déteste ça. Je déteste vraiment ça.

C'est comme si on venait de me fracturer les côtes. Puis je sens qu'elle commence à jouir, et je m'abandonne. Ma semence se répand en elle, et je lévite carrément.

Dans ce moment de clarté qui suit l'orgasme, je réalise une chose très embarrassante.

Je l'ai faite mienne... et je ne la laisserai jamais partir.

# CHAPITRE 26

**VALENTINA**

Je me suis très mal conduite, je le sais. Je me suis laissée troubler. Le Damiano que je veux n'existe pas. Ce n'est pas l'homme d'affaires intelligent qui m'a séduite avec ses obscénités et sa finesse d'esprit.

J'arrête la douche. Lorsque les dernières gouttes d'eau tombent, c'est comme si la réalité reprenait son cours.

Le mafioso qui se tient devant moi passe un drap de bain sur ma peau. Il le fait avec douceur, comme s'il craignait que je ne me brise sous l'effet d'une trop forte pression. Il n'avait pas les mêmes scrupules lorsqu'il me prenait quelques instants plus tôt, mais sa propre réalité est peut-être de retour, elle aussi.

Ses yeux sombres croisent les miens, et je comprends que j'ai raison. C'était un adieu. Il va me renvoyer chez moi, et il sait que je ne le lui pardonnerai jamais. Tout est terminé.

Quelle fin amère et douloureuse pour une histoire qui n'était pas vouée à être une romance !

Je me sèche la plante des pieds sur le tapis de douche et entre dans la chambre, Damiano à ma suite. Quand je monte sur le lit, il me suit. N'en a-t-il pas eu assez ? Je ne pense pas pouvoir avoir un nouvel orgasme. Il m'a arraché tout le plaisir que j'avais en moi, et maintenant je me sens vide. Je n'ai plus rien à donner.

Lorsque je m'allonge sur le côté, il enroule la main autour de mon épaule et me tourne sur le dos. Il se redresse sur un coude et me regarde, les sourcils froncés.

Voilà. Il est sur le point de me dire que je retourne à New York.

— Je suis désolé.

Je ferme les yeux. Pourquoi devrais-je le regarder alors qu'il me brise le cœur pour la seconde fois ?

— Je n'aurais pas dû te faire du mal comme je l'ai fait.

Ses lèvres effleurent mes poignets.

— Chaque fois que je vois ces marques sur toi, j'ai envie de me jeter du haut d'une falaise.

Un nœud apparaît au fond de ma gorge. Il est sur le point de me faire bien plus mal que cela.

Il laisse mes poignets tranquilles et passe un pouce rugueux sur mes lèvres. Puis il soupire.

— Que ferais-tu si je te laissais partir ?

Il me faut un moment pour comprendre. Lorsque j'ai assimilé ses paroles, un sentiment étrange m'envahit la poitrine. Cela me rappelle la fois où j'ai ouvert la cage d'un oiseau que je gardais, enfant, et l'ai vu s'envoler.

Je le regarde d'un air perplexe. Il attend ma réponse, les yeux rivés à mon visage.

— Je partirais loin, dis-je. Là où je ne risque pas de tomber sur la mafia.

Un sourire amer apparaît à la commissure de ses lèvres.

— Cet endroit n'existe pas. La pègre s'étend aux quatre coins du monde.

Je refuse de croire une telle chose.

— Il y a forcément un endroit sur terre.

— Et s'il n'y en a pas ? Que feras-tu si ton père te retrouve ?

J'ai la gorge sèche.

— Je ne peux pas retourner chez moi.

— C'est ce que tu répètes tout le temps, mais tu ne me dis toujours pas pourquoi, remarque-t-il d'une voix songeuse.

Il pourrait être cathartique de raconter à quelqu'un ce qui s'est passé dans le sous-sol de cette maison dans laquelle je ne me suis jamais sentie chez moi. Qui deviendrais-je si j'avouais mon plus grand secret et ma plus grande honte ? Cela m'aiderait-il à dormir la nuit ? Cela me permettrait-il de guérir ?

C'est tellement tentant de le découvrir. Seulement, au dernier moment, je me dégonfle.

— Tu me demandes de parler de quelque chose de très personnel, je me dérobe d'une petite voix. Je ne sais presque rien de toi.

— Tu me connais mieux que la plupart des gens, argue-t-il tout en traçant du doigt un cercle autour de mon nombril.

Un rire acerbe m'échappe.

— C'est pour ça que tu n'ouvres ton cœur à personne ? Tu oublies que j'ai passé ma vie entourée de mafieux. Je connais ton rapport aux autres.

— Comment ça ?

— Tu es constamment sur tes gardes.

Il prend une grande inspiration et secoue la tête.

— Que veux-tu savoir ?

Une offrande. Il me demande ce qu'il devra me révéler pour que nous soyons sur un pied d'égalité.

Une dizaine de questions me viennent à l'esprit, mais je me limite à celles qui me dévoileront le vrai Damiano.

— Quelle est ta véritable activité à Ibiza ?

Il plonge son doigt dans mon nombril.

— L'immobilier, les restaurants, les clubs et... la drogue.

— Les trafiquants de drogue dans les clubs sont les tiens ?

— Tous sont bons à prendre, clame-t-il en effleurant du bout des doigts le dessous d'un de mes seins.

— *Tous* ?

— Oui, même dans les clubs qui ne m'appartiennent pas. Ibiza est mon territoire, et j'ai pour mission de le conserver, quoi qu'il en coûte. La concurrence est traitée dans le calme et rapidement.

Il parle doucement, comme si le simple fait de toucher mon corps l'hypnotisait. Un tiraillement subtil apparaît entre mes jambes lorsque sa main remonte jusqu'à mon mamelon droit. Moi qui pensais être vidée de toute envie, je suppose qu'il sait comment m'en remplir à nouveau.

Je dois rester concentrée. Qui sait combien de questions il va me poser ?

— Ton père était le parrain, fais-je.

— Hmm hmm.

— Pourquoi ne l'es-tu pas à ton tour ?

Il suspend son geste, et l'atmosphère chute de quelques degrés. Dans ses yeux, je vois un volet, une porte qui se commence à se refermer, mais au dernier moment, quelque chose en lui trouve la force de la rouvrir. Il me jette un regard accablé et étend sa main sur mon ventre.

— Le pouvoir de mon père lui a été retiré dans les règles de l'art *casalese*. Pour usurper un *don* en place, il faut l'étrangler. Sal Gallo, un oncle éloigné, a assassiné mon père et a commencé à régner quand j'avais onze ans. Pour devenir *don*, je vais devoir faire la même chose.

Mon cœur s'accélère, et je le sais suffisamment près de moi pour qu'il le remarque. Ce n'est pas un conte de fées, et Damiano n'est pas un prince. C'est un mafieux, et l'idée de commettre un meurtre ne l'empêchera pas de tenter sa chance.

— Pourquoi ne l'as-tu pas déjà fait ?

Il renverse la tête.

— C'est très compliqué, Val.

C'est la première fois qu'il m'appelle Val au lieu de Valentina ou de Tina, et cette familiarité me réchauffe le cœur. C'est ainsi que mes sœurs m'appellent.

Il retire sa main de mon ventre et la passe sur sa bouche. Je vois qu'il réfléchit à ce qu'il doit me dire ou non.

— Une légende relativement récente circule parmi les Casalese. On la présente aux enfants comme une histoire d'amour et de trahison, mais à mon sens, c'est une mise en garde. L'histoire est la suivante. Une Casalese aimait tellement son mari qu'elle ne pouvait supporter de vivre sans lui. Un jour, il est assassiné. Lorsque cinq hommes reviennent pour lui rendre son corps encore chaud en signe de respect, elle les aperçoit par la fenêtre de sa chambre et pousse un cri à glacer le sang. Alors qu'ils franchissent la porte d'entrée, elle court jusqu'à la cuisine, ouvre le garde-manger, s'empare du bidon d'essence qui lui reste et s'en asperge. Lorsque le premier des hommes fait irruption dans la pièce, elle craque une allumette et s'immole. L'incendie tue tous les hommes et réduit en cendres le corps de son mari. On dit que les restes de l'homme et de sa femme ont été retrouvés l'un à côté de l'autre, bien que personne ne puisse expliquer comment ils se sont retrouvés ainsi. Peut-être a-t-elle profité de ses derniers instants de conscience pour se rapprocher le plus possible de sa dépouille, pour qu'ils puissent rester ensemble même dans la mort.

L'air qui nous entoure se fige.

Je déglutis en dépit du nœud dans ma gorge.

— La femme, c'était…

— Ma mère.

Il se redresse sur le lit et, dans la lumière tamisée de cette fin d'après-midi, il paraît plus vieux que son âge.

— La version que je viens de te raconter omet, à mon sens, une partie importante de l'histoire. C'est dommage, vraiment. Je pense que ça la rendrait beaucoup plus intéressante. Ce qu'on ne dit pas souvent, c'est que dans cette maison, avec la femme, il y avait ses deux enfants. Un garçon de onze ans, et une fillette qui en avait deux.

L'horreur épaissit l'air contenu dans mes poumons jusqu'à ce que je ne puisse plus respirer. Je tends machinalement la main vers celle de Damiano, mais il ne me laisse pas la prendre. Les hommes comme lui ne savent pas accepter le réconfort, et ce n'est peut-être pas le moment de le lui apprendre. Je le laisse tranquille.

— Le garçon a regardé sa mère verser l'essence depuis le salon. Il avait été réveillé par ses cris et il est descendu en courant pour aller la voir. Ce qu'il a vu dans la cuisine... Il croyait qu'il dormait encore, qu'il faisait un cauchemar. Lorsque le feu a commencé à se propager, il a couru chercher sa sœur dans sa chambre, et ils ont réussi à s'enfuir de la maison avant que tout ne parte en flammes. Ils ont vu leur vie entière brûler sous leurs yeux. C'est une image que l'on ne peut jamais oublier.

Je prends une grande respiration.

— Damiano, je suis vraiment navrée.

Il secoue la tête comme pour se débarrasser de la tristesse de ce souvenir.

— Je me souviens à peine des semaines qui ont suivi, mais quelques images me reviennent. Sal m'a invité dans son nouveau bureau, l'ancien de mon père, et m'a fait comprendre que pour rester en vie, je devais confirmer que le corps de mon père portait des marques de strangulation afin de légitimer sa prise de pouvoir. Le code précise qu'il doit y avoir un témoin, sinon la revendication est contestée. Une photo ne suffit pas. Ses cinq témoins ont tous péri dans l'incendie, et Mart était trop jeune pour parler. J'ai dû me tenir devant tous les capos, des hommes qui m'avaient offert des cadeaux et joué aux cartes avec moi, et leur décrire à quoi ressemblait le corps de mon père décédé. Je ne m'en souvenais plus très bien, alors j'ai inventé tout un tas de choses. Les parents de Ras nous ont accueillis, sa mère est la sœur de ma mère. Ils ont convaincu Sal de tenir sa parole et de nous laisser en vie, Mart et moi. Ils lui ont dit et répété que j'étais trop jeune pour lui en garder rancune, mais Sal était trop paranoïaque pour le croire. Quand mon sens des affaires a commencé à être reconnu, il a décidé de m'envoyer ici, où je serais isolé et incapable de nouer des liens solides avec les autres capos. J'ai accepté, parce que protéger Mart a toujours plus compté pour moi que ma vengeance.

Il n'a rien à voir avec Papà. Il a fait passer sa famille en premier, même s'il a fallu pour cela sacrifier la possibilité de gagner en pouvoir. J'ai beau essayer, je n'arrive pas à imaginer que Papà puisse faire une chose pareille pour moi ou pour un de mes frères et sœurs.

— C'est Sal qui est à l'origine de l'enlèvement de Martina ? je demande.

— Oui.

— Tu l'as compris après notre conversation.

Il acquiesce d'un hochement de tête.

— Tu m'as dit que Lazaro l'avait traitée de « vermine *casalese* ». Sal a toujours appelé Martina ainsi. Il a dû le dire à Lazaro à un moment donné.

— Pourquoi enlever ta sœur ?

— Pour me faire filer droit. Depuis quelques années, il accumule les mauvais choix, et je lui en ai fait la remarque. Il a besoin de cet argent que je lui fais gagner, mais il veut que je le fasse en me taisant.

Je tends à nouveau la main vers la sienne et, cette fois, il me laisse la prendre. Nos doigts s'entremêlent.

— Qu'est-ce que tu vas faire ?

— Reprendre ce qui m'appartient depuis le début...

Le regard qu'il me lance me donne le sentiment de me tenir au bord d'un précipice.

— ... et je veux que tu m'y aides.

# CHAPITRE 27

**VALENTINA**

J'ai la tête qui tourne.

— Que je t'y aide comment ?

Je ne me sens déjà pas capable de m'aider moi-même.

Il laisse ma question en suspens, passe les jambes hors du lit et se dirige vers la salle de bain, m'offrant ses fesses musclées à la vue. Je suis trop secouée par notre conversation pour les apprécier à leur juste valeur.

Je ne peux m'empêcher de repenser à cette photo de Damiano et de Martina que j'ai vue dans son bureau. Il m'avait dit à l'époque que leurs parents étaient morts, mais maintenant que je connais leur histoire, le lien qui l'unit à sa sœur prend tout son sens. Il a sauvé Martina d'une mort certaine et a passé toute sa vie à la protéger. En un sens, elle a de la chance, plus qu'elle ne doit le penser. D'après mon expérience, ceux qui sont censés veiller sur nous le font rarement. Mon père m'a condamnée, ma mère m'a abandonnée, mon mari m'a détruite.

Il disparaît derrière la porte, et je me laisse choir sur le lit en me frottant les yeux avec les poignets. Je n'arrive pas à croire ce qu'il vient de me dire. Sa mère s'est *immolée par le feu* devant lui. Comment a-t-elle pu faire ça à ses enfants ? Je suis partagée entre l'empathie face à la douleur qu'elle a dû ressentir en perdant l'amour de sa vie et le ressentiment à son égard pour ne pas avoir été suffisamment forte pour surmonter cette épreuve.

Puis je me souviens que j'ai, moi aussi, abandonné ma famille lorsque j'ai fui. Mes sœurs avaient besoin de moi. Est-ce toujours le cas aujourd'hui ?

Damiano sort de la salle de bain tout en remontant la fermeture éclair de son pantalon, sa chemise jetée sur l'épaule.

— Voici ce que je te propose.

Il passe une main dans ses cheveux mouillés.

— J'ai besoin que ton père accepte d'être mon fournisseur temporaire. L'idée initiale, c'était de t'utiliser comme monnaie d'échange, mais après mûre réflexion, j'ai identifié quelques failles à ce plan.

— Quel soulagement, je marmonne tandis que je me redresse et remonte la couverture sur ma poitrine nue.

— Si ton père sait que je te détiens, je pense qu'il ira directement voir Sal et exigera que je te rende à lui. Sal comprendra alors que je sais qu'il est derrière l'enlèvement de Mart, et il passera à l'offensive avant que je ne sois prêt à réagir.

— Au moins, tu ne comptais pas dire à mon père que tu allais m'exécuter s'il contactait Sal.

— Il saurait que c'est du bluff. Tu m'es inutile, morte.

— Quel homme romantique !

Il passe les bras dans les manches de sa chemise et arque un sourcil.

— Je préfère te garder en vie. C'est pas romantique, ça ?

Je pousse un rire amusé.

— Alors, c'est quoi, ton nouveau plan ?

— Mon nouveau plan, c'est de tendre une carotte à ton père plutôt que de le faire avancer à coups de bâton. Dis-moi, est-ce qu'il lui arrive souvent de prendre des contrats pour le compte d'autres clans ?

Le fait qu'il pense que je puisse être au courant de ce genre de choses me fait lever les yeux au ciel.

— Comment pourrais-je le savoir ? C'est un sujet réservé au bureau de mon père, pas à la table familiale.

— Tu étais mariée à son meilleur homme de main. Tu parlais avec ton mari de son travail ?

J'ai fait son travail *à sa place*. Je regarde mes mains.

— Un peu.

— Qui étaient ses cibles ?

Lazaro n'amenait pas toutes ses victimes à la cave. J'ignorais quels étaient ses critères. Je ne lui ai jamais posé de questions. Je suppose qu'il agissait en fonction de son humeur et du fait qu'elles le méritaient ou non selon lui. En revanche, parmi celles que j'ai vues...

— Principalement des associés qui avaient floué le clan ou s'y étaient opposés. Quelques contacts extérieurs qui avaient causé des problèmes ou manqué à leurs obligations. Probablement des membres d'autres clans new-yorkais lorsqu'il y avait un différend.

— Mais jamais au hasard, ajoute Damiano.

— Je ne dirais pas jamais. Disons que je n'en ai aucune idée, mais d'après les dires de Lazaro, non. C'était un homme de main, pas un tueur à gages.

— Alors il doit y avoir une bonne raison pour que ton père accepte d'aider Sal. D'après toi, Val, qu'est-ce que ça peut être ?

— Je ne sais pas.

Damiano secoue la tête.

— Réfléchis.

Je plisse les yeux.

— Qu'est-ce que tu crois que je fais ?

— As-tu entendu ou vu quelque chose qui t'a semblé sortir de l'ordinaire ? Quelque chose qui t'a semblé... bizarre ?

Un souvenir me revient. L'enterrement de vie de jeune fille. J'ai l'impression que c'était il y a une éternité, même s'il ne s'est écoulé guère plus d'un mois depuis cet événement.

Je sors du lit et enfile mes vêtements, pendant que Damiano m'observe attentivement.

— Je n'ai rien vu, mais ma sœur...

Gemma a dit que Papà avait renforcé notre protection. Qu'a-t-elle dit d'autre ?

— Ta sœur, quoi ? me demande-t-il une fois que je me suis habillée.

Au lieu de lui répondre, je me dirige vers la fenêtre. Des commentaires étranges ont fusé ce jour-là, des commentaires qui ne signifiaient pas grand-chose pour moi, mais peut-être auront-ils un sens pour Damiano, comme ce que Lazaro m'a dit à propos de Martina.

J'ai quelque chose à lui demander en échange. Il a décidé de ne pas dire à mon père qu'il me détenait, que deviens-je dans tout ça ?

Je me retourne et affiche un visage de marbre.

— Si je te dis ce que je sais, tu me rendras ma liberté ?

Ses yeux brillent d'un amusement teinté d'agacement.

— Ah, nous y revoilà !

— Est-ce que je pourrai sortir d'ici ?

— Je te laisserai te balader dans la maison.

— Ce n'est pas ce que je voulais dire. Me laisseras-tu partir ?

— Pas encore, répond-il sans ambages.

— Pourquoi ?

— Parce que tu n'as pas de plan. Le risque que tu te fasses attraper par les hommes de Sal quand tu essaieras de quitter cette île est incroyablement élevé.

— Ton *don* ne m'a pas attrapée quand je suis arrivée.

— Probablement parce que ton père n'avait pas encore intensifié ses recherches et appelé des renforts. Tu n'aurais pas eu autant de chance si tu avais attendu un jour de plus.

— Je prends le risque.

— Val, tu ne tiendras pas *une journée*.

— Qu'est-ce que je suis censée faire ?

— Reste ici.

— En tant que prisonnière ? Non merci.

— Pas en tant que prisonnière. En tant qu'invitée. Quand je serai le parrain des Casalesi, tu seras sous ma protection.

Ses paroles m'exaspèrent d'emblée, si bien que je ne prends pas le soin de choisir mes mots.

— Ah non, ça ne va pas recommencer ! J'ai vécu toute ma vie sous la protection d'un *don* tout puissant, et devine quoi ? Ça ne m'a protégée de rien du tout. J'ai retenu pas mal de leçons de mon père. Ma préférée ? Les hommes comme toi font des promesses qu'ils n'ont aucune intention de tenir. Ce sont des mensonges. Toutes, sans exception. Je ne remettrai plus jamais ma vie entre les mains d'un parrain.

Je vois bien qu'il ne s'attendait pas à ce que je m'emporte. Sa peau perd un peu de sa couleur et son expression s'assombrit.

— Je ne suis pas ton père. Tu ne veux pas me dire ce qu'il t'a fait. Moi, je ne reviendrais jamais sur une promesse faite à ma fille.

— C'est parce que tu n'as pas encore de fille, je rétorque.

— Non, mais Martina l'est pratiquement à mes yeux, et j'ai fait tout ce que j'ai pu pour la protéger.

Que puis-je répondre à cela ? Damiano a mis ses ambitions entre parenthèses pendant plus d'une décennie pour protéger sa sœur. Papà ne ferait jamais un tel sacrifice pour moi.

Sauf que Martina est du même sang que lui, moi non.

— Et si je veux partir quand tu deviendras *don*, tu me laisseras faire ?

Ses épaules s'affaissent et sa bouche se tord. Je vois qu'il déteste cette idée, et cette constatation me réchauffe la poitrine.

— Je ne te retiendrai pas ici contre ton gré, déclare-t-il enfin.

Il lui serait facile de me mentir, mais je sais qu'il dit la vérité.

Il finit de boutonner sa chemise.

— Réfléchis-y ce soir et donne-moi ta réponse demain.

Une nuit, c'est loin d'être suffisant. Je hoche néanmoins la tête, et il prend congé.

La pièce semble soudain trop vide. *Je* me sens trop vide.

Je pose les coudes sur le lit et renverse la tête pour fixer le plafond. Il y a beaucoup de choses auxquelles je dois réfléchir.

Les détails de cette journée avec Gemma me reviennent lentement. Il y a aussi eu cette conversation avec Tito dans la voiture. Papà leur avait donné, à Lazaro, à Vince et à lui, une besogne à accomplir pour quelqu'un d'autre... Sal ? Ce ne peut être que lui. Seulement, quel est le lien avec le renforcement des mesures de sécurité autour de notre famille ? De quoi avait-il peur ?

Gemma s'est toujours intéressée de près aux affaires de Papà. Quand elle était plus jeune, elle écoutait aux portes de son bureau. En revanche, elle ne me disait jamais ce qu'elle y entendait quand je le lui demandais. À l'époque, je pensais qu'elle aimait garder des secrets. Aujourd'hui, je me demande si, malgré son jeune âge, elle n'avait pas senti que je ne tenais pas *réellement* à le savoir. Je préférais voir Papà comme un valeureux protecteur plutôt que comme le croque-mitaine, bien que cette image ait été bien plus proche de la vérité.

Le soir venu, un agent de sécurité m'apporte le dîner. Je découvre que j'ai exceptionnellement faim, et quand je réfléchis à la raison de cette fringale, les images de Damiano trempé, sous la douche, me donnent une bouffée de chaleur. J'avale le gaspacho et dévore la tortilla espagnole. Une fois le dessert terminé, une part de cheese-cake incroyablement crémeux, je suis enfin rassasiée.

Et si Damiano me protégeait avec la même dévotion qu'il a envers Martina ? Resterais-je alors ? Évidemment, ce scénario n'est pas réaliste. Il a beau avoir envie de moi, il ne m'aime pas. Il n'y a aucune chance que je devienne vérita-blement importante à ses yeux. Même s'il a l'intention de tenir ses promesses maintenant, le pouvoir appelle toujours des sacrifices dans ce monde. Rien ne dit qu'un jour, je n'en ferai pas les frais.

Seulement, quelles sont mes options ? Si je ne coopère pas avec lui comme il le souhaite, que se passera-t-il ? Il pourrait encore changer d'avis, et rayer l'idée de la carotte pour revenir aux coups de bâtons.

Non, le refus n'est pas une option.

Je lui dirai ce que je sais, et quand il sera *don*, je partirai.

# CHAPITRE 28

## DAMIANO

Je dis à Ras que j'ai décidé de ne pas rendre Valentina à son père lorsque nous déjeunons sur la terrasse le lendemain matin.

Quand j'ai terminé de lui exposer mes arguments, il pose ses couverts et croise les bras.

— Ça ne marchera pas.

— Pourquoi ?

Pour moi, c'est tout à fait logique.

— Parce qu'elle ne sait rien. La réplique de la sœur, ce n'était qu'un stratagème pour gagner du temps.

— Pas du tout.

Il roule des yeux.

— *Mio Dio*, elle te fait tourner la tête. Quand vas-tu l'admettre ?

— Admettre quoi, exactement ?

— Que tu es amoureux d'elle.

J'ai la gorge qui devient sèche, et quelque chose s'embrase dans ma poitrine.

— C'est absurde.

— Quand elle travaillait encore au Revolvr, tu y étais toujours fourré, tout ça pour pouvoir être près d'elle.

— J'avais du travail.

— Tu passais ton temps à discuter avec elle ou à rêvasser dans ton bureau.

— Comment peux-tu savoir que je rêvassais ? je rétorque, ne voulant pas réfléchir à la vérité que ses propos renferment.

Ras secoue la tête.

— Je pensais que tu passerais à autre chose après qu'on a découvert qui elle était, mais tu as plongé de plus belle. Et maintenant ça. Tu veux la faire participer à notre plan. Un plan qui exige que Napoletano, moi et beaucoup d'autres hommes mettions notre vie en jeu. Je te suivrai jusqu'au bout du monde, tu le sais, mais tu ne gagneras pas le respect des autres capos s'ils voient que ta stratégie pour prendre le pouvoir a pour boussole ta queue.

Ses paroles mettent le feu aux poudres. Je prends une grande respiration et étouffe l'étincelle avant que je n'explose.

— J'ai compris qui elle était. La femme qui a *sauvé* ma sœur. Cela fait d'elle une personne digne de respect, le tien et le mien.

Il s'esclaffe.

— Oh, mais je la respecte. Je la respecte énormément. Elle a fait l'impossible. Elle t'a mis à genoux.

Ma main se resserre autour de la fourchette.

— Alors c'est peut-être du respect à mon égard dont tu manques.

— Arrête tes conneries.

Il pousse un soupir.

— Allons, Dem ! Tu sais bien que je veux que tu sois *don*, et pas seulement parce que tu es un frère pour moi, mais parce que, contrairement à Sal, tu es un vrai leader.

— Alors aie un peu foi en moi. Elle ne mentait pas. Elle sait quelque chose.

Un scintillement sur l'écran de surveillance fixé au mur attire mon attention.

— Les gardes viennent de laisser entrer une voiture. Tu attends quelqu'un ?

Ras fronce les sourcils.

— Non. C'est Mart ?

Je me dirige vers l'écran et zoome sur la voiture. L'appréhension me gagne.

— Elle a pris la Mercedes avec son chauffeur. Elle ne devrait pas être de retour des courses avant quelques heures. C'est une BMW blanche. Pourquoi les gardes laisseraient-ils passer quelqu'un sans te consulter ?

Il vient se placer à mes côtés au moment où la voiture se gare devant la maison. Nous regardons la porte s'ouvrir.

Ras pousse un juron.

— C'est les Pirozzi. Nelo et Vito.

— Merde.

— Ils doivent être venus sur ordre de Sal. C'est la seule raison pour laquelle le garde les aurait laissés passer.

Le téléphone de Ras se met à sonner, et il décroche.

— J'écoute.

Deux secondes plus tard, il raccroche.

— Le garde vient de le confirmer.

— Dis au chauffeur de Martina de ne pas revenir tant que nous ne lui aurons pas dit que la voie est libre, j'ordonne tandis que je prends mon arme dans l'armoire la plus proche tout en vérifiant qu'elle est bien chargée. Je vais aller les accueillir. Reste ici, sauf si tu penses que j'ai besoin de renforts.

Alors que je me dirige vers la porte d'entrée, la sonnette retentit. C'est bon signe qu'ils l'aient utilisée au lieu d'entrer par effraction. Je range l'arme dans le devant de mon pantalon et boutonne ma veste. Je ne sais pas ce qu'ils viennent faire ici, mais j'aime autant ne pas déclencher une guerre aujourd'hui. Nous ne sommes pas encore prêts. Je dois gagner du temps, c'est-à-dire calmer le jeu.

Ils se tiennent sur le pas de ma porte et affichent un sourire carnassier.

— *Ciao, cugino*, me salue Vito. On avait peur de ne pas te trouver ici aujourd'hui.

— Ma voiture est juste là, je rétorque en montrant la Mercedes à côté de laquelle ils se sont garés. Tu croyais que j'étais parti me balader pour admirer le paysage ?

Nelo franchit le seuil. Son eau de Cologne est si prégnante qu'elle me fait presque pleurer.

— Tu as beaucoup de choses à admirer ces jours-ci, suggère Vito en passant une main sur ses cheveux gominés.

— Pas plus que d'habitude. Les affaires ne tournent pas toutes seules.

Il me passe devant.

— Martina est là ?

Mon sang se glace. Pourquoi me posent-ils des questions sur ma sœur ?

— Non.

Nous entrons dans le salon, où Nelo se rend immédiatement au bar pour se servir un verre. Vito suit les odeurs qui proviennent de la cuisine. On y prépare notre déjeuner.

— C'est du *spezzatino di manzo* ? s'exclame Vito avec une joie exagérée. Il sent meilleur que celui de ma mère.

Je m'arrête derrière lui et fais signe à mon employée de maison de partir. Elle me fait des yeux ronds comme des soucoupes, mais parvient à adresser un sourire crispé à Vito.

— Oui. C'est bientôt prêt. Il faut juste le laisser mijoter encore cinq minutes.

— Faites une pause, Angela, dis-je.

Elle ne se fait pas prier pour ôter son tablier et disparaît par la porte de derrière.

— Je pense qu'on va rester pour le déjeuner, dit Vito en me donnant une tape sur le torse alors qu'il retourne dans le salon.

Je serre machinalement les poings, avant de me forcer à les rouvrir.

Ils s'installent confortablement sur le canapé. Nelo boit ce qui ressemble à une double dose de whisky tout en étudiant le lustre au-dessus de sa tête.

— Cette pièce est magnifique.

Je prends place dans le fauteuil.

— Elle vient de Murano.

— Un travail époustouflant. Ma verrerie vient de là. Le *don* m'a recommandé le même atelier que celui où il s'est procuré la sienne.

Vito pose une cheville sur un genou et sourit.

— Le *don* est un type très généreux.

— Vraiment très généreux. Pas vrai, Damiano ? Regarde-moi tout ça.

Nelo écarte les bras.

— Ça vient de lui, tout ça.

Je ne prends pas la peine de le corriger. Sal ne m'a rien donné. J'ai fait fructifier l'argent que le père de Ras m'avait fourni pour me lancer, et ce n'est qu'après que j'ai fait mes preuves que Sal a insisté pour me donner plus de capitaux à déployer. Je lui ai rendu service en acceptant son argent et en le faisant fructifier année après année.

— Pourquoi êtes-vous ici ? je demande.

Ma patience n'est pas infinie.

Nelo boit une gorgée de son whisky.

— Tu te souviens de ce qui m'est arrivé au Revolvr ? C'était rien de grave.

Il lève la main et me montre la croûte.

— C'est presque guéri. J'étais prêt à passer à autre chose et à oublier, mais ça a fini par arriver aux oreilles du *don*...

— Je me demande bien comment.

— Aucune idée. J'imagine qu'il a des yeux partout.

Nelo le lui aura dit lui-même, c'est une évidence. Ce sont ces deux-là, les yeux du parrain à Ibiza.

— Il n'était pas content, ajoute Vito avec un haussement d'épaules. Il a dit que nous insulter revenait au même que de l'insulter lui.

— Et Sal n'aime pas qu'on lui manque de respect, renchérit Nelo.

Ils font durer le plaisir.

— Qu'est-ce que vous voulez ?

La lueur de triomphe qui brille dans les yeux de Nelo me met en alerte.

— Après mûre réflexion, j'ai beaucoup papillonné et je pense avoir eu ma dose, m'explique-t-il. Je suis prêt à me caser. Le *don* a approuvé cette idée. Il a suggéré que Martina ferait une bonne épouse.

Mes doigts s'enfoncent dans les accoudoirs en bois, si bien que je sens mes ongles se dédoubler. Je vois rouge. Comment *ose-t-il* suggérer une chose aussi infâme ?

Sal essaie encore de mettre ma sœur sous sa coupe. Pense-t-il que je vais la leur donner après leur enlèvement raté ? Il vit sur une autre planète. Martina ne sera jamais la femme de Nelo. Je l'égorgerai avant même de le laisser la donner à ce connard.

Ce qu'ils voient se former sur mon visage leur fait redresser les épaules. Vito rapproche subrepticement sa main de l'arme rangée dans son dos. Il me démange de dégainer mon pistolet.

— C'est ta cousine, je grommelle, les dents serrées. Même pour un type comme toi, c'est malsain.

— Le lien de parenté remonte à notre arrière-arrière-grand-mère, clame-t-il en posant son verre vide sur la table basse. Je t'en prie ! Tu sais que ça compte pas.

— Martina ne cherche pas à se marier.

— Pourquoi ? Elle a presque dix-neuf ans.

— Elle est célibataire, ajoute Vito.

— Et belle, renchérit Nelo. Je la vois bien me réchauffer mon...

S'il termine cette phrase, je lui arrache la langue.

*PATATRAS.*

Vito sursaute sur son siège.

— Qu'est-ce que c'était ? demande-t-il, le regard tourné vers l'escalier.

Nelo arque un sourcil.

— Il y a quelqu'un d'autre ici ?

Le bruit doit venir de la chambre de Val. Je serre les mâchoires. Mais qu'est-ce qu'elle fiche ?

— Je croyais que tu avais dit que Martina n'était pas à la maison, s'étonne Nelo sans me quitter du regard tandis qu'il se dirige vers les marches.

Je me lève et lui barre la route.

— Ce n'est pas Martina.

— Qui est-ce alors ?

*Cazzo.*

— Un instant, dis-je. J'ai une fille chez moi.

Sans laisser à Nelo l'occasion de me poser d'autres questions, je monte l'escalier et me faufile dans la chambre de Valentina.

Elle se tient debout près du lit, le plateau de son petit-déjeuner à ses pieds, les assiettes en mille morceaux. Elle porte les vêtements de Martina, un short cycliste et un T-shirt blanc. Elle lève le regard vers moi.

— Il a glissé du lit.

Je referme la porte derrière moi.

— Écoute-moi bien. Nelo et Vito sont ici pour fouiner. C'est le *don* qui les a envoyés. Tu vas descendre avec moi. Tu ignores qui je suis vraiment, compris ? Tu n'es qu'une employée qui couche avec moi.

Elle entrouvre la bouche de stupeur.

— Le type que j'ai *poignardé* est ici ?

Je ramasse un des pulls de ma sœur par terre et le lui lance.

— Mets ça. Oui. Tu as entendu ce que je t'ai dit ?

— On couche ensemble, j'ai compris. Mais pourquoi dois-je descendre ?

— Parce qu'ils ont entendu le ramdam.

Je l'attrape par les coudes.

— Je n'ai pas le temps de t'expliquer. Suis-moi.

Elle acquiesce, et nous sortons de la pièce.

Nelo attend au pied des marches, là où je l'ai laissé, et la surprise se lit sur son visage lorsqu'il voit Valentina avec moi.

— Toi.

Ce mot sonne comme une accusation.

— Moi, ose Valentina.

Comme il ne bouge pas pour nous laisser passer, je lui lance un regard agacé.

— Puisque tu étais si curieux de savoir qui était dans ma chambre, je me suis dit que j'allais faire les présentations.

Une veine proéminente apparaît dans son cou.

— Nelo, tu connais cette fille ? l'interpelle son frère du canapé.

— C'est la serveuse qui m'a poignardé, répond Nelo. Apparemment, c'est aussi la gonzesse de Damiano.

Il s'écarte, le visage sombre.

— Tiens donc, s'exclame Vito tout en s'approchant de nous. Ah, une sacrée beauté ! Pas étonnant que tu sois si impatient de te débarrasser de nous, *cugino*. Je le serais aussi si je l'avais dans mon pieu.

Valentina garde la tête haute tandis que Vito la scrute de haut en bas. J'ai envie de lui arracher les yeux. Je m'interpose entre eux.

L'espace d'un instant, tout le monde se tait, puis Vito renifle bruyamment.

— On dirait que le *spezzatino* est prêt.

Il penche la tête vers Val.

— Et si on allait voir ce qu'il en est ?

— Allons-y tous ensemble, ajoute Nelo en nous regardant tour à tour, Valentina et moi. J'aimerais faire connaissance avec la nouvelle conquête de Damiano. Nos deux dernières rencontres ont été écourtées, n'est-ce pas ?

Valentina reste silencieuse, mais lorsque Vito commence à se diriger vers la cuisine, je lui donne un coup de coude pour qu'elle le suive. Je ne veux en perdre aucun de vue.

Mes cousins et moi prenons place sur les tabourets en bois autour de l'îlot de cuisine, tandis que Valentina se dirige vers la marmite.

Je n'aime pas la façon dont Nelo la regarde. Manifestement, il est loin d'avoir tiré un trait sur sa honteuse blessure, et les hommes n'ont qu'une seule manière d'aborder l'embarras... la violence.

— Tina, c'est ça ? demande-t-il dans le dos de Val.

— Oui, répond-elle sans se retourner.

Elle prend une cuillère en bois que la domestique a laissée sur le plan de travail et mélange le ragoût.

C'est à moi qu'il s'adresse ensuite.

— Elle vit avec toi ?

Je sais où il veut en venir. Il veut savoir si Val compte pour moi, je dois donc lui montrer tout le contraire.

— Elle a passé la nuit ici.

— Tu ne ramènes pas beaucoup de filles ici, si ? Tu dois bien l'aimer, celle-ci.

— Ce n'est pas parce que tu n'arrives pas à convaincre les femmes de te suivre chez toi que les autres ont le même problème.

Vito ricane, mais se tait bien vite lorsque Nelo lui jette un regard noir.

Val ouvre plusieurs placards, avant de trouver celui qui contient les bols. Elle en sort quatre et commence à y verser le ragoût à l'aide d'une louche.

— Je t'ai connue plus bavarde, remarque Nelo.

Son regard se pose sur ses fesses, ce qui me donne envie de l'étrangler.

— C'était si déprimant, le sexe avec Damiano ?

Je vois les épaules de Valentina se redresser. Elle se retourne et m'apporte le premier bol.

— Merci, dis-je.

— De rien.

Le visage de Nelo devient rouge de colère.

— Tu ne m'as pas répondu.

J'adresse à Val un regard prudent. Pour un homme doté d'un ego comme celui de Nelo, il n'y a pas pire insulte que d'être ignoré.

Elle sert le bol suivant à Vito.

— Attention, c'est très chaud.

— D'accord, répond ce dernier.

Une veine se met à palpiter sur la tempe de Nelo tandis qu'il regarde Valentina retourner aux fourneaux. J'espère qu'il a décidé de se taire pour éviter une nouvelle humiliation, mais ce serait prendre mes désirs pour des réalités.

Lorsqu'elle s'approche de lui, la tension monte d'un cran dans la pièce. Le bol atterrit avec un claquement sourd sur l'îlot en bois. Elle pose une cuillère à côté.

Nelo regarde le ragoût.

— Hmm, fait-il avec ostentation. C'est bandant. Un peu comme ton gros cul, *bella*.

Il place sa main sur le derrière de Val et le presse...

Suffisamment fort pour la faire tressaillir.

Suffisamment fort pour qu'elle pousse un cri de douleur.

La pièce autour de moi se met à trembler. Cette fois-ci, impossible de me retenir.

*Scritch.*

Ma rage éclate.

Je me meus à la vitesse de l'éclair. Mon bol et la totalité de son contenu encore fumant finissent sur le visage de Vito. Il hurle sous l'effet de la brûlure. Bien. J'espère qu'il perdra la vue.

Nelo sursaute et saisit son arme. Soudain, Ras est là, pousse Val de son chemin, et fait lâcher le pistolet à son cousin.

Je saisis Nelo par le poignet et plaque la main qui a touché Val contre la table. La croûte sombre me fait face l'espace de quelques secondes avant que je ne la recouvre avec le canon de mon arme.

— Je pensais vraiment que tu avais appris la leçon la première fois que tu l'as insultée.

Son regard fou croise le mien.

— T'es malade, putain. Qu'est-ce que tu...

*CLIC.*

J'appuie sur la gâchette.

# CHAPITRE 29

**VALENTINA**

LA DERNIÈRE FOIS que j'ai entendu un coup de feu, c'est lorsque j'ai tiré sur mon mari. Je me souviens du silence qui a suivi alors que Martina et moi regardions son corps inconscient et la mare de sang qui s'étendait à terre.

Cette fois, le silence est remplacé par des cris.

Des cris qui déclenchent une foule d'autres souvenirs. Nelo, en particulier, ressemble à ce vieil homme que Lazaro m'avait amené. Mon quatrième. Il était si bruyant... comme si crier plus atténuerait la douleur.

Lorsque mon regard se porte sur le trou dans la main de Nelo, j'ai des haut-le-cœur.

Damiano pointe son arme sur sa tête.

— Emmène-la ailleurs, lance-t-il à Ras.

Ras fait un geste vers moi, mais je secoue la tête. Il doit rester ici. Vito est toujours recroquevillé par terre et gémit, des restes de ragoût collés sur son visage. Seulement, la douleur finira par s'estomper. Damiano ne doit pas rester seul avec eux.

— Ça va, je rassure Ras, avant de sortir de la cuisine.

Je file droit jusqu'à ma chambre sans m'arrêter de marcher. Pour une fois, j'aimerais pouvoir verrouiller la porte de l'intérieur. Les assiettes qui se sont brisées tout à l'heure sont encore éparpillées sur le sol, et lorsque je marche sur un tesson, une vive douleur me traverse le pied. *Merde.*

Je me laisse tomber sur mon séant et ramène le pied sur mon genou. Le morceau de verre est logé à l'intérieur, mais ce n'est qu'une coupure superficielle.

On ne peut pas en dire autant de la blessure de Nelo.

Que va faire Damiano ?

Il a dit qu'ils étaient venus fouiner pour le compte du parrain, et si leur clan ressemble à celui des Garzolo, c'est la pire des idées que de tirer sur l'un des hommes du *don*. Maintenant que je connais l'état des relations entre Sal et Damiano, un tel fait pourrait servir d'excuse au chef du clan pour régler le problème une bonne fois pour toutes. Et dire que Damiano voulait éviter l'escalade !

Il vient de mettre en péril son plan à cause... de *moi*.

Il a pris ma défense.

C'est peut-être la première fois qu'un membre de la mafia se préoccupe de moi. Je devrais me réjouir de sa réaction.

Seulement, je ne me sens pas très bien. J'ai l'estomac barbouillé.

Je commence à croire Damiano capable d'assurer ma protection. Or, ce serait du gâchis, non ?

Il y a de l'agitation en bas. On dirait que Damiano est en train de mettre à la porte ses invités. J'envisage un instant de descendre, mais décide de ne pas bouger. Je ne ferais que les gêner.

Je devrais retirer l'éclat de verre de mon pied, mais j'ai vu assez de rouge pour aujourd'hui. Si quelqu'un écrivait ma biographie, il la rédigerait en lettres de sang. Parfois, quand je ferme les yeux, je me vois baignée d'hémoglobine, et rien d'autre. Ai-je ressenti de l'empathie pour Nelo quand il a crié tout à l'heure ou ai-je refait ce truc ? Celui pour lequel j'étais devenue si douée dans cette cave humide...

Les bruits cessent, remplacés par des pas rapides. Mes doigts se crispent autour de mon pied au moment où la porte de la chambre s'ouvre. Damiano fait irruption à l'intérieur.

Il me trouve assise par terre, et pousse un gros soupir.

— Val.

— Coucou, dis-je du bout des lèvres.

Il s'agenouille à côté de moi et pose le regard sur la plante de mon pied. Il fronce les sourcils, la cage thoracique soulevée par sa respiration haletante.

— Tu t'es fait mal. On va nettoyer ça.

— Non.

Je me penche en avant pour lui cacher ma blessure.

Il plisse les yeux en me voyant faire, puis soupire.

— J'aurais aimé que tu n'aies pas à voir ça. Ça a dû te choquer, tout ce sang.

J'ai un soubresaut.

Je me détourne de lui, mais il en a décidé autrement. Une main se pose sur mon épaule.

— Parle-moi.

— Il n'y en avait pas tant que ça.

Il lui faut quelques secondes pour comprendre.

— Tu parles du sang ?

— Il n'y en avait pas tant que ça. Tu as dû rater l'artère radiale. Si tu l'avais touchée, il se serait vidé de son sang sur le sol de ta cuisine. D'un autre côté, si tu l'avais complètement traversée, son corps l'aurait sûrement aspirée et l'écoulement se serait arrêté.

L'air se comprime autour de moi.

— Comment sais-tu tout ça ? me demande-t-il avec prudence.

Je regarde ma main droite, celle qui tenait toujours le couteau. Il est de plus en plus difficile de garder un secret avec le temps. Le poids s'accumule, jusqu'à ce qu'on soit confronté à un choix : crouler sous la charge ou s'en délester.

Je ne veux pas crouler sous mon fardeau.

— J'ai étudié un peu l'anatomie du corps humain quand ça a commencé, fais-je alors. Je me suis dit que, peut-être, je pourrais trouver des moyens de les tuer rapidement, pour qu'ils ne souffrent pas trop. Ça a marché pour quelques-uns. J'ai appris à connaître toutes les artères et j'entaillais celle qui était la plus proche de l'endroit où il me demandait de couper. Il a compris et m'a dit qu'à la prochaine personne qui mourrait trop tôt, il me réserverait le même sort qu'elle.

— Lazaro ? demande Damiano d'une voix si basse qu'elle en fait trembler mon cœur.

— J'ai souvent pensé que ce qui l'excitait le plus, c'était de me regarder décider. Allais-je suivre ses ordres ? Allais-je renoncer à l'empathie que j'avais pour les autres ? Non, même pas y renoncer, juste la mettre de côté, la faire taire. Ça devait être amusant pour lui, parce qu'il me donnait toujours l'illusion d'un choix. Je pouvais lui dire non, mais ce n'était qu'une illusion. Si je ne tuais pas celui qu'il m'amenait, il allait exécuter quelqu'un que j'aimais, comme Lorna, notre domestique. Au bout du compte, le sang aurait coulé.

— Il t'a forcée à tuer des gens ?

— Il m'a d'abord obligée à les torturer. Leur couper les doigts et les orteils, inscrire des mots dans leur chair, les écorcher vifs... Il aimait s'en charger lui-même, mais pour une raison ou une autre, il aimait encore plus me regarder faire.

Le visage de Damiano perd toutes ses couleurs.

Je n'ai que des souvenirs flous de ces nuits. Je sais ce que j'ai fait, mais mon cerveau s'est efforcé d'en occulter les détails.

Je passe une main sur mon cou.

— Pour faire subir ça à quelqu'un, il faut arrêter de la considérer comme une personne. Il faut la déshumaniser pour qu'elle ne soit plus qu'un sac d'os et de viande, qu'elle ne soit pas réelle, qu'elle n'ait pas de vie ni de famille, aussi imparfaites soient-elles. On doit prétendre qu'elle n'est rien qu'une chose imperméable à toute douleur. C'est terrible d'être capable d'une telle dissociation. Ça vous dépersonnalise, vous aussi. Très vite, j'ai arrêté de me sentir humaine.

J'ai arrêté de voir ma famille. C'était très important pour moi de ne *pas* les voir, même si je n'en savais pas vraiment la raison à l'époque. Avec le recul, c'est parce que j'avais peur de certaines choses. J'avais peur de leur faire du mal. Je ne savais pas comment ni pourquoi, mais c'était une possibilité, et j'avais peur qu'ils me voient sous mon vrai jour, qu'ils me regardent dans les yeux et qu'ils découvrent que je n'avais plus d'âme. Je ne voulais pas qu'ils le sachent, même si c'était la vérité.

Sa main glisse de mon épaule à mon poignet.

— Val...

Je croise son regard effondré.

— Il m'a fait faire des choses ignobles. Le premier homme qu'il m'a amené, il l'a fait asseoir sur une chaise dans le mauvais sens. Il lui a attaché les poignets aux chevilles pour qu'il ne puisse plus bouger. L'homme avait un de ces dos charnus couverts de marques et de tatouages. Lazaro a dit qu'un des tatouages lui plaisait et qu'il voulait que je le lui donne. Je n'ai pas compris. Il m'a expliqué qu'il voulait que je le découpe pour lui. Je ne saisissais pas. Je le regardais d'un air perdu, pendant que l'homme sur la chaise commençait à implorer notre pitié. Ce grand costaud, face auquel on n'aimerait pas se retrouver dans une bagarre, suppliait Lazaro et moi de ne pas découper son tatouage. J'ai dit à Lazaro que je ne pouvais pas faire ça. Je me suis dit que l'homme que je venais d'épouser avait peut-être un sens de l'humour qui m'échappait, mais il m'a donné un couteau et m'a dit très calmement de faire attention, qu'il aimait le tatouage et qu'il voulait l'admirer en le tenant dans sa main.

Bien qu'il soit difficile de me confier, je dois le faire. Je dois tout dire à Damiano. Si je m'arrête, je sais que je ne trouverai jamais la force de recommencer.

— J'étais en état de choc. Je crois que j'ai ri. Je lui ai dit que je n'obéirais pas, mais il ne voulait rien entendre. « Fais-le ou je vais te faire du mal, Valentina », a-t-il dit. Je lui ai répondu qu'il était mon mari, qu'il ne pouvait pas me faire du mal. Il a ri et a répliqué qu'il était le *seul* à y être autorisé. J'ai commencé à pleurer, il m'a prise par la main et m'a serrée dans ses bras pour me réconforter. Quand je me suis calmée, il a dit que j'étais quelqu'un de bien, qu'il voyait bien que j'étais prête à protéger mon prochain à mes dépens, et qu'il me faciliterait donc le choix. Il a dit que si je ne faisais pas ce qu'il me demandait, il ferait la même chose à Lorna. À ce moment-là, il a appuyé la lame froide dans mon dos, à l'endroit même où cet homme avait son tatouage. Alors j'ai pris le couteau. J'avais l'impression que c'était la seule option possible. Dans mes pires cauchemars, je ne me serais jamais attendue à une telle chose. On venait de se marier.

Je tremble tellement que je commence à buter sur les mots. Damiano vient s'accroupir devant moi, et le verre crisse sous ses chaussures de ville.

— C'était un fou, conclut-il. Il t'a mise dans une position intenable. C'est dur pour toi. Tu n'es pas obligée de cont...

— Il faut que je te dise tout, je lâche.

Si je ne crache pas le poison que j'ai dans la gorge, je vais étouffer.

— J'ai demandé à Lazaro qui était l'homme au tatouage. Il m'a révélé que c'était quelqu'un qui avait volé une des cargaisons de mon père et tué trois de nos hommes. Je me suis sentie un peu mieux, mais dès que je me suis approchée de lui et qu'il a recommencé à crier, ça a été dur. C'est là que je me suis répété que ce n'était pas une personne réelle. Ce n'était que de la viande. J'ai découpé le tatouage. Lazaro a pris le morceau de chair et l'a admiré longtemps. Après, il m'a félicitée. Il a dit que c'était bien pour une première. L'homme suivant est arrivé une semaine plus tard ou quelque chose comme ça, je ne me souviens plus. Le temps a perdu son sens après cette nuit-là. Je ne sortais plus du lit que pour aller aux toilettes et chercher de quoi manger à la cuisine quand Lorna n'était pas là pour me l'apporter. Je me disais que je voulais mourir, mais je me mentais à moi-même. Si ça avait été le cas, je ne lui aurais pas obéi pendant deux mois. Je voulais vivre, et je voulais que Lorna aussi vive. Avant de m'accompagner chez Lazaro, cela faisait plus de dix ans qu'elle était au service de ma famille. Elle avait cinquante-cinq ans, deux petits-enfants dont elle parlait tout le temps, et elle s'est occupée de moi alors que j'étais presque catatonique.

Je me demande où elle est maintenant. Je prie pour qu'elle aille bien.

— Plus je restais avec Lazaro, plus je me résignais. Il a fallu...

Je prends une grande respiration.

— Il a fallu que Martina apparaisse pour que je craque enfin.

La vérité a la forme d'une sculpture hideuse faite de chair sanguinolente. Elle accapare notre esprit durant de longues secondes. Damiano est songeur. Il doit réfléchir aux moyens appropriés de me faire payer mes péchés. Il n'est pas comme Lazaro, il ne vénère pas la violence. Or, il se pourrait qu'il fasse une exception me concernant, maintenant qu'il sait ce que j'aurais pu infliger à Martina.

Lorsque ses bras m'entourent, je deviens immobile. Il passe un bras sous mes genoux, l'autre autour de mon dos, et me soulève.

— On va nettoyer ton pied, déclare-t-il d'un ton bourru. J'ai une trousse de premiers secours dans ma salle de bain.

Il m'emporte hors de la pièce et traverse le couloir jusqu'à une porte qui doit donner sur sa chambre. À l'intérieur, il fait frais et sombre. Les stores sont baissés. Son lit est défait et en désordre, le drap bleu est tout entortillé comme s'il s'était débattu avec toute la nuit. La femme de ménage n'est manifestement pas passée ce matin. Il n'aime peut-être pas qu'on rentre dans sa chambre, et pourtant il m'a fait venir ici.

La salle de bain s'allume, et Damiano me pose sur le meuble en marbre froid près de l'évier. Ses cheveux noirs lui retombent sur le front alors qu'il se penche pour chercher quelque chose dans les tiroirs et, lorsqu'il se redresse, une boîte blanche en plastique à la main, il ne me regarde pas dans les yeux. Il ne supporte même plus de me voir. Bien que je m'attende à cette réaction, elle me blesse tout de même. Son incapacité à me regarder est, en quelque sorte, plus terrible que les intentions meurtrières qu'il pourrait avoir à mon égard.

Je me tords les mains pendant qu'il lave les siennes dans l'évier.

— Lève le pied, dit-il en déployant ses doigts pour le prendre.

Ses gestes sont doux tandis qu'il nettoie ma blessure. Lorsqu'il retire l'éclat de verre, je fais semblant de ne pas sentir la douleur, mais le coton imbibé d'alcool qu'il applique ensuite sur la blessure m'arrache une plainte.

— Ce n'est pas profond, murmure-t-il. Tu n'auras pas besoin de points de suture. Tu as échappé au pire.

S'il n'a pas l'air de quelqu'un qui se prépare à commettre un meurtre, il ne voudra certainement plus jamais me voir sous le même toit que sa sœur, maintenant qu'il sait de quoi je suis capable.

Lorsqu'il applique un pansement sur la coupure, je ne tiens plus.

— Je sais ce que je suis. Un monstre, de la pire espèce. J'aurais dû tout te raconter plus tôt. Ce que Nelo a fait, ce n'est rien à côté. Je mérite bien pire.

Le grondement qui jaillit de sa gorge fait taire les battements de mon cœur. Sa main s'enroule autour de ma nuque, et il attire mon visage à lui, son regard enfin cloué au mien.

— Je ne veux plus jamais t'entendre dire ça, d'accord ? Tu n'es pas un monstre, tu es une survivante. Tu as *survécu* à une situation dont la plupart des êtres humains les plus endurcis ne reviendraient pas, et tu as risqué ta peau pour sauver ma sœur. Il n'y a qu'un seul monstre dans l'histoire que tu m'as racontée : ton mari. Il paiera pour ce qu'il t'a fait, Valentina. Ça oui, il en paiera le prix fort.

Il enfouit son visage dans mon cou, et j'arrête de respirer.

— Et il en sera de même pour tous ceux qui n'ont pas été là pour toi, murmure-t-il contre ma peau. Où était ton père quand Lazaro te forçait à faire toutes ces choses ? Est-ce qu'il le savait ?

— Oui, dis-je. Mon père et ma mère savaient que Lazaro n'était pas normal. On m'a destinée à obéir à un mari et à suivre sa volonté. Quand je les ai suppliés de m'aider, ils m'ont dit qu'ils n'avaient pas à s'immiscer dans mon mariage.

— Et tes sœurs ?

— Elles n'en savent rien. Je ne pouvais pas le leur dire. Tu es la seule personne à en connaître toute l'étendue.

Il prend une grande respiration et s'écarte de mon cou pour me regarder dans les yeux.

— C'est pour ça que tu ne veux pas rentrer chez toi.

Les larmes me montent aux yeux. J'essaie de les ravaler, mais elles se mettent à couler sur mes joues.

— Je ne sais toujours pas si Lazaro est vivant. S'il l'est, Papà me remettra directement à lui. Je lui ai échappé une fois, mais je sais que je n'aurai pas de seconde chance. Et si Lazaro est mort, il y a de fortes chances que je sois obligée de me remarier avec un monstre d'une autre espèce. Je ne peux pas rentrer chez moi, Damiano. Tu me tiens captive ici, mais je pourrais me retrouver dans une prison bien plus infâme si je retourne à New York.

Il prend ma joue au creux de sa main rugueuse et me regarde avec cette sympathie dont je croyais les hommes comme lui dénués.

— Je ne te retiendrai plus ici. Tu es libre de partir si tu veux.

Je baisse la tête, et un vide étrange apparaît au creux de ma poitrine. Il me laisse partir. N'est-ce pas ce que je voulais ? Je devrais être soulagée de retrouver ma liberté.

Lorsque je lève mes yeux vers les siens, je comprends que la liberté n'existe pas au-delà des murs de cette maison. Elle existe dans l'indulgence qui se reflète dans ses yeux.

Il me prend la main.

— Mais je ne veux pas que tu partes. Reste avec moi, Val. Reste avec moi, et tu n'auras plus jamais à te battre. Les combats, je les mènerai pour toi. Je te protégerai. Je te vengerai.

Je me laisse aller contre lui. Le pardon est une chose délicate. J'ai essayé de me l'accorder à maintes reprises après mon arrivée à Ibiza, mais c'était comme jeter des graines sur un sol sec, stérile, en espérant qu'elles germeront. Ces graines n'ont jamais pris.

Les mots de Damiano ressemblent à la pluie.

Elle imprègne la terre poussiéreuse et descend jusqu'à l'endroit où mon âme s'est cachée.

Un jour, nous aurons peut-être une fleur.

# CHAPITRE 30

## DAMIANO

ELLE APPUIE son visage sur mon torse, et je prends l'arrière de sa tête au creux de ma main. Dans le miroir de la salle de bain, derrière elle, se reflète mon regard. Il y couve de la peine et de la rage.

Je n'arrive pas effacer l'image de Valentina tremblant sur le sol de sa chambre.

Quand je l'ai trouvée comme ça, j'ai pensé que c'était parce qu'elle m'avait vu tirer dans la main d'un homme. Je m'en suis voulu de lui avoir fait subir ça. J'ai perdu trop souvent mon sang-froid en sa présence. C'est comme si elle poussait tous mes sentiments à leur paroxysme jusqu'à ce qu'ils éclatent. C'est terrifiant de voir à quel point je me sens vivant avec elle.

Je passe mes doigts dans ses cheveux et la serre un peu plus contre moi. J'ai une douleur sourde dans la poitrine. Le fond de ma gorge me pique. Je veux réduire en cendres tous ceux qui lui ont fait du mal, à commencer par son mari.

Une froideur m'envahit. S'il est vivant, il ne le restera pas longtemps.

Alors que je suis sur le point de me perdre dans des rêveries meurtrières, elle glisse ses mains autour de ma taille et presse ses lèvres contre les miennes.

Tout disparaît. Je serre le poing dans ses cheveux et plonge ma langue dans sa bouche. En réponse, elle pousse un petit gémissement, si doux que ça fait mal. À cet instant, je ressens le besoin irrésistible de la protéger. J'ai l'impression de tomber dans un abîme. Je ne suis pas un grand romantique, je refuse de croire en l'amour. D'après mon expérience, il est toxique et fait faire aux gens des choses stupides et impardonnables.

Seulement, j'ai beau chercher, je ne trouve pas d'autre mot pour décrire ce que je ressens.

*Cazzo.* Je craque tellement pour cette fille que je suis surpris d'être encore en un seul morceau.

Elle enroule ses jambes autour de ma taille, et mes pensées se tournent vers mes bas instincts. Le sang me monte à l'aine. Je lui mordille et lui tire la lèvre, j'ai tellement envie de la baiser.

Elle semble avoir la même idée. Ses doigts baissent ma braguette, et elle prend mon sexe au creux de sa paume tremblante.

Pourquoi tremble-t-elle ?

Je m'écarte et vois que ses yeux sont brillants et humides.

— Val, tu ne vas pas bien.

Elle ne répond pas. Elle commence simplement à me caresser. Cela devrait suffire à confirmer qu'elle en a envie. Je le prendrais comme tel dans n'importe quelle autre situation, mais pas cette fois. Je l'arrête. Ça me tire dans l'aine, pourtant je l'arrête.

— Pas maintenant.

Elle soupire et pose le front contre mon torse. Puis, alors que je m'apprête à lui demander si elle va bien, elle se met à pleurer.

En effet, ça devra attendre. Je range mon sexe dans mon caleçon, la soulève et la ramène dans ma chambre pour la déposer sur le lit.

Elle boit le verre d'eau que je lui donne, ce qui est bon signe, et finit par s'arrêter de sangloter. Je vois qu'elle réfléchit à quelque chose, alors je patiente sagement. Ras doit être en bas à se demander ce que je fabrique ici. Il attendra encore un peu.

Elle pose le verre vide sur la table de nuit.

— C'est un problème, que tu aies tiré sur Nelo, pas vrai ?

— Je vais devoir appeler Sal pour essayer d'arranger les choses. Vais-je y arriver ou non ? C'est une autre histoire.

— Quel impact ça a sur ton plan ?

— Il va falloir faire vite.

Je n'ai plus le luxe de prendre mon temps. Sal sera sur ses gardes dès que Nelo lui aura raconté ce qui s'est passé. Il pourrait s'intéresser à la femme qui me tient compagnie, et s'il découvre qu'il s'agit de Valentina Garzolo, il comprendra que j'ai deviné ce qu'il a fait. Il n'attendra pas que je passe à l'action pour envoyer ses hommes ici afin de m'éliminer. Il tient à l'argent que je lui rapporte, mais pas assez pour risquer un soulèvement qui mènera fatalement à sa mort.

Valentina hoche la tête et s'essuie les joues. Lorsqu'elle me regarde, je vois dans ses yeux une conviction inébranlable.

— Je vais te dire tout ce que je sais. Ce n'est pas grand-chose.

Je suis envahi par l'espoir.

— Ce sera peut-être suffisant.

Elle a l'air moins convaincue, mais elle m'adresse un sourire tendre.

— J'aimerais me passer un peu d'eau sur le visage avant.

— Vas-y. Je dois aller voir Ras.

Je me lève du lit. Alors qu'elle s'apprête à partir en direction de la salle de bain, je lui prends le poignet.

— Je veux que tu dormes avec moi.

Un frisson lui parcourt la peau.

— Vraiment ?

— Apporte tes affaires ici.

— Ce sont les habits de Martina.

— Je t'achèterai de nouveaux vêtements demain.

Elle pousse un petit rire.

— Et ma captivité dans tout ça ?

— Je te l'ai dit, c'est fini.

Son regard se pose sur mes lèvres. Elle ravale sa salive.

— Je te dirai ce que je sais sur les affaires de mon père, mais je ne sais pas si je resterai.

Elle restera, simplement elle ne le sait pas encore. Elle est à moi, et je ferai tout ce qu'il faudra pour qu'elle le comprenne.

Je vais à l'encontre de mon instinct et lui lâche la main.

— Compris. Tu seras plus à l'aise ici pour décider.

Elle acquiesce d'un petit sourire, et le soulagement qu'elle semble ressentir est palpable.

En bas, Ras fait les cent pas dans le salon. Il lève les yeux lorsqu'il m'entend approcher et pousse un juron.

— Dem, il faut que tu appelles Sal. Il y a encore une petite chance que Nelo n'ait pas réussi à le joindre. Il doit être en train de se faire recoudre.

Ras est furax contre moi. Il pense que je fous tout en l'air à cause de mes sentiments pour Val.

Je n'ai pas l'impression que tirer sur Nelo ait été une erreur, même maintenant que je me suis calmé. J'ai le sentiment que c'était juste.

— Tu penses que je n'aurais pas dû faire ça, lui fais-je remarquer.

— Peu importe ce que je pense. Ce qui compte, c'est que nous fassions tout ce qui est en notre pouvoir pour calmer le jeu.

— Il n'aurait pas dû la toucher, renchéris-je en sortant le téléphone de ma poche. La cuisine est nettoyée ? Tout doit être en ordre avant que Mart ne rentre à la maison.

Ras pousse un long soupir.

— Le personnel de maison est en train de la nettoyer. J'ai dit au chauffeur de la ramener dans deux heures.

— Val va me dire ce qu'elle sait sur son père.

Cela devrait suffire à apaiser les inquiétudes de Ras, qui pense que je n'ai pas les idées claires en ce moment à cause d'elle. C'est ce qui l'inquiète, je le vois sur son visage. Même si j'ai envie de lui passer un savon, je ne peux pas nier que, dans ma famille, on a eu tendance à prendre des décisions irréfléchies et destructrices au nom de l'amour.

Or, je ne suis pas amoureux de Valentina. C'est impossible. L'attirance, ce n'est pas de l'amour. L'envie, ce n'est pas de l'amour. Cette chose que je ressens pour elle et qui n'a pas de mot... ça ne peut pas être de l'amour.

Alors que je compose le numéro de Sal, j'ai les poils qui se hérissent à l'idée d'entendre sa voix et de faire mine de ne pas savoir ce qu'il a tenté de faire à ma sœur. Je ne peux pas laisser transparaître mes émotions. Je dois lui faire croire que je ne sais rien.

Au bout de quelques sonneries, il décroche.

— Damiano, *ragazzo mio,* me salue le *don* de sa voix rocailleuse, cadeau de son paquet de cigarettes quotidien. J'allais me mettre à table. Chiara a passé la journée à cuisiner du *risotto alla piscatora.*

Il aime faire croire que nous sommes les meilleurs amis du monde, même si tout le monde sait que c'est une mascarade.

— Tu en as, de la chance. Je ne vais pas te retenir longtemps.

— J'aime entendre ça. Comment va ma *topolina* préférée ? S'est-elle remise de son voyage à New York ?

L'ordure.

— Elle va beaucoup mieux.

— Nous trouverons les responsables, affirme-t-il. Ces choses peuvent prendre du temps, mais rien ne reste impuni.

*À qui le dis-tu !*

— Il y a eu un petit malentendu avec Nelo et Vito, dis-je.

— Oh ? Ils t'ont rendu visite aujourd'hui comme je le leur avais demandé ?

— Oui.

— Nelo t'a annoncé la bonne nouvelle ? Je pense que Mart et lui formeront un beau couple.

Bien que Nelo ait autant de chances de se marier avec ma sœur que Sal de mourir en s'étouffant avec son risotto, les paroles du *don* allument les flammes de la fureur en moi.

— Il l'a évoqué, je confirme sèchement.

— Qu'en penses-tu ?

— Je crains que le comportement de Nelo aujourd'hui ne l'ait disqualifié de noces éventuelles avec ma sœur.

Il y a un long silence avant que Sal ne me réponde par un rire sec.

— Qu'a fait mon neveu cette fois-ci ?

— J'avais une fille chez moi. Il a eu les mains baladeuses.

— Il y a pire délit.

— Il n'avait pas à la toucher.

J'entends un bruissement. J'imagine que Sal se penche en avant sur son siège.

— À qui est cette fille ?

— À moi.

Cette fois, il rit aux éclats. Je lui offre là un nouveau point faible à exploiter.

— Ça n'a pas dû te plaire.

— Je lui ai tiré dans la main. Il s'en remettra.

— *Mio Dio.* J'aimerais bien voir cette femme qui t'a rendu si possessif. Je dirai à Nelo que ce n'était pas bien de sa part. Il était chez toi en tant qu'invité, après tout.

— Je t'en serais reconnaissant, dis-je du bout des lèvres.

— Concernant Mart... N'enterrons pas si vite l'idée. Nelo se comportera en parfait gentleman la prochaine fois. Je t'en donne ma parole.

Nelo sait déjà que la prochaine fois qu'il viendra, il ne ressortira pas de cette maison vivant, mais je ne me donne pas la peine de le préciser à Sal.

— Si tu le dis. Je te laisse à ton dîner.

— Dis bonjour à ta nouvelle amie de ma part. Au fait, comment s'appelle-t-elle ?

— Tina Romero, dis-je sans hésiter. Ce n'est qu'une saisonnière.

— Je passerai peut-être te voir avant que la saison se termine, songe-t-il tout haut. Au revoir, Damiano.

Je raccroche et remonte chercher Valentina.

Je la trouve dans ma chambre en train de plier ses vêtements sur mon lit. C'est comme une douce caresse que de la voir ainsi dans ma sphère intime, cela me plaît plus que je ne veux l'admettre.

Elle m'entend entrer et se retourne, les habits dans les mains.

— Je ne sais pas trop où les mettre.

— La femme de chambre va te faire de la place dans le placard, dis-je. Laisse ça de côté pour le moment. Ras nous attend en bas.

Elle se raidit.

— Tu lui as parlé de Lazaro et moi ?

Croit-elle vraiment que j'irais rapporter son secret sitôt après l'avoir quittée ?

— Non, et je n'en parlerai pas si tu n'en as pas envie.

Elle semble se détendre.

— Merci.

Elle a encore honte, ça se voit. Elle doit s'en vouloir pour les actes que son mari, cette saleté d'ordure, l'a forcée à commettre.

*Allons, Damiano, attends de voir s'il est vivant ou non avant d'envisager les pires châtiments.*

Nous descendons jusqu'au salon et nous dirigeons vers mon bureau. Ras se tient près de la bibliothèque, les bras croisés. Il penche la tête sur le côté d'un air interrogateur lorsqu'il me voit aider Val à marcher de sorte qu'elle n'ait pas besoin d'exercer une pression sur son pied blessé. Elle s'assied prudemment dans un fauteuil et le regarde.

— Je ne vais pas vous faire attendre plus longtemps. Voilà ce que je sais.

J'esquisse un sourire devant sa franchise.

— Le matin où Martina et moi nous sommes enfuies, toutes les femmes du clan s'étaient réunies pour une fête prénuptiale.

— Tes sœurs étaient là ? demande Ras.

— Seule Gemma était là. Cleo n'a pas pu venir. Elle s'était disputée avec Mamma, alors elle n'a pas eu le droit de participer à la fête. Mamma a dit qu'il était important que je sois présente.

— Tu y as entendu des choses qui pourraient nous intéresser ?

— Pour être honnête, je n'étais pas très attentive. Je...

Elle frotte ses mains contre ses cuisses.

— J'essayais juste de ne pas craquer devant tout le monde.

Ras fronce les sourcils.

— Pourquoi ?

— Ça allait mal avec mon mari, et je ne voulais pas qu'on s'en aperçoive, explique-t-elle. Ça n'a rien de pertinent pour l'histoire.

Elle me lance un regard.

— Quoi qu'il en soit, Gemma s'inquiétait pour notre père. Elle a dit qu'il avait l'air absent. Il avait renforcé la sécurité autour de la famille.

— Il avait peur de quelque chose, conclus-je.

— Papà s'est toujours montré très prudent en matière de sécurité, mais Gemma n'aurait pas exagéré le trait. Elle a toujours prêté beaucoup plus attention aux affaires de notre père que moi.

— Quoi d'autre ? la presse Ras.

— Je suis partie de la fête plus tôt que prévu. Lazaro voulait que je rentre. Mon cousin Tito m'a reconduite chez moi, et nous avons commencé à parler. Nous nous sommes toujours bien entendus. Il a insinué que ça le faisait suer de devoir faire des heures pour un pauvre type. Il n'a pas précisé de qui il s'agissait. Il a dit que son père, Lazaro, mon frère, Vince, et lui bossaient tous sur cette affaire.

— Ton frère ? je demande.

— Il vit en Suisse.

Ras se gratte le menton.

— C'est lui qui gère l'argent de ton père ?

— Oui. J'ai eu l'impression qu'on les avait affectés à quelqu'un d'extérieur au clan et qu'ils exécutaient les ordres de cet homme.

— Il doit s'agir de Sal, songe Ras tout haut. On sait que Lazaro traquait Martina.

— Ton père a-t-il l'habitude de rendre des services ?

Valentina se mord la lèvre supérieure.

— Pas que je sache, mais ça ne veut rien dire. Je préférais rester à l'écart de ses affaires.

Ras s'écarte du mur et se rapproche.

— Mais ta sœur sait des choses, elle ?

— Je ne dirais pas qu'elle sait des choses. Elle est juste curieuse. Quand on était petites, elle écoutait aux portes du bureau de notre père. Elle aimait entendre ses secrets.

Val croise les jambes.

— Moi, non.

Ras et moi échangeons un regard. Val m'avait prévenu, c'est maigre. Cela confirme un peu plus que Garzolo devait avoir un arrangement avec Sal. En revanche, il nous faudrait plus de détails.

— Tu es sûre de ne pas savoir ce qui pousserait ton père à accepter de travailler avec le *don* Casalesi ?

Elle secoue la tête, l'air renfrogné, puis ses yeux s'écarquillent.

— Oh ! Gemma a aussi dit que Papà avait laissé entendre qu'il voulait donner sa main à l'un des Messero. C'est une autre famille de New York, mais pour autant que je sache, on a toujours gardé nos distances avec eux. J'étais étonnée d'entendre qu'il était question de mariage. J'ignore pourquoi Papà chercherait à s'allier avec eux.

— Et si tu parlais à ta sœur ? suggère Ras. Vois ce qu'elle sait d'autre. Si c'est une fouineuse de nature, ça me paraîtrait étrange que ta mystérieuse disparition n'ait pas attisé sa curiosité.

Valentina pâlit.

— Parler à Gemma ? Mais... comment ? Je ne peux pas l'appeler sur son portable. Papà a toujours mis nos téléphones sur écoute.

— Si on trouve un moyen sûr de la contacter, tu serais d'accord pour lui parler ? je demande. As-tu suffisamment confiance en elle pour lui confier où tu te trouves ?

Elle se mord la lèvre avant de répondre.

— Je crois que oui. Elle a toujours été loyale envers le clan, mais elle ne m'aurait pas trahie. Espérons que ça n'ait pas changé.

Je me tourne vers Ras.

— C'est la meilleure solution pour avoir des informations. On arriverait à lui remettre un téléphone prépayé ?

— Je peux voir quels contacts on a à New Y...

— Les contacts, ça s'achète, l'interrompt Valentina. Je ne veux pas entraîner ma sœur dans cette histoire, ni que Papà l'apprenne avant qu'on lui ait parlé.

Ras l'observe un instant, puis me regarde.

— Je peux aller là-bas.

Si j'envoie mon bras droit au front, le travail sera fait correctement, même si cela me semble exagéré pour une tâche qui devrait être simple, mais le soulagement manifeste de Val lorsqu'elle entend son offre me fait acquiescer.

— Prends la voie la plus rapide, je veux que tu sois de retour dans quarante-huit heures.

— Qu'est-ce que ta sœur fait quand elle est en dehors de la maison ? s'enquiert Ras, qui sort son téléphone pour commencer à s'organiser. Y a-t-il un endroit où elle se rend et où sa garde rapprochée la laisse un peu respirer ?

— Oui. À son studio de Pilates. Elle y est quatre jours par semaine.

Val se lève et va, clopin-clopant, trouver un stylo et une feuille sur mon bureau.

— Je vais te noter l'adresse et les horaires de ses cours privés. Comme il n'y a que son professeur, la réceptionniste et elle, les gardes du corps restent dans la voiture. Si tu trouves un moyen d'entrer, tu devrais pouvoir la trouver dans les vestiaires, seule.

Ras prend le morceau de papier qu'elle lui tend et secoue la tête.

— New York. Je déteste cette putain de ville.

Je lui donne une tape dans le dos.

— Ça va vite, en avion. Essaie d'apprécier le paysage.

Et si Gemma a ce qu'il nous faut, ce sera peut-être la première des nombreuses fois où nous rendrons visite aux Garzolo.

# CHAPITRE 31

**VALENTINA**

Damiano veut m'aider à remonter dans sa chambre, mais je lui assure que je vais bien et le laisse seul avec Ras. Ils doivent s'organiser, et je veux réfléchir à ce que je vais dire à ma sœur maintenant qu'il y a de fortes chances que je lui parle dans les deux jours à venir.

Un curieux méli-mélo d'impatience et de nervosité me noue l'estomac. Je vais être transportée de joie lorsque j'entendrai la voix de Gemma. Seulement, comment réagira-t-elle après tant de semaines sans avoir eu de mes nouvelles ? Si ça se trouve, elle me croit morte.

Elle pourrait aussi penser que je suis une traîtresse.

Je referme la porte de la chambre de Damiano et y appuie le dos. Serai-je obligée de lui dire la vérité sur mon mariage pour qu'elle me pardonne ma fuite ? J'ai passé tellement de temps à essayer de la protéger de l'ignominie qu'était ma vie que cette idée me donne de l'urticaire. Or, elle ne trahira les secrets de Papà que si je lui explique tout. Je dois la convaincre que je n'agis pas sous la contrainte, sans quoi elle pourrait bien, dès que nous aurons raccroché, courir voir Papà pour lui dire que je suis en vie. Elle pourrait même penser qu'elle me rend là service.

Ce n'est pas juste de ma part de la laisser dans l'ignorance. Elle va bientôt se fiancer, si ce n'est déjà fait, et si elle sait ce qui m'est arrivé, elle luttera peut-être un peu plus contre ce mariage arrangé. Si j'étais là, je pourrais me battre en son nom, je pourrais m'assurer qu'elle ne soit pas confiée à un monstre.

J'ai envie de retourner dans le bureau de Damiano et d'exiger que Ras m'emmène, mais c'est une utopie. J'aurai beau rentrer à New York, et cette idée me donne des frissons, je ne pourrai rien faire pour ma sœur si l'on me colle une étiquette de paria sur le dos. On m'interdira probablement de voir mon frère et mes sœurs, et je serai assignée à résidence.

Non, il est temps d'admettre que je me suis magistralement vautrée dans mon devoir de grande sœur. Ajoutez cela à la longue liste de mes échecs. Il n'y a rien que je puisse faire à part dévoiler la vérité à Gemma et la supplier de m'aider.

Lorsque je m'assieds sur un fauteuil et me tourne vers la fenêtre, je vois mon reflet dans le carreau. Damiano m'a qualifiée de *survivante*.

Je suppose que c'est le cas. Contrairement aux victimes de Lazaro, je suis toujours en vie, mais à quel prix ?

Il serait facile de rester, d'accepter que Damiano me protège et d'attendre de voir s'il est capable de reprendre son trône. Je pourrais être sa maîtresse. Je pourrais partager son lit avec lui jusqu'à ce qu'il se lasse de moi, ce qu'il ferait inévitablement. Ensuite, il m'installerait probablement quelque part. Ce serait une vie confortable...

Une vie où je passerais mes journées à me complaire dans la culpabilité et les regrets.

Une chape de plomb s'abat sur mon estomac. Je ne suis qu'au début d'un long chemin vers la rédemption, il est trop tôt pour choisir la voie de la facilité.

Quelques coups frappés à la porte me tirent de mes pensées.

— Oui ? je crie timidement.

— C'est Mart.

Je me lève du fauteuil.

— Entre.

La sœur de Damiano pénètre dans la pièce, quelques sacs de shopping dans les mains.

— J'ai pensé à t'acheter des habits à ta taille, annonce-t-elle en me tendant les sacs.

Les hommes de Damiano ont dû réussir à effacer toutes les traces de l'altercation avec Nelo, sans quoi Mart n'aurait pas l'air aussi sereine.

— Merci.

Je prends les sacs et jette un coup d'œil à l'intérieur.

— Mince, Mart ! Tu as dû dépenser des fortunes. Tu n'étais vraiment pas obligée de faire ça.

— Il le fallait bien si je voulais récupérer mes vêtements, me rétorque-t-elle, un sourire taquin aux lèvres.

— Ah, c'est vrai.

— Je plaisante ! Ça ne me dérange pas de partager mes affaires avec toi, mais je me suis dit que ça ferait bizarre à mon frère de te voir dans mes vêtements.

Elle regarde autour d'elle.

— Surtout maintenant que tu... t'installes ici.

Je ris d'un air gêné. Existe-t-il un manuel sur la manière d'expliquer à la sœur de votre ex-ravisseur que vous couchez avec lui ?

Non ? Alors mieux vaut changer de sujet.

— Je ne t'ai jamais remerciée pour cette journée qu'on a passée à la piscine, dis-je.

Mart monte sur le lit et replie les jambes sous elle.

— T'en fais pas, je sais que Dem ne te laissait pas de liberté. Je me suis bien amusée.

Elle a l'air de vouloir ajouter quelque chose, mais elle hésite.

— Quoi ? je demande.

Elle détourne le regard lorsque j'enlève mon T-shirt et en enfile un nouveau.

— L'homme qui était avec lui...

Je ne suis pas surprise qu'il l'ait marquée.

— Giorgio, c'est ça ?

Les joues de Martina se teintent de rose.

— Tu le trouves...

— Beau ? je risque.

— Non, s'empresse-t-elle de répondre. Enfin, il l'est, c'est sûr, mais c'était pas ma question. Tu le trouves comment ? Tu crois que c'est un mauvais garçon ?

Un signal d'alarme se déclenche dans ma tête.

— Pourquoi tu me demandes ça ? Il a fait quelque chose ?

Elle écarquille les yeux.

— Non. C'est juste qu'il a dit un truc... Tu sais quoi ? Oublie ça.

— Il a dit quoi ? j'insiste.

Giorgio semble être l'ami de Damiano, mais je ne vais pas accorder une confiance aveugle à une amitié dont je ne sais rien. S'il a dépassé les bornes avec Martina, je dois le savoir pour inviter Damiano à choisir ses proches avec plus de soin.

Martina s'empare d'un de mes nouveaux T-shirts et se met à en étudier l'étiquette d'un air absent.

— Mon frère m'a dit qu'on s'était déjà rencontrés, et je me suis sentie mal à l'aise parce que je ne m'en souvenais pas. J'ai dit à Giorgio que je ne savais pas trop comment il m'était sorti de la tête. Au début, il n'a rien dit. J'ai cru qu'il était vexé, mais il a fini par me répondre que ça valait mieux ainsi. Il a dit qu'il n'était pas le genre d'homme que les filles comme moi devraient fréquenter. Qu'est-ce qu'il voulait dire par là ?

Je résiste à l'envie de lever les yeux au ciel. Ces mafieux. Parfois, j'ai l'impression qu'ils prennent un malin plaisir à intimider les femmes sans raison, même celles qui ne s'intéressent pas à eux. Martina ne le reverra probablement jamais.

— Si j'étais toi, je ne m'en ferais pas. Les hommes vraiment mauvais ne perdent pas leur temps à t'avertir qu'ils le sont.

Elle détache le regard de l'étiquette, l'air songeur.

— Hmm... Tu as probablement raison.

Durant l'heure qui suit, je fais des essayages. Il s'avère que Martina a le compas dans l'œil pour les tailles. Pratiquement tout ce qu'elle m'a acheté me va comme un gant. Au coucher du soleil, nous descendons dîner et découvrons que Damiano est parti dans l'après-midi et n'est pas encore rentré, alors nous mangeons sans lui. Je m'efforce de rester éveillée jusqu'à son retour, ne serait-ce que pour avoir des nouvelles de la mission de Ras, mais très vite, j'ai du mal à garder les yeux ouverts et décide de me mettre au lit. Son odeur m'enveloppe et me berce jusqu'à ce que je m'endorme.

Plus tard, je suis réveillée par un corps chaud qui se glisse à côté de moi. Au-dehors, par la grande fenêtre, il fait presque nuit noire, les nuages cachent la lune et seules quelques étoiles scintillent dans le ciel.

Une main se referme sur ma hanche.

— Je t'ai réveillée ?

Sa voix me glisse sur la gorge et la poitrine et vient se poser quelque part entre mes cuisses.

— Oui, mais tu as bien fait.

Je me tourne sur le dos et le regarde. Dans l'obscurité, je ne vois que l'arête de son nez et l'éclat de ses yeux.

— Où est Ras ?

— Il vient de m'envoyer un message pour me dire qu'il a atterri à New York.

— C'était rapide.

— Il a pris un vol pour Valence et, de là, a sauté dans un charter.

— Sal ne va pas se demander où il est allé ?

— Ras l'a semé à l'aéroport de Valence.

— Mais Sal ne va pas se poser des ques...

Il pose un index sur mes lèvres.

— Val, respire. C'est un risque calculé, comme tout ce que je fais. Ras aurait pu avoir de nombreuses raisons d'aller à New York pour un court séjour, et Sal n'imagine pas qu'il ait pu se rendre là-bas pour parler à ta sœur.

Je relâche mon souffle et me force à me détendre.

— Tu dois être fatigué.

— Oui, avoue-t-il, mais j'ai toujours de la ressource pour toi.

Sa main remonte de ma hanche à mon sein droit. Un grondement de satisfaction s'échappe de sa gorge.

— Ce corps, Val... J'adore tes seins, putain.

Il penche la tête vers ma poitrine et lèche un mamelon avant de passer au suivant. J'enfouis mes doigts dans ses cheveux et l'attire contre moi.

Damiano glisse le nez entre mes seins et inspire.

— J'ai eu envie de te baiser toute la journée.

— Juste aujourd'hui ? je le taquine.

Il se dresse sur ses avant-bras et pousse un petit rire.

— Chaque jour depuis que j'ai posé les yeux sur toi. Tu t'es débrouillée pour que même cet uniforme bleu t'aille bien, ton joli cul en l'air pendant que tu nettoyais mon bureau.

Je souris.

— Je savais que tu me regardais !

Il descend le long de mon corps jusqu'à ce que son visage soit aligné à ma nouvelle culotte. Il me lèche par-dessus le tissu, me titille le clitoris.

— Je te regardais sans cesse, confie-t-il contre mon sexe.

C'est délicieusement coquin.

— Maintenant, laisse-moi voir.

Je soulève les hanches pour qu'il puisse tirer ma culotte et m'écarter les cuisses. Il siffle entre ses dents, marmonne en italien et enfouit la tête entre mes jambes.

Le frottement de sa barbe rase contre mes cuisses me rend presque aussi dingue que la sensation de sa langue sur mon clitoris. J'entortille les doigts dans ses cheveux et tire sur ses mèches, mais j'ai beau l'attirer vers moi, il ne cède pas. Un ressort se comprime de plus en plus dans mon ventre, jusqu'à ce que je mette sens dessus dessous son immense lit dans une quête éperdue de l'orgasme.

Il enserre mes cuisses de ses grandes mains et me soulève, sans que sa bouche ne me quitte jamais. Au moment où je pense que je vais mourir si je ne jouis pas tout de suite, il prend mon clitoris entre ses lèvres et l'aspire... *très fort*.

J'éclate de plaisir, mon corps tout entier en est inondé. Il me repose sur le lit, enfonce deux doigts en moi alors que je suis encore agitée par les spasmes de mon orgasme, et me doigte d'une manière inexplicable jusqu'à ce que je me retrouve de nouveau tout près de jouir.

— Oh, mon Dieu, je bafouille.

Il sourit.

— Il n'est pas là. Moi, si.

Un frisson me parcourt l'échine.

— Je pense que je vais jouir encore une fois.

— Oui, ma belle, fait-il d'une voix rauque. Montre-moi ce que tu as dans le ventre.

Il est tenace et cogne sans relâche ce point en moi, et soudain, ça arrive. Je crois voir ma vie défiler devant mes yeux. J'arque le dos, hurle son prénom et me sens de nouveau basculer dans le précipice.

— Nom de Dieu, bébé, tu viens de squirter, lâche-t-il.

Malgré l'euphorie, ses propos sont si choquants que je reprends rapidement mes esprits.

— *Quoi* ?

Je ne vois rien, mais quand je me redresse et tâte le drap, j'ai les mains mouillées.

— C'est pas vrai...

Je suis morte de honte.

— Putain, je n'arrive pas à croire que j'aie loupé ça.

Damiano se penche au-dessus de moi pour allumer la lampe sur la table de nuit, puis revient à sa place.

Je pensais le voir perturbé. Or, il regarde les draps souillés tel un artisan admirant fièrement son ouvrage. Il a l'air tellement satisfait que cela atténue aussitôt mon embarras. Puis il lève les yeux vers moi et me lance un regard plein d'entrain.

— On va recommencer avec la lumière allumée.

Je ris et me laisse choir sur le lit.

— Plus tard, s'il te plaît. Je crois que je ne survivrai pas à un autre orgasme.

L'instant d'après, il se tient au-dessus de moi. Sa bouche trouve la mienne, et il m'embrasse longuement. J'ai envie de lui rendre la pareille, même si je crains de ne pas être aussi douée qu'il l'a été avec moi. Lorsque je lui demande de s'asseoir sur le bord du lit et qu'il comprend mon intention, son regard se réchauffe.

Je refoule ma nervosité et m'humecte les lèvres. Je n'arrive pas à croire ce que je vais dire :

— Tu m'as dit que tu me remplirais par tous les trous. Jusqu'à présent, tu n'as pas tenu tes promesses.

Un sourire paresseux étire ses lèvres.

— Tu es une sacrée cochonne, Val.

Je frotte une joue, puis l'autre, le long de sa verge. Ses doigts s'entortillent dans mes cheveux, mais il me laisse aux commandes. Je lèche le dessous de sa queue et fais tourner ma langue autour du gland.

— Mets-la dans ta bouche, gémit-il.

Je le fais et l'enfourne aussi loin que possible, c'est-à-dire peu. Son membre est gros et long, et comme je n'atteins pas plus de la moitié de sa longueur, j'enroule la main autour de la base de son sexe.

Il a l'air d'aimer ça. Sa respiration s'accélère à mesure que je le suce, et ses poings se resserrent dans mes cheveux.

— Détends ta gorge, dit-il. Tu peux aller plus loin, bébé.

Il a raison. J'enfonce les fesses dans mes talons, et il incline les hanches vers l'avant de façon à ce qu'il y ait une ligne droite entre sa queue et ma bouche. Elle cogne le fond de ma gorge, et j'ai les yeux qui pleurent, mais j'arrive à ne pas avoir de haut-le-cœur.

— Tu suces tellement bien, murmure-t-il. Putain, Val, t'es parfaite.

Quand il se retire la fois d'après, je me souviens de la sensation incroyable que j'ai ressentie lorsqu'il a aspiré mon clitoris, alors j'essaie de lui faire la même chose. Il pousse une plainte torturée.

— Je vais remplir ta jolie petite bouche de sperme, halète-t-il. C'est ce que tu veux, hein ?

Je ne peux pas parler, mais j'accélère le rythme pour lui montrer que c'est exactement ce que je veux, et quelques instants plus tard, je le sens se raidir un peu plus et éjaculer sur ma langue.

C'est la première fois que j'avale du sperme. Le goût n'est pas tout à fait agréable, mais, bon Dieu, c'est déjà délicieux en soi de lui faire perdre le contrôle. Je m'appuie en arrière sur les mains et le regarde se ressaisir petit à petit. Il tient à peine assis. Ses coudes reposent sur ses genoux, et il a l'air si épuisé, si *ébranlé*, que j'en suis fière. C'est *moi* qui l'ai rendu comme ça.

Il pose le front au creux de sa paume et lève les yeux vers moi.

— J'ai peur de ce que tu me feras quand tu auras plus d'entraînement.

— Peut-être bien que je vais t'attacher et m'occuper de ton cas. Ma vengeance sera terrible.

Il éclate de rire et m'attire sur ses genoux.

— Je pense que ça va me plaire, ce genre de représailles.

J'enfouis le visage dans son cou et souris contre sa peau. Un sentiment de paix m'envahit.

J'aimerais que le soleil ne se lève pas.

J'aimerais pouvoir tout oublier et rester ainsi, avec lui, pour toujours.

# CHAPITRE 32

## VALENTINA

JE ME RÉVEILLE TARD et vois que Damiano est déjà parti. Après que nous avons défait le lit et changé les draps au beau milieu de la nuit, j'ai mis du temps à me rendormir, et maintenant je suis groggy.

Je regarde en clignant des yeux l'horloge accrochée à son mur. Il est... midi et demi.

Le cours de Gemma est à dix heures et, compte tenu du décalage horaire, je devrais parler à ma sœur dans quelques heures. Tout à coup, je suis bien réveillée. Que vais-je lui dire ?

Je saute du lit, m'habille et descends en vitesse. Martina est dans la cuisine en train de préparer le repas et, lorsqu'elle voit ma mine nerveuse, elle me jette un regard interrogateur.

— On dirait que tu es en retard pour un exam. Qu'est-ce qui se passe ?

— Ton frère est là ?

Elle secoue la tête.

— Il est parti il y a quelques heures. Je ne sais pas où il est allé.

Il faut que Damiano soit là quand je parlerai à Gemma. J'ai *besoin* qu'il soit là. C'est drôle de voir à quelle vitesse il est passé de l'homme dont je cherchais à m'éloigner à celui dont je réclame le soutien.

Martina fronce les sourcils devant mon anxiété.

— Assieds-toi, Val. Je vais te chercher du café.

Elle pousse devant moi une assiette de poêlée de pommes de terre en médaillon garnie d'œufs et de jambon.

— *Huevos rotos*. Mange.

Je monte sur l'un des tabourets, celui sur lequel Vito s'est assis quand Nelo et lui sont arrivés, et attrape une four-chette. Le plat est délicieux, comme toujours, et lorsque Martina me tend un expresso, je le bois d'un trait.

— Merci.

Elle s'assied sur le tabouret en face du mien.

— Qu'est-ce qui te tracasse ?

Je mélange mes pommes de terre au jaune d'œuf.

— Je vais parler à ma sœur Gemma aujourd'hui.

Martina boit une gorgée de son expresso.

— C'est bien, non ? Je croyais que tu avais dit que tes sœurs te manquaient.

— C'est vrai, c'est juste que je ne sais vraiment pas quoi lui dire.

Je croise les yeux noisette de Martina.

— Je me sens coupable de l'avoir laissée à New York.

— Tu n'avais pas le choix, plaide-t-elle. Tu n'avais pas le temps d'aller la chercher quand on s'est enfuies. Si on s'était arrêtées, on se serait sûrement fait attraper.

Je croise les chevilles.

— Je sais. Je n'aurais jamais pu la tirer de là à ce moment-là, mais j'aurais peut-être pu retourner la chercher après t'avoir emmenée à l'aéroport.

Au moment où je prononce la phrase, je comprends que c'est puéril de penser ça. Je pousse un soupir.

— Pour être honnête, je ne suis pas certaine qu'elle m'aurait suivie. J'aurais dû tout lui expliquer... Lazaro, toi, et tout ce qui m'a poussée à en arriver là.

J'ai l'estomac noué.

— Mon mari était un homme mauvais, Martina.

— Je sais, me dit-elle d'une petite voix, le regard baissé sur sa tasse.

Des choses doivent lui revenir à l'esprit, des choses dont elle ne devrait pas avoir à se souvenir à cause de moi.

— Un mauvais garçon, un vrai, pas celui qui t'avertit qu'il l'est, j'ajoute en lui adressant un sourire empreint de douceur.

Je fais allusion à la conversation de la veille.

Elle cache son rire derrière une main et secoue la tête.

— Ne te moque pas de moi. Je me sens tellement bête d'avoir posé cette question. Je devais être aussi rouge qu'une tomate.

Je ris à mon tour.

— Ne t'inquiète pas pour ça. Quelle est la probabilité que tu le revoies ?

Son visage s'assombrit.

— Elle est pratiquement nulle, je suppose.

Nous mangeons en silence, avant que Martina ne s'éclaircisse la voix.

— Je pense que tu n'aurais rien pu faire d'autre, concernant Gemma. Tu as fait de ton mieux à ce moment-là. Je suis sûre qu'elle comprendra.

— Peut-être. Je ne sais pas comment m'enlever cette culpabilité.

— Elle est heureuse à New York ?

La vérité, c'est que je l'ignore. Je ne sais pas ce que veut ma sœur, et elle ne le sait probablement pas non plus, parce que, tout comme moi, elle est une marionnette de Papà depuis sa naissance, et on lui fait avaler des couleuvres sur notre famille depuis toujours. Je ne peux pas laisser Papà la marier à un monstre du même acabit que Lazaro.

— Je vais bientôt le découvrir, je murmure, avant de terminer mon déjeuner.

Nous nous installons dans le salon et mettons un film, mais je n'y prête guère attention. Quand Damiano franchit la porte, je me lève d'un bond.

— Des nouvelles de Ras ?

Son regard s'adoucit lorsqu'il nous voit, Martina et moi.

— Il m'a envoyé un message pour me dire qu'il avait réussi à entrer dans le studio et qu'il attendait qu'elle arrive, explique-t-il. Allons dans mon bureau, histoire d'être prêts quand il appellera.

On y est. Si Ras a réussi à pénétrer dans le bâtiment, il n'y a pas de raison pour qu'il rate Gemma.

Nous laissons Martina sur le canapé et refermons la porte de son bureau derrière nous. Il place son téléphone portable écran vers le ciel pour que nous puissions voir l'identité de l'appelant lorsque l'appareil sonnera et me serre dans ses bras. Je me blottis contre lui. Il est curieux de voir à quel point il est facile d'accepter le confort qu'il m'offre, à quel point il est naturel de céder à son contact. Arriverai-je véritablement à tout plaquer le moment venu ?

Il me relève le menton avec son index et m'embrasse. Lorsqu'il s'écarte, ses yeux se plissent.

— Tu es tendue.

— Ça fait longtemps qu'elle et moi, on ne s'est pas parlé.

Sa main glisse le long de mon bras.

— Elle reste ta sœur.

Lorsque la sonnerie du téléphone retentit, nous le regardons tous deux. Damiano finit par décrocher et met le haut-parleur.

— Ras ?

Pourquoi ne répond-il pas ? S'est-il fait coincer ? Est-ce un des gardes du corps de Gemma qui nous appelle ?

— Oui.

Je retiens ma respiration. Bon sang, c'était la plus longue seconde de toute ma vie.

— Ras ! Gemma est avec toi ?

Un rire aussi sec que le Sahara se fait entendre à l'autre bout du fil.

— Ça va, elle est là. Valentina, qu'est-ce qui tourne pas rond chez ta sœur ?

Damiano et moi échangeons un regard perplexe.

— Qu'est-ce que tu veux dire par là ? Qu'est-ce qu'il s'est pas...

— Donne-moi ce téléphone, espèce de taré !

C'est la voix de Gemma. Ma poitrine se soulève de soulagement.

— Laisse-moi lui parler.

Ras pousse un juron.

— Il lui manque une case. Elle m'a *mordu*.

— Tu m'as tripotée.

— Je ne t'ai pas tripotée, espèce de psychopathe. Tiens, parle à ta sœur pour que je puisse me tenir loin de toi.

— C'est toi qui nous as enfermés dans ce placard à balai.

Il y a un bruissement.

— Gemma, dis-je.

— Val, c'est vraiment toi ?

Je n'arrive pas à croire que je parle à ma sœur. Une boule se loge dans ma gorge, mais je force les mots à la contourner.

— Oui, Gem, c'est moi.

Elle pousse une exclamation étranglée.

— Oh, Val, tu es vivante ! On était si inquiets. Je ne dors plus la nuit depuis ton départ, Cleo non plus. Est-ce que tu vas bien ? Où es-tu ?

— Je vais bien. Combien de temps te reste-t-il avant le début de ton cours ?

— Oublie le cours. Je peux le sécher.

Damiano pose sa main sur mes reins et me murmure :

— Non, il faut qu'elle y assiste.

— Tu ne peux pas sécher ton cours, je répète. Personne ne doit savoir qu'on s'est parlé, toi et moi.

— Vous avez cinq minutes, confirme Ras au loin.

— Comment tu vas ?

J'ai besoin de savoir qu'elle va bien avant d'aborder le reste.

— Mal depuis que tu es partie. Mamma est devenue encore plus stricte et Cleo est constamment en guerre avec elle. On n'a le droit de quitter la maison que pour des sorties organisées à l'avance, et rien qui nous fasse côtoyer du monde. Où es-tu ?

— Je suis en sécurité. Et les Messero ? Est-ce qu'ils parlent toujours de ce mariage arrangé ?

— Je suis fiancée.

Un poids me tombe dans l'estomac.

— Non !

— À Rafaele. Le contrat de mariage est déjà signé, mais aucune date n'a été fixée.

Le désespoir me fait l'effet d'une sueur froide.

— Comment est-il ?

— Je ne sais pas vraiment. On s'est rencontrés une fois au dîner dont je t'ai parlé. Il était froid, et je ne l'intéressais pas. Je pensais qu'il ne voulait pas de moi, mais après ta fuite, Papà a forcé le destin.

Je porte le poignet à mon front.

— Je suis vraiment navrée, Gem.

— T'en fais pas, ça va. Mamma a toujours dit que ça se passerait comme ça. Cleo a déclaré qu'elle descendrait son futur mari comme tu l'as fait s'il ne lui plaisait pas, tu t'en doutes bien.

Je pousse un soupir amusé.

— Elle en serait tout à fait capable, hein ?

— Je lui ai dit qu'elle avait intérêt à mieux viser.

Des picotements me remontent les bras.

— Qu'est-ce que tu veux dire par là ?

— Lazaro a survécu. Tu le savais, non ?

Tout à coup, j'ai la tête qui tourne. Je vacille un instant avant que deux mains ne me retiennent par la taille.

— Assieds-toi, me conseille Damiano, qui me conduit à une chaise.

— Non, je n'étais pas au courant, dis-je dans un murmure.

— Pourquoi tu as fait ça, Val ?

384

Nous n'avons pas le temps pour de longues explications. Je ferme les yeux.

— Lazaro avait reçu l'ordre de Papà de capturer et de blesser une jeune fille innocente, alors je l'ai aidée à s'enfuir. Elle et moi avons pris la fuite ensemble. Je suis en sécurité maintenant, mais je ne peux pas te dire où je suis.

— Je ne comprends pas, insiste Gemma. Papà ne demanderait jamais à Lazaro de faire du mal à une fille ordinaire. Ça n'a pas de sens.

— Si, et il l'a fait. Je te jure sur ma tête qu'il a commandité cet enlèvement. Je ne pouvais pas laisser Lazaro faire une telle chose.

Il y a un long silence à l'autre bout de la ligne.

— Tu en es sûre ? Est-ce que quelqu'un te force à dire ça ?

Je peux entendre le scepticisme dans sa voix. Elle est loyale envers notre père et reste sur ses gardes. Or, j'ai besoin qu'elle me croie.

— Lazaro abusait de moi, je me force à lui avouer. Il me faisait faire des choses ignobles. C'est un homme mauvais, et Papà le sait, mais il m'a quand même mariée à lui. Ce qu'on dit à propos de Papà, qu'il fait toujours passer notre sécurité avant tout, c'est un mensonge. La seule chose que Papà privilégie, c'est le pouvoir.

La main de Damiano se resserre sur mon T-shirt.

— Trois minutes, Val, me chuchote-t-il.

— Pourquoi n'as-tu rien dit ? demande ma sœur.

Sa voix tremble. Je crois qu'elle pleure.

— Je n'ai pas pu. Écoute-moi, un jour, je te raconterai tout, mais nous n'avons pas le temps, là. J'ai besoin de ton aide.

*Allez, Gem. S'il te plaît, sois ma planche de salut.*

— D'accord. De quoi as-tu besoin ?

Je n'ai pas le temps de me sentir soulagée, l'horloge tourne.

— Le jour de la fête prénuptiale de Belinda, tu m'as dit que quelque chose n'allait pas, que Papà avait renforcé la protection de tout le clan. Est-ce que quelque chose d'autre s'est produit depuis ? Tu sais de quoi il avait peur ?

Elle inspire profondément.

— Quand on a appris par Lazaro que tu étais partie, Papà a perdu les pédales. Il a dit que tu avais fait une terrible erreur que toute la famille finirait par payer. Il a traité Lazaro d'amateur, parce qu'il n'avait pas réussi à accomplir une tâche simple qui lui avait été confiée. Papà a dit qu'il ne pourrait pas conclure l'affaire sur laquelle il travaillait, ce qui signifiait que la trêve prendrait fin. Mamma lui a reproché d'avoir la langue trop pendue devant Cleo et moi, et il est parti. Depuis ce soir-là, il ne nous a pratiquement pas adressé la parole. Il passe toute la journée dans son bureau. Je crois qu'il ne le quitte même pas pour dormir.

— Quelle affaire ?

— Je n'en sais rien, mais ça avait quelque chose à voir avec ce que Lazaro était censé faire pour lui.

— Un marché avec Sal, murmure Damiano. On sait déjà qu'ils bossaient ensemble.

— Qui est-ce ? demande Gemma.

— Je n'ai pas le temps de t'expliquer, dis-je. Tu as parlé d'une trêve ? Avec qui ?

— Avec l'un des autres clans, les Ricci, mais c'est terminé. La semaine après ton départ, ils ont tué Tito.

La douleur me transperce le cœur.

— Mon Dieu, pauvre Tito...

— Ils se vengent de quelque chose, mais Mamma ne veut pas nous en parler. Par contre, elle n'a pas réussi à nous cacher la mort de notre cousin. On sait qu'on est tous en danger. Je pense que c'est pour ça que mes fiançailles ont été si précipitées. Papà a besoin d'alliés.

— Une minute, m'informe Damiano.

— Gem, as-tu un moyen d'en savoir plus ? je demande.

Je l'imagine en train de se mordiller la lèvre pendant qu'elle réfléchit à ma question.

— Papà a en permanence un agent de sécurité devant son bureau maintenant, alors je ne peux plus écouter aux portes, mais je peux peut-être essayer de lui faire quitter son poste demain. C'est pas gagné, mais on ne sait jamais.

— C'est bien. Prends le téléphone prépayé, cache-le bien, et appelle le numéro qui est dessus si tu entends quelque chose. Personne ne doit savoir que nous avons parlé ensemble, d'accord ?

— Je ne le dirai à personne.

— *Le temps est presque écoulé*, nous presse Ras.

Les larmes me montent à nouveau aux yeux.

— Je t'aime. Tu me manques plus que tu ne l'imagines.

— Je t'aime aussi. Quand je t'appellerai la prochaine fois, on parlera plus longtemps, d'accord ?

— D'accord. S'il te plaît, sois prudente.

Damiano raccroche.

Je pose les mains à plat sur le bureau et me penche en avant. Mon cœur galope comme une harde de chevaux sauvages. Je pensais qu'en parlant à ma sœur, je me sentirais mieux, mais je me trompais lourdement. J'ai l'impression que ma cage thoracique est sur le point de s'ouvrir en deux.

Lazaro est toujours en vie.

Mon mari, mon bourreau, est quelque part en ce moment même en train de comploter pour me retrouver. La peur m'enveloppe et fait sortir l'air de mes poumons.

Damiano pose sa main sur mon épaule.

— Val, respire.

— Il ne s'arrêtera pas tant qu'il ne m'aura pas récupérée, dis-je.

Damiano s'agenouille à côté de moi et pose ses mains sur mes cuisses. Ses yeux brillent de conviction.

— Je te promets qu'il ne te touchera plus jamais.

Je me force à le croire. Avec l'arsenal entier des Casalesi à sa disposition, je serai peut-être en sécurité... mais il doit d'abord s'en doter.

— On n'a toujours pas assez d'informations, j'objecte en me passant les mains sur le visage.

— Non, mais tu t'es bien débrouillée. On sait que ton père est en guerre contre un autre clan de New York. Ça signifie qu'il est vulnérable. Ça peut nous servir.

Je suppose qu'il a raison.

— Après quoi Papà court-il désespérément au point d'accepter d'exécuter un contrat sur la tête de Martina ?

Le visage de Damiano se ferme.

— Dans notre métier, c'est souvent une question d'argent ou de pouvoir.

J'ai beau savoir tout ce que je sais maintenant, il m'est difficile d'accepter cette vérité.

— Combien vaut la vie d'une fille innocente ?

Damiano pince les lèvres.

— Probablement moins que tu ne le penses.

# CHAPITRE 33

**DAMIANO**

JE PASSE le reste de la journée à m'assurer que toutes les nouvelles mesures de sécurité recommandées par Napoletano sont mises en place. En l'absence de Ras, Jax, l'un de ses techniciens, s'est chargé d'installer toutes les caméras et tous les logiciels supplémentaires. Selon lui, il devrait avoir terminé le travail dans les vingt-quatre prochaines heures.

— Il y a un problème de connexion près de la piscine, m'annonce-t-il. Nous avons besoin d'un répéteur pour le signal, mais ça devrait être facile à trouver.

— Procure-t'en un dès que tu peux.

— Bien, patron.

La nuit qui suit est agitée. Val se tourne et se retourne dans mes bras, j'aimerais qu'elle me parle. Or, je devine qu'elle veut garder cela pour elle.

Je me demande à quoi elle pense en ce moment. Au fait que Lazaro soit en vie ? Aux fiançailles de sa sœur ? Ou peut-être est-elle en train de comprendre qui est véritablement son père et ce qu'il est prêt à faire pour obtenir ce qu'il veut.

Il semble qu'elle ait été bien plus préservée des agissements du patriarche que ne l'est une femme *casalese*. Pendant près de dix ans, ma mère a géré les finances du clan. Pour autant que je sache, mon père ne lui cachait pas grand-chose. Il rentrait à la maison pour le dîner, nous nous asseyions à table et il racontait sa journée à toute la famille, enfants compris. Mart était trop jeune pour comprendre ; moi, je gobais chaque mot qui sortait de sa bouche. J'aimais l'écouter parler des querelles et des bagarres, qui se terminaient toutes par une victoire.

J'aime à penser que j'ai hérité de son tempérament posé. Dans ses récits, mon père était toujours calme et réfléchi, même lorsqu'il avait affaire à des traîtres. Mon père était un parrain féroce, craint par ses ennemis, mais il n'aurait pas fait ce que Sal et Garzolo ont essayé de faire à Martina.

Je remarque que la respiration de Val s'est appesantie. Elle s'est enfin endormie. Je la serre un peu plus contre moi, respire le parfum de ses cheveux et, bientôt, mon esprit commence à sombrer, lui aussi.

Une sonnerie bruyante me fait ouvrir les yeux. Il me faut un moment pour franchir le voile du sommeil. Combien de temps ai-je dormi ?

Ma main se referme sur le téléphone, et je le lève à hauteur du visage. C'est un SMS de Gemma. Je l'ouvre.

Contrefaçon de produits de luxe.

Je fronce les sourcils.

Même si je répugne à le faire, je donne un petit coup de coude à Val pour la réveiller et lui montre le message. Peut-être pourra-t-elle m'aider à en comprendre le foutu sens.

Elle plisse les yeux devant l'écran.

— C'est tout ce qu'elle a envoyé ?

— Oui. Ton père fait dans la contrefaçon ?

— Pas que je sache...

Sa mâchoire travaille pendant qu'elle réfléchit.

— Attends ! Les Ricci, oui.

La famille avec laquelle Garzolo est en guerre ? Quel est le lien entre la contrefaçon et le marché avec Sal ?

Je me redresse et me passe la main dans les cheveux. Les Casalesi contrôlent un grand nombre d'usines de contre-façon dans la région de Naples. Nous fournissons à toute l'Europe des produits impossibles à distinguer des vrais, et ce parce que les maisons de luxe sous-traitent également la production de leurs marchandises dans nos usines. La seule différence entre ce qu'ils vendent dans leurs magasins somptueux et ce que nous vendons sur le marché noir est le prix. C'est la face cachée de l'industrie de la mode que peu de gens connaissent.

Quel est l'angle d'attaque de Garzolo ? Tentait-il de saper son rival en inondant le marché new-yorkais de sa propre marchandise ? Cherchait-il à s'approvisionner auprès de Sal ?

Merde, ça pourrait bien être ça.

La sonnerie du téléphone retentit.

Valentina se redresse et remonte le drap sur sa poitrine.

— Qui est-ce ?

Je regarde le nom qui apparaît à l'écran et lui tends le téléphone.

— C'est Gemma.

Ses yeux s'écarquillent. Elle décroche et met le haut-parleur.

— Gem ? Comment ça s'est passé ?

— Bonjour, Valentina.

La mâchoire de Val se referme. Je n'ai pas besoin de lui poser la question pour savoir à qui appartient la voix rocailleuse.

— Qu'est-ce qui t'a pris de faire ça, ma fille ?

Stefano Garzolo a compris ce que nous tentions de faire, ce qui signifie que je dois calibrer mon approche.

— Papà, souffle Val. Où est Gemma ?

— Ta sœur est dans sa chambre, sous bonne garde. Il est peu probable qu'elle la quitte de sitôt, après le tour que vous nous avez joué toutes les deux.

Val porte la main à la bouche.

Je lui fais signe de se taire.

— Garzolo, je suppose que nous pourrions tout aussi bien passer aux présentations. Je m'appelle Damiano De Rossi, et j'ai votre fille en ma possession.

À la pause que l'on entend à l'autre bout de la ligne, on peut dire que Stefano Garzolo ne s'attendait pas à cela.

— Ton *don* m'a dit qu'au retour de ta sœur, elle était seule.

— Il ment, surtout aux gens qui ne lui donnent pas satisfaction.

Je dois semer le doute, et vite. Garzolo est en difficulté sur son terrain, c'est son principal problème. Si je peux me positionner en candidat apte à le résoudre, j'obtiendrai ce que je veux de lui.

— Je présume que tout se sait à présent, se résigne-t-il.

— Il n'a pas été difficile de comprendre qui vous avait engagé une fois que Valentina m'a raconté sa version de l'histoire.

Il pousse un rire teinté de déception.

— Naturellement. Je parie qu'il n'en a même pas fallu beaucoup pour la faire parler. As-tu des enfants, De Rossi ?

— Non.

— Tu en auras un jour. Je prie pour que les tiens ne te déçoivent pas.

Ses mots provoquent une montée de colère en moi. Pas étonnant que Val ne veuille pas retrouver cette vie. Elle remonte un peu plus le drap sur sa poitrine, les jointures blanchies et les joues rouges. Je tente de la calmer en posant ma main sur sa cuisse.

— Et maintenant, De Rossi ? Je présume que tu n'es pas homme à pardonner.

Il veut savoir si je vais tenter quelque chose contre Sal. Une fois que j'aurai confirmé ses soupçons, cette conversation n'aura que deux issues possibles : Garzolo se rangera de mon côté ou il me dénoncera dès que nous aurons raccroché.

Qu'est-ce que la vie si ce n'est une série de risques calculés ?

— En effet, lui dis-je.

L'homme au bout du fil pousse un soupir.

— Et que comptes-tu faire de ma fille ?

— Ça dépendra de la façon dont se déroulera cette conversation.

Je regarde Val. Quand elle me souffle *Gemma*, je hoche la tête et demande :

— Qu'allez-vous faire de Gemma ?

— Ce ne sont pas tes affaires.

— Papà, s'il te plaît, ne la punis pas, le supplie Val.

— Arrête ton cinéma ! s'emporte-t-il. Tu as perdu le droit de m'appeler *Papà* après avoir abandonné ta famille. Maintenant, allons droit au but. Qu'est-ce que tu veux, De Rossi ?

Du regard, je supplie Val de me faire confiance. Je vois bien qu'elle est à deux doigts de disjoncter. Une fois que j'aurai conclu un marché avec Garzolo, nous pourrons en faire plus pour Gemma. Elle acquiesce enfin d'un minuscule signe de tête.

— Je veux vous donner l'occasion de réparer les torts causés à ma famille, je propose. Sal ne voudra plus travailler avec vous après votre échec, mais moi, je suis en mesure de le faire.

— Tu es un capo sur une île, rétorque Garzolo d'une voix plus sévère. Riche, mais isolé. Tu n'as rien que je veuille, à part ma fille.

— Je ne resterai plus longtemps sur cette île.

C'est maintenant que je dois bluffer.

— Tout est déjà en marche.

— Tu veux prendre la relève.

— Je *prendrai* la relève. C'est mon héritage et mon devoir. Sal est en train de détruire le clan, et les gens commencent à s'en rendre compte. Ils me considèrent comme le candidat naturel, voilà pourquoi il voulait faire main basse sur Martina, pour que je me tienne à carreau. L'argent que je gagne à Ibiza représente plus de cinquante pour cent des revenus du clan. Sans moi, il n'est rien.

Le sous-entendu est clair. Une fois que je serai *don*, je pourrai passer avec lui ce marché de contrefaçon qu'il voulait conclure avec Sal.

— Comment puis-je savoir que ça ne relève pas simplement du fantasme ? m'interroge-t-il. Qu'est-ce qui te fait penser que tu vas réussir ?

Je réussirai si Garzolo accepte de me fournir sa cocaïne, sauf que je ne peux pas le lui dire. Il ne doit pas savoir à quel point il a du poids.

— Sal s'est fait beaucoup d'ennemis ces dernières années. Les familles du clan sont mécontentes et ont envie de changement. Vous savez aussi bien que moi que tous les grands empires s'effondrent de l'intérieur. Soyons clairs, je n'ai pas besoin de vous, Garzolo. Une fois que je serai le parrain, je serai encore moins indulgent. Vous avez une dette envers moi. D'une manière ou d'une autre, vous la réglerez.

Il pousse un soupir.

— Quel genre de règlement recherches-tu ?

Je pose les coudes sur les genoux.

— Un approvisionnement à court terme en cocaïne. Je vous paierai une majoration de quinze pour cent si vous pouvez acheminer le produit à Ibiza.

Il y a une longue pause. Val pose une main sur mon dos pendant que son père réfléchit.

*Allez.*

— D'accord, mais à condition de nous laisser signer l'accord que les Messero et moi avons négocié avec Sal.

Je suis soulagé.

— Je vais devoir étudier la question, à moins que vous ne vouliez me mettre au parfum tout de suite.

— Les Ricci sont devenus trop puissants à New York. Les Messero et moi-même nous sommes associés pour les faire reculer et rétablir notre supériorité. Le principal fournisseur de contrefaçons des Ricci en Chine n'est plus opérationnel. Il a été repris par les triades. Ils se sont donc adressés à Sal.

*Ah.* Je commence à comprendre.

— Et vous avez essayé de faire en sorte que Sal accepte de travailler avec vous à la place.

— Nous avions presque signé notre accord. La dernière condition de Sal était l'affaire concernant ta sœur. Il a été furieux de voir que nous n'avons pas été à la hauteur, alors il a dévoilé nos plans aux Ricci. Les tensions sont fortes. Il est urgent que nous arrivions à nos fins.

— J'ai bien compris. Ce sera ma priorité une fois que les choses se seront tassées.

— Bien. Quand renvoies-tu ma fille ?

Je croise le regard de Val.

— Elle reste avec moi.

— Pardon ?

— Vous m'avez parfaitement entendu. Valentina est à moi.

— Elle est mariée. Son époux veut qu'elle revienne.

— Son époux ne la reverra plus jamais.

Un long silence suit.

— Lazaro a pris un vol pour l'Espagne quelques jours après sa disparition, explique enfin Garzolo. Nous avons perdu la trace de Valentina là-bas, il la cherche depuis. Quand tu m'as dit ton nom, je lui ai envoyé un message pour lui dire qu'elle était à Ibiza. Il est en route.

Valentina étouffe une exclamation.

— Rappelez-le, j'ordonne d'un ton grinçant.

Son père soupire.

— Ce ne sera pas possible. Dans notre clan, même le *don* ne peut s'immiscer dans les affaires matrimoniales.

Je serre le téléphone.

— Bien. J'avais quelques mots à lui dire.

— L'affaire avec ta sœur était malavisée, ajoute Garzolo. Je comprends que tu veuilles te venger.

Comme si j'avais besoin de sa permission pour tuer Lazaro. Il ne mentionne pas ce que cette ordure a fait à Valentina. Il n'a même pas demandé comment elle allait pendant toute la durée de notre conversation.

— Ça ne te dérange pas qu'il meure ? s'étonne soudain Valentina. Je pensais qu'il était ton fidèle soldat.

— Il l'était.

— Tu lui as donné ma main.

— En récompense de ses bons et loyaux services passés, et non de son récent échec.

Elle pousse une exclamation indignée et secoue la tête.

— Il ne t'est plus utile.

— Non.

Une larme coule sur sa joue, et j'aimerais pouvoir passer à travers la ligne téléphonique pour remettre à cet homme les idées en place. Il n'a toujours pas tenté de s'excuser.

Malheureusement, je doute qu'il le fasse un jour.

— Au revoir, père.

Valentina raccroche.

— Lazaro arrive, répète-t-elle.

Je croise son regard inquiet.

— Il ne partira pas d'ici vivant, Val.

C'est une promesse que j'ai l'intention de tenir.

# CHAPITRE 34

**VALENTINA**

Pour la seconde fois de mon existence, j'ai été échangée pour satisfaire les intérêts de mon père. Même si je savais que, lorsqu'il aurait compris que je m'étais enfuie, il n'éprouverait aucun remords à me traiter comme il vient de le faire, le fait de voir à quel point il peut se montrer impitoyable est malgré tout comme un coup de poing dans le ventre.

Il a raison sur un point. Il n'est plus *Papà*. Même ce simple terme traduit une affection que je ne ressens plus à son égard.

Je suis un objet pour lui.

J'espère être plus que cela aux yeux de Damiano, mais il m'est difficile d'avoir confiance en qui que ce soit ces temps-ci. J'aurais aimé qu'il insiste davantage concernant Gemma et le sort que mon père lui réserve. Que vont-ils lui faire ? Elle sera punie pour sa trahison. Avec quelle sévérité ? Je l'ignore. Tout ce que je sais, c'est que c'est moi qui l'ai mise dans cette position.

Depuis que nous avons raccroché, Damiano et moi sommes sur le pied de guerre : lui met au point la logistique pour acheminer la drogue de mon père à Ibiza, moi, j'arpente la maison et tente d'identifier l'endroit par lequel Lazaro pourrait s'introduire, même si Damiano m'a assuré au moins à dix reprises qu'il n'y arriverait jamais.

Lorsqu'il m'aperçoit près de la fenêtre du salon, il s'approche et s'arrête dans mon dos.

— La police a sa photo, affirme-t-il tandis qu'il repousse les cheveux de ma nuque. Ils ont reçu l'ordre de me l'amener dès qu'ils le verront sur l'île.

Je le regarde par-dessus mon épaule.

— Tu travailles avec la police ?

— J'ai le commissaire dans ma poche depuis des années. Ce que je veux dire, c'est qu'il ne te trouvera pas, Val. Il sera mort avant d'avoir posé les yeux sur toi.

J'aimerais le croire, mais quelque chose m'en empêche. C'est drôle comme la vie peut brusquement prendre un tournant. Hier soir, quand j'étais dans ses bras, en sécurité et au chaud, j'aurais cru tout ce qu'il disait. S'il m'avait demandé de rester avec lui, j'aurais dit oui. À présent, mon univers me semble aussi précaire qu'une plaque de verre tournant sur un mince poteau de bois. Je ne sais pas ce que je vais faire. Lorsque je pense à l'avenir, je suis remplie d'effroi.

— Où est Martina ? je demande.

Il jette un coup d'œil en direction de sa chambre.

— Elle dort encore. Quand elle se réveillera, ne lui parle pas de Lazaro, d'accord ? J'ai peur qu'elle panique si elle apprend qu'il est peut-être déjà sur l'île. Il a tué son amie et...

— Je comprends.

Il n'a pas besoin de m'expliquer. Je sais exactement ce que Martina ressent.

— Je lui tiendrai compagnie.

Le regard de Damiano s'adoucit.

— Je te remercie. J'ai quelques points à revoir, ça va aller ?

— Vas-y, ne t'en fais.

Il saisit mon T-shirt dans le bas de mon dos, me serre contre lui et m'embrasse. Je lui rends le baiser comme je peux, mais bon Dieu que je suis mal à l'aise. Plus Lazaro se rapproche, plus je repense au passé et aux terribles choses que j'ai faites.

La journée traîne en longueur, même lorsque Martina se réveille et que nous nous activons dans la cuisine. Elle m'apprend à faire son gâteau préféré et nous passons des heures à cuire tous les étages et à préparer les crèmes aromatisées. À un moment, je dois faire une pause et me réfugier dans la salle de bain pour me ressaisir. C'est tellement absurde de cuisiner alors qu'un meurtrier est probablement en chemin. Je prends de grandes respirations pour me calmer, puis retourne dans la cuisine et me sers un grand verre de vin.

Le soir venu, lorsque le ciel commence à s'assombrir, nous nous mettons à table. Nous en sommes à la moitié de notre steak de thon grillé quand on sonne à la porte.

Je me lève d'un bond. Est-ce Lazaro ? Non, c'est impossible. Il ne sonnerait pas à la porte.

Damiano me lance un regard calme qui me rassure et tire la serviette de table de ses genoux pour la poser à côté de son assiette.

— Je reviens tout de suite.

— Ça va ? me demande Martina, le visage marqué par l'inquiétude.

Je réalise que je suis toujours debout, alors je me rassieds.

— Oui, ça va. Juste un peu nerveuse.

Les battements de mon cœur ne ralentissent que lorsque Damiano revient dans la pièce, Ras à ses côtés.

— Tu es de retour de New York, dis-je.

Je remarque ses yeux las, mais la fatigue les quitte dès qu'il pose le regard sur moi. Ras s'approche tout en secouant la tête, comme si je l'avais déçu.

— Regarde.

Il tend la main.

Il y a une morsure très nette sur son index. Je fais des yeux ronds.

— C'est Gemma qui t'a fait ça ?

Il tire une chaise et s'y laisse choir. Il brille dans ses yeux une curiosité malsaine que je ne lui avais encore jamais vue.

— J'ai aussi de longues entailles dans le dos. Elle doit passer son temps libre à limer ses ongles pour en faire des couteaux, j'en suis sûr.

J'arque un sourcil.

— Tu t'attendais à quoi ? Tu lui as tendu une embuscade dans les vestiaires des femmes. Je serais plus inquiète si elle ne s'était pas défendue.

Il pousse un rire.

— Aucune femme, hormis mes conquêtes au lit, ne m'a malmené comme ça.

Est-ce moi ou il a l'air légèrement impressionné ?

— Tu sais ce que ton père lui réserve, maintenant qu'elle a été prise en train de nous aider ? demande-t-il en baissant les yeux sur l'assiette que Martina pose devant lui.

— Non. Il n'a pas voulu nous le dire.

Damiano croise mon regard.

— Je finirai par le découvrir. J'ai juste besoin d'un peu plus de temps pour conclure ce marché.

Attendrait-il aussi patiemment si c'était de Martina qu'il s'agissait ? Je détourne le regard. Ras n'a pas l'air très content de cette réponse non plus. Il plante sa fourchette dans le steak de thon et en arrache un morceau.

— Comment elle te semblait ? je lui demande. Est-ce qu'elle avait l'air heureuse ?

Ras me lance un regard sans lever la tête.

— Elle avait l'air... bien.

Il se racle la gorge.

— On n'a pas beaucoup parlé jusqu'à ce qu'elle t'appelle.

Je dois bien pouvoir faire quelque chose pour ma sœur depuis ma nouvelle position aux côtés de Damiano.

Seulement, cela ne dépend pas de moi. C'est à lui d'en décider. Il sera *don*, et c'est sa parole qui comptera, pas la mienne.

— Finis de manger dans mon bureau, dit Damiano à Ras en se levant. On a des choses à voir ensemble.

Je suis tellement absorbée par mes soucis que je les vois à peine partir. Mon verre de vin est vide. Je le remplis pratiquement à ras bord.

Pourquoi ai-je accepté d'entraîner Gemma dans toute cette histoire ? J'aurais dû fuir quand Damiano m'a offert ma liberté, au lieu de m'éterniser là et de penser que je pouvais l'aider. Maintenant, elle est dans le pétrin par ma faute, et je ne sais pas comment résoudre ses problèmes. C'est comme si tout ce que je touchais pourrissait. Damiano ne le comprend peut-être pas encore, mais je sais que c'est vrai.

J'en suis malade. J'en ai assez d'être celle que je suis. Une lâche, une idiote et une meurtrière.

Lorsque je me lève de table, je réalise que Martina n'est plus là. N'était-elle pas là quand Ras et Damiano sont partis dans le bureau ?

La nuque me picote, j'ai un mauvais pressentiment. Elle est probablement montée dans sa chambre lorsqu'elle a compris que je n'étais pas d'humeur à discuter. Je décide tout de même d'aller vérifier. Quand j'arrive à la porte de sa chambre, le silence règne de l'autre côté du battant. Je frappe et entre. Elle n'est pas là.

D'un pas pressé, je redescends pour aller voir dans la cuisine, l'endroit le plus probable où elle pourrait se trouver. Elle est déserte. J'attrape un petit couteau et le glisse dans ma poche, des sonnettes d'alarme plein la tête.

En retournant dans le salon, je vois quelque chose bouger près de la piscine. Je m'approche doucement des baies vitrées. Il fait sombre, seul l'éclairage de la piscine donne à l'eau une douce lueur. Impossible de voir les abords du jardin.

J'appuie sur l'interrupteur. Soudain, tout s'éclaire, et c'est là que je vois Martina.

C'est comme si on venait de me pousser dans une cuve de goudron épais. Chaque mouvement me semble plus difficile que le précédent, chaque respiration impossible à prendre. Elle est entre les griffes de Lazaro, un couteau pressé contre sa gorge. Un froid glaçant s'insinue dans mes poumons jusqu'à ce que je ne puisse plus respirer. Comment est-il entré ? Comment est-ce possible ?

Je pousse la porte coulissante et cours vers eux.

— Martina !

Lazaro esquisse un rictus et la serre plus fort contre lui. Il montre rarement les dents quand il sourit. Cette fois-ci, je les vois. Il a l'air grotesque avec ce visage, comme un extra-terrestre qui afficherait une mine sans comprendre l'émotion qui se cache derrière.

Je m'arrête à quelques mètres d'eux.

— Laisse-la partir.

Il promène son regard sur moi avant de le poser à nouveau sur mon visage.

— Femme.

— Laisse-la partir, Lazaro, je répète en détachant chaque mot.

— J'aurai une cicatrice à vie, me lance-t-il, sourd à ma requête. La balle m'a traversé la cage thoracique.

Martina est pâle et transie de peur. Son pire cauchemar a pris vie. Je vais tout faire pour l'éloigner de Lazaro. Tout ce qu'il me faut, c'est qu'une occasion se présente.

— J'aurais aimé qu'elle te traverse le cœur, je murmure.

Il ricane.

— Je ne t'ai pas encore appris à te servir d'une arme. Ne t'inquiète pas, quand nous serons à la maison, je t'enseignerai tout ce que je sais.

J'ai toujours pensé qu'il risquait de se débarrasser de moi après que je l'ai trahi. À présent, je sais que j'avais tort. Il ne me tuera pas. Il va me reprendre, me punir et me forcer à commettre des meurtres à nouveau.

Je ne peux pas faire ça. Je ne le *ferai* pas.

Des bruits de pas résonnent derrière moi. Je n'ai pas besoin de me retourner pour savoir qu'il s'agit de Damiano et de Ras.

— Lâche ce couteau ou je te mets une balle dans la tête.

J'entends Damiano, mais ne le vois pas. Je ne veux pas quitter Martina des yeux, ne serait-ce qu'un instant. Il doit se trouver à quelques mètres derrière moi.

— Si mon pouls s'arrête pour quelque raison que ce soit, j'explose, répond en toute simplicité Lazaro tout en faisant un signe de tête vers la montre qu'il porte au poignet.

Elle doit mesurer son rythme cardiaque.

J'ouvre grand les yeux de stupeur.

Le sourire est de retour sur son visage.

— Je ne suis pas un amateur, Valentina. Tu as réussi à me piéger une fois, je te l'accorde, mais ça n'arrivera plus jamais.

Je le crois. Une sensation étrange se matérialise à l'intérieur de ma cage thoracique. J'ai tant redouté ce moment, mais maintenant qu'il est là, ma peur passe au second plan. Je croise le regard de Martina, et je sais ce que je dois faire.

— J'irai avec toi si tu laisses partir Martina, dis-je.

— Elle reste avec nous jusqu'à ce que toi et moi soyons sur mon bateau.

Un bateau ? Il n'y a pas de plage ici, juste une falaise abrupte qui mène à l'eau. Comment a-t-il fait pour conduire un bateau jusqu'ici sans qu'il soit détecté par les hommes de Damiano ?

Damiano essaie de s'approcher, mais je me mets hors de portée.

— Val, souffle-t-il.

Je le regarde par-dessus mon épaule et secoue la tête. Une dizaine d'émotions se jouent sur son visage. J'ai fait beaucoup de choix par le passé que je regrette, je ne vais pas en ajouter un autre à la liste aujourd'hui. Je vais mettre Martina en sécurité, même si ce sera ma dernière action. Il l'aime tellement, plus que mes parents ne m'ont jamais aimée, il n'est pas question qu'il la perde.

Je me tourne pour faire face à Lazaro et fais un pas en avant.

— Regarde, dis-je, les bras écartés, je ne suis pas armée, je n'ai même pas mon téléphone sur moi. Emmène-moi au bateau et laisse-la tranquille. Si tu leur dis que tu la relâches, ils ne me tireront pas dessus.

Lazaro regarde les hommes derrière moi. Le seul avantage que j'ai ici, c'est qu'il ignore la nature de ma relation avec Damiano. Pour ce qu'il en sait, mon ravisseur m'aura infligé des sévices durant tout ce temps pour avoir joué un rôle dans l'enlèvement de sa sœur.

— Vraiment ? demande-t-il.

— Val, grommelle Damiano. Qu'est-ce que tu f...

— Dis-lui que tu ne me tireras pas dessus s'il laisse partir ta sœur, j'insiste.

Il ne doit pas laisser passer cette chance.

Je l'entends prendre une grande respiration.

— Je ne lui tirerai pas dessus.

Un reflet brille dans la lame de Lazaro.

— Bien. Je laisserai partir ta sœur le moment venu. Souvenez-vous, si vous me tuez, nous mourrons tous. Ne nous suivez pas, sauf si vous voulez que je lui tranche la gorge.

Il fait un signe de tête en direction du rivage et me dit de franchir le portail qui mène à la piscine. La serrure est cassée. Il devrait y avoir un agent de sécurité ici, non ?

Lorsque je franchis le portail, mon attention s'arrête sur l'homme allongé au sol. Le garde est mort. Damiano et Ras ne me suivent pas. Je ne peux qu'imaginer la torture que c'est pour lui de voir sa sœur en danger.

— On n'a pas le temps d'admirer le paysage, Valentina, dit Lazaro dans mon dos. Marche tout droit jusqu'à la falaise.

Je suis ses instructions, le cœur battant la chamade. Je regarde sans cesse par-dessus mon épaule pour voir si Martina va bien, mais il fait nuit dehors et je ne fais qu'entrapercevoir son visage terrifié. Elle doit être en état de choc. Lazaro va-t-il vraiment la laisser partir ? Je prie pour qu'il le fasse.

Une échelle de corde pend au bord de la falaise et, lorsque je regarde en bas, je vois un petit bateau à moteur ancré en mer. Il rebondit doucement sur les eaux noires. C'est ainsi qu'il compte s'enfuir.

— Descends, ordonne Lazaro.

Il est hors de question que je la laisse seule avec lui.

— Et Martina ?

Ses yeux bleus croisent les miens.

— Descends, Valentina.

Une goutte de sueur perle entre mes seins.

— Non. Pas tant que tu ne l'auras pas relâchée.

L'air devient poisseux et dense tandis que Lazaro m'étudie de son regard froid et calculateur.

— Elle est la seule à s'être échappée, dit-il enfin. Une tache sur mon tableau de chasse.

*Merde.* Il va la tuer.

Je ne peux pas le laisser faire ça.

Je sors le couteau de cuisine de ma poche et le presse contre mon poignet.

— Je sais exactement où je dois me couper pour me vider de mon sang en quelques minutes. Je le ferai si tu la tues.

Le visage de Martina se décompose.

— Val, non !

Lazaro étouffe une exclamation de surprise.

— Tu bluffes.

Le fait qu'il pense que je cherche à le tromper montre à quel point il ne me comprend pas.

— Laisse-la partir ou tu ne me récupéreras jamais.

J'ai longtemps eu peur de faire ce qu'il fallait, mais c'est fini. Cette fois, je vais faire ce qui est juste, quoi qu'il m'en coûte.

Il fait une grimace. Si je ne le connaissais pas si bien, je croirais qu'il a été blessé par mes paroles.

— Tu es ma femme, gronde-t-il. Tu m'appartiens.

— Et tu me récupéreras dès que tu l'auras laissée partir.

Son regard dur, le regard que j'ai senti sur moi tant de fois auparavant, traverse les couches de ma conscience jusqu'à ce qu'il voie enfin l'authenticité de mes propos. Avec un claquement de langue, il repousse Martina suffisamment fort pour qu'elle tombe à terre. Il l'enjambe et avance vers moi.

— Lâche le couteau et descends cette échelle, ou je change d'avis.

Je fais ce qu'il me dit et pose le pied sur la première corde, après avoir lancé un dernier regard à Martina. Elle pleure en silence, le visage mouillé de larmes.

La corde crisse et oscille tandis que je descends, sa surface rugueuse me raclant les paumes. Lazaro se tient au bord de la falaise et observe chacun de mes mouvements, et lorsque je suis presque au bas de la falaise, il se retourne et commence sa descente.

Mes pieds touchent les rochers auxquels le bateau est amarré par une corde épaisse, et alors que j'essaie d'assurer ma posture et de trouver l'équilibre, je bute sur quelque chose.

Je baisse les yeux.

Il y a une pierre de la taille d'un poing à côté de mon pied. Sans y regarder à deux fois, je me penche, la ramasse et la cache dans mon dos.

Lazaro saute de la dernière traverse et se tourne vers moi. Il fait un geste de la tête en direction du bateau.

— Monte et assieds-toi.

Il n'y a que deux sièges placés côte à côte. Il détache la corde pendant que je m'assieds. Quand il a fini, il prend place à la barre.

Je mets la main qui tient la pierre entre ma cuisse et la coque du bateau pour la dissimuler.

— Où va-t-on ?

Il tourne la clé dans le contact.

— Chez nous.

Il s'engage en direction du large. Il fait si sombre que je me retrouve désorientée en quelques secondes seulement. Je n'ai aucune idée de la direction que nous prenons.

— New York, ce n'est pas chez moi, lui dis-je. Ça ne l'est plus depuis qu'on m'a mariée à toi.

Un muscle de sa mâchoire tressaille.

— J'ai fait des erreurs avec toi, mais je vais les réparer.

— Des erreurs ? Me forcer à tuer pour toi, c'est plus qu'une erreur.

— Ce n'est pas là où je veux en venir. J'aurais dû passer plus de temps avec toi. Nous aurions dû commencer par une famille.

Je le regarde avec horreur. Est-ce vraiment ainsi qu'il pense s'être trompé ?

— Tu n'auras jamais d'enfants de moi, Lazaro. Je m'arracherai ta progéniture du ventre avant de la mettre au monde.

— Tu ne sais pas ce que tu racontes, mais je vais réparer tout ça. Je t'apprendrai à voir les choses à ma façon. Tu ne me quitteras plus jamais, Valentina. Tu es ma femme, ma partenaire. J'ai attendu longtemps pour partager ma vie avec toi et je ne te laisserai plus jamais partir. Je t'aime.

Je serre la pierre nichée au creux de ma main.

— Tu n'aimes rien.

— Tu te trompes.

— Tu as vraiment un explosif sur toi ?

Il hoche la tête.

— Une assurance au cas où ils décideraient de s'en prendre à nous.

Les nuages s'écartent pour laisser apparaître un fragment de lune, un peu comme un œil céleste qui me regarderait et attendrait de voir si je vais faire ce qu'il faut.

J'aspire une grande bouffée d'air.

Je ne retournerai jamais là-bas.

Je me jette sur lui et lui assène un coup sur la tempe avec le tranchant de la pierre. Il hurle de douleur et me repousse, mais je lui saute à nouveau dessus. C'est plus facile de le combattre, maintenant que je n'ai plus d'instinct de survie.

— Arrête, rugit-il.

Je lui porte un autre coup à la tête, et ce dernier le met à terre. Cette fois-ci, je n'attends pas de voir si je l'ai fait correctement et continue de le frapper, encore et encore, jusqu'à ce que mes mains soient couvertes de sang.

Lorsque je m'arrête, il gémit faiblement et me regarde d'un œil dont la paupière cligne.

— On est une équipe. On est bien ensemble.

— Non, on l'est pas, putain !

Je prends la pierre à deux mains et le frappe en plein milieu du visage.

# CHAPITRE 35

**DAMIANO**

Le désespoir s'infiltre dans mes veines. Je n'avais ressenti cela qu'une seule fois par le passé, le jour où ma sœur a disparu à New York. Aujourd'hui, c'est encore pire. J'étais pétrifié en voyant la scène au bord de la piscine. J'étais pétrifié, car à ce moment-là, j'ai cru devoir faire un choix, Val ou Mart, et je ne savais pas comment résoudre ce dilemme.

Ma sœur a toujours compté plus que tout. Elle est ma joie, mon miroir, ma famille. Je me suis dit que je ne l'abandonnerais jamais comme l'a fait ma mère. Toute ma vie, je lui en ai voulu d'avoir fait ce choix. Je n'ai jamais compris qu'elle ait rejoint mon père dans la mort plutôt que de vivre avec nous.

Je comprends enfin.

Dans une situation impossible comme celle-ci, il n'y a pas de bien ou de mal. Quoi que vous fassiez, la damnation vous attend.

L'arme enserrée dans la main, je regarde au-delà du portail de la piscine où se tiennent Lazaro, Val et Martina. Ils parlent, mais sont trop loin pour que je les entende. Quand je vois Val appuyer un couteau sur son poignet, mon sang se glace. Je sais ce qu'elle est en train de faire.

Elle sauve la vie de ma sœur.

Elle fait mon boulot, putain.

*Cazzo*. Comment a-t-on pu en arriver là ? J'aurais dû vérifier toutes les caméras au lieu de faire confiance à mes hommes en l'absence de Ras. Celle de la piscine ne fonctionne pas, c'est comme ça que Lazaro est entré.

Le désarroi s'abat sur moi tel un manteau de plomb et anky-lose mes membres. Les cris de ma mère résonnent dans ma tête. Je ne peux pas les perdre toutes les deux, mais je suis impuissant. Je n'aurais jamais cru me retrouver ici à nouveau.

Lazaro et Val s'arrêtent de parler. L'éclat de la lune se reflète sur la lame posée en biais contre la peau de Val, et Martina a les yeux rivés sur le couteau. J'arrive à voir à quel point elle tremble, même à cette distance.

Soudain, le face-à-face prend fin. Lazaro pousse ma sœur par terre et aboie quelque chose à Val. Elle se dirige vers le bord de la falaise, Lazaro sur ses talons. Je le tiens dans mon viseur, mais je ne peux tirer. C'est une bombe humaine avec une charge dont je ne connais pas le degré.

Dès que Lazaro disparaît de l'horizon, je sprinte vers ma sœur.

— Dem !

Elle pleure quand je la prends dans mes bras.

— Il a Val.

— Je sais. Tu es blessée ?

— Je vais bien. Tu dois l'aider. Ils montent dans son bateau.

Je la confie à un agent de sécurité et fais un signe de tête à Ras. Nous filons à l'angle de la maison et descendons l'escalier quatre à quatre jusqu'au quai. Ras saute dans un hors-bord, moi à sa suite.

Val a réussi, elle a sauvé la vie de Martina pour la seconde fois. Or, il n'est pas question que ce soit au détriment de la sienne. Je n'aurais pas dû la quitter d'une semelle. Pourquoi l'ai-je abandonnée à la table du dîner ? Je ne me souviens même plus du sujet que je voulais évoquer avec Ras.

Si je ne la ramène pas, le monde tel que je le connais s'écroulera. Il n'y aura plus de lumière sans elle.

Notre hors-bord file à toute allure sur l'eau. Je me passe une main dans les cheveux et crie :

— Plus vite.

Nous ne voyons pas le bateau de Lazaro, mais ils n'ont pas pu aller aussi loin. Ils ont cinq minutes d'avance sur nous, tout au plus. Une fois qu'on les aura rattrapés, bombe ou pas, j'éloignerai Val de lui et lui collerai une balle dans le crâne.

— Là ! hurle Ras alors que les nuages s'écartent.

Au loin, j'aperçois un petit bateau illuminé par le clair de lune.

Ma poitrine se gonfle d'espoir.

— On les tient. Ne ralentis pas.

Une fois que je l'aurai sauvée des griffes de Lazaro, j'en ferai ma reine. Je m'y vois déjà. Ma courageuse Val. C'est la femme idéale pour moi. Nous construirons notre royaume ensemble, et elle régnera à mes côtés.

C'est à ce moment-là que ça se passe.

Une boule de feu apparaît à la surface de l'eau, suivie d'une détonation assourdissante.

La mer brûle… et avec elle, les restes du bateau de Lazaro.

L'horreur se solidifie et forme une pierre dure à l'intérieur de mon estomac. Non, c'est impossible. Elle ne peut pas être en train de *brûler*.

Je tends le bras et plante mes doigts dans l'épaule de Ras.

— Continue, dis-je, la voix rauque. Rapproche-toi le plus possible.

Il laisse échapper un grognement empreint de frustration et remet les gaz en direction des flammes.

La bombe. Lazaro ne mentait pas lorsqu'il nous a dit qu'il en portait une.

L'a-t-elle tué en toute connaissance de cause ? Non, Val ne peut pas être morte. *Elle ne peut pas être morte, putain.* Elle n'aurait pas fait ça. Elle voulait *vivre*, bordel. Ne savait-elle pas que j'aurais suivi sa piste jusqu'au bout du monde pour la récupérer ?

Lorsque nous atteignons les débris en feu, mon cœur se serre. Il n'y a plus de bateau. Il est en pièces, déchiré par l'explosion.

— Non, non, non !

Je tourne en tous sens, cherche dans l'eau quelque chose, n'importe quoi, qui pourrait être elle.

— Val !

Ras fait tourner le bateau sur place pour éclairer autant que possible l'eau à l'aide du projecteur. Il est difficile de voir quoi que ce soit.

Je crois apercevoir un fragment de peau près d'un morceau de coque flottant, pour ce qu'il en reste.

— Juste là, reviens à cet endroit, je crie.

Ras éclaire dans cette direction, et il n'y a plus rien à présent, sauf qu'il y *avait* quelque chose. J'en suis sûr. J'ai vu Valentina.

Je saute du bateau. L'eau me lèche le visage, son odeur est altérée par l'essence et les flammes. Je nage jusqu'à l'endroit précis où je pense l'avoir vue, puis je plonge sous la surface.

Ras garde le faisceau braqué sur moi, sans quoi je n'y verrais rien. Je nage jusqu'à ce que je n'aie plus de souffle, puis je remonte et je recommence.

Elle doit être ici, quelque part. J'ai mal aux poumons, et ma poitrine semble sur le point de s'ouvrir en deux.

À cet instant-là, tout devient clair.

J'aime cette femme. Je nagerai jusqu'au fond de l'océan s'il le faut pour qu'elle me revienne. Pitié, Seigneur, faites que je la trouve. Je vous promets de ne jamais plus la lâcher d'une semelle.

Lorsque j'émerge de l'eau pour reprendre ma respiration, j'entends un filet de voix quelque part à ma droite. Au début, je crois que c'est le manque d'oxygène qui affecte mon ouïe et me fait imaginer des choses. Or, je l'entends à nouveau.

Je me retourne et la vois. Elle fait du sur-place à une dizaine de mètres, les cheveux plaqués sur le visage.

Je cligne des yeux pour m'assurer que ce n'est pas un mirage. Elle est toujours là, et la montée d'adrénaline qui s'ensuit me donne l'impression de pouvoir voler.

— Val !

Mes bras fendent l'eau. Six mètres. Trois mètres. Un.

Dès que je l'ai dans mes bras, je pousse un soupir de soulagement. J'ai la tête légère. Elle enfouit son visage au creux de mon cou et pleure.

L'ADRÉNALINE ne retombe que lorsque mes pieds touchent la terre ferme. Nous débarquons, et je la porte dans mes bras. Ras reste derrière pour amarrer le bateau et nous accorder un peu d'intimité.

Quelques gardes du corps accourent vers moi, mais je les fais fuir d'un regard. J'ai besoin qu'on me laisse la tenir dans mes bras une foutue minute. Ne comprennent-ils pas que j'ai failli la perdre dans les vagues ?

Val agrippe mon T-shirt trempé et lève les yeux sur moi.

— Il est mort ?

— Tu as eu sa peau, bébé. Je ne sais pas comment, mais tu as eu sa peau.

Son visage se tord.

— Je l'ai frappé avec une pierre, gémit-elle. Je lui ai fracassé le visage.

Je la serre plus fort, envahi par la culpabilité. Ç'aurait dû être moi.

— Tu as fait ce que tu devais faire.

Elle renifle et s'essuie le nez avec la main.

— Il n'imaginait pas que je ferais ça, mettre ma propre vie en jeu pour me libérer de lui.

— Tu ne l'as pas fait juste pour être libre. Tu as sauvé la vie de Mart.

Mon cœur se met à battre de manière erratique.

— Je ne l'oublierai jamais, Val.

Lorsque nous entrons dans la maison, ma sœur nous attend dans le salon, assise sur le canapé. Elle se lève d'un bond et court vers nous. À la vue de nos vêtements trempés, elle écarquille les yeux.

— Dieu merci ! Vous êtes sains et saufs.

Je pose Val à terre et les regarde se prendre dans les bras. Les voir ensemble remue quelque chose dans ma poitrine.

Val passe la main sur les cheveux de Martina et lui embrasse la tempe.

— Je suis vraiment désolée que tu aies eu à subir ça.

Ma sœur la serre un peu plus fort dans ses bras.

— T'excuse pas. C'était pas ta faute. Qu'est-ce qui s'est passé ?

Val prend une grande respiration.

— Je l'ai frappé avec une pierre que j'ai trouvée. Quand j'ai su qu'il était bientôt mort, j'ai plongé dans l'eau. Le bateau a explosé au-dessus de moi.

Avec une pierre, bordel. Elle l'a tué avec une pierre. Son regard croise le mien, et je vois l'horreur de ces quelques instants s'y refléter. Elle ne voulait plus faire de mal à quiconque, mais elle y était obligée.

Je le jure devant Dieu, elle n'aura plus jamais à refaire une chose pareille.

Nous laissons Mart et montons nous changer. Lorsque Val se dirige vers ma salle de bain, je me retiens de la suivre. Je veux la laisser respirer. Elle regarde toutefois par-dessus son épaule et me fait signe d'avancer. Nous nous déshabillons et entrons dans la douche.

Quand elle fait couler l'eau, je ne tiens plus. J'ai tant de choses à lui dire.

— J'ai merdé, je lâche, la voix enrouée par l'émotion. J'avais promis de te protéger et je ne l'ai pas fait.

Elle prend le savon et le passe sur mon torse.

— J'aurais dû me concentrer là-dessus. Au lieu de ça, j'étais focalisé sur Sal et sur la façon dont j'allais l'évincer. Je t'ai laissée tomber.

J'enlève le savon de sa main et porte le bout de ses doigts à mes lèvres.

— Je ne te décevrai plus jamais. Reste avec moi. Donne-moi une autre chance de te montrer à quel point on peut être bien ensemble.

Elle soupire.

— Je ne veux pas être sous ta coupe. Toute ma vie, je n'ai été qu'un canot ballotté par les vagues créées par des navires bien plus grands. Il est temps que je choisisse mon propre cap.

Je lui relève le menton.

— Je ne veux pas que tu sois sous ma coupe. Je veux une partenaire. Mon égale. C'est toi. Si je deviens roi, tu seras ma reine.

Elle me regarde en clignant des yeux. Je vois bien qu'elle n'est pas encore convaincue.

— Les parrains n'ont pas de partenaire.

— Ton père, peut-être pas, mais je ne suis pas lui, et chez les Casalesi, la tradition veut que l'on donne du pouvoir aux femmes. Tu peux faire ce qui te chante. Choisis une partie de l'empire à gouverner.

Ses joues reprennent un peu de couleur.

— Je connais suffisamment le fonctionnement de la mafia pour savoir qu'on ne peut pas faire entrer une étrangère dans un clan et lui donner un tel pouvoir.

Je lui souris tendrement.

— À une étrangère, non. Mais à ma femme, j'en ai le droit.

Elle entrouvre la bouche.

— Tu es en train de me demander en mariage ?

— Oui.

— Ça fait à peine un mois qu'on se connaît.

— Mon père a demandé ma mère en mariage lors de leur deuxième rendez-vous. Ils s'aimaient plus que tous ceux que j'ai connus. Ça ne fait peut-être qu'un mois, mais je n'ai pas une once de doute. Tu es la seule femme que je veux à mes côtés. Je t'aime, Val.

Ses yeux se mettent à papilloter, et elle baisse la tête.

— J'ai besoin de réfléchir.

— Je comprends.

Je n'attends pas qu'elle me réponde dans l'instant, elle a beaucoup souffert, mais je m'efforcerai, chaque jour, de la convaincre de faire sa vie avec moi.

# CHAPITRE 36

**VALENTINA**

Je passe les jours qui suivent dans le lit de Damiano à soigner mes innombrables hématomes et coupures superficielles. Martina m'apporte tous mes repas, Ras passe me voir au moins une fois par jour, et Damiano ne me quitte qu'une heure au maximum. Je sens qu'il déteste devoir le faire.

Malgré mon état physique, je me sens bien. Légère, même. Lazaro ne me retrouvera plus jamais. L'emprise qu'il avait sur moi depuis qu'il m'a passé la bague au doigt n'existe plus.

Techniquement, je suis veuve, mais je ne me considérerai jamais comme telle. Lazaro n'aura aucune place dans mon histoire.

Pendant longtemps, j'ai pensé qu'il m'avait irrémédiablement endommagée. Aujourd'hui, je ne suis plus aussi pessimiste. En sauvant la vie de Martina, je pense avoir sauvé la mienne au passage. Je n'ai plus l'impression d'être quelqu'un d'abominable. Quand je repense à la femme que j'étais, celle qui a torturé et tué ces gens, je vois une âme brisée qui a fait de son mieux pour survivre. Je ne pouvais agir autrement après avoir été trahie par ceux en qui j'avais le plus confiance. Mes parents. Ils m'ont mise dans une position horrible et sans issue.

Je ne ferais jamais une chose pareille à mes enfants.

Mon père a été contrarié quand Damiano lui a appris la mort de Lazaro. J'étais dans la pièce pendant qu'ils parlaient sans savoir que j'étais là. Il a dit que c'était la chose à faire, mais qu'il avait perdu l'un de ses meilleurs hommes.

Quand Damiano lui a dit que c'était moi qui avais tué Lazaro, il est resté silencieux. Je ne pense pas qu'il me présentera des excuses, or je n'en ai pas besoin. Je me suis pardonné à moi-même. Lui, je ne lui pardonnerai jamais.

De l'autre côté de l'immense baie vitrée de la chambre, il y a la mer. Je sors du lit et avance sur le balcon.

Ces derniers jours, je viens souvent ici pour regarder l'eau qui miroite et penser à ce que Damiano m'a dit lorsque nous sommes rentrés à la maison, la nuit où Lazaro est mort.

Il veut que je reste ici. Il veut m'épouser et faire de moi sa *reine*. Il m'a dit qu'il m'aimait. Je ne le lui ai pas dit en retour. Ce souvenir me réchauffe le cœur, refroidi aussitôt par une brise. Je pose les avant-bras sur la balustrade et souffle.

Je me suis réveillée avant lui ce matin, une rareté, et j'ai admiré son corps et les contours de son visage. Il est si beau que, parfois, j'ai mal à le regarder. Il a une petite tache de naissance juste au-dessus de la hanche droite, et quand j'y ai pressé mes lèvres ce matin, il s'est réveillé et a émis un son que je n'oublierai jamais. Un soupir heureux, mêlé à un gémissement endormi. J'aurais voulu le mettre dans une boîte et le cacher, un morceau de lui que je serais la seule à garder.

Je pensais qu'il me presserait de prendre une décision, mais il n'a pas remis la question du mariage sur le tapis. Il me tient compagnie. Nous regardons des films, partageons les repas et parlons de sa journée. Le plus souvent, nous avons de longues sessions câlines à l'issue desquelles je suis toute troublée et reste sur ma faim. Il insiste sur le fait qu'il ne fera rien d'autre avec moi tant que je ne serai pas totalement remise. Lorsque je lui pose des questions sur Sal ou sur tout ce qui touche au clan, il me répond honnêtement, sans rien cacher.

Tout cela fait germer des idées dans ma tête, ce qui, j'en suis certaine, est son intention. Il me montre la vie que nous pourrions avoir si je disais oui. Et honnêtement ? Sa stratégie paie.

Tout ça est complètement fou. Je viens d'échapper à un mariage toxique conclu avec un mafieux, et maintenant j'envisage sérieusement d'en prendre un autre pour époux.

Seulement, Damiano n'est pas Lazaro, et je ne suis plus obligée d'agir selon les souhaits de qui que ce soit, si ce n'est des miens. Si j'accepte de l'épouser, ce sera mon choix. Ce sera un mariage d'égal à égal. Il n'y aura ni secrets, ni mensonges, ni duperie.

Lorsque la porte s'ouvre en grinçant, je sais que c'est lui. Le bruit de ses semelles en cuir sur le parquet m'est désormais familier. Il vient sur le balcon et pose une main chaude au creux de mes reins.

Je me tourne vers lui. Son visage a imperceptiblement changé. Les rides sévères qui sculptaient son visage le soir de notre rencontre, et dont je me souviens si bien, se sont adoucies. Son regard n'est plus aussi sombre. Ses lèvres esquissent un sourire, et une foule de papillons prend vie dans mon ventre.

— À quoi penses-tu ? me demande-t-il de sa voix grave.

Je souris.

— À toi.

Il fronce les sourcils et détourne le regard. Pour la première fois, il semble nerveux.

— Dois-je m'inquiéter ?

— Peut-être, dis-je pour le taquiner.

— J'ai un truc à te montrer qui devrait marquer quelques points en ma faveur.

— J'ai déjà vu ton sexe.

Il pousse un rire gras.

— Pas ça.

Il passe un bras autour de ma taille.

— Viens.

Je suis bien contente de quitter sa chambre après y avoir passé trois jours, alors je le suis avec zèle. Nous traversons le couloir et descendons l'escalier, sa main toujours sur ma hanche.

Lorsque le salon apparaît dans mon champ de vision, je reste bouche bée. J'agrippe son bras pour ne pas défaillir.

— Gemma ?

Ma sœur est assise sur le canapé, face à un Ras boudeur, mais lorsqu'elle m'entend, elle se lève d'un bond et se retourne.

— Val !

Je n'en crois pas mes yeux. Comment est-ce possible ? Comment a-t-elle réussi à obtenir l'autorisation de mon père pour venir ?

Je tourne le regard vers Damiano. Il a l'air très content de lui.

— C'est grâce à toi ? je lui demande d'une voix impressionnée.

Il ne dit rien. Il se contente de sourire et de me pousser vers l'avant.

C'est à ce moment-là que j'ai ma réponse.

Je vais épouser cet homme.

≈

À LA NUIT TOMBANTE, nous sortons tous pour dîner sur la terrasse. La table est dressée pour cinq personnes. Je m'installe entre Damiano et Gemma et admire le magnifique festin préparé par la cheffe cuisinière. Une planche de jambon ibérique, une tartinade de tomates, du pain, de la salade avec du fromage de chèvre grillé, des sardines à l'huile d'olive et un ceviche de crevettes. Tout cela a l'air si bon que j'en ai l'eau à la bouche.

Pendant que Gemma se dispute avec Ras pour savoir quel vin nous devrions boire – je ne me souviens pas qu'elle ait jamais eu d'opinion tranchée sur le sujet –, Damiano se charge de remplir mon assiette.

— J'espère que tu ne me donneras pas la becquée cette fois-ci.

Il me lance un regard coquin.

— Il faudrait d'abord que je te ligote.

Mon rire s'éteint lorsque mes yeux se posent sur Martina.

À en juger par ses cernes, elle ne s'est toujours pas remise de l'incident. Ras lui propose du vin, et elle acquiesce. Gemma se penche pour chuchoter quelque chose à Martina, puis un petit sourire apparaît sur le visage de la jeune femme, mais il est teinté de tristesse. Elle a besoin de guérir, et cela prendra du temps. Elle porte un poids, tout comme moi. Un poids qu'elle devra affronter un jour. Quand elle sera prête, nous serons là pour elle.

Une fois que Gemma s'est remise droite, je lui prends la main. C'est toujours aussi surréaliste de la voir là. Damiano l'a ramenée ici à bord de son jet privé après avoir réussi à convaincre mon père de la laisser nous rendre visite pendant quelques jours. En échange, il lui a soumis des conditions plus favorables concernant le marché de contrefaçon qu'ils ratifieront une fois Sal évincé. Ils ont entamé les négociations pour que l'accord soit prêt à entrer en vigueur lorsque Damiano prendra le relais.

Damiano est un homme intelligent, il a compris comment manier mon père. Touchez à ses intérêts commerciaux, et le patriarche devient tout à coup bien plus raisonnable.

Tout à l'heure, j'ai essayé de parler à Gemma de ses fian-çailles avec Rafaele Messero, mais elle m'a envoyée prome-ner. J'ai l'impression que cela m'inquiète plus qu'elle. Elle a coupé court à la discussion et m'a suppliée de lui raconter ce qui s'était passé entre Lazaro et moi. Je lui ai tout dit. Nous avons pleuré ensemble, serrées dans les bras l'une de l'autre, jusqu'à ce que nos larmes aient séché. Elle était furieuse comme jamais quand je lui ai dit que nos parents étaient au courant et qu'ils ont refusé d'intervenir. Elle a dit que plus jamais ils ne s'en tireraient à bon compte s'ils recommençaient une telle chose, et je pense qu'elle a raison. Une fois que Damiano aura assis son influence sur mon père, je pourrai protéger mon frère et mes sœurs.

Les conversations à table vont bon train. Nous parlons de choses légères jusqu'à ce que Ras reçoive un appel au moment où le personnel de maison vient débarrasser les assiettes pour le dessert.

Lorsqu'il revient, il est raide comme un piquet, et sa bouche forme une ligne droite.

Damiano se lève.

— Qu'y a-t-il ?

— On a reçu la première livraison de Garzolo. C'est suffisant pour couper les autres vannes. Ils attendent ton feu vert.

Je presse ma serviette de table sur mes lèvres. Nous avons parlé du plan de Damiano suffisamment souvent pour que je sache que c'est le point de non-retour. Dès qu'il cessera d'accepter la drogue des fournisseurs de Sal, ce dernier saura qu'il se trame quelque chose.

Il s'agira alors de voir qui perdra le premier la confiance des principaux membres du clan.

Je ne m'attends pas à ce que Damiano se tourne vers moi, mais il le fait.

— Il faut que je te parle.

Je le suis à l'intérieur jusqu'à son bureau. Il referme la porte derrière lui et vient se tenir devant moi.

— Tu sais ce qui va se passer quand je donnerai cet ordre.

— Oui.

Il tente de déchiffrer mon visage.

— Je sais que ça ne fait que quelques jours, mais j'ai besoin de savoir ce que tu as en tête avant de passer à l'action. Si tu as quelque chose à dire, parle maintenant.

Je porte mes doigts à sa joue.

— Je pense qu'il est temps que tu reprennes ce qui t'appartient.

Il prend une grande inspiration. C'est une réponse, mais pas celle qu'il attendait.

— Et te concernant ?

Le tic-tac de l'horloge sur le mur me fait prendre conscience de la vitesse à laquelle mon cœur bat.

— Et je serai à tes côtés pendant tout ce temps. En tant qu'épouse.

Damiano ferme les yeux et tourne le visage pour embrasser la pulpe de mes doigts. Il m'attire contre lui.

— Tu ne sais pas ce que ça représente pour moi.

Quand ses lèvres rencontrent les miennes et que sa langue se glisse dans ma bouche, c'est comme rentrer à la maison.

Mon *chez-moi*, le premier et véritable de toute mon existence.

— Tu sais ce que je vais devoir faire pour devenir le nouveau parrain, me dit-il au bout d'un moment. Ce ne sera ni la première fois ni la dernière.

Il devra tuer Sal à mains nues. J'ai été élevée par un *don*, et je sais quel genre de vie un tel poste implique.

Or, ce n'est pas la violence qui me fait peur, ce sont les raisons qu'elle cache, et c'est ce qui différencie Damiano des autres. Je sais qu'elles seront toujours justifiées.

— Il m'en faut plus pour fuir les gens que j'aime, dis-je en passant mes bras autour de son cou.

La satisfaction se lit sur son visage.

— Et voilà pourquoi tu es ma partenaire idéale.

# ÉPILOGUE

## DAMIANO

— Les fleurs ont été bloquées dans les embouteillages, mais elles seront là dans une heure. Je n'ai pas trouvé de prêtre qui acceptait de le faire dans un délai aussi court, mais il y a un type que je connais au yacht-club qui est habilité à célébrer les mariages, et il attend dans ma voiture en ce moment même.

Ras s'appuie sur l'encadrement de la porte de ma chambre.

J'ajuste ma cravate devant le miroir. Des rires de femmes me parviennent du fond du couloir. Dehors, on accorde un violon.

— Ce n'est pas l'idéal, mais ça fera l'affaire, dis-je.

Ras se dirige vers la desserte de bar, verse du whisky dans deux verres et m'en tend un.

— Comment tu te sens ?

— Comme un type qui va se marier dans deux heures.

Il sourit.

— *Cin cin.*

Nous trinquons et buvons.

Mon plus grand regret est de ne pas pouvoir offrir à Val le mariage qu'elle mérite, c'est pourquoi je lui ai dit qu'elle en aurait deux : un maintenant, pendant que sa sœur est ici avec nous, et un autre une fois que je serai devenu le parrain. Je veux la voir sur les marches de la basilique de Naples, où mes parents se sont mariés.

Un cliché de ce jour-là trône sur ma table de nuit. Je vais le regarder à nouveau. La plupart de nos photos de famille ont brûlé dans l'incendie, mais, au fil des ans, le père de Ras m'a aidé à en retrouver quelques-unes.

Chaque fois que je vois cette photo, je suis frappé de voir à quel point mes parents ont l'air normaux. Elle est recadrée sur eux, l'entrée de la basilique pour seul arrière-plan, aucun invité dans le champ. Ma mère porte une robe blanche en dentelle à col montant, et mon père un costume élégamment taillé. Ils étaient beaux, c'est vrai... mais normaux. Sans rien savoir du couple, on imaginerait aisément qu'il s'agit là d'une famille italienne ordinaire, et non d'un *don* et d'une *donna* du *sistema*.

Leur amour les a humanisés.

Maintenant que je suis tombé amoureux de Val, je crois bien que je les vois enfin comme des êtres humains. Défaillants et imparfaits, mais capables d'un immense amour.

Le moment venu, nous quittons la chambre et nous dirigeons vers les jardins où se déroulera la cérémonie. Nous

nous marierons sous une arche de verdure que Mart a créée il y a quelques années.

— Ça rend bien, dis-je à Ras tandis que je balaie du regard l'espace où le mariage se tiendra.

— J'aimerais pouvoir m'en attribuer le mérite, mais c'est surtout l'œuvre de Gemma.

J'arque les sourcils.

— Vous avez l'air de mieux vous entendre, tous les deux.

— Comme chien et chat.

Il détourne le regard et fourre les mains dans ses poches.

Je ricane.

— Tu crois que je n'ai pas remarqué que tu la reluques quand elle regarde ailleurs ? Dommage qu'elle soit fiancée.

Sa réponse ne franchira jamais ses lèvres. Le violon commence à jouer et la cérémonie débute.

Ma sœur sort la première, suivie de Gemma, toutes deux vêtues de jolies robes bleues. Elles me sourient chaleureusement et prennent place en face de Ras.

Lorsque Val apparaît au bout du sentier, j'ai le cœur au bord des lèvres. Mes mains tremblent, je serre les poings le long du corps et me force à respirer.

*Mon Dieu*, cette femme.

Elle avance vers nous d'un pas fluide, les épaules dénudées, un bouquet dans les mains. Cette robe est digne d'un rêve érotique, et j'imagine déjà à quelle vitesse je pourrai la lui enlever.

*Ma femme.* Ces mots résonnent dans ma tête jusqu'à ce qu'elle s'arrête devant moi et lève les yeux à la rencontre des miens.

Le jardin, nos amis, et même la terre sur laquelle je me tiens disparaissent. Tout s'efface, sauf elle. Dans ces yeux, il y a la promesse d'un avenir que je n'aurais jamais cru possible, et lorsque ses lèvres charnues s'étirent en un sourire essoufflé, ma bouche se fend jusqu'aux oreilles, et je lève le visage vers le ciel azur.

*J'espère que vous me regardez en ce moment.*

**Quelques jours plus tard**

Val sort de la douche, les cheveux emmaillotés dans une serviette. J'avais l'intention de la rejoindre, mais il a fallu que j'ouvre mon bec. Ces derniers jours, je les ai passés au lit à me vautrer dans mon obsession pour ma femme. Mon plan était de continuer jusqu'au dîner, hélas j'ai réussi à l'énerver et à casser l'ambiance.

Elle me voit debout près du balcon et souffle d'agacement.

— Tu croyais vraiment que j'allais accepter d'être envoyée je ne sais où quelques *jours* après notre mariage, Damiano ? Ça ne se passera pas comme ça.

Elle se dirige d'un pas irrité vers la coiffeuse, une nouveauté dans la pièce depuis qu'elle a emménagé ici, et souffle d'un air offusqué en s'asseyant sur une chaise.

— Je n'en reviens pas.

J'aurais dû savoir qu'elle réagirait ainsi. Ras n'a toujours pas donné l'ordre de couper les vivres à Sal. Je voulais attendre la fin de notre mariage avant d'ouvrir la boîte de Pandore. Quand elle a accepté de m'épouser, j'ai fait de cette bague au doigt ma priorité. Maintenant qu'elle est enfin ma femme, la crainte de la perdre est sans pareille.

Je me passe les doigts dans les cheveux et viens me tenir derrière elle.

— Je veux m'assurer que tu es en sécurité.

— Je suis en sécurité à tes côtés, s'emporte-t-elle. Ne t'avise pas de me faire ça. Je ne partirai pas. À moins qu'on me drogue et qu'on me fourre dans un coffre, je n'irai nulle part.

Je pose mes mains sur ses épaules frêles et croise ses yeux furieux dans le miroir.

— Il n'est pas question que je fourre ma magnifique femme dans un coffre, je murmure. Plus jamais. Ce n'était qu'une idée.

— Et une mauvaise, rétorque-t-elle. Ne t'ai-je pas déjà prouvé que je savais me défendre ? Je n'ai pas besoin qu'on vole à mon secours. Après toutes ces semaines passées à Ibiza, j'ai réalisé que j'étais bien plus forte que je ne le pensais.

— Val, tu es la personne la plus forte que je connaisse. Ce qui m'inquiète, ce n'est pas que toi, tu sois faible. C'est que je le sois, moi.

Devant ma confession, son expression se radoucit. Elle repose le peigne sur le meuble et place sa main sur la mienne.

— Si on le fait, on le fait ensemble. Je ne vais pas rester enfermée dans une villa en Italie, loin de tout, pendant que tu te bats pour récupérer ton empire et que tu risques ta vie. Tu as besoin de moi, Dem.

Je mêle mes doigts aux siens. J'ai besoin d'elle, de sa sagesse, de sa force et de son courage. Il me suffit de la regarder pour comprendre qu'il n'y a qu'une façon de mettre fin à tout cela.

Par notre victoire.

Elle se lève et me passe les bras autour du cou.

— Je t'aime. Quoi qu'il arrive, je t'aimerai jusqu'au bout.

Une bouffée de chaleur me réchauffe la poitrine. J'enroule ses cheveux humides autour de mon poing et attire ses lèvres aux miennes. Sa bouche a un goût si exquis.

Lorsque nous nous écartons, je pose mon front contre le sien.

— Avant de te rencontrer, je pensais que l'amour rendait les gens fous et faibles. J'avais raison sur le premier point. *Cazzo*, je suis fou de toi, mais l'amour ne nous rend pas faibles. C'est le contraire. Il nous montre ce que nous ne devons absolument pas perdre, ce pour quoi il vaut la peine de mourir. Je mourrais pour toi, Val.

Elle m'embrasse à nouveau.

— Je préférerais que tu vives pour moi.

Une heure plus tard, je suis assis dans mon bureau. J'ai les cheveux encore mouillés de cette deuxième douche que j'ai convaincu Val de prendre avec moi à la fin de notre conversation.

Je saisis le combiné du téléphone et compose le numéro de Napoletano.

Il décroche à la troisième sonnerie.

— On m'a dit que les félicitations étaient de rigueur.

— Comment sais-tu que...

Mon regard se porte aussitôt aux angles de la pièce.

— Tu es en train de me regarder ?

— Ras m'a appelé tout à l'heure.

Je me renverse dans mon fauteuil et me pince l'arête du nez.

— C'est vrai.

J'entends un petit rire.

— Ça fait quoi d'être marié ?

— C'est extra. Tu veux essayer ?

— Non.

J'attends qu'il m'en dise plus, mais visiblement c'est tout ce que le sujet lui inspire, alors je poursuis :

— Je suis sur le point de presser la détente.

— Le moment est bien choisi. Il y a beaucoup de mécontentement dans les rangs. Je pense que tu trouveras plus rapidement que tu ne le pensais le soutien dont tu as besoin.

— Tant mieux, mais je dois quand même me préparer au pire.

Je fais tournoyer mon stylo sur une phalange pendant que je pousse un soupir.

— Je ne peux pas me permettre d'avoir les deux personnes auxquelles je tiens le plus au même endroit. Val insiste pour rester, mais Mart ne se sent pas encore... tout à fait bien. Elle ne s'est pas complètement remise de ce qui s'est passé, et je veux la mettre à l'abri. Là où elle pourra guérir.

À l'autre bout de la ligne, il y a un long silence que je soupçonne empreint d'ennui. Il est probablement agacé que je l'appelle pour cela plutôt que pour une mission plus adaptée à ses compétences.

— Écoute, je sais que tu n'es pas une baby-sitter. Je te demande une fav...

— Je la prendrai avec moi.

Il n'y a pas d'émotion dans la façon dont il prononce les mots : le débit est presque trop plat, comme s'il s'efforçait activement de garder une voix neutre.

Un sentiment de malaise me traverse. Je l'écarte aussitôt. Il presque impossible de cerner Napoletano en face à face, alors au téléphone encore moins. Cet homme est une énigme. C'est l'une des nombreuses raisons pour lesquelles il est foutrement doué dans ce qu'il fait. Je déteste l'idée d'envoyer Mart à l'étranger, mais à part Ras, il est le seul en qui je peux avoir confiance.

— Je ne sais pas combien de temps il faudra attendre avant que la tension retombe.

— Elle peut rester avec moi aussi longtemps qu'il le faudra.

Je renverse la tête et regarde le plafond. Même si c'est la bonne chose à faire, la décision n'en est pas moins difficile à prendre.

— Merci. Où vas-tu l'emmener ?

— Quelque part en Italie. Il vaut mieux que je ne le dise pas. Je mettrai en place une ligne téléphonique sécurisée pour que vous restiez en contact.

— D'accord.

— Je viendrai la chercher demain matin.

Si cela ne me laisse pas beaucoup de temps pour lui annoncer la nouvelle, je sais en revanche qu'elle ne discutera pas comme Val l'a fait. Elle râlera peut-être, mais elle suivra Napoletano et restera avec lui jusqu'à ce qu'elle puisse revenir en toute sécurité.

— Je te dois une fière chandelle, conclus-je.

— Oui, tu peux le dire.

Nous raccrochons, et je pousse un soupir de soulagement.

La garantie que ma sœur sera en sécurité en échange d'une faveur.

Je hausse les épaules. Sur le papier, c'est le marché le plus simple que j'aie jamais conclu.

Quoi que Napoletano me demande, cela en vaudra largement la peine.

Maintenant que tout est réglé, il n'y a plus de raison de tergiverser. Il est temps de mettre notre plan à exécution.

J'envoie un message à Ras et pose mon téléphone sur le bureau.

C'est le son du premier domino qui tombe.

**FIN**

## SCÈNE BONUS

C'est la nuit de noces de Damiano et de Valentina. Est-il nécessaire d'en dire plus ? ;)

Vous pouvez le télécharger ici:

# PRÉCOMMANDEZ "LA PRINCESSE DÉCHUE"

*L'histoire de Martina et de Giorgio*

**Elle a dix-huit ans. Elle est innocente. *Elle m'est interdite.***

Martina De Rossi est une chasse gardée, et pas seulement parce que son frère est sur le point de devenir le parrain de la mafia.

Lorsque j'accepte de la prendre sous ma protection pendant qu'il mène une guerre féroce, ce n'est pas seulement par loyauté.

C'est parce que Martina est le pion idéal sur l'échiquier de ma vengeance.

**Hélas, elle est aussi la tentation incarnée.**

Des yeux de biche, un corps à tomber, des cheveux blonds et soyeux qui ne demandent qu'à être enroulés autour de mon poing.

Je suis passé maître dans l'art de garder mon sang-froid, mais chaque jour passé à ses côtés entre les murs de mon château dans un coin reculé de l'Italie fissure un peu plus ma détermination.

Mon regard commence à dévier.

Mes mains à s'attarder.

**Aussi, lorsqu'elle se met à me séduire, je comprends que nous jouons à un jeu que je ne gagnerai peut-être pas.**

# PRÉCOMMANDEZ ICI

Printed in France by Amazon
Brétigny-sur-Orge, FR